王光福　注譯
袁世碩　校閱

新譯聊齋誌異選（五）

三民書局　印行

國家圖書館出版品預行編目資料

新譯聊齋誌異選／王光福注譯,袁世碩校閱.——初版
二刷.——臺北市：三民，2020
面；　公分.——(古籍今注新譯叢書)

ISBN 978-957-14-5675-1 （第五冊:平裝）

857.27　　100022409

古籍今注新譯叢書

新譯聊齋誌異選（五）

注 譯 者｜王光福
校 閱 者｜袁世碩

發 行 人｜劉振強
出 版 者｜三民書局股份有限公司
地　　址｜臺北市復興北路 386 號（復北門市）
臺北市重慶南路一段 61 號（重南門市）
電　　話｜(02)25006600
網　　址｜三民網路書店 https://www.sanmin.com.tw

出版日期｜初版一刷 2012 年 6 月
初版二刷 2020 年 11 月修正
書籍編號｜S033470
I S B N｜978-957-14-5675-1

新譯聊齋誌異選 目次

第五冊

耳中人

譚晉玄，邑諸生❶也。篤信導引之術❷，寒暑不輟❸，行之數月，若有所得。

一日，方趺坐❹，聞耳中小語如蠅，曰：「可以見❺矣。」開目即不復聞；合眸定息❻，又聞如故。謂是丹❼將成，竊喜。自是每坐輒❽聞。因思俟❾其再言，當應以覘❿之。

一日，又言。乃微應曰：「可以見矣。」俄覺耳中習習然⓫，似有物出。微睨⓬之，小人長三寸許，貌獰惡如夜叉狀⓭，旋轉地上。心竊異之，姑凝神⓮以觀其變。忽有鄰人假物⓯，扣門而呼。小人聞之，意張皇⓰，繞屋而轉，如鼠失窟。譚覺神魂俱失，不復知小人何所之矣。遂得顛疾⓱，號叫不休，醫藥半年，始漸愈。

【注　釋】❶邑諸生　縣城的秀才。邑，縣城，此指淄川縣城。諸生，明清時期經考試錄取而進入府、州、縣各級學校學習的生員。生員有增生、附生、廩生、例生等，統稱諸生，即秀才。❷篤信導引之術　對導引之術深信不疑。篤信，忠實地相信。導引之術，我國古代強身祛病的鍛鍊方法。導引，就是「導氣使和，引體使柔」的意思。❸不輟　不停歇。輟，中止；停止。❹趺坐　全稱是「結跏趺坐」，略稱「跏趺」，是坐禪入定的姿式，俗稱盤腿打坐。❺見　通「現」。現形。❻合眸定息　閉上眼睛，屏住呼吸。眸，瞳仁，泛指眼睛。息，呼吸。❼丹　道家煉製的所謂長生不老藥，分為「外丹」與「內丹」；外丹是在鼎爐中燒煉礦物質而成，內丹是指精神修煉的成果。此指內丹。❽輒　往往；總是。❾俟　等。❿覘　偷看。⓫習習然　象聲詞，昆蟲等爬動的聲音。⓬睨　斜著眼睛看。⓭獰惡如夜叉狀　猙獰醜惡像夜叉的樣子。夜叉，梵語音譯。意譯是「能啖鬼」或「捷疾鬼」等，佛經中所說的一種吃人惡鬼。⓮姑凝神　暫且聚精會神。姑，姑且；暫且。凝神，聚精會神。⓯假物　借東西。⓰張皇　驚慌失措。⓱遂得顛疾　於是就得了瘋癲病。遂，於是。顛疾，癲狂病；神志錯亂的疾病。

【語　譯】譚晉玄，是縣學的秀才。他酷愛一種導引氣功，不管嚴寒酷暑，從不間斷練習，練了好幾個月，自覺似乎有所收穫。

一天，正在盤腿打坐，忽聽耳中有一種很小的聲音，像蒼蠅在嗡嗡，說：「可以現形了。」一睜開眼就聽不到了；剛閉上眼睛平心靜氣，就又聽見了那種聲音。他認為自己的「內丹」將要煉成，心中暗喜。從此以後，每次閉目打坐，都聽見耳朵裡的小聲音。於是就想等他再說話的時候，就答應一聲看他如何。

一天，又聽到耳中的說話聲。就小聲答應說：「可以現形了。」一會兒，覺得耳中窸窸索索一陣微響，似乎有東西爬出來。微微斜眼一看，有一個小人三寸來高，相貌猙獰醜惡，猶如夜叉的樣子，在地上溜溜地打轉。譚晉玄心裡感到有些怪異，就暫且屏氣凝神，看他有何變化。忽然有個鄰居來借東西，拍著大門喊叫。那小人聽到呼喊和敲門聲，就驚慌失措，繞著屋子轉來轉去，好像老鼠找不到回家的洞穴。譚晉玄只覺得像掉了魂魄一樣，就此不知小人跑到哪裡去了。

從此以後，譚晉玄便瘋癲了，不停地叫喊，尋醫吃藥了半年，才漸漸好轉。

【研　析】小說的主人公叫譚晉玄，他是淄川縣的秀才，讀的是「四書五經」，自然是儒家的傳人。但是他又「篤信導引之術」，並且「寒暑不輟」，這似乎又成了道家的嫡孫。《莊子・刻意》篇云：「吹呴呼吸，吐故納新，熊經鳥申，為壽而已矣。此導引之士、養形之人彭祖壽考者之所好也。」也就是說，譚晉玄迷戀上道家的氣功，向長生不老的養生家學習了。在這裡，他練習道家氣功所採用的姿勢是「趺坐」，即盤腿打坐，這是佛教徒坐禪修行的經典姿勢。如此看來，譚晉玄具有了儒、釋、道三教融合的色彩。

譚晉玄堅持認真練功，過了幾個月，還真的有所成就，「聞耳中小語如蠅，曰：『可以見矣。』」修煉氣功到一定火候，能不能聽到自己體內的聲音，如水流聲、花開聲等？據氣功理論說，這是有可能的。但是能聽到體內有人說話的聲音，就似乎有點玄之又玄了。蒲松齡在《藥祟書》婦科藥方中提到「治孕婦腹內小兒有聲」云：「急令婦人自將笤帚掃地，即無聲。」不管這種說法科學與否，婦人的肚內畢竟有小兒，其說話聲只是早了點而已。但譚晉玄腹內空空如也，是什麼在說話呢？若是從心理學的角度來解釋，這似乎證明譚晉玄聽到了自己隱而不顯的潛意識的竊竊私語。「可以見矣」，譚晉玄眼前有什麼現形呢？「微睨之，小人長三寸許，貌獰惡如夜叉狀，旋轉地上」。夜叉，是佛經中相貌醜惡的鬼怪，在中國詩文中常指兇惡之鬼或比喻醜惡兇狠之人。如唐張鷟《朝野僉載》卷二云：「嘗逢餓夜叉，百姓不可活。」譚晉玄看到這個「貌獰惡如夜叉狀」的小人，難道是看見了自己的靈魂？或者是展示他對不能聚精會神操持儒業的內心自責？何守奇認為，「導引之術，不得正宗，故生怪異。」但明倫持相同的觀點，「謂丹將成而轉成顛疾，所謂畫虎不成者也。」

蒲松齡寫這篇小說的真實用意已經很難猜測了，但他描寫此類「小人」的藝術技巧卻實在高明，值得欣賞：它的出動是「習習然」，它的走動是「旋轉地上」，它的逃竄是「繞屋而轉，如鼠失窟」。特別是「如鼠失窟」這一比喻，順手拈來而又形象貼切，給人以很強的視覺印象。在《聊齋誌異》中，隔著〈耳中人〉兩篇就是〈瞳人語〉，蒲松齡在其中寫長安的書生方棟的故事。方棟從早到晚無事可做，只盤腿坐著捻珠誦經。持續了一年，什麼雜念也沒有。忽然，聽到左邊眼睛中，有如小蠅的聲音，說：黑如漆，真難受死了。右邊眼睛中應聲說：可以一同出去遊玩一會兒，出出這口悶氣。方棟漸漸覺得兩鼻孔中，蠕蠕動彈，很癢，好像有東西從裡面爬出來。過了一段時間，又返回來，從鼻孔進到眼眶裡……他妻子感到驚異，靜靜躲在屋裡看個究竟，見有小人從方棟的鼻子中出來，個頭還趕不上一粒豆子大，轉轉悠悠地竟到門外去了，越走越遠，接著就看不清了。一會兒，兩個小人又挽著胳膊回來，飛到方棟的臉上，「如蜂蟻之投穴者」，就鑽進鼻孔裡了。《聊齋誌異》後文還有〈小官人〉、〈小髻〉、〈小獵犬〉等，都把小人、小物寫得綽約可喜，逗人眼目，精彩紛呈。

身體之中有人說話還見於宋人吳曾《能改齋漫錄》。該書引陳正敏《遁齋閑覽》的「應聲蟲」故事：「楊緬中年得異疾，每發言應答，腹中有小聲效之。數年間，其聲寖大。有道士見而驚曰：『此應聲蟲也。久不治，延及妻子。宜讀《本草》，遇蟲不應者，當取服之。』楊緬如言，讀至雷丸。蟲忽無聲。乃頓餌數粒，遂愈。正敏其後至長汀，遇一丐者，亦有是疾，環而觀者甚眾。因教之使服雷丸，丐者謝曰：『某貧，無他技，所以求衣食於人者，唯藉此耳。』」蒲松齡是不是從「應聲蟲」的故事受到啟發而創作此篇，就不得而知了。

僧孽

張姓暴卒❶，隨鬼使❷去，見冥王❸。王稽簿❹，怒鬼使誤捉，責令送歸。

張下，私浼❺鬼使，求觀冥獄❻。鬼導歷九幽❼，刀山、劍樹，一一指點。末至一處，有一僧扎股穿繩而倒懸之，號痛欲絕。近視，則其兄也。張見之驚哀，問：「何罪至此？」鬼曰：「是為僧❽，廣募金錢，悉供淫賭，故罰之。欲脫此厄❾，須其自懺❿。」

張既蘇，疑兄已死。時其兄居興福寺⓫，因往探之。入門，便聞其號痛聲。入室，見瘡生股間，膿血崩潰，挂足壁上，宛然冥司⓬倒懸狀。駭問其故。曰：「挂之稍可，不則痛徹心腑。」張因告以所見。僧大駭，乃戒葷酒⓭，虔誦經咒⓮。半月尋愈。遂為戒僧⓯。

異史氏曰：「鬼獄渺茫⑯，惡人每以自解；而不知昭昭之禍⑰，即冥冥之罰⑱也。可勿懼哉！」

【注釋】❶暴卒　得急病突然死亡。❷鬼使　佛教所說的聽閻羅指使、到陽間追捕罪人的鬼卒。❸冥王　即閻羅，梵文意譯，又譯作「閻魔」、「焰魔羅」等，俗稱「閻王爺」、「閻羅王」。❹稽簿　查檢簿記。簿，指迷信傳說中的生死簿。❺浼　央求。❻冥獄　陰間的牢獄，即地獄。❼九幽　地獄極深處囚禁鬼魂的地方，猶言九泉之下。❽是為僧　這個人做和尚。是，此；這。❾厄　困苦；災難。❿懺　懺悔；悔悟。⓫興福寺　在淄川之西三十里冶頭店村。⓬冥司　陰間。⓭戒葷酒　戒除酒肉。葷，肉食。⓮虔誦經咒　虔誠地念誦經文與咒文。經，經文；佛教典籍。咒，咒文，佛教認為具有魔力的一個詞或一組詞。⓯戒僧　戒行僧；恪守戒律的僧人。⓰渺茫　虛妄無憑，不可信。⓱昭昭之禍　陽世的禍患。昭昭，指陽世。⓲冥冥之罰　陰間的懲罰。冥冥，指陰曹。

【語譯】有個姓張的突然得病死了，他的靈魂隨著鬼卒而去，見了閻王。閻王一查生死簿，發現是鬼卒捉錯了，大怒，下令讓鬼卒送他回去。

姓張的從閻王殿上退下，私下裡請求鬼卒，希望參觀一下地獄。鬼卒帶他遊歷了九層地獄，什麼是刀山，什麼是劍樹，一一指點給他看。最後來到一處，有一個和尚腿上扎有窟窿，窟窿裡穿著繩子，倒掛在那裡，痛苦嚎叫得簡直要死。湊近一看，竟然是他哥哥。姓張的看到哥哥，驚慌得面露哀情，問：「他犯了什麼罪，這樣受罪？」鬼卒說：「這人身為和尚，大肆募集錢財，全部用來淫亂賭博，所以懲罰他。若想解脫這般罪過，他本人必須誠心懺悔。」

姓張的蘇醒過來，懷疑哥哥已經死了。當時他哥哥出家在興福寺，於是就去探望哥哥。一進廟門，就聽到哥哥痛苦的叫喊聲。到了屋裡，看到哥哥腿上生瘡，濃血潰爛流注，把腳掛在牆上，就好像地獄裡倒掛著的樣子。姓張的大驚，問哥哥什麼原因。他哥哥說：「掛起來稍微好一點，一不掛就痛徹心肺。」姓張的就把在地獄裡的所見所聞，告訴了哥哥。這個和尚嚇壞了，就戒除了酒肉，虔誠地誦經念佛。過半個月，他腿上的瘡就慢慢好了。從此，這個和尚成為一位嚴守戒律的僧人。

異史氏說：「地獄渺茫無憑，做壞事的人每每以此自解，認為不會有事；他們不知道人間所受的諸般禍苦，都是陰間給他的懲罰。怎能不害怕呢！」

【研析】〈僧孽〉寫的是淄川的張某入冥間見到其兄作惡受罰的故事。張某因為鬼卒誤捉而到了冥府，閻王「責令送歸」，他不急於還陽，卻私下懇請鬼使帶領他參觀地獄。張某在地獄見到了什麼呢？他首先見到的是「刀山、劍樹」，這先在其心理上給以震撼，引起驚懼，接著就見到了他哥哥「扎股穿繩而倒懸之，號痛欲絕」的慘相。原來他哥哥在興福寺出家為僧，藉著僧人的名義廣募錢財，都用來淫亂和賭博，所以在地獄受此懲罰。張某還陽後，急忙趕到興福寺探望究竟。他哥哥死倒是沒死，只是「瘡生股間，膿血崩潰，挂足壁上，宛然冥司倒懸狀」。張某就把在地獄中的所見所聞告訴哥哥，他哥哥悚然心驚，從此戒除酒肉、虔心念佛，成了一名守戒的和尚。從某種意義上來說，張某像〈伍秋月〉中的王鼎一樣，也是通過遊歷冥間，最終救護了哥哥。

興福寺是淄川的名寺，《淄川縣志》卷二〈寺觀〉記載，「興福寺，邑西三十里治頭店」，也就是在現今的淄川區商家鎮治頭村。從這裡可以推知，這篇故事就發生在蒲松齡的本縣。用身邊的故事來勸誡讀者，自然更有說服力。蒲松齡還利用了人們的窺祕和冒險心理來加強勸懲效果。人出生之前是怎麼回事，沒有人會記得；人死後到了陰間，會有什麼境遇，死人也不曾告訴活人。如果既不死亡又能見到地獄之事，那確實可以引起人們極大的注意。所以，張某不會錯過這個一生難逢的機會。越恐懼就越神祕，越神祕就越有吸引力，越有吸引力就越想嘗試並一睹為快。張某參觀地獄，受到了教育，幫助其兄改邪歸正；讀者閱讀〈僧孽〉，也一樣受到教育，改正自己的不良行為。這正如馮鎮巒在〈讀聊齋雜說〉中說《聊齋誌異》「如名儒講學，如老僧談禪，如鄉曲長者讀誦勸世文，觀之實有益於身心……更為有關世教之書」。即使在當今，也未可因為故事的虛幻性而輕易否定蒲松齡的道德熱情。

義鼠

楊天一言：見二鼠出，其一為蛇所吞；其一瞪目如椒❶，似甚恨怒，然遙望不敢前。蛇果腹❷，蜿蜒入穴。方將過半，鼠奔來，力嚼其尾。蛇怒，退身出。鼠故便捷❸，欻然遁去❹。蛇追不及而返。及入穴，鼠又來，嚼如前狀。蛇入則來，蛇出則往，如是者久。蛇出，吐死鼠於地上。鼠來嗅之，啾啾❺如悼息❻，銜之而去。

友人張歷友❼為作〈義鼠行〉。

【注釋】❶瞪目如椒　眼睛瞪得像紅椒粒。椒，花椒粒。❷果腹　滿腹；吃飽了肚子。果，充實；飽足。❸便捷　動作輕快敏捷。❹欻然遁去　突然逃走。欻然，突然的樣子。遁，逃跑。❺啾啾　老鼠叫聲。❻悼息　哀傷嘆息。❼張歷友　名篤慶，號厚齋，字歷友，淄川人，蒲松齡的朋友。其〈義鼠行〉云：「莫吟黃鵠歌，不唱猛虎行。請為歌義鼠，義鼠令人驚！今年禾未熟，野田多鼯鼪。荒村無餘食，物微亦惜生。一鼠方覓食，避人草間行。飢蛇從東來，巨顙資以盈。鼠肝一以盡，蛇腹脹膨亨。行者為嘆息，徘徊激深情。何期來義鼠，見此大義明。意氣一為動，勇力忽交并。狐兔悲同類，奮身起鬥爭。螳臂當車輪，怒蛙亦崢嶸。此鼠義且黠，捐軀在所輕。蝮蛇入石窟，蜿蜒正縱橫。此鼠囓其尾，掉擊互訇訇。觀者塞路隅，移時力猶勍。蝮蛇不得志，竄伏水苴中。義鼠自茲逝，垂此壯烈聲。」

【語 譯】楊天一說：他曾看到兩隻老鼠從洞裡出來，一隻被蛇吞吃了；另一隻眼睛瞪得像花椒粒，似乎非常憤恨，但只是遠遠地看著不敢近前。

蛇吃飽了肚子，搖著尾巴鑽入蛇洞。剛剛鑽進一半稍多一點，那隻老鼠飛快地跑來，狠命咬牠的尾巴。蛇很生氣，退出身來。老鼠本來就非常敏捷，一下子就跑遠了。蛇追不上就回來。等牠鑽進洞裡，老鼠又跑來，像剛才一樣咬牠的尾巴。蛇進洞，老鼠就來；蛇出洞，老鼠就走，這樣相持周旋了很長時間。最後，蛇只好出洞，將肚中死鼠吐在地上。那隻老鼠過來聞了聞，啾啾唧唧地好像在悲悼嘆息，然後叼著牠走了。

我的朋友張歷友為此寫了一首〈義鼠行〉。

【研 析】蒲松齡在〈聊齋自志〉中說：「聞則命筆，遂以成編。」他告訴讀者，《聊齋誌異》中的很多故事他是從別人那裡聽來的。舉幾個例子。〈山魈〉寫一個山怪的故事，是聽孫太白說的。〈咬鬼〉寫一個咬鬼的故事，是聽沈麟生說的。〈胡四姐〉寫一個人狐相戀的故事，是聽友人李文玉說的。〈狐聯〉寫狐作對聯的故事，是聽長山李司寇說的。〈諸城某甲〉寫一個民間笑話，是聽學師孫景夏說的。〈侯靜山〉寫一個猴仙故事，是聽高少宰念東先生說的。〈羅祖〉寫一個凡人成佛的故事，是聽沂水劉宗玉說的。〈黑獸〉寫一個怪獸故事，是聽李太公敬一說的。〈吳門畫工〉

寫一個民間畫工的故事，是聽萊蕪朱拱奎說的。這些故事，都說明了故事來源，據此可以斷定，這是蒲松齡根據聽來的久行民間的傳說故事整理寫成的，其具體的時間地點等等，只不過是蒲松齡為了增強小說可信度的點化附會而已。這篇〈義鼠〉，也是聽楊天一說的，儘管我們現在已經不知道楊天一是何許人也了。

〈義鼠〉的「義」字，在這裡應該作「情義」、「義氣」講。至於老鼠之間有沒有「情義」或「義氣」，那是另外一回事，在這裡，蒲松齡是把兩隻老鼠給人格化了，所以牠們之間就必然會有「情」有「義」。兩隻老鼠在外行走，其中一隻被蛇給吞了。另外一隻「瞪目如椒，似甚恨怒」。《史記・項羽本紀》載：「噲遂入，披帷西向立，瞋目視項王，頭髮上指，目眦盡裂。」這隻瞪著眼睛生氣的老鼠就很像怒視項羽的樊噲。但是牠不像樊噲那樣剛猛魯莽，甘於與敵人同歸於盡，牠即使在如此悲憤難當、恨滿胸臆的情況下，仍然是「遙望不敢前」——這或許是牠天性膽小使然，更重要的則是牠量力而行，不做無謂的犧牲。等到蛇入洞過半，勢難回身之時，牠卻跑來猛咬蛇的尾巴。等蛇退出身來，牠知道不是敵手，就遠遠逃走；看到蛇鑽入洞中，知道有機可乘，就又來咬牠的尾巴。「蛇入則來，蛇出則往」，終於迫使蛇吐出腹中的死老鼠，繳械投降。這隻老鼠鼻息咻咻、鳴聲啾啾，悲悼不已，最後銜著牠同伴的屍體走了。《聊齋誌異》評點家但明倫就讚揚這隻老鼠說：「此鼠不惟義；其不輕進、不遽退，俟蛇半入穴而後嚙之，蛇出即去，蛇入復來，至蛇吐鼠而後止，嗚呼！亦智矣哉！」

像這隻老鼠一樣有智慧的還有一隻貓。在〈大鼠〉篇，蒲松齡寫萬曆年間，宮中有大鼠如貓，危害很大。正好國外進貢一隻獅子貓，就把牠放到有老鼠的屋子裡。大老鼠從洞裡出來，奔向獅子貓；獅子貓躲避到桌几上，大老鼠也追上來，獅子貓就跳到地上，不與爭鋒；這樣來來回回上百個回合，人們都以為獅子貓膽怯，沒有什麼能耐。可是，漸漸地，大老鼠跑累了，獅子貓一躍而下，咬住老鼠的腦袋，完成制勝一擊。人們這才明白「彼出則歸，彼歸則復」，這是獅子貓在和大老鼠鬥智啊。但明倫也評價這隻獅子貓說：「大勇若怯，大智若愚。伺其懈也，一擊而覆之，『啾啾』者勇不足恃矣，『嗚嗚』者智誠可用矣。」

某公

陝右[1]某公，辛丑[2]進士。能記前身。嘗言前生為士人[3]，中年而死。死後見冥王[4]判事，鼎鐺油鑊[5]，一如世傳。殿東隅，設數架，上搭猪羊犬馬諸皮。簿吏[6]呼名，或罰作馬，或罰作猪；皆裸之，於架上取皮被[7]之。

俄至公，聞冥王曰：「是宜作羊。」鬼取一白羊皮來，捺[8]覆公體。吏白：「是曾拯一人死。」王檢籍[9]覆視，示曰：「免之。惡雖多，此善可贖。」鬼又褫其毛革[10]。革已粘體，不可復動。兩鬼捉臂按胸，力脫之，痛苦不可名狀；皮片片斷裂，不得盡淨。既脫，近肩處，猶粘羊皮大如掌。

公既生，背上有羊毛叢生，剪去復出。

【注　釋】❶陝右　陝西。❷辛丑　清順治十八年。❸士人　中國古代文人知識分子的統稱。❹冥王　閻王。❺鼎鐺油鑊　謂用鼎鐺鑊等把油燒沸來烹炸活人，是古代一種酷刑。鼎、鐺、鑊，都是古代的烹飪器。❻簿吏　官府中掌文書的低級僚屬。❼被　同「披」。❽捺　使勁按住。❾籍　登記的簿冊。❿褫其毛革　剝掉他身上的毛皮。褫，剝去衣服。毛革，毛皮。

【語　譯】陝西某公，是順治十八年辛丑的進士。能記得前生的事情。

他曾說，他的前生是個讀書人，中年就死了。死後到陰間看到閻王判案，鼎下燒著炭，鍋裡滾著油，和世上傳說的一樣。閻王殿東邊的角上，豎著很多架子，架子上掛著豬、羊、狗、馬等毛皮。一個主管登記註冊的官吏喊著犯人的名字，有的罰他作馬，有的罰他作豬；都脫光他們的衣服，從架上取下毛皮來披在他們身上。

一會兒，就輪到了某公，只聽閻王說：「他應該罰作羊。」鬼卒就拿過一張白色的羊皮來，按住披在他身上。那官吏喊道：「他曾救活過一個人的命。」閻王拿過登記簿復查，指示說：「免了他吧。他作惡雖多，救人這一善也可以贖罪了。」鬼卒又剝去他身上的毛皮。毛皮已經粘在身上，不能再弄下來了。兩個鬼卒就抓著他的胳膊，按著他的胸膛，用力往下剝皮，他痛苦得無法用筆墨形容；毛皮一片一片斷裂扯下來，但是不能完全脫乾淨。毛皮脫下來後，靠近肩膀的地方，還粘著一塊巴掌大的羊皮。

某公託生以後，後背上叢生著一塊羊毛，剪去還會長出來。

【研　析】宋人戴復古〈寄興〉詩云：「黃金無足色，白璧有微瑕。求人不求備，妾願老君家。」

這也就是人們平時所說的「金無足赤，人無完人」。〈某公〉中的陝右某公，其前生就不是一個完人。某公的前生是個士人，在中年時期就死了。從因果報應的觀點來看，這便不是壽終正寢，而是被閻王追去了性命。想必他作惡多端，閻王取消了他下輩子做人的資格，判定他轉生為羊。好在冥界官員發現他還曾經救過一個人的命，才免於成為任人宰割的牲畜。當然，這就含有了勸善懲惡的意味。

從創作源起上講，對此類故事還可以做另一種解釋。現實生活中的人，身體上多有殘缺或贅疣之處。針對他們身體上的這些毛病，就有人編造出種種故事來加以附會。比如某人背上長了一撮毛，並且剪盡還生，那肯定不是人毛而是羊毛；為何會是羊毛呢？那肯定是由羊投胎轉世的緣故；前生為羊怎麼只有一撮羊毛呢？那肯定是披上羊皮又剝下來而沒有剝淨；為什麼披上羊皮了還要剝下來呢？那肯定是他生前做了好事得到了閻王的寬恕……總而言之，一切解釋都順理成章、自圓其說。這種附會而不牽強的創作方法，在名勝古跡的命名上更加常用。施蟄存先生在《唐詩百話》中解說黃鶴樓的起源時，說：「有仙人騎黃鶴，在此山上出現，然後把山名叫做黃鶴山。有了黃鶴山，然後有黃鶴樓。或者是先有山名，然後有傳說。為了附會傳說，才造起一座黃鶴樓。中國的名勝古跡，大多如此。」但在這篇故事裡，不管是某公自神其身世的杜撰，還是由來已久的民間傳說，都透露著蒲松齡思想生動活潑的民間智慧和根深蒂固的道德判斷。

快刀

明末，濟屬❶多盜。邑❷各置兵，捕得輒殺之。章丘❸盜尤多。有一兵佩刀甚利，殺輒導窾❹。一日，捕盜十餘名，押赴市曹❺。內一盜識兵，逡巡❻告曰：「聞君刀最快，斬首無二割。求殺我！」兵曰：「諾。其謹❼依我，無離也。」盜從之刑處，出刀揮之，豁然❽頭落。數步之外，猶圓轉而大贊曰：「好快刀！」

【注釋】❶濟屬　濟南府所屬各縣。❷邑　縣城。❸章丘　章丘縣，今濟南章丘市。❹導窾　把刀引入骨節間的空隙。窾，空隙。❺市曹　市內商業集中之處，古代常於此處決人犯。❻逡巡　因為有所顧慮而徘徊不前。❼謹　小心；謹慎。❽豁然　象聲詞。此指人頭落地的聲音。

【語譯】明代末年，濟南府管轄的地區，有很多強盜。每個縣都設置軍隊，逮住強盜就殺掉。

章丘縣的強盜特別多。有一個士兵佩帶著非常鋒利的刀子，殺人順著骨縫，往往一刀斷頭。一天，逮住了十幾個強盜，押赴刑場斬首。其中一個強盜認得這個帶快刀的士兵，便猶豫著湊上去說：「聽說您的刀最快，砍頭不用第二次。求您殺我吧！」士兵說：「好吧。你小心跟在我身邊，不要離開。」

強盜緊跟著士兵來到刑場，士兵一刀揮出，強盜的腦袋豁然一聲就掉了下來。腦袋滾了好幾步遠，還在地上打著圓轉，張嘴大聲稱讚說：「好快刀！」

【研析】〈快刀〉是《聊齋誌異》中最為短小精悍、膾炙人口的篇什之一。它篇幅雖短，卻人物形象鮮明：章丘之盜視死如歸，臨死之際別無所求，只願痛快而去。「聞君刀最快，斬首無二割。求殺我！」一個默默無名的民間盜匪，在臨刑之際竟有這樣驚世駭俗的豪言壯語。讓人嘆為觀止的，還有盜匪人頭落地後的一聲讚嘆：「好快刀！」這固然寫出了劊子手飛刀之快，也包含了盜匪的心情之快。劊子手只有幾句話——「諾。其謹依我，無離也」和一個動作——「出刀揮之」，卻也形象生動，栩栩如生。他和盜匪既然相識，就不能鐵石心腸無動於衷，而限於身分職責又不能縱之逃脫，最好的和最後的送人情的方法，當然就是運用自己熟練的專業技能送盜匪痛快上西天了。

小說寫得精彩，影響也就深遠。張愛玲譯注《海上花列傳》第三十三回「高亞白填詞狂擲地，王蓮生醉酒怒沖天」中寫道：「葛仲英閱過那詞，道：『〈百字令〉末句，平仄可以通融點。』亞白道：『癡鴛要我喫酒，我不喫，他心裡總不舒服；不是為什麼平仄。』華鐵眉問道：『「燕燕歸來杳」，可用什麼典故？』亞白一想道：『就用的東坡詩，「公子歸來燕燕忙。」』鐵眉默然。尹癡鴛冷笑道：『你又在騙人了！你是用的蒲松齡「似曾相識燕歸來」一句呀。還怕我們不曉得！』

亞白鼓掌道：「癡鴛可人！」鐵眉茫然，問癡鴛道：「我不懂你的話。『似曾相識燕歸來』，歐陽修、晏殊詩詞集中皆有之，與蒲松齡何涉？」癡鴛道：「你要曉得這個典故，還要讀兩年書才行哩！」亞白向鐵眉道：「你不要去聽他！哪有什麼典故！」癡鴛道：「你說不是典故，『入市人呼好快刀，回也何曾霸產』，用的什麼呀？」鐵眉道：「我倒要請教請教，你在說什麼？我索性一點都不懂了嘿！」亞白道：「你去拿《聊齋誌異》，查出〈蓮香〉一段來看好了。」癡鴛道：「你看完了《聊齋》嘿，再拿《里乘》、《閩小紀》來看，那就『快刀』『霸產』包你都懂。』」在這裡，這群文人騷客不但表揚了〈快刀〉，還表揚了〈蓮香〉，可見《聊齋誌異》之深入人心，久傳不衰了。張愛玲注釋說：「『好快刀』事有幾分可信性，參看得普立茲獎新聞記者泰德・摩根著《毛姆傳》(*Maugham*)：一九三五年名作家毛姆遊法屬圭亞那，參觀罪犯流放區——當地死刑仍用斷頭臺——聽說有個醫生曾經要求一個斬犯斷頭後眨三下眼睛；醫生發誓說眨了兩下。」正如錢鍾書先生在《談藝錄・序》中所說的「東海西海，心理攸同」，其描寫之鬼斧神工，刻劃之異曲同工，都令人擊節讚賞不已。

戲術

有桶戲者，桶可容升❶；無底，中空，亦如俗戲❷。戲人以二席置街上，持一升入桶中；旋出❸，即有白米❹滿升，傾注席上；又取又傾，頃刻兩席皆滿。然後一一量入，畢而舉之，猶空桶。奇在多也。

利津❺李見田，在顏鎮❻閒遊陶場，欲市巨甕，與陶人爭直❼，不成而去。至夜，窯中未出者六十餘甕，啟視一空。陶人大驚，疑李，踵門❽求之。李謝❾不知。固哀之，乃曰：「我代汝出窯，一甕不損。在魁星樓❿下非與？」如言往視，果一一俱在。樓在鎮之南山，去場三里餘。傭工運之，三日乃盡。

【注釋】❶升　容量單位，十合為一升。也指容量為一升的容器。❷俗戲　民間戲法、魔術。❸旋出　立即取出。旋，很快；不久。❹白米　碾淨去糠的米。❺利津　縣名，今屬山東東營。❻顏鎮　鎮名，即青州府益都縣顏神鎮，即今山東淄博博山區。❼直　價值；價格。❽踵門　親自上門。踵，至；親到。❾謝　推辭。❿魁星樓　供奉魁星的樓閣。魁星，我國神話中主宰文章興衰的神。舊時很多地方都有魁星樓、魁星閣等建築物，讀書人在魁星樓拜魁星，以祈求在科舉中榜上有名。

【語　譯】有一個用桶變戲法的人，桶的大小能容納一只升；桶沒有底，中間也是空的，跟通常的民間戲法相同。

變戲法的人把兩張席子鋪在街上，把一只升放進桶裡面；立即拿出來，就有滿滿一升白米，把米全部倒在席子上；再用升取米，再倒在席子上，轉眼之間，兩張席上都倒滿了。然後再把米一升一升地量進桶裡，量完了，舉起桶來向觀眾展示，還是一只空桶。這個戲法的神奇之處，在於變出的米太多了。

利津縣人李見田，在顏神鎮閒逛陶瓷場，想買一個大甕，和賣陶器的人講價錢，價錢談不攏就走掉了。到了夜裡，陶瓷場還有六十多個甕沒有出窯，可打開窯一看，全都空了。賣陶人大驚，懷疑是李見田幹的，就到他的住所懇求他。李見田推辭說不知道。賣陶人苦苦哀求，李見田才說：「是我替你出了窯，一個甕也沒損壞。魁星樓下的那些甕不就是嗎？」賣陶人按李見田說的跑去看，果然一個一個都擺在那裡。

魁星樓在顏神鎮的南山，離陶場有三里多路。賣陶人雇了人把這些甕運回來，連運了三天才運完。

【研　析】「秀才不出門，遍知天下事」，《聊齋誌異》中寫了很多古代民間風俗文化。把《聊齋誌異》中所描寫的這些上下千百年、縱橫千萬里的民俗文化分一下類，即使每種文化舉一個例子，也夠得上琳琅滿目、爭奇鬥豔了：民俗工藝文化，如〈木雕美人〉中的「木雕美人」；民俗裝飾文化，如〈辛十四娘〉中的「高履」；民俗飲食文化，如〈狐妾〉中的「甕頭春酒」；民俗節日文化，如〈阿寶〉中的「清明節」；民俗戲曲文化，如〈鼠戲〉中的「唱古雜劇」；民俗歌舞文化，如〈白于玉〉中的「自歌且舞」；民俗繪畫文化，如〈吳門畫工〉中的「繪呂祖」；民俗音樂文化，如〈彭海秋〉中的「薄倖郎曲」；民俗武術文化，如〈鐵布衫法〉中的「鐵布衫大力法」；民俗體育文化，如〈汪士秀〉中的「蹴鞠」；民俗賞石文化，如〈石清虛〉中的「清虛天石供」；民俗教育文化，如〈細柳〉中的「細柳教子」；民俗曲藝文化，如〈口技〉中的「口技」；民間博弈文化，如〈棋鬼〉中的「圍棋」；民俗堪輿文化，如〈堪輿〉中的「青鳥之術」；民俗製作文化，如〈張鴻漸〉中的「竹夫人」……等等。可說毛摹絲描，千門萬戶，汪洋浩瀚了。

〈戲術〉這篇小說，寫了兩個小故事，展示了山東境內的兩種民俗文化。第一個小故事寫的是一種民俗魔術文化——「桶戲」。正如蒲松齡所說，這「桶戲」「奇在多也」。這麼多的白米是從哪裡來的呢？在〈狐嫁女〉篇中，寫狐老頭兒宴請殷天官，用大金爵喝酒，殷天官偷偷藏起一只。後來殷天官外出做官，到某人家赴宴，其家有大金爵八只，卻只找到了七只，丟失的一只就是多年前殷天官在狐狸宴席上藏起的那只。〈狐妾〉篇寫劉洞九壽辰，賓客要吃湯餅。狐妾頃刻之間做好三十多碗湯餅。宴會結束後，狐妾讓劉洞九出資償還某家的湯餅錢，原來湯餅是從別人家借來的。由此看來，〈戲術〉中的白米，也可能是從某財主或官府的糧倉裡借來的。第二個小故事寫的是民間的搬運術文化。李見田的能量很大，他能把未出窯的六十多個大甕搬卸一空，真可謂法力無邊了。

令人感到奇怪的是，桶戲者既然有如此本領，何以還以桶戲為生呢？李見田既然有如此本領，為何不把大甕搬到家裡自用呢？這正如同〈雨錢〉篇裡的那位老翁所說：「我本與君文字交，不謀與君作賊！便如秀才意，只合尋梁上君子交好得，老夫不能承命！」看來各行都有各行的規矩，各人都有各人的操守，可以以之玩魔術，可以以之開玩笑，但「賊」卻是委實做不得的。

鼠戲

又言❶：「一人在長安市上賣鼠戲❷。背負一囊，中蓄小鼠十餘頭。每於稠人中，出小木架，置肩上，儼❸如戲樓狀。乃拍鼓板❹，唱古雜劇❺。歌聲甫❻動，則有鼠自囊中出，蒙假面❼，被❽小裝服，自背登樓，人立❾而舞。男女悲歡，悉合劇中關目❿。」

【注釋】❶又言　本篇手稿本前面有〈蛙曲〉一篇，〈蛙曲〉開頭說：「王子巽言。」故本篇之「又言」，指王子巽接著說。王子巽，指王敏入，字子遜（通「巽」），號梓巖，淄川人。❷賣鼠戲　耍老鼠演戲的法子掙錢。❸儼　很像真的。❹鼓板　單皮鼓和檀板兩種樂器的組合，為戲曲樂隊的指揮樂器。❺古雜劇　古代戲曲。❻甫　剛剛。❼假面　面具。❽被　披。❾人立　像人一樣站立。❿關目　戲曲術語，指情節的安排和構思。

【語譯】王子巽又說：「一個人在長安的集市上用老鼠演戲。他背著一個口袋，裡頭養著十幾隻小老鼠。常常在人口密集的地方，拿出一個小木架子，放在肩膀上，像模像樣就彷彿一座戲樓。於是就拍著板打著鼓，吟唱起古雜劇來。歌聲剛一開始，就有小老鼠從口袋裡鑽出來，戴著假面具，穿著小服裝，從主人的背上跳到戲樓上，像人一樣站著翩翩起舞。有的扮男人，有的扮女人，有時悲傷，有時歡樂，都符合主人演唱的古雜劇情節。

【研　析】在銀幕螢幕，或在現實生活中，人們有時會見到「猴戲」。《聊齋誌異》中的〈巧娘〉篇，就寫傳廉因到門外看「猴戲」而耽誤了學業。可是我們大部分人都沒能見過「鼠戲」。這篇〈鼠戲〉就寫了這一古老的民間藝術。「鼠戲」精巧誘人，處處顯示著賣鼠戲者的聰明智慧。在這裡，蒲松齡並沒有在這項雜耍遊戲中寫出更多的深意。在雜耍遊戲中寄託深厚情意的是沈從文那篇著名的短篇小說〈生〉。〈生〉從一幅平凡的生活畫面切入，以北京什剎海雜耍場南頭的坪場作為背景，路邊的閒人和民間藝人共同組成一幅生活畫面。「一個年紀已經過了六十的老人，扛了一對大傀儡從後海走來，到了場坪，四下望人，似乎很明白這不是玩傀儡的地方，但莫可奈何的卻停頓下來」，開始表演。他靠表演傀儡相毆相撲的把戲招引看客，靠與傀儡的親暱對話和自言自語惹人歡笑。但他親熱的話語只說給傀儡中那個白臉的「王九」聽，他表演傀儡摔跤時總是先讓另一個傀儡「趙四」略占上風，最終卻讓「王九」作為永遠的勝利者。〈生〉在故事的結尾處，沈從文用最為讓人心酸的筆墨道出了其中的謎底：老人之所以只把親暱的話說給「王九」聽，並且表演時只讓「王九」獲勝，是因為「王九」是他死去的兒子，「王九」是在與「趙四」的打架拼鬥中死去的。「王九已經死了十年，老頭子在北京城圈子裡外表演王九打倒趙四也有了十年。那個真的趙四，則五年前在保定府早就害黃疸病死掉了」。傀儡老藝人為了紀念兒子的「死」而「生」，為了用特殊的方式給兒子復仇而「生」。這故事情節雖然平淡，其內含的情感卻幾乎一字千金，催人淚下。現實生活中這樣既平淡無奇卻又動人心魄的故事每天都在發生著，只不知〈鼠戲〉中表演的情節，演唱的「男女悲歡」，是否撥動賣鼠戲者或者看鼠戲者的心弦。

長清僧

長清❶僧某，道行❷高潔。年八十餘猶健。一日，顛仆❸不起，寺僧奔救，已圓寂❹矣。

僧不自知死，魂飄去，至河南❺界。河南有故紳子❻，率十餘騎，按鷹❼獵兔。馬逸❽，墮斃。魂適相值❾，翕然❿而合，遂漸蘇。廝僕⓫還問之。張目曰：「胡至此！」眾扶歸。入門，則粉白黛綠⓬者，紛集顧問。大駭曰：「我僧也，胡至此！」家人以為妄，共提耳悟之⓭。僧亦不自申解，但閉目不復有言。餉以脫粟⓮則食，酒肉則拒。夜獨宿，不受妻妾奉。

數日後，忽思少步。眾皆喜。既出，少定，即有諸僕紛來，錢簿穀籍⓯，雜請會計⓰。公子託以病倦，悉卸絕之。惟問：「山東長清縣，知之否？」共答：「知之。」曰：「我鬱無聊賴⑰，欲往遊矚，宜即治任⑱。」眾謂新瘳⑲未應遠涉，不聽。翼日遂發。

抵長清，視風物⑳如昨。無煩問途，竟至蘭若㉑。弟子數人見貴客至，伏謁㉒甚恭。乃問：「老僧焉往？」答云：「吾師曩已物化㉓。」問墓所。群導以往，則三尺孤墳，荒草猶未合也。眾僧不知何意。既而戒馬㉔欲歸，囑曰：「汝師戒行㉕之僧，所遺手澤㉖，宜恪守，勿俾㉗損壞。」眾唯唯。乃行。

既歸，灰心木坐㉘，了不勾當㉙家務。居數月，出門自遁㉚，直抵舊寺。謂弟子：「我即汝師。」眾疑其謬，相視而笑。乃述返魂之由，又言生平所為，悉符。眾乃信，居以故榻㉛，事之如平日。

後公子家屢以輿馬㉜來，哀請之，略不顧瞻。又年餘，夫人遣紀綱㉝至，多所饋遺。金帛皆卻之，惟受布袍一襲而已。友人或至其鄉，敬造㉞之。見其人默然誠篤；年僅而立㉟，而輒道其八十餘年事。

異史氏曰：「人死則魂散，其千里而不散者，性定㊱故耳。予於僧，不異之乎其再生，而異之乎其入紛華靡麗之鄉㊲，而能絕人以逃世㊳也。若眼睛一閃，而蘭麝薰心㊴，有求死不得者矣，況僧乎哉！」

【注釋】❶長清　縣名，即今濟南市長清區。❷道行　僧道修行的功夫。❸顛仆　跌倒。❹圓寂　梵語的意譯，謂諸德圓滿、諸惡寂滅，以此為佛教修行理想的最終目的，故後稱僧尼死為圓寂。❺河南　清代行省名，大略相當於今之河南省。❻故紳子　已故鄉紳的兒子。紳，鄉紳，退休官員和科舉及第而未做官的人。❼按鷹　縱鷹行獵。❽逸　逃竄。❾適相值　正好碰上。值，相遇；逢著。❿翕然　突然；猛然間。⓫廝僕　僕人。廝，古代幹粗雜活的男奴隸或小役。⓬粉白黛綠　女子的妝飾，代指漂亮的女子。⓭提耳悟之　懇切開導，促其醒悟。提耳，扯著耳朵，意思是諄諄曉諭。⓮餉以脫粟　給他糙米飯吃。餉，供給飯食。脫粟，糙米，只去皮殼、不加精製的米。⓯錢簿穀籍　錢糧的帳本。⓰雜請會計　紛紛請他審理帳目。會計，監督和管理財務工作。⓱鬱無聊賴　鬱悶無聊。聊賴，精神或生活上的憑藉、寄託。⓲治任　整理行裝。⓳瘳　病癒。⓴風物　風光景物。㉑蘭若　佛教名詞，意為躲避人間熱鬧的地方，泛指一般的佛寺。㉒伏謁　拜見尊者，伏地通姓名。㉓曩已物化　以前死去了。曩，以往；過去。物化，化為異物，即死。㉔戒馬　備馬。㉕戒行　佛教指恪守戒律的操行。㉖手澤　猶手汗，多指先人或前輩的遺墨、遺物等。㉗俾　使。㉘灰心木坐　心靈似死灰，坐姿如槁木。㉙勾當　辦理；處理。㉚遁　逃跑。㉛榻　床。㉜輿馬　車馬。輿，車。㉝紀綱　統領僕隸之人，亦泛指僕人。㉞造　拜訪。㉟而立　三十歲。《論語・為政》：「三十而立。」㊱性定　本性堅定。㊲紛華靡麗之鄉　講究排場，追逐華麗的地方。紛華，繁華富麗。靡麗，奢侈豪華。㊳逃世　猶避世。㊴蘭麝　蘭與麝香，名貴的香料。

【語　譯】長清縣有一個僧人，道行高深純潔。年齡八十多歲了身體還很康健。一天，突然跌倒爬不起來了，寺裡的僧人跑過去搶救時，他已經圓寂了。

老僧不知道自己已經死了，魂魄悠悠飄去，到了河南境內。河南有個舊官紳家的公子，正率領十幾個人騎著馬，駕著蒼鷹追獵兔子。馬受驚狂奔，公子落馬而死。老僧的魂魄與他的屍體碰個正著，一下子合在一起，就漸漸蘇醒了過來。在回家的路上，僕人們問他怎麼回事。他睜開眼睛說：「怎麼到了這裡！」眾人扶著他回家。一進家門，穿紅著綠的姬妾們，就紛紛聚攏過來問候。他大驚說：「我是僧人，怎麼到了這裡！」家人以為他腦袋摔糊塗了，就提溜著耳朵向他說個明白。他也不自我申辯，只是閉上眼睛不再開口講話。給他端來糙米飯，他就吃，給他端來酒肉，他就拒絕。夜晚獨自睡覺，不受妻妾的侍奉。

幾天後，他忽然想到外邊走走。大家都很高興。出門後，剛剛心神安定，就有各位僕人紛紛過來，拿著錢簿子糧賬本，七嘴八舌請他審看指示。公子推託說病體疲倦，一概謝卻不理他們。只是問：「山東的長清縣，你們知道嗎？」大家一齊回答：「知道。」公子說：「我很鬱悶，百無聊賴，想到那裡遊歷觀賞一番，你們應該馬上準備行裝。」大家說他病體剛癒，不宜出門遠行，他不聽勸告。第二天就出發上路了。

到了長清後，看到一切景物都像昨天一般。他也不需要問路，逕自到了自己的廟裡。好幾個小和尚看到來了貴客，禮節周全地上前拜見。公子問：「老僧哪裡去了？」小和尚們回答說：「我們師父已經故去了。」又問墓地在哪裡。和尚們領著他前往，只見三尺來高，孤墳一座，墳頭的荒草還沒有長滿。和尚們不明白他的用意。一會兒，公子打馬欲歸，囑咐說：「你們師父是嚴守戒律的高僧，他傳給你們的各種規矩，你們應該認真遵守，不要破壞。」和尚們連聲答應。公子就走了。

回家後，他心如死灰，形似槁木，不管理任何家務。過了幾個月，就一人出門偷跑，逕直回到了原來的廟裡。他對弟子說：「我就是你們過去的師父。」和尚們懷疑他胡說八道，互相瞅著笑了起來。公子就講述了借屍還魂的經過，又說了自己一生的所作所為，都和原來的老僧情況相符。大家這才相信了，讓他睡在原來的床榻上，和他活著時一樣侍奉他。

後來，公子家屢屢派來車馬，苦苦哀求他回家，他連眼皮也不翻一下。又過了一年多，夫人派管家來，贈送了很多東西。金銀綢緞，公子全都退回去，只接受了一件布袍。公子的朋友來到長清縣，恭敬地去拜訪他。看到他是一副沉默不語、誠實樸厚的樣子；年齡才三十歲，卻老是說些八十多歲的事。

異史氏說：「人一死，魂魄也就散了，這老僧的魂魄千里不散，是因為他的心性堅固。我對於這老僧，不奇怪他的再生，而奇怪他身入奢華靡麗之地，卻能拒絕紅塵、逃離世俗。人假如一不留神，被脂粉香氣熏個正著，就會落入想求個好死都不能的境況，何況還能做一位老僧！」

【研　析】〈長清僧〉敘寫的是長清縣一座寺廟裡的和尚死了，魂靈飄流到河南地方，正遇到一位富家公子從飛快奔跑的馬上跌落下來，墮地死亡，與其屍體「翕然而合」，遂易體再生。形體是富家公子，心性卻是長清僧的，他只素食，不吃葷腥；「獨宿，不受妻妾奉」；不過問錢簿穀籍之類的事務。人與環境不協調，無所事事，鬱悶無聊，他便又回到長清寺，說明易體再生的原委，像昔日一樣地誦經禮佛，保持高潔的道行。

在唐人傳奇小說中，有許多篇大體雷同的借屍還魂的故事，都是著重表現再生後，由於魂體錯位而發生出的與兩家妻子彼此不接受之類的尷尬事。蒲松齡是借用這種易體再生的故事模式，演繹他所主張的人以心性為本的理念。篇末「異史氏曰」：「人死則魂散，其千里而不散者，性定故耳。」「予於僧，不異之乎其再生，而異之乎其入紛華靡麗之鄉，而能絕人以逃世也。若眼睛一閃，而蘭麝薰心，有求死不得者矣，況僧乎哉！」蒲松齡在為摯友王如水的《問心集》作的序中闡述的就是這種觀念：人能否正心誠意為善惡之關鍵所在，「人能於大節之臨，毅然而問忠孝心，即可以為神明」；「苟能於貪嗔動時，惻然而問菩薩，即可以為佛，為菩薩，為阿羅漢。不然者，天堂一去，地獄日來。」（《蒲松齡集·聊齋文集》卷三）

雹神

王公筠蒼❶，莅任楚中❷。擬登龍虎山謁天師❸。及湖，甫登舟，即有一人駕小艇來，使舟中人為通❹。公見之，貌修偉。懷中出天師刺❺，曰：「聞騶從❻將臨，先遣負弩❼。」公訝其預知，益神之，誠意而往。天師治具相款❽。其服役者，衣冠鬚鬣❾，多不類常人。前使者亦侍其側。少間，向天師細語。天師謂公曰：「此先生同鄉，不之識耶？」公問之。曰：「此即世所傳雹神李左車❿也。」公愕然改容。天師曰：「適言奉旨雨雹，故告辭耳。」公問：「何處？」曰：「章丘⓫。」公以接壤⓬關切，離席乞免。天師曰：「此上帝玉敕⓭，雹有額數，何能相徇？」公哀不已。天師垂思良久，乃顧而囑曰：「其多降山谷，勿傷禾稼可也。」又囑：「貴客在坐，文去勿武⓮。」

神出，至庭中，忽足下生煙，氤氳匝地⑮。俄延⑯逾刻，極力騰起，裁高於庭樹；又起，高於樓閣；霹靂一聲，向北飛去，屋宇震動，筵器擺簸⑰。公駭曰：「去乃作雷霆耶！」天師曰：「適戒之，所以遲遲；不然，平地一聲，便逝去矣。」

公別歸，誌其月日，遣人問章丘。是日果大雨雹，溝渠皆滿，而田中僅數枚焉。

【注釋】❶王公筠蒼　王孟震，字筠蒼，淄川人。❷莅任楚中　到楚地做官。莅任，官員到職。楚中，指春秋時楚國之地，泛指湖南、湖北兩省。❸擬登龍虎山謁天師　打算登龍虎山拜見張天師。龍虎山，位於江西鷹潭西南二十公里處貴溪縣境內，東漢時，道教創始人張道陵曾在此煉丹，傳說「丹成而龍虎現，山因得名」。天師，即張天師。張道陵創立道教，徒眾尊稱其為「天師」。據載，張道陵後代世居龍虎山。❹為通　替其通稟。❺刺　名帖。❻騶從　古代貴族、官員出行時的騎馬侍從。騶，古代養馬駕車的人。從，跟隨的人。❼負弩　謂背負弓箭，開路先行，古代迎接貴賓之禮。弩，一種裝有臂的弓，主要由弩臂、弩弓、弓弦和弩機等部分組成。❽治具相款　整治酒宴，進行款待。具，酒席。❾衣冠鬚鬣　衣帽鬍鬚。鬚鬣，鬍鬚。❿雹神李左車　傳說中主管降雹的神是李左車。李左車，西漢人，輔佐趙王，封為廣武君，後歸韓信，韓信屢用其計。傳說李左車死後為雹神。⓫章丘　縣名，即今濟南章丘市。⓬接壤　兩地邊界相連；交界。⓭上帝玉敕　上帝的詔令。

上帝，在道教信仰中，稱玉皇大帝為上帝，是天界、神界的皇帝，民間則認為他是主宰宇宙的至尊天神。玉敕，帝王的詔令。⑭文去勿武　溫和地離去，不要勇猛地離去。⑮氤氳匝地　煙霧繚繞地面。氤氳，煙雲彌漫的樣子。匝地，布滿地面。⑯俄延　延緩；耽擱。⑰擺簸　擺動顛簸。

【語譯】王筠蒼先生，到楚地做官。打算登龍虎山拜訪張天師。到了鄱陽湖，剛上船，就有一人撐著一隻小艇來到，讓船上的人代為通報。王先生看了看他，見他身材魁偉，相貌堂堂。他從懷裡掏出張天師的名帖，說：「得知先生大駕光臨，天師特派我來引路。」王先生驚訝天師未卜先知，真是神人，就誠心誠意地跟隨前往。

張天師設宴招待王先生。往來服侍的僕人，服飾、鬍鬚，都和平常人不同。前頭那個去迎接他的使者，也陪伴在旁邊。不一會兒，那使者對天師小聲說話。天師對王先生說：「他是先生的老鄉，你不認識他嗎？」王先生問是誰。天師說：「這就是世上傳說的雹神李左車啊。」王先生驚愕得肅然起敬。天師說：「他剛才對我說奉玉帝之命，要去下雹子，所以向我告辭。」王先生問：「去哪裡下雹子？」天師說：「章丘。」

王先生因為章丘和自己的家鄉接壤，就十分關切，離席上前，請求別下雹子了。天師說：「這是玉帝的聖旨，雹子的數目都定好了，怎能徇情舞弊呢？」王先生哀求不已。天師低著頭想了很長時間，才扭頭看著李左車囑咐說：「你把雹子多下到山谷裡，不要損害莊稼就是了。」又囑咐說：「有貴客在座，去時文靜點，不要太威猛。」

雹神出去，走到庭院當中，忽然腳下煙霧升騰，繚繞著圍展在地面上。他慢慢忍著性子磨蹭了一刻多鐘，才極力騰起，一躍就高過了院子裡的樹木；再一躍，就高過了樓閣；接著霹靂一聲，向北飛去，房屋震顫，酒席上的杯盤來回晃動。王先生驚駭地說：「去的時候必須雷聲呼隆嗎！」天師說：「這還是剛才告誡了他，所以他行動緩慢；不然的話，平地一聲雷，就立刻飛走了。」

王先生告辭回去，記下當時的日期，派人去章丘查問。這天果然下了很多雹子，填坑滿谷，但農田裡卻只下了幾粒而已。

【研析】世上有什麼自然事物，就往往有相應的主管這種事物的神靈。如江有江神、河有河神、雷有雷神、風有風神、灶有灶神、門有門神，甚至於青蛙神、蝗蟲神、妓女神、廁所神，可說應有盡有，不一而足。而這些神靈，也往往是由現實中的某些人升格而成的。如門神是英勇善戰的秦瓊、尉遲恭，妓女神是娼妓業的發明者管仲等等。

雹神，就是主管下冰雹的神。他是由哪位名人升格而成的呢？據說是李左車。李左車是戰國趙國名將李牧的孫子，秦漢之際的著名謀士。最初輔佐趙王，為趙立下了赫赫戰功，封為廣武君。漢高祖三年（西元前二〇四年）十月，漢高祖劉邦派大將韓信、張耳率數萬漢軍越過太行山，向東挺進，攻打項羽的附屬國趙國。李左車認為漢軍千里匱糧，士卒飢疲，且井陘谷窄溝長，車馬不能並行，宜守不宜攻。趙王不聽其言，率軍傾巢而出，追擊漢軍。漢軍伏兵乘虛搶占了趙軍營寨，趙軍見此大亂。漢軍乘勢前後夾擊，大敗趙軍。韓信斬陳餘，擒趙王，滅亡了趙國。趙國滅亡之後，韓信懸賞千金捉拿李左車。不久，即有人將李左車綁送到韓信帳前。韓信立刻為他鬆綁，讓他面朝東而坐，以師禮相待，並向他請教攻滅齊、燕方略。李左車受韓信誠意感化，乃分析局勢說且按甲休兵，鎮趙安民，再派人以兵威說降，齊燕可定。韓信採用李左車之計，果然順利取得了燕齊等地。

由於李左車名聲太大，據不完全統計，在全國至少有六處墓地，分別是：河南開封通許縣李左車墓，河北衡水深州市李左車墓，山東濱州無棣縣李左車墓，山東濱州博興縣李左車墓，山東東營廣饒縣李左車墓，山東濱州無棣縣境內的韓信、李左車遺跡。李左車不光在地上赫赫有名，他在天上也虎虎有威。據說他死後變成了雹神，主管著天上的冰雹降落。〈雹神〉就記述了他降冰雹於章丘，落滿溝渠而不傷莊稼的故事。王筠蒼是明代淄川人，萬曆年間的進士，曾到南方楚地去做官，想順便登上江西的龍虎山拜謁張天師。王筠蒼到了鄱陽湖剛上船，就有人坐船迎來，拿出張天師的名片邀他前往。這一次王筠蒼眼福不淺，不但見到了張天師，還見到了一位神人，也就是剛才給他遞送名片的雹神李左車。張天師說李左車是王筠蒼的老鄉，指的可能是山東老鄉。上文我們說過李左車在全國共有六處墓地遺跡，卻有四處就在山東境內，從中也可以看出李左車和山東淵源頗深，大受齊魯人民的喜愛。既然是山東老鄉，又經過王筠蒼的請求、張天師的吩咐，李左車當然樂於送個順水人情了。於是本來應該灑遍章丘大地的冰雹，卻都落在溝渠裡，莊稼地裡僅下了兩三粒而已。

大概李左車真是和山東人特別是淄川人有緣分，多少年後，清順治六年的進士、翰林院庶吉士、淄川人唐夢賚又一次和雹神相遇。那個故事寫在《聊齋誌異》的另一篇〈雹神〉中，我們在後文中還要講到，這裡就不再細說了。

狐嫁女

歷城殷天官❶，少貧，有膽略。邑有故家之第，廣數十畝，樓宇連亙❷。常見怪異，以故廢無居人；久之，蓬蒿漸滿，白晝亦無敢入者。

會公與諸生❸飲，或戲云：「有能寄此一宿者，共釀為筵❹。」公躍起曰：「是亦何難！」攜一席往。眾送諸門，戲曰：「吾等暫候之。如有所見，當急號。」公笑云：「有鬼狐，當捉證耳。」遂入。見長莎❺蔽徑，蒿艾如麻。時值上弦❻，幸月色昏黃，門戶可辨。摩娑❼數進，始抵後樓。登月臺❽，光潔可愛，遂止焉。西望月明，惟銜山一線❾耳。坐良久，更無少異，竊笑傳言之訛。席地枕石，臥看牛女❿。

一更向盡，恍惚欲寐。樓下有履聲，籍籍⓫而上。假寐睨之，見一青衣人，挑蓮燈⓬，猝見公，驚而卻退。語後人曰：「有生人在。」下問：「誰也？」答云：「不識。」俄一老翁上，就公諦視[13]，曰：「此殷尚書，其睡已酣。但辦吾事，相公倜儻[14]，或不叱怪。」乃相率入樓。樓門盡闢。

移時，往來者益眾。樓上燈輝如晝。公稍稍轉側，作嚏咳。翁聞公醒，乃出，跪而言曰：「小人有箕箒女[15]，今夜于歸[16]。不意有觸貴人，望勿深罪。」公起，曳之曰：「不知今夕嘉禮[17]，慚無以賀。」翁曰：「貴人光臨，壓除凶煞，幸矣。即煩陪坐，倍益光寵。」公喜，應之。入視樓中，陳設芳麗。遂有婦人出拜，年可四十餘。翁曰：「此拙荊[18]。」公揖之。

俄聞笙樂聒耳，有奔而上者，曰：「至矣！」翁趨迎，公亦立俟。少選[19]，籠紗[20]一簇，導新郎入。年可十七八，丰采韶秀。翁命先與貴客為禮。少年目公。公若為儐[21]，執半主禮。次翁婿交拜，已，乃即席。少間，粉黛[22]雲從，酒胾霧霈[23]，玉碗金甌[24]，光映几案。酒數行，翁喚女奴請小姐來。女奴諾而入。良久不出。翁自起，搴幃促之。俄婢媼數輩，擁新人出，環珮璆然㉕，麝蘭散馥。翁命向上拜。起，即坐母側。微目之，翠鳳明璫㉖，容華絕世。

既而酌以金爵㉗，大容數斗㉘。公思此物可以持驗同人，陰內㉙袖中。偽醉隱几㉚，頹然㉛而寢。皆曰：「相公醉矣。」居無何，聞新郎告行，笙樂暴作，紛紛下樓而去。已而主人斂酒具，少一爵，冥搜㉜不得。或竊議臥客；翁急戒勿語，惟恐公聞。

移時，內外俱寂，公始起。暗無燈火，惟脂香酒氣，充溢四堵㉝。視東方既白，乃從容出。探袖中，金爵猶在。及門，則諸生先俟，疑其夜出而早入者。公出爵示之。眾駭問，因以狀告。共思此物非寒士㉞所有，乃信之。

後舉進士，任於肥丘㉟。有世家朱姓宴公，命取巨觥㊱，久之不至。有細奴㊲掩口與主人語，主人有怒色。俄奉金爵勸客飲。諦視之，款式雕文，與狐物更無殊別。大疑，問所從製。答云：「爵凡八只，大人為京卿㊳時，覓良工監製。此世傳物，什襲㊴已久。緣明府辱臨㊵，適取諸箱簏，僅存其七，疑家人所竊取；而十年塵封如故，殊不可解。」公笑曰：「金杯羽化㊶矣。然世守之珍不可失，僕有一具，頗近似之，當以奉贈。」

終筵歸署，揀爵馳送之。主人審視，駭絕。親詣㊷謝公，詰所自來。公乃歷陳顛末。始知千里之物，狐能攝致，而不敢終留也。

【注釋】❶歷城殷天官　歷城的殷士儋。歷城，縣名，即今濟南市歷城區。殷天官，歷城人殷士儋，字正甫，曾任吏部尚書、武英殿大學士。後人以「天官」稱吏部，故稱殷天官。❷連亙　連接不斷。❸諸生　明清時期經考試錄取而進入府、州、縣各級學校學習的生員。生員有增生、附生、廩生、例生等，統稱諸生，即秀才。❹共醵為筵　一起湊錢請酒席。醵，湊錢買酒。筵，酒席。❺長莎　高高的雜草。莎，多年生草本植物，地下的塊根稱「香附子」，可入藥，此泛指雜草。❻上弦　農曆每月的初七或初八，在地球上看到月亮呈月牙形，其弧在右側，這種月相叫「上弦」或「上弦月」。❼摩娑　也作「摩娑」、「摩莎」，即摸索。❽月臺　在古時建築上，正房、正殿突出連著前階的平臺叫「月臺」，由於寬敞而通透，一般前無遮攔，故是看月亮的好地方，也就成了賞月之臺。❾銜山一線　月亮落山將盡之際，唯留一線光明，如同山頭將月亮含在嘴裡，只留一線。❿牛

女　牛郎星和織女星。⑪籍籍　紛亂的樣子。⑫蓮燈　蓮花形的風燈，婚嫁時常用。⑬諦視　仔細察看。⑭相公倜儻　相公，舊稱上層社會的年輕人。倜儻，灑脫；不拘束。⑮箕箒女　持箕帚之女，謙稱自己出嫁的女兒。箕箒，畚箕和掃帚，皆掃除之具。⑯于歸　女子出嫁。《詩．周南．桃夭》：「之子于歸，宜其室家。」⑰嘉禮　西周五禮之一，後世多指婚禮。⑱拙荊　舊時謙稱自己的妻子。東漢隱士梁鴻的妻子孟光，生活儉樸，以荊枝作釵，粗布為裙，後因以「拙荊」謙稱自己的妻子。⑲少選　一會兒；不多久。⑳籠紗　用紗罩籠住的燈。㉑儐代主人迎接客人。㉒粉黛　白粉和黑粉，指年輕貌美的女子。㉓酒胾霧霈　美酒好肉，熱氣騰騰。胾，大塊的肉。霧霈，熱氣蒸騰的樣子。㉔玉碗金甌　金玉製成的酒食用具。玉碗，玉製的食具，亦泛指精美的碗。金甌，金的盆、盂之類。㉕環珮璆然　環珮叮咚。環珮，古人所繫的珮玉，後多指女子所佩的玉飾。璆然，形容珮玉相擊聲。㉖翠鳳明璫　頭插翡翠鳳釵，耳戴明珠耳環。璫，珠玉製成的耳飾。㉗金爵　金酒杯。爵，古代飲酒的器皿，三足，以不同的形狀顯示使用者的身分。㉘斗　古代盛酒器。㉙陰內　偷偷放到。內，通「納」。㉚隱几　趴在几案上。㉛頹然　倒下的樣子。㉜冥搜　盡力尋找搜集。㉝四堵　四壁之內。㉞寒士　出身低微的讀書人。㉟肥丘　地名，未詳。㊱巨觥　大酒杯。觥，古代酒器。㊲細奴　小僮。㊳大人為京卿　大人，對父母叔伯等長輩的敬稱。京卿，即「京堂」，明清時稱各衙門長官為京堂，意為堂上之官。㊴什襲　將物品層層包裹，珍重地藏好。什，形容多。襲，量詞。套；層。㊵明府辱臨　明府，漢代對太守的尊稱，唐以後多用以稱縣令。辱臨，敬稱他人的來臨。㊶羽化　舊時迷信的人說仙人能飛升變化，把成仙稱為羽化。此指酒杯丟失。㊷詣前往；到。

【語　譯】歷城縣的殷天官，小時候家貧，卻很有膽略。縣城有座官宦人家的舊宅第，有幾十畝寬大，樓閣連成一大片。裡面經常發生怪異之事，因此曠廢著無人居住；時間長了，蓬蒿漸漸長滿了庭院，大白天也沒人敢進去了。

殷天官碰巧與秀才們在一起喝酒，有人開玩笑說：「誰敢在那大宅門裡住一宿，大家就湊錢擺席請他。」殷天官跳起來說：「這有何難！」帶上一張席子就走去。眾人把他送到門口，戲耍他說：「我們暫時在門外等你。要是見到什麼，就大聲叫喊。」殷天官笑著說：「如有鬼狐，就捉一個來作證。」說完就進去了。只見長長的野草遮住了路徑，蓬蒿、艾草紛亂如麻。正是初七八的上弦月，還好月色昏黃，依稀看得到門庭戶限。他摸索著走過幾進院落，才到了最後面的樓宇。登上月臺，見上面光潔可愛，就停了下來。抬頭西望，月銜西山，只留一線光明。他坐了很久，根本沒有一點異常，就暗笑傳言的虛假不實。他鋪好席子，枕著石頭，臥看著銀河兩岸迢迢的牽牛織女星。

一更快過了，殷天官迷迷糊糊就想睡過去。樓下突然傳來腳步聲，噔噔噔走上樓來。殷天官假裝睡著斜眼偷看，見一個青衣小丫鬟，挑著一盞蓮花燈走上來，猛然見了殷天官，嚇得退了回去。她對後面的人說：「有個生人在這裡。」下面有人問：「是誰？」回答說：「不認識。」一會兒，一個老頭上來，湊近殷天官細看一番，說：「這是殷尚書，他已經睡熟了。只管辦我們的事，相公灑脫不羈，大概不會責怪我們。」就一個個跟隨著進了樓。隨後樓門全都打開了。

過了一會兒，來往的人更多了。樓上燈火通明，亮如白晝。殷天官稍微翻了翻身，發出了咳嗽聲。老頭聽見他醒了，就出來，跪拜說：「小人有個女兒，今夜出嫁。沒想到冒犯了貴人，希望不要怪罪。」殷天官站起身，拉起他來說：「我不知道今晚舉行婚禮，慚愧沒帶什麼賀禮。」老頭說：「貴人光臨，驅凶避邪，是我們的大幸。就麻煩您陪坐一會兒，我們就更加榮光了。」殷天官很高興，就答應了他。走進樓中一看，陳設芳香華麗。接著就有個婦人出來拜見，大約四十多歲。老頭說：「這是我內人。」殷天官對她還了一禮。

不一會兒，就聽見樂聲大作，有人奔跑上來，說：「來了！」老頭走出去迎接，殷天官也站起身等候。很快，一簇紗燈引導著新郎走了進來。新郎約十七八歲，相貌俊美，風度翩翩。老頭命新郎先向殷天官施禮。新郎看著殷天官。殷天官便以儐相的身分，行了半主之禮。接著岳父、新女婿交互施禮，禮畢，就入席坐下。轉眼之間，粉白黛綠的丫鬟紛紛上來，熱氣騰騰的酒肉擺上了席面，玉碗金杯，光照几案。酒過數巡，老頭命丫鬟請小姐來。丫鬟答應著進去，小姐卻遲遲不肯出來。老頭起身，親自掀開帷幔催促她。接著，丫鬟僕婦數人簇擁著新娘子出來了，環佩叮咚，芳香四溢。老頭命她向上參拜。她拜完了起身，就坐在母親身邊。殷天官瞥眼一看，新娘子頭插翡翠鳳釵，戴著明珠耳環，真是榮華絕代。

隨後，老頭拿出金杯敬酒，杯大能盛好幾斗酒。殷天官暗想這東西可以拿去向朋友們作證，便偷偷地藏到袖子裡。他假裝喝醉了，萎靡不振地趴在桌子上大睡。眾人都說：「殷相公喝醉了！」過了不久，聽到新郎告辭，樂聲重又大作，眾人紛紛下樓而去。最後，主人收拾酒具，發現少了一只金杯，到處找遍了也沒找到。有人竊竊私語，懷疑說可能是躺著的那個人幹的；老頭急忙阻止說不要亂說，唯恐殷天官聽到。

過了一會兒，樓裡樓外一片寂靜，殷天官才站起身來。樓裡昏暗、燈火全無，只有脂粉香、美酒味，還充滿整個房間。殷天官看見東方已經發白，就從容自在地走出樓來。摸摸袖筒裡，金杯還在裡邊。走到大門口，秀才們已經先等在那裡了，他們懷疑殷天官是昨夜出來今早進去的。殷天官就拿出金杯給他們看。眾人驚問原由，殷天官就把情況告訴他們。秀才們都覺得這東西不是貧寒之士能有的，就相信了殷天官。

後來，殷天官考中進士，到肥丘做官。有個姓朱的官宦人家宴請他，讓人取大杯子喝酒，過了很久卻不見拿來。有個小童捂著嘴和主人說話，主人面露怒容。隨後，拿來金杯子勸酒。殷天官仔細看那金杯，款式雕花與狐仙婚宴上的一模一樣。他非常疑惑，就詢問主人酒杯是哪裡製作的。主人回答說：「金杯共八只，是先輩在京城做官時，尋找能工巧匠製作的。這是家裡世代相傳的東西，珍藏很久了。今天因為縣大人您屈駕光臨，才從箱子裡取出來，結果僅剩下七只，懷疑家裡人偷去了；可是箱子封了十年，塵土印記仍是原樣，真是弄不明白。」殷天官笑著說：「金杯成仙飛走了。但是世代相傳的寶貝不能丟失，在下有一個，和你的很相似，應該贈送給你。」

酒宴結束回到縣衙，殷天官找出那只金杯派人飛快送了去。主人仔細檢視，驚呆了。親自到縣衙向殷天官致謝，詢問金酒杯的來歷。殷天官便詳細講了事情的始末。這才知道千里之外的東西，狐仙都能攝取了來，但卻不敢永遠留著自己使用。

【研　析】《聊齋誌異》讀多了，就會發現其結構上的一個祕密，打個不恰當的比方——當然，任何比喻都是蹩腳的——就好比算數學題，其固定的格式就是：已知，求，解，答。《聊齋誌異》也往往一開篇就用一兩句話把人物性格托出來，然後慢條斯理、千回百折地對這一性格進行描寫和證明。這描寫、證明的過程，就是作者更是讀者心理遊歷和冒險的過程。蒲松齡真正做到了讓你哭，讓你笑，讓你等待。

這篇〈狐嫁女〉，一上來就說「歷城殷天官，少貧，有膽略」，寥寥十字，就把人物的籍里、姓氏、官職、家庭狀況、性格特點給概括無遺了。天官是官名，《周禮》分設六官，以天官冢宰居首，統御百官，因此後世亦稱吏部為天官。歷城的殷士儋後來做過朝廷的禮部尚書，所以稱他為「殷天官」。此篇故事發生的時候，他還沒做天官，但是小說劈頭就說出「天官」二字，這就給讀者一種期待，我們要看看他到底有何等行為，能勝任天官一職。這就好比《紅樓夢》第五回的那些正副冊子，人物還沒登場，就把他們各自的命運將來都給預告出去了，以至於後來人物的一舉一動、一顰一笑都關聯著命運氣數，不由讀者不心驚肉跳、唏噓嘆惋。

殷天官少年貧窮，但極富膽略。膽略，就是膽識和才略。《三國志・吳書・呂蒙傳》云：「公瑾雄烈，膽略兼人。」唐張籍《贈趙將軍》詩云：「當年膽略已縱橫，每見妖星氣不平。」明唐順之《都督沉紫江生墓碑記》云：「自少英氣磊磊，雄膽略。」看來成大器、做大事、任大官的人，都少不了「膽略」這一必要心理要素。關於殷天官的膽略，《聊齋誌異》評點家何守奇有極為精到的點評。他說：「假寐、曳翁、揖媼、儐婿，寫尚書倜儻如畫，然要是有膽略耳。竊爵還爵，並見尚書雅度。」殷天官的一系列行動，表面看是風流倜儻、瀟灑自如，其實是靠著過人的膽略做底子的；若沒有過人的膽略，任何風流瀟灑之舉動都要大打折扣、減色少香。這就把人物性格分析得入木三分了。

他的後一句話說「竊爵還爵，並見尚書雅度」，這也見出了殷天官大膽略之中的一個小側面：「雅度」。我們知道殷天官是少年貧窮的，但是他見到「金爵」這樣的稀世珍寶，想到的不是偷回家去賣錢花，而是「思此物可以持驗同人，陰內袖中。偽醉隱几，頽然而寢」。雖然是偷東西，但其目的不是鬻金自肥，而是作為到此一遊的有力見證，並且舉止行動羞赧可喜，這就不但不是穢行，而且還饒有趣味了。至於殷天官最後將金爵還歸真正的主人，更是不但物歸原主成人之美，而且語言優雅合度得體。有如此之膽略和雅度，其為天官，不亦宜乎！

三生

劉孝廉❶，能記前身事。與先文貢兄為同年❷，嘗歷歷❸言之。一世為搢紳❹，行多玷。六十二歲而沒。初見冥王，待以鄉先生❺禮，賜坐，飲以茶。覷冥王琖中，茶色清澈；己琖中濁如醪❻。暗疑迷魂湯❼得勿此耶？乘冥王他顧，以琖就案角瀉之，偽為盡者。俄頃，稽❽前生惡錄；怒，命群鬼捽❾下，罰作馬。即有厲鬼縶去。

行至一家，門限❿甚高，不可踰。方趑趄⓫間，鬼力楚⓬之，痛甚而蹶⓭。自顧，則身已在櫪⓮下矣。但聞人曰：「驪馬⓯生駒矣，牡⓰也。」心甚明了，但不能言。覺大餒⓱，不得已，就牝馬求乳。逾四五年，體修偉。甚畏撻楚，見鞭則懼而逸。主人騎，必覆障泥⓲，緩轡⓳徐徐，猶不甚苦；惟奴僕圉人⓴，不加韉裝㉑以行，兩踝㉒夾擊，痛徹心腑。於是憤甚，三日不食，遂死。

至冥司，冥王查其罰限未滿，責其規避[23]，剝其皮革，罰為犬。意懊喪，不欲行。群鬼亂撻之，痛極而竄於野。自念不如死，憤投絕壁，顛[24]莫能起。自顧，則身伏竇中，牝犬舐而腓字[25]之，乃知身已復生於人世矣。稍長，見便液，亦知穢；然嗅之而香，但立念不食耳。為犬經年，常忿欲死，又恐罪其規避。而主人又豢養[26]，不肯戮。乃故嚙主人脫股肉。主人怒，杖殺之。

冥王鞫狀[27]，怒其狂猘[28]，笞數百，俾作蛇。囚於幽室，暗不見天。悶甚，緣壁而上，穴屋而出。自視，則伏身茂草，居然蛇矣。遂矢志[29]不殘生類，飢吞木實。積年餘，每思自盡不可，害人而死又不可；欲求一善死之策而未得也。一日，臥草中，聞車過，遽[30]出當路；車馳壓之，斷為兩。

冥王訝其速至，因蒲伏[31]自剖。冥王以無罪見殺，原之，准其滿限復為人，是為劉公。公生而能言，文章書史，過輒成誦。辛酉舉孝廉㉜。每勸人：乘馬必厚其障泥；股夾之刑，勝於鞭楚也。

異史氏曰：「毛角之儔㉝，乃有王公大人在其中；所以然者，王公大人之內，原未必無毛角者在其中也。故賤者為善，如求花而種其樹；貴者為善，如已花而培其本：種者可大，培者可久。不然，且將負鹽車㉞，受羈馽㉟，與之為馬；不然，且將啖便液，受亨割，與之為犬；又不然，且將披鱗介㊱，葬鶴鸛㊲，與之為蛇。」

【注釋】❶孝廉　漢武帝時設立的察舉考試的一種科目，是孝順父母、辦事廉正的意思。後來變成明清時對舉人的雅稱。❷先文賁兄為同年　先，對死去的人的尊稱。文賁兄，作者族兄蒲兆昌，字文賁。同年，科舉時代同榜錄取的人互稱同年。❸歷歷　清晰分明。❹搢紳　也作「縉紳」。插笏於紳。紳，古代仕宦者和儒者圍於腰際的大帶。後用為官宦或儒者的代稱。❺鄉先生　古時尊稱辭官居鄉或在鄉教學的老人。❻醪　未過濾的酒；濁酒。❼迷魂湯　迷信傳說，死後喝了迷魂湯，就記不得前生的事了。❽稽　考察。❾捽　揪；抓。❿門限　門檻。⓫趑趄　想前進又不敢前進，形容疑懼不決，猶豫觀望。⓬楚　荊條；打人的刑杖。這裡用作動詞，作責打講。⓭蹶　跌倒。⓮櫪　馬槽。⓯驪馬　黑馬。⓰牡　雄性的鳥或獸，與「牝」相對。⓱餒　飢餓。⓲障泥　垂於馬腹兩側，用於遮擋塵土的東西。⓳緩轡　放鬆韁繩，騎馬緩行。轡，駕馭牲口的嚼子和韁繩。⓴圉

人　養馬的人。㉑韉裝　鞍、韉之類騎具。韉，鞍下軟墊。㉒踝　腳腕兩旁凸起的部分，亦稱「踝子骨」。㉓規避　設法躲避。㉔顛　跌倒。㉕腓字　庇護養育。腓，庇護。字，養育。㉖豢養　餵養；馴養。㉗鞫狀　審訊罪狀。鞫，審問犯人。㉘猘　狂犬。㉙矢志　立下誓願和志向，以示決心。㉚遽　急速；匆忙。㉛蒲伏　猶「匍匐」，伏地而行。㉜辛酉舉孝廉　辛酉年考中舉人。辛酉，明熹宗天啟元年。孝廉，指舉人。㉝毛角之儔　披毛戴角之類，指禽獸。㉞負鹽車　拉著鹽車。㉟羈馽　馬絡頭和絆馬索，引申為拘束。羈，馬籠頭。馽，絆馬足的繩索。㊱鱗介　泛指有鱗和介甲的水生動物。㊲鶬鸛　這兩種鳥常以蛇為食。

【語　譯】劉孝廉，能記得自己前身的事情。他與我死去的哥哥蒲文賁為同年舉人，曾向我哥哥清楚地敘述過他自己的前生事。

劉孝廉有一世是個做官的，行為上有很多汙點。他在六十二歲時死去。第一次見到閻王，閻王按退休有德的紳士款待他，請他坐下，獻上香茶。他暗中觀察閻王的茶杯，發現茶色清澈見底；自己杯中的茶色，渾濁如酒。他想傳說中的迷魂湯大概就是這個吧？於是趁閻王轉頭的時候，端起茶杯從桌角處把茶水倒掉，假裝是自己喝完了。不一會兒，閻王檢查他生前的種種罪過；大怒，下令群鬼把他揪下殿去，罰他變做馬。立刻就有一名惡鬼把他拴去。

他們來到一戶人家，門檻很高，他邁不過去。正當他猶豫不進時，惡鬼狠命抽打他，他忍受不了疼痛倒在地上。這時，他回頭一看，發現自己身子已經在馬槽跟前了。只聽有人說：「黑馬生了個小馬駒，是公的。」他心裡明白，就是說不出話來。他感到肚子餓得很，不得已只好到母馬跟前吃奶。過了四五年，身體長得很高大。但他非常害怕鞭打，看到鞭子就害怕得跑開。主人騎他時，一定給他披好肚子兩旁遮擋泥土的障幅，放鬆韁繩慢慢地跑，他還不感到十分痛苦；只是那些僕人和馬伕們不加馬鞍拉過來就騎，兩腿夾擊使他痛徹心扉。因此他無比怨憤，三天不吃草，就死了。

他回到閻王殿，閻王一核查發現他受罰的時間還未到期，責備他有意躲避，剝掉了他的馬皮，罰他變成狗。他懊惱不堪，不想去。群鬼上來亂打他，他痛極了便向野外跑去。一想不如死了拉倒，就悲憤地跳下懸崖，摔得站不起來。一看，發現身子已經在狗窩裡，母狗正在舔他的身子給他餵奶，這才明白自己又來到人間了。他長大了一點後，見到糞便心裡也知道髒；但聞著卻很香，但下定決心不吃糞便。做狗做了一年，他常常忿恨地想死，又害怕閻王責備他有意躲罪。主人豢養待他很好，又不肯殺死他。他就故意咬主人，主人腿上的肉被他咬掉了。主人大怒，就用棒子打死了他。

閻王核查他的罪狀，怪罪他發瘋發狂，打了他幾百竹板，讓他做蛇。他被囚禁在暗室裡，黑得不見天日。悶極了，他便沿著牆爬上去，從一個洞裡鑽出了屋。一看，發現自己已經趴在茂盛的野草叢裡，居然變成了一條蛇。於是他發誓不傷害生靈，餓了便吞吃植物的果實。這樣過了一年多，常常想自殺不可行，害人讓人打死也不可行；想找一個死的好辦法一直沒有找到。一天，他趴在野草叢中，聽到有車子通過，便突然竄出來橫臥在路中；車跑過去後他被壓斷為兩截。

閻王奇怪他回來得這樣快，他便趴在地上自己把經過詳細說了一遍。閻王覺得他這次是沒有罪而被車壓死的，就原諒了他，准許他懲罰期滿後重新做人，這就是劉公。劉公生下來就能說話，文章經史，看一遍就能背誦。辛酉年考中舉人。他常勸人說：乘馬時一定要加厚障幅；兩腿夾肚的痛楚，比鞭子抽打還難受。

異史氏說：「有毛有角的獸類裡，竟然有王公大人在裡面；之所以這樣，是因為王公大人裡邊，原來就未必沒有畜牲。因此卑賤的人做善事，如同求花而先去種樹；尊貴的人做善事，如同開了花而去培花木的本：種下的樹可以長大，培了土的花木可以長久。不這樣，就會被派去拉鹽車，受繩勒，讓他變做馬；不這樣，就將吃屎尿，受烹割，讓他去做狗；不這樣，就讓他披上鱗甲，葬在鶴鳥鸛鳥的肚子裡，讓他去做蛇。」

【研　析】〈三生〉講劉孝廉因為行為多玷，先變為馬，再變為犬，後變為蛇，歷三世最終才成為人，並且還考中了舉人。三次死亡，一次比一次不堪，卻一次比一次執著而多人情。如果把這三次死亡，看做人生的三重境界、佛家的三次涅槃，也是完全可以的。人是萬物之靈，來源於動物但又超越動物，只有滌除了動物性的冥頑不化，才能成就人生的高尚和純潔。就這樣，劉孝廉終於超凡脫俗，成為有學識的舉人、有良心的善人。

且看他第一次死去。閻王對他禮貌有加，賜坐賞茶。但是他「覷冥王琖中，茶色清澈；己琖中濁如醪。暗疑迷魂湯得勿此耶？乘冥王他顧，以琖就案角瀉之，偽為盡者」。這是多麼大膽和多麼狡猾的舉止啊。假如讓閻王發現了那會怎樣？此時此地，他可能沒有這層擔心，自然而然就那樣做了。他「一世為搢紳，行多玷」，長期的縉紳生涯，做夠壞事而沒人敢說半個「不」字。閻王罰他作馬後，他是心有不甘的，所以他趑趄不前。但是打熬不過肚子餓，不得已還是去吸食馬奶。最後忍受不了騎馬者的兩踝夾擊之痛，絕食而死。在這一階段，他猶豫彷徨，身不由己，似乎還沒有形成自己的獨立性格。

他第二次死去，閻王剝了他的馬皮讓他做犬。他「意懊喪，不欲行」，這已經是有意識的反抗了——你想，反抗閻王那得是多大的膽量，《聊齋誌異》中，除了席方平，就是他了。無奈「群鬼亂撻之，痛極而竄於野。自念不如死，憤投絕壁，顛莫能起」，反抗不行就逃竄，逃竄不行就自殺，其剛烈之氣令人讚嘆。「自顧，則身伏竇中，牝犬舐而腓字之，乃知身已復生於人世矣」，幸虧沒喝「迷魂湯」，否則忘了出身，就萬劫不復矣。「稍長，見便液，亦知穢；然嗅之而香，但立念不食耳」，狗眼裡的穢物，也許就是人眼裡的贓物，「立念不食」，已有潔身自好之氣概矣。「為犬經年，常忿欲死，又恐罪其規避。而主人又豢養，不肯戮。乃故齧主人脫股肉。主人怒，杖殺之」，有勇有謀，離人不遠矣。

誰知他第三次死去卻做了蛇。「囚於幽室，暗不見天。悶甚，緣壁而上，穴屋而出」，這是心向光明的修煉。「遂矢志，不殘生類，飢吞木實」，這是悲天憫人的情懷。「一日，臥草中，聞車過，遽出當路；車馳壓之，斷為兩」，這是三十六計中的上上之計。至此，他真的可以做人了。芸芸眾生既可向善又可向惡，因此要每天去一點邪氣，增一點正氣，進德修業，便能更加接近真善美。

狐入瓶

萬村石氏之婦，祟於狐❶，患之，而不能遣❷。扉後有瓶，每聞婦翁❸來，狐輒遁匿❹其中。婦窺之熟，暗計而不言。一日，竄入。婦急以絮塞其口，置釜❺中，燂❻湯而沸之。瓶熱。狐呼曰：「熱甚！勿惡作劇。」婦不語。號❼益急，久之無聲。拔塞而驗之，毛一堆，血數點而已。

【注釋】❶祟於狐　受狐狸禍害。祟，鬼神製造的災禍。❷遣　驅趕。❸翁　丈夫的父親，此處似應指丈夫。〈夜叉國〉云：「母夜叉見翁怒罵，恨其不謀。徐謝過不遑。」此「翁」即指母夜叉的丈夫徐氏。❹遁匿　躲藏。❺釜　一種鍋。❻燂　放在火上使熱。❼號　大聲哭叫。

【語譯】萬村人石氏的老婆，被狐狸纏身，常為此而苦惱，卻不能把狐狸驅走。房門後頭有只瓶子，每當聽到婦人的丈夫來時，狐狸就逃到瓶中躲藏起來。婦人看準了這一點，心裡算計好了卻不出聲。一天，狐狸又鑽進瓶子裡。婦人趕忙用棉絮把瓶口塞住，放到鍋中，把水燒開煮沸。瓶子越來越熱，狐狸叫道：「太熱了！你不要惡作劇呀。」婦人不說話。狐狸叫得更厲害了，過了一段時間，就沒有聲音了。拔下塞子一看，只有一堆狐狸毛，幾滴狐狸血而已。

【研　析】世上本無鬼神，是人類創造了鬼神。鬼神的法力無邊，正好折射了人類力量的渺小。同樣，小小一隻狐狸，只是萬千動物中的一種而已，現實中看到牠們戰戰兢兢、膽小害怕的樣子，料想也沒有什麼超人的神術，但是人也按照人類社會的形制，建造了狐類社會的秩序。人之中，不乏為人師表的正人君子、滿腹詩書的文人雅士，自然也就有熱衷鑽人床笫的流氓惡棍。狐也一樣，有好狐也有惡狐。好在狐的能力不及鬼神大，人既然創造了牠的神奇，也就有辦法控制牠的淫肆。萬村的石家媳婦兒，被一隻狐狸纏上了，像狗皮膏藥一樣粘得緊緊的脫不了身，深受其苦。但是這位婦女比起〈賈兒〉中的那位婦人聰明多了，她不用別人幫忙，靠自己的智慧和力量就殺死了那位色膽包天、智商了了的淫狐。求人不如求己，鬥勇不如鬥智，誠哉。

真定女

真定❶界，有孤女，方六七歲，收養於夫家。相居一二年，夫誘與交而孕。腹膨膨而以為病也，告之母。母曰：「動否？」曰：「動。」又益異之。然以其齒太稚❷，不敢決❸。未幾，生男。母嘆曰：「不圖拳母，竟生錐兒！」

【注　釋】❶真定　縣名，即今河北正定。❷齒太稚　年齡太小。❸決　拿定主意。

【語　譯】真定縣境內，有個孤女，才六七歲，收養在丈夫家裡。一起住了一二年，丈夫引誘與她發生關係，因此懷了孕。她肚子鼓鼓的以為病了，就告訴了婆婆。婆婆問她說：「會動嗎？」孤女說：「會動。」婆婆更覺奇怪。但是因為她年齡太小，就不敢斷然判定。不久，孤女生下一個男嬰。婆婆感嘆說：「沒想到拳頭大的一個媽媽，竟生出個錐子把兒般的兒子。」

【研　析】世界之大，無奇不有；人身奇妙，匪夷所思。《聊齋誌異》是一部「百科全書式」的短篇小說集，「志怪」、「傳奇」是其志趣，所以在其中見到〈真定女〉這樣的故事也就不足為怪、不值得稱奇了。

問題是八九歲的女孩有沒有可能懷孕生子？請看從網上查到的一則資料：根據英國《太陽報》揭露的駭人統計，不少年僅十歲的英國女童就已懷孕。過去八年來，有十五名十歲以及三十九名十一歲小學女童，小小年紀就珠胎暗結。報導指出，英格蘭和威爾士地區，每年約有三〇〇名十三歲以下女孩懷孕。《太陽報》依據信息自由法(Freedom of Information Act)取得前述駭人聽聞的統計數字。統計顯示，二〇〇二年迄今，分別有二六八名十二歲女孩、二五二七名十三歲女孩、一四七七七名十四歲女孩以及四五八六一名十五歲女孩懷孕。在此之前，英國境內年紀最小的孕婦是一名十一歲的蘇格蘭女童，她於十二歲時生產。由於無法取得非法墮胎及流產數據，女童懷孕實際數字可能更高。(二〇一〇年二月十日，來源：中國新聞網) 如果這則資料屬實，而不是當代《聊齋》和洋《聊齋》，那麼蒲松齡所記載的現象就有一定的可信性，雖然經過輾轉傳播或故意聳人聽聞，在年齡上不免誇大或縮小幾歲。

當然，《聊齋誌異》是文學作品，我們看重的仍是它的文學性，就是這麼小小的一件事，蒲松齡也把它寫得妙趣橫生。「腹膨膨而以為病也，告之母。母曰：『動否？』曰：『動。』又益異之。然以其齒太稚，不敢決。」行文簡潔到不能再簡潔了，描摹細膩，口吻畢肖，心理活動如現，真是以己之少少，勝人之多多。「不圖拳母，竟生錐兒」一句，如自《世說新語》中來，確實幽默俏皮，在輕描淡寫之間表現了婆婆心情的無可奈何和對既成事實的體諒寬容，難言之隱，一笑了之也。

靈官

朝天觀❶道士某，喜吐納之術❷。有翁假寓觀中，適同所好，遂為玄友❸。

居數年，每至郊祭❹時，輒先旬日而去，郊後乃返。道士疑而問之。翁曰：「我兩人莫逆❺，可以實告：我狐也。郊期至，則諸神清穢，我無所容，故行遯❻耳。」

又一年，及期而去，久不復返。疑之。一日忽至。因問其故。答曰：「我幾不復見子矣！曩❼欲遠避，心頗怠，視陰溝甚隱，遂潛伏卷甕❽下。不意靈官糞除❾至此，瞥❿為所睹，憤欲加鞭。余懼而逃。靈官追逐甚急。至黃河上，瀕將及矣。大窘無計，竄伏溷⓫中。神惡其穢，始返身去。既出，臭惡沾染，不可復遊人世。乃投水自濯訖⓬，又蟄隱穴中，幾百日，垢濁始淨。今來相別，兼以致囑⑬：君亦宜引身他去，大劫將來，此非福地也。」言已，辭去。

道士依言別徙。未幾而有甲申之變⑭。

【注釋】❶朝天觀　北京朝天宮。❷吐納之術　吐故納新，古代道家的養生之術。❸玄友　道友。玄，道家學說。❹郊祭　帝王祭祀天地。❺莫逆　沒有抵觸，感情融洽。❻行遯　逃走躲避。❼曩　以前。❽卷甕　小甕，人們常去其底，安裝於陰溝出口處。❾靈官糞除　靈官掃除汙穢。靈官，道教的護法天神，其中最有名的是「王靈官」，很多道家宮觀中，鎮守山門的一般都是這位王靈官。糞除，清除。❿瞥　短時間地大略看看。⓫溷　廁所。⓬訖　終了；完畢。⓭致囑　告訴；囑咐。⓮甲申之變　明崇禎十七年甲申，李自成攻占北京，明亡，史稱甲申之變；清兵入京，也在此年。

【語譯】北京朝天觀的一位道士，喜歡吐納氣功。有個老頭兒借住在觀中，恰好也喜歡吐納氣功，二人就成了道友。

老頭兒在這裡住了好幾年，每到帝王郊祭的時候，他總是提前十天離開這裡，郊祭後再返回觀中。道士不大明白，就問他緣故。老頭兒說：「我們兩人是莫逆之交，我就實話告訴你：我是狐狸啊。郊祭的日子一到，各路神仙都要掃除汙穢，我無處容身，只好先行逃避。」

又過了一年，到郊祭時他又走了，可是很久卻沒有返回觀中。道士不明白怎麼回事。一天，老頭兒突然回來了。道士問他怎麼了。他回答說：「我差點兒就見不到你了！我很早就想遠遠躲避，但是心裡不免懈怠，看到陰溝裡很隱蔽，我就潛伏在卷甕下面。沒想到靈官掃除到這裡，一眼被他瞅見，生氣地要鞭打我。我懼怕地逃走。靈官追趕得很急。我跑到黃河邊上，眼看就要被追上了。我實在沒有辦法，就躲到廁所裡。神人嫌太骯髒，才返身回去。我出來以後，身上沾染了惡臭，不能再在人世間出現。於是跳到水裡清洗乾淨，又隱居洞中將近一百天，汙垢穢濁才算清除乾淨了。今天來和你告別，並囑咐你幾句話：你也應該離開這裡到別處去，一場大劫難就要來臨了，這裡不是個好地方啊。」說完，告別而去。

道士聽從了他的話，遷到別的地方去了。不久，就發生了李自成進京、明朝滅亡的甲申之變。

【研　析】北京朝天觀的這位狐仙，具有未卜先知的能力。李自成進北京、明王朝覆滅的先機，他提前知道並告訴了「玄友」道士，使他及時躲避，避免了大的災禍。〈濰水狐〉篇中，蒲松齡還講過一個狐仙預言的故事：濰縣的李氏家裡，來了一個老翁租住他的別墅。老翁是隻老狐狸，自言是陝西人，陝西將有兵燹，所以來此避禍。果然不久就有陝西提督王輔臣起兵造反、清廷派兵鎮壓之事。這都充分顯示了狐仙的靈異性。

朝天觀的這位狐仙雖然靈異，卻也沒有神通廣大到無所不懼。比如狐狸怕鷹犬。《醒世姻緣傳》中有一位薛素姐，她前世是一隻狐狸精，在蒼鷹獵犬的追逐下現出原形，被晁源一箭射死。她投胎轉世變為素姐，也仍然被薛如卞的鶻鷹嚇得魂不附體。後來她沿路趕船追尋晁源，追到黃河邊上，「見那黃河一望無際，焦黃的泥水，山大的浪頭，掀天潑地而來，又未免有十來分害怕。」再如狐狸怕渡河。蒲松齡在〈汾州狐〉篇中寫道，汾州通判朱公與一隻美狐相親相愛，朱公卸任回家，美狐送到黃河邊就不走了。朱公強拉她上船，她說：「君自不知，狐不能過河也。」所以，朝天觀的這位狐仙才「懼而逃。靈官追逐甚急。至黃河上，瀕將及矣。大窘無計，竄伏溷中。神惡其穢，始返身去」。要不是神靈愛清潔、講衛生，他這條小命可能就要斷送在黃河邊上了。

狐仙也和人一樣，有所畏懼，也有惰性。他本來知道神靈是不會放過他的，可是他迷戀「吐納之術」和自己的「玄友」，懶得定期來回躲避奔波，就心存僥倖躲到了陰溝裡。沒想這一小小的怠惰，卻差點讓他命喪黃泉。懈怠之為害也大矣，可以無懼乎！

柳氏子

膠州❶柳西川，法內史之主計僕❷也。年四十餘，生一子，溺愛甚至。縱任之，惟恐拂。既長，蕩侈逾檢❸，翁囊積為空。無何，子病。翁故蓄善騾，子曰：「騾肥可啖，殺啖我，我病可愈。」柳謀殺蹇劣❹者。子聞之，即大怒罵，疾益甚。柳懼，殺騾以進。子乃喜。然嘗一臠❺，便棄去。疾卒不減，尋❻斃。柳悼嘆欲死。

後三四年，村人以香社登岱❼。至山半，見一人乘騾駛行而來，怪似柳子。比❽至，果是。下騾遍揖，各道寒暄❾。村人共駭，亦不敢詰其死。但問：「在此何作？」答云：「亦無甚事，東西奔馳而已。」便問逆旅❿主人姓名，眾具告之。柳子拱手曰：「適有小故，不暇敘間闊⓫。明日當相謁⓬。」上騾遂去。

眾既歸寓，亦謂其未必即來。厭旦[13]伺之，子果至，繫騾廄柱，趨進笑言。眾謂：「尊大人日切思慕，何不一歸省侍？」子訝問：「言者何人？」眾以柳對。子神色俱變，久之曰：「彼既見思，請歸傳語：我於四月七日，在此相候。」言訖，別去。

眾歸，以情致翁。翁大哭，如期而往，自以其故告主人。主人止之曰：「曩見公子神情冷落，似未必有嘉意[14]。以我卜[15]也，殆不可見。」柳涕泣不信。主人曰：「我非阻君，神鬼無常，恐遭不善。如必欲見，請伏櫝[16]中，待其來，察其詞色，可見則出。」柳如其言。

既而子果至，問：「柳某來否？」主人答云：「無。」子盛氣罵曰：「老畜產[17]那便不來！」主人驚曰：「何罵父？」答曰：「彼是我何父！初與義[18]為客侶，不圖包藏禍心，隱我血貲[19]，悍不還。今願得而甘心，何父之有！」言已，出門，曰：「便宜他！」柳在櫝歷歷聞之，汗流接踵[20]，不敢出氣。主人呼之，乃出，狼狽而歸。

異史氏曰：「暴得多金，何如其樂？所難堪者償耳。蕩費殆盡，尚不忘於夜臺㉑，怨毒之於人甚矣哉！」

【注釋】❶膠州　州名，即今青島膠州市。❷法內史之主計僕　法內史家的管家。法內史，法若真，字漢儒，號黃山、黃石，祖籍濟南，先祖於明朝景泰年間任職膠州，法氏後人遂定居膠州城裡，以為故里。法若真曾任內翰林國史院中書舍人，故稱「法內史」。主計僕，掌管財務的管家。❸蕩侈逾檢　放蕩奢侈，不守規矩。逾，過。檢，規範；規矩。❹蹇劣　駑鈍，拙劣。❺嘗一臠　吃一塊肉。臠，切成小塊的肉。❻尋　頃刻；不久。❼以香社登岱　結成香社登泰山。香社，結夥進香朝拜。岱，泰山，泰山又稱岱宗。❽比　及；等到。❾道寒暄　問寒問暖，指問候應酬。❿逆旅　客舍；旅館。⓫間闊　久別；久不相見。⓬謁　拜見。⓭厥旦　黎明。⓮嘉意　好的用意。⓯卜　古人迷信，用火灼龜甲，根據灼開的裂紋推測吉凶，引申為預料、猜測。⓰櫝　木櫃；匣子。⓱畜產　畜生。⓲義　情誼。⓳隱我血貲　侵吞我的血本。隱，藏匿。血貲，血本。貲，同「資」。⓴踵　腳後跟。㉑夜臺　墳墓，亦借指陰間。

【語譯】膠州的柳西川，是法內史的管家。四十多歲上，生了個兒子，非常溺愛。萬事由著他，唯恐他不如意。兒子長大後，浪蕩奢侈、毫不檢點，父親的錢袋子被他揮霍光了。

不久，兒子病了。柳西川本來養著頭好騾子，兒子說：「肥騾子肉好吃，殺了給我吃，我的病就好了。」柳西川便想殺一頭瘦弱的。兒子聽說了，就憤怒地叫罵起來，病情更加沉重了。柳西川害怕了，忙殺死肥騾子給他吃。兒子這才高興起來。可是只嘗了一口，就扔到一邊。兒子的病情到底沒有好轉，不久就死了。柳西川傷心得死去活來。

過了三四年，村裡的人結香社去朝拜泰山。到了半山腰，看到一個人騎著騾子迎面走來，大家奇怪他很像柳西川死去的兒子。等到了跟前，果然是他。柳氏子下了騾子，給眾人作揖行禮，互相問寒問暖。村人都很驚訝，也不敢問他死的事。只是問他：「你在這裡幹什麼？」他回答說：「也沒什麼事，到處溜達而已。」接著打聽眾人歇宿旅店主人的姓名，眾人告訴了他。他拱拱手說：「我剛好有點小事，來不及敘談別後之情了。明天我去拜訪你們。」騎上騾子就走了。

村人們回到旅店，以為柳氏子未必真來。第二天一早等著他，他果然來了，把騾子拴在欄圈的柱子上，走進屋子說笑起來。眾人說：「你父親天天想念你，你怎不回家看看他呢？」他驚訝地問：「你們說的是誰呀？」眾人說就是柳西川。柳氏子一聽，神色都變了，過了好久，才說：「他既然想我，請你們回去告訴他：我於四月七日，在這裡等他。」說完，告辭走了。

村人們回去後，把情況告訴了柳西川。柳西川大哭，如期趕到那家旅店，又把緣故告訴了店主人。主人勸阻他說：「那天我見公子神情冷酷，不像是懷有好意。依我看來，還是不見為好。」柳西川哭泣著說不可能。主人說：「我不是故意阻止你，鬼神無常，是怕你遭到不測。你若一定要見他，請你藏在櫃子裡，等他來了，看看他的言語神色，若可以見你再出來。」柳西川照他說的去做。

一會兒，柳氏子果然來了，問店主人：「柳某來了嗎？」主人回答說：「沒有。」柳氏子粗聲大氣地叫罵：「老畜牲怎麼還不來！」主人驚訝地說：「你怎麼罵父親？」柳氏子回答說：「他是我什麼父親！當初我憑著義氣與他合夥經商，不料他竟包藏禍心，暗中侵吞了我的血本，還耍賴不還。今天，我要殺了他才甘心，哪裡有什麼父親！」說完，走出門去，大罵：「便宜了他！」

柳西川在櫃子裡聽得清清楚楚，冷汗從頭流到腳後跟，大氣也不敢出。直到店主人叫他，他才出來，狼狽地逃回家去。

異史氏說：「突然得到很多金子，該有多麼快樂呀？所難堪的是償還啊。財產都給他蕩盡了，在陰間還念念不忘，對於人來說，這怨恨也算到了極點了！」

【研　析】明人徐樹丕《識小錄》卷一「無子說」條云：「有一富人無子，問禪師以往因。禪師曰：『你不少他的，他不少你的，他來怎的？』」《聊齋誌異》中的〈四十千〉篇，寫新城王大司馬家的主計僕，家裡頗為富有。忽然夢到一人竄進他的屋子，說：「汝欠四十千，今宜還矣。」醒後，他老婆生了個男孩。過了三四年，這孩子把四十千錢花盡了，也就死了。蒲松齡在文後說：「昔有老而無子者，問諸高僧。僧曰：『汝不欠人者，人又不欠汝者，烏得子？』」蒲松齡的這幾句話，顯然來自徐樹丕的「無子說」。接下來，蒲松齡還說：「蓋生佳兒，所以報我之緣；生頑兒，所以取我之債。生者勿喜，死者勿悲也。」蒲松齡看到了現實生活中許多弔詭悖謬的父子關係，他在徐樹丕對無子者的解釋基礎之上，又進了一步，他提出了一種對父子關係的獨特看法，認為這是因果報應的結果，超出人的主觀願望。

在〈柳氏子〉中，蒲松齡給我們講了一個類似的故事。膠州法內史的主計僕柳西川，年四十餘，生一子。照理說，在早婚多育的封建時代，四十多歲生一兒子不算稀奇，但是，柳西川是四十多歲才有了第一個兒子，這就有點不正常了。所以，接下來的故事就更加匪夷所思了。柳氏子放任驕縱，生病要吃騾子肉，柳西川只好殺了最肥美的騾子給他吃。可是柳氏子嘗了一口，就扔掉不吃了。一頭騾子和一口肉，其間的反差是很大的，放在任何一家都會是巨大損失。但是「可憐天下父母心」，為了救兒子的命，別說一頭騾子，就是要自己的命恐怕也是心甘情願的。可是，柳氏子畢竟死了，柳西川悲傷欲絕。過了三四年，柳西川的同村人到泰山進香，竟然碰到了柳氏子。柳氏子對鄉人們表現得很熱情，還專程到旅店裡看望他們，這說明柳氏子本身並不壞。可是等多嘴的鄉人們說出柳氏子與柳西川的關係後，情況就不同了。柳氏子惡言相向。好在旅店的主人古道熱腸、富有江湖經驗，設計救了柳西川，否則，其性命難逃是可想而知的。若真的那樣，也是活該，誰叫他昧了良心，侵吞了人家的血汗錢呢。

丁前溪

丁前溪，諸城❶人。富有錢穀。游俠❷好義，慕郭解❸之為人。御史行臺按訪之❹。丁亡去，至安丘❺，遇雨，避身逆旅❻。

雨日中不止。有少年來，館穀豐隆❼；既而昏暮，止宿其家，莝豆❽飼畜，給食周至。問其姓字，少年云：「主人楊姓，我其內侄❾也。主人好交遊，適他出，家惟娘子❿在。貧不能厚客給，幸能垂諒⓫。」問主人何業，則家無貲產⓬，惟日設博場，以謀升斗⓭。

次日，雨仍不止，供給弗懈。至暮，剉芻⓮；芻束濕，頗極參差。丁怪之。少年曰：「實告客：家貧無以飼畜，適娘子撤屋上茅耳。」丁益異之，謂其意在得直⓯。天明，付之金，不受；強付，少年持入。俄出，仍以反⓰客，云：「娘子言：我非業此獵食⓱者。主人在外，嘗數日不攜一錢；客至吾家，何遂索償⑱乎？」丁嘆贊而別。囑曰：「我諸城丁某，主人歸，宜告之。暇幸見顧。」

數年無耗⑲。值歲大饑，楊困甚，無所為計。妻漫勸詣丁⑳，從之。至諸，通姓名於門者㉑。丁茫不憶，申言㉒始憶之。躧履㉓而出，揖客入。見其衣敝踵決㉔，居之溫室，設筵相款，寵禮㉕異常。明日，為製冠服，表裏溫暖。楊義之㉖；而內顧㉗增憂，褊心㉘不能無少望。

居數日，殊不言贈別。楊意甚亟㉙，告丁曰：「顧不敢隱，僕來時，米不滿升。今過蒙推解㉚，固樂；妻子如何矣！」丁曰：「是無煩慮，已代經紀㉛矣。幸舒意㉜少留，當助資斧㉝。」走伻㉞招諸博徒，使楊坐而乞頭㉟，終夜得百金，乃送之還。

歸見室人㊱，衣履鮮整，小婢侍焉。驚問之。妻言：「自若去後，次日即有車徒賫送㊲布帛菽粟㊳，堆積滿屋，云是丁客所贈。又婢十指㊴，為妾驅使。」楊感不自已。由此小康㊵，不屑舊業矣。

異史氏曰：「貧而好客，飲博浮蕩者優為之；最異者，獨其妻耳。受之施而不報，豈人也哉？然一飯之德㊶不忘，丁其有焉。」

【注釋】❶諸城　縣名，即今濰坊諸城市。❷遊俠　古稱豪爽好結交，輕生重義，勇於排難解紛的人。❸郭解　字翁伯，西漢時期遊俠，後慘遭政府殺害。事蹟詳《史記·游俠列傳》。❹御史行臺按訪之　御史，官名，明清時有監察御史。行臺，臨時設立的代表中央的政務機構。按訪，訪查。❺安丘　縣名，即今濰坊安丘市。❻逆旅　客舍；旅館。❼館穀豐隆　招待吃的住的都很豐厚。館穀，食宿款待。豐隆，豐盛隆厚。❽莝豆　細碎的草和料豆。莝，鍘碎的草。豆，料豆，餵牲口用的黑豆或黃豆等，一般煮熟或炒熟。❾內侄　妻子的弟兄的兒子。❿娘子　對少婦的稱呼。⓫垂諒　見諒；賜予諒解。⓬貲產　同「資產」。⓭升斗　都是較小的容量單位，比喻收入微薄。⓮剉芻　鍘碎草料。剉，鍘碎。芻，餵馬的乾草。⓯直　通「值」。償還的價錢。⓰反　通「返」。歸還。⓱業此獵食　以此為業，獲取食物。獵食，捕捉或尋找食物。⓲索償　索要酬報。償，酬報。⓳耗　音信；消息。⓴漫勸詣丁　隨意地勸他去拜見丁某。漫，隨意；隨便。詣，造訪；拜見。㉑門者　看門人。㉒申言　再次陳說；重複述說。㉓躧履　趿拉著鞋。躧，踩著。履，鞋子。㉔衣敝踵決　衣服破爛，鞋子露著腳後跟。敝，破舊。踵，腳後跟。決，斷開；破裂。㉕寵禮　報恩的禮節。寵，恩惠。㉖義之　以之為義；認為他有義氣。㉗內顧　在外邊而顧念家事。㉘褊心　心胸狹窄。這裡指私下的想望。㉙亟　急迫。㉚過蒙推解　過分承蒙照顧。推解，指在生活上關心他人。《史記·淮陰侯列傳》：「漢王授我上將軍印，予我數萬眾，解衣衣我，推食食我，言聽計用。故吾得以至于此。」㉛經紀　料理；安排。㉜舒意　放寬心。㉝資斧　盤費；旅費。㉞走伻　派遣僕從。走，往來。伻，使者。㉟乞頭　開設賭場並向贏家抽錢。㊱室人　泛指家中人，此指妻子。㊲賫送　持送。賫，懷抱著；帶著。㊳布帛菽粟　布匹糧食。菽，豆子。粟，穀子。㊴十指　指一個人。㊵小康　指家庭經濟比較寬裕。㊶一飯之德　比喻微小的恩德。

【語　譯】丁前溪，是諸城人。家裡很富有，有錢有糧。他到處行俠仗義，仰慕漢朝俠客郭解那樣的人。御史行臺卻要查訪緝拿他。他逃跑了，到了安丘，遇到大雨，就躲到旅店裡避雨。

到了中午，雨還不停止。有個少年走了進來，贈送丁前溪豐盛的酒飯；很快天黑了，丁前溪就住在他家裡，少年鍘草磨豆給丁前溪餵馬，飯食照顧得很周到。丁前溪問他的姓名，少年說：「這裡的主人姓楊，我是他的妻侄。主人喜歡交遊，正好外出，只有娘子在家。家裡貧困，不能好好招待你，希望你原諒。」丁前溪問主人操何職業，原來這家主人沒什麼資產，只是每天開開賭場，弄幾個小錢買一升半斗的糧食度日。

第二天，雨還是下個不停，主人家照常供給丁前溪飯食不懈怠。到了晚上，鍘草餵馬；草一把一把的很濕，並且長短不齊。丁前溪感到奇怪。少年說：「實話告訴你吧：家裡窮得沒什麼可餵牲口，剛才餵馬的是娘子從房頂上扯下來的茅草。」丁前溪更是驚奇，以為他們的目的是為了得到房錢。天亮了，丁前溪拿銀子給那少年，少年不要；硬給他，少年把錢拿了進去。一會兒出來，仍把錢還給丁前溪，說：「我家娘子說：我們不是靠這掙飯吃的。主人出門不在家，經常好幾天不帶一分錢；客人到我家，怎麼能要錢呢？」丁前溪讚嘆一番就告別了。臨走時叮囑說：「我是諸城的丁前溪，主人回來，請告訴他。請他抽空到我那兒去玩玩。」

過了幾年，楊家也沒什麼消息。有一年鬧大饑荒，姓楊的家裡窮困極了，沒法生活。妻子不經意地勸他去找丁前溪，他同意了。到了諸城，向丁家看門的通報姓名。看門人傳達進去，丁前溪一點兒印象也沒有，姓楊的再次向門人說明，丁前溪才想起來。丁前溪拖著鞋跑出來，施禮請客人進屋。看到姓楊的衣服破爛，鞋子露著腳後跟兒，就把他讓到暖和屋裡，擺酒招待他，禮節非常隆重。第二天，給姓楊的做了新帽子新衣服，內衣外衣都很溫暖。姓楊的很感激丁前溪的義氣；但是想起家來又憂心忡忡，心心念念想再得到點東西帶回家養活妻子。

住了好幾天，丁前溪老是不說送別。姓楊的著了急，告訴丁前溪說：「實在不敢隱瞞，我到你家時，我家的米已不滿一升了。現在蒙你好吃好穿招待我，我當然高興；可我老婆怎麼辦哪！」丁前溪說：「這你不用擔心，我已經替你操辦好了。請你寬心地住幾天，我就給你路費送你回去。」丁前溪就派人招來很多賭徒，讓姓楊的坐下抽頭，一晚上就得了一百兩銀子，這才送他回家。

姓楊的回家看到妻子，見她衣服鞋子鮮亮整齊，還有一個小丫環侍候著她。他驚奇地問妻子怎麼回事。妻子說：「自你走後，第二天就有人駕著車送來布匹和糧食，堆疊滿了屋子，說是以前住在我家的丁客人贈送的。他還送給我一個小丫環，讓我支使。」姓楊的感動得不知如何是好。從此過上了小康生活，也不屑於再開賭場了。

異史氏說：「家裡貧窮但是好客，酗酒賭博的人都喜歡這樣；與眾不同的，是他的妻子。受了人家的恩惠而不回報，難道還是人嗎？連一飯之恩也忘不了，丁前溪就有這種品德。」

【研　析】〈丁前溪〉篇，寫的是一個施恩與報恩的故事。丁氏，是諸城的大姓。丁前溪「富有錢穀」，若是安生生過日子，定然是個富貴神仙。但是他偏不，他「遊俠好義，慕郭解之為人」。郭解是漢朝有名的遊俠，司馬遷說他「雖時扞當世之文網，然其私義廉潔退讓，有足稱者」。雖然有值得人們稱道的地方，但是人民越是稱道，官府就越是不滿，他後來終因「任俠行權」被漢廷以「大逆不道」罪殺害。本篇所寫的「御史行臺按訪之」，就是官府祕密糾察想要逮捕丁前溪，他走的是郭解的路子，明廷走的也仍然是漢廷的路子。

事情的內涵或許不新鮮，但蒲松齡的表現方式仍有值得稱道之處。丁前溪雖然是逃亡在外，但他身上並不缺少金錢，他住到任何一家旅店，都能得到高規格的招待。那他為何還住在這家連馬料也照顧不上的旅店呢？一是剛開始，旅店女主人請來侄子招待丁前溪，「館穀豐隆」，這應該是傾其所有了。丁前溪不瞭解底細，故而不曾懷疑這裡的經濟狀況。二是等到用屋上的茅草餵馬時，丁前溪已經被女主人的盛情高誼所打動，也正好到了天晴該走的時候，所以也就沒有再搬到別處住下去的必要了。臨走之時，丁前溪沒有給女主人留下金錢，只是留下了一句話：「我諸城丁某，主人歸，宜告之。暇幸見顧。」他相信安丘的人能夠知道他的鼎鼎大名，他也相信將來有機會報答女主人，儘管女主人對他和馬的招待不甚稱意。《聊齋誌異》中還有一篇〈大力將軍〉，寫浙江查伊璜贈食饋金，資助一位大力神丐吳六一，後吳六一升為將軍，以豐厚的資財美女回報查伊璜，並在莊廷鑨明史案中，使參修明史的查伊璜倖免於難。〈丁前溪〉和〈大力將軍〉可以對讀。施恩雖然不一定圖報，但是施恩往往得到極高的報償。這是人類的美德，這種美德同時也成就了蒲松齡的這篇美文。

張老相公

張老相公❶，晉人❷。適將嫁女，攜眷至江南❸，躬市奩妝❹。舟抵金山❺，張先渡江，囑家人在舟，勿煿❻膻腥。蓋江中，有黿❼怪，聞香輒出，壞舟吞行人，為害已久。張去，家人忘之，炙肉舟中。忽巨浪覆舟，妻女皆沒。

張回棹❽，悼恨❾欲死。因登金山謁寺僧，詢黿之異，將以仇❿黿。僧聞之，駭言：「吾儕⓫日與習近，懼為禍殃，惟神明奉之，祈勿怒；時斬牲牢⓬，投以半體，則躍吞而去。誰復能相仇哉！」

張聞，頓思得計。便招鐵工⓭，起爐山半，冶赤鐵，重百餘斤。審知⓮所常伏處，使二三健男子，以大鉗舉投之。黿躍出，疾吞而下。少時，波涌如山。頃之，浪息，則黿死已浮水上矣。

行旅寺僧並快之，建張老相公祠，肖像其中，以為水神，禱⓯之輒應。

【注釋】❶老相公　舊時對上層社會年老男子的敬稱。❷晉人　山西人。晉，春秋時諸侯國，封地在今山西一帶，因此，山西省也稱晉。❸江南　清順治二年置江南省，轄今江蘇、安徽兩省及江北各地。❹躬市奩妝　親自購買嫁妝。市，購買。奩，古代盛梳妝用品的匣子。❺金山　山名，位於江蘇鎮江市西北。原來屹立長江中，清末漸與南岸平。山上有寺，即著名的金山寺。❻熯　烘烤。❼黿　爬行動物，外形像龜，生活在水中，短尾，背甲暗綠色，近圓形，長有許多小疙瘩，俗稱「癩頭黿」。❽回棹　駕船返回。棹，泛指船槳，代指船。❾悼恨　哀傷遺憾。恨，遺憾。❿仇　報仇。⓫吾儕　吾輩；我們這些人。儕，同輩。⓬牲牢　猶牲畜。⓭鐵工　冶鐵匠人。⓮審知　由審察而明白。⓯禱　向天、神求助、求福。

【語譯】張老相公，是山西人。他的女兒要出嫁了，他就帶著家眷到了江南，親自為女兒購買嫁妝。

船到了金山，張老相公先下船過江，囑咐家人在船上，不要燒肉烤魚。原來江中有個老黿怪，一聞到魚肉香就會竄出水面，破壞舟船吞食行人，危害此地已經很久了。張老相公走後，家人忘了他的囑咐，嘴饞在船上烤肉吃。忽然來了一陣巨浪，把船給打翻了，妻子女兒都落水不見了。

張老相公坐船回來，悲傷後悔得要死。於是登上金山，拜謁金山寺裡的和尚，詢問老黿怪的怪異之處，準備向老黿怪報仇。和尚聽了他的話，大驚失色說：「我們這些人，每天看見牠，害怕牠給我們禍殃，只好奉若神明，希望牠不要發怒；還經常殺豬宰羊，半隻半隻地扔到江中，牠就跳出江面一口吞下，然後離開。誰還敢向牠報仇！」

張老相公聽了這番話，立即想出一個計策。於是就雇來一些鐵匠，在半山腰上砌起洪爐，燒煉成一塊大紅鐵，有一百多斤重。仔細摸準了老黿怪經常出沒的地方，讓兩三個健壯的男子，用大鉗子舉起燒紅的鐵塊兒，投到江中。老黿怪跳出來，很快就張嘴吞下潛入江中。不一會兒，江上波濤洶湧，像山峰一樣。片刻之後，風平浪靜，原來老黿怪死了，已經浮上水面來了。

過往的行人和寺裡的和尚都拍手稱快，集資修建張老相公祠堂，給他塑了像立在祠堂裡，作為水神，有事向他祈禱，往往能應驗。

【研　析】張老相公是山西人，為了給女兒置辦嫁妝而帶領老婆孩子到江南，這未免有些招搖，在一般家庭是辦不到的。舊時農村有一句諺語，「人歡必有事，狗歡必有災」，果然張老相公有事先下船過江，家人忘了他的囑咐，饞嘴在船上吃起燒烤，把江裡的黿怪給引上來，「巨浪覆舟，妻女皆沒」。張老相公大悲，決定給家人報仇，就到著名的金山寺向和尚探尋黿怪之究竟。和尚本來慈悲為懷，應該以救人性命為第一要務，沒想到他們竟被黿怪嚇破了膽，不但不想法鎮殺牠，還破壞佛教戒律殺豬宰羊供奉黿怪，怪不得黿怪有恃無恐，肆意亂為了。但從寺僧的回答中，張老相公也想到了除怪的妙招：既然半隻半隻的牛羊黿怪都能一口吞下，那別的呢？張老相公便招起鐵工在半山起爐煉鐵，並設計讓黿怪吞下一百多斤重的紅鐵塊兒。黿怪果然中計陳屍江中。「行旅寺僧並快之，建張老相公祠，肖像其中，以為水神，禱之輒應。」

在〈張老相公〉的文後，何守奇評曰：「智與夏公元吉制鱷魚同。」夏元吉是明朝初年的戶部大臣。潮州曾經鱷魚為患，夏元吉就用生石灰來毒殺鱷魚。據《嶺南叢書》載：「命具舟數百，載以焚石，布塘之上下，同日聞鼓聲齊下焚石，於是兩岸擊鼓，競投焚石，急散舟以避之。須臾，波濤狂沸，水石搏擊，震撼天地，輾轉馳驟，赤水泉涌，有物仰浮，而焦灼腐爛，縱橫一十丈，若黿若鼉，莫可名狀，怪絕而塘成。」《潮州府志》亦稱：「洪波鼎沸，吼若雷霆，鱷魚種類，頻翻水面，波為激高丈許，一夕浪平，鱷滅殲。」清初《嶺南雜志》稱：「今溪中絕無此，潮人亦無有見之者。」可見潮州的鱷魚在明初以後即已滅絕，這對當時的人民生活和生命未必不是件好事。當然，在現在看來，動物食人不好，人殺動物也是不好。怎樣和動物和平相處，才是應該認真思考的課題。

侯靜山

高少宰念東先生[1]云：「崇禎間[2]，有猴仙，號靜山。託神於河間之叟[3]，與人談詩文、決休咎[4]，娓娓不倦。以肴核[5]置案上，啖飲狼藉[6]，但不能見之耳。」時先生祖寢疾[7]。或致書云：「侯靜山，百年人也，不可不晤。」遂以僕馬[8]往招叟。

叟至經日，仙猶未來。焚香祠之。忽聞屋上大聲嘆贊曰：「好人家！」眾驚顧。俄檐間又言之。叟起曰：「大仙至矣。」群從叟岸幘[9]出迎。又聞作拱致[10]聲。既入室，遂大笑縱談。

時少宰兄弟尚諸生[11]，方入闈[12]歸。仙言：「二公[13]闈卷亦佳；但經[14]不熟，再須勤勉，雲路[15]亦不遠矣。」二公敬問祖病。曰：「生死事大，其理難明。」因共知其不祥。無何，太先生[16]謝世。

舊有猴人，弄猴於村。猴斷鎖而逸，不可追，入山中。數十年，人猶見之。其走飄忽，見人則竄。後漸入村中，竊食果餌⑰，人皆莫之見。一日，為村人所睹，逐諸野，射而殺之。而猴之鬼竟不自知其死也，但覺身輕如葉，一息⑱百里。遂往依河間叟，曰：「汝能奉我，我為汝致富。」因自號靜山云⑲。

長沙有猴，頸繫金鏈，嘗往來士大夫⑳家。見之者必有慶幸之事㉑。予之果，亦食。不知其何來，亦不知其何往也。有九旬㉒餘老人言：「幼時猶見其鏈上有牌，有前明藩邸㉓識記。」想亦仙矣。

【注　釋】❶高少宰念東先生　指高珩。高珩，字蔥佩，號念東，淄川人。少宰，是古人對吏部的別稱，高珩曾任吏部侍郎，故稱「高少宰」。❷崇禎間　崇禎年間。崇禎，明思宗朱由檢年號。❸託神於河間之叟　託神，神靈託附人體，顯示靈異。河間，今河北滄州河間市。叟，老頭。❹休咎　吉凶。❺肴核　肉類和果類食品。肴，魚肉等。核，果實中堅硬並包含果仁的部分，代指果實。❻狼藉　形容亂七八糟，雜亂不堪。❼寢疾　臥病。❽僕馬　僕人與馬匹。❾岸幘　推起頭巾，露出前額。❿拱致　拱手迎接問候。⓫少宰兄弟尚諸生　少宰兄弟，指高珩與其兄高瑋及其弟高玶。諸生，秀才。⓬入闈　指參加科舉考試。闈，考場。⓭二公　指高珩與高瑋。⑭經　指參加科舉考試需要的儒家的「五經」。⑮雲路　比喻仕途、高位。⑯太先生　指高珩的祖父。太，身分最高或輩分更高的。⑰果餌　糖果點心。⑱一息　一呼一吸，比喻極短的時間。⑲云　句末助詞，表示對口耳相傳的事情，只作客觀的敘述，而不表示主觀上的肯定與否。⑳士大夫　舊時指官吏或較有聲望、地位的知識分子。㉑慶幸之事　值得高興欣慶的事。㉒九旬　九十歲。旬，十年。㉓藩邸　藩王的第宅。藩，藩王；擁有封地或封國的親王或郡王。

【語　譯】吏部侍郎高念東先生說：「明朝崇禎年間，有個猴仙，號叫靜山。他把神靈託附在河間縣一個老人身上，和別人談論詩文、判斷吉凶，娓娓道來，從不知疲倦。把肉食、果類放到桌子上，便吃得一片狼藉，只是看不見他。」當時，高先生的祖父臥病在床。有人來信說：「侯靜山，是個百歲老人，不能不見見他。」於是高家便派僕人騎馬請那個老人。

老人來了一整天了，猴仙還沒有露面。就燒上香祭祀著等他。忽然聽到屋上大聲讚嘆說：「這真是家好人家！」眾人驚訝地看去。接著，屋檐上又這樣說了一遍。河間老人站起來說：「大仙到了。」眾人便整理衣帽跟著老人迎接出去。然後又聽到拱手致意的聲音。到了房內，就大笑縱談起來。

當時高先生兄弟倆還是秀才，剛剛參加鄉試回來。大仙說：「兩位答卷都很好；不過『五經』還不夠精熟，還需要努力，飛黃騰達的日子不遠了。」高先生兄弟敬問祖父的病情，大仙說：「生死是件大事，其中的道理很難說清。」於是都知道病人不好了。不久，高先生的祖父就去世了。

過去有個耍猴子的人，到村子裡去耍猴子。猴子弄斷鎖鏈逃跑了，沒追回來，跑進了山裡。過了幾十年，人們還見過牠。牠行走飄忽，看人就跑。後來漸漸跑到村裡來，偷吃果品食物，可人們都看不見牠。有一天，被村裡人發現了，追著牠到了野外，用箭射死了牠。但是猴子的鬼魂竟然不知道自己死了，只覺身輕如樹葉一般，一口氣就能走一百里路。於是就去依附那河間老人，說：「你能敬奉我，我就讓你發家致富。」於是就自號叫靜山。

長沙有隻猴子，脖子上繫著條金鏈子，曾經往來於士大夫家。見到牠的人必定會有喜慶幸運之事。給牠果子，牠也吃。但不知牠從哪裡來，也不知牠到哪裡去。有位九十多歲的老人說：「我小時候還見到牠鏈子上有個牌子，上面有明代藩王官府的識記。」想來這猴子也成仙了。

【研析】〈侯靜山〉一開頭所說的「高少宰念東先生」，指的是高珩。高珩，字蔥佩，號念東，晚號紫霞道人，山東淄川人。生於明萬曆四十年，卒於清康熙三十六年，享年八十六歲。明崇禎十六年舉進士，選翰林院庶吉士。清順治朝授祕書院檢討，升國子監祭酒，後晉吏部左侍郎、刑部左侍郎。高珩工詩，體格近乎元、白，生平所著，不下萬首。著有《荒政考略》、《四勉堂箋刻》、《棲雲閣詩文集》等。他是蒲松齡的鄉前輩，兩人雖然地位懸殊，卻有著很親密的交往。高珩還是第一個為《聊齋誌異》作序的人，對《聊齋誌異》的傳播起過積極的作用。

世界上到底有沒有猴仙，就如同問世界上到底有沒有狐仙一樣，以我們現在的知識水平和認知能力，我們只能說沒有。怎樣把沒有的事說得神乎其神而又煞有介事呢？那就是要找見證人出來幫腔，把你所說的謊話扯圓。一般的鄉村野老，名不見經傳，人不被稱說，肯定沒有說服力，即使出來幫腔，也增加不了多少可信度。所以找見證人得找大人物、名人物。但是光是大人物、名人物還不行，因為他人物雖然大、名頭雖然響，比如你說「聽康熙皇帝說的」或是「皇太子告訴我的」，康熙和太子，人物是夠大的了、名聲也夠響了，可惜你不可能認識他，他也更不認識你，所以拉他二老來幫腔，仍然沒有任何說服力。因此，不光人物要大、名聲要響，還得是你認識並且許多讀者都知道的當地人，這才是最有價值的見證人。於是蒲松齡挑來挑去，選中了高珩。當然也不能排除高珩借蒲松齡之筆自高身價的可能，因為被一位老猴仙稱讚自家「好人家」，稱讚自己「雲路不遠」，這不但不丟人，在某種程度上還能增加神祕感，提高社會聲譽。

珠兒

常州[1]民李化，富有田產。年五十餘，無子。一女名小惠，容質秀美，夫妻最憐愛之。十四歲，暴病夭殂[2]，冷落庭幃，益少生趣。始納婢，經年餘，生一子，視如拱璧[3]，名之珠兒。兒漸長，魁梧可愛。然性絕癡，五六歲尚不辨菽麥[4]；言語蹇澀[5]。李亦好而不知其惡。

會有眇僧[6]，募緣於市，輒知人閨闥[7]，於是相驚以神；且云，能生死禍福人。幾十百千，執名以索，無敢違者。詣李募百緡[8]，李難之。給十金，不受；漸至三十金。僧厲色曰：「必百緡，缺一文不可！」李亦怒，收金遽[9]去。僧忿然而起，曰：「勿悔，勿悔！」

無何，珠兒心暴痛，巴刮[10]牀席，色如土灰。李懼，將八十金詣僧乞救。僧笑曰：「多金大不易！然山僧[11]何能為？」李歸而兒已死。李慟甚，以狀愬邑宰⑫。宰拘僧訊鞫⑬，亦辨給無情詞⑭。笞之，似擊鞔革⑮。令搜其身，得木人二、小棺一、小旗幟五。宰怒，以手疊訣⑯舉示之。僧乃懼，自投⑰無數。宰不聽，杖殺之。李叩謝而歸。

時已曛暮⑱，與妻坐牀上。忽一小兒，俇儴⑲入室，曰：「阿翁行何疾？極力不能得追。」視其體貌，當得七八歲。李驚，方將詰問，則見其若隱若現，恍惚如煙霧，宛轉⑳間，已登榻坐。李推下之，墮地無聲。曰：「阿翁何乃爾㉑！」瞥然復登。李懼，與妻俱奔。兒呼阿父、阿母，嘔啞㉒不休。

李入妾室，急闔其扉；還顧，兒已在膝下。李駭問何為。答曰：「我蘇州㉓人，姓詹氏。六歲失怙恃㉔，不為兄嫂所容，逐居外祖家。偶戲門外，為妖僧迷殺桑樹下，驅使如倀鬼㉕，冤閉窮泉㉖，不得脫化㉗。幸賴阿翁昭雪，願得為子。」李曰：「人鬼殊途，何能相依？」兒曰：「但除斗室㉘，為兒設牀褥，日澆一杯冷漿粥，餘都無事。」李從之。

兒喜，遂獨臥室中。晨來出入閨閣，如家生。聞妾哭子聲，問：「珠兒死幾日矣？」答以七日。曰：「天嚴寒，尸當不腐。試發冢㉙啟視，如未損壞，兒當得活。」李喜，與兒去，開穴驗之，軀殼如故。方此忉怛㉚，回視，失兒所在。異之，舁㉛尸歸。方置榻上，目已瞥動；少頃呼湯㉜，湯已而汗，汗已遂起。

群喜珠兒復生，又加之慧黠便利㉝，迥異曩昔㉞。但夜間僵臥，毫無氣息，共轉側之，冥然若死。眾大愕，謂其復死；天將明，始若夢醒。群就問之。答云：「昔從妖僧時，有兒等二人，其一名哥子。昨追阿父不及，蓋在後與哥子作別耳。今在冥間，與姜員外作義嗣㉟，亦甚優遊㊱。夜分，固來邀兒戲。適以白鼻騧㊲送兒歸。」母因問：「在陰司見珠兒否？」曰：「珠兒已轉生矣。渠與阿翁無父子緣，不過金陵㊳嚴子方，來討百十千債負㊴耳。」初，李販於金陵，欠嚴貨價未償，而嚴翁死，此事人無知者。李聞之大駭。母問：「兒見惠姊否？」兒曰：「不知，再去當訪之。」

又二三日，謂母曰：「惠姊在冥中大好，嫁得楚江王㊵小郎子，珠翠滿頭髻；一出門，便十百作呵殿聲㊶。」母曰：「何不一歸寧㊷？」曰：「人既死，都與骨肉無關切。倘有人細述前生，方豁然動念耳。昨託姜員外，夤緣㊸見姊。姊姊呼我坐珊瑚牀上，與言父母懸念，渠都如眠睡。兒云：『姊在時，喜繡並蒂花，剪刀刺手爪，血涴㊹綾子上，姊就刺作赤水雲。今母猶挂牀頭壁，顧念不去心。姊忘之乎？』姊始淒感，云：『會須㊺白郎君，歸省阿母。』」母問其期，答言不知。

一日謂母：「姊行且至，僕從大繁，當多備漿酒。」少間，奔入室，曰：「姊來矣！」移榻中堂，曰：「姊姊且憩坐，少悲啼。」諸人悉無所見。兒率人焚紙酹㊻飲於門外，反曰：「騶從㊼暫令去矣。姊言：『昔日所覆綠錦被，曾為燭花燒一點如豆大，尚在否？』」母曰：「在。」即啟笥㊽出之。兒曰：「姊命我陳舊閨中。乏疲，且小臥，翌日再與阿母言。」

東鄰趙氏女，故與惠為綉閣交。是夜，忽夢惠幞頭紫帔[49]來相望，言笑如平生。且言：「我今異物，父母覿面[50]，不啻[51]河山。將借妹子與家人共話，勿須驚恐。」質明[52]，方與母言，忽仆地悶絕。逾刻始醒，向母曰：「小惠與阿嬸別幾年矣，頓鬖鬖[53]白髮生！」母駭曰：「兒病狂[54]耶？」女拜別即出。母知其異，從之。

直達李所，抱母哀啼。母驚不知所謂。女曰：「兒昨歸，頗委頓[55]，未遑一言。兒不孝，中途棄高堂[56]，勞父母哀念，罪何可贖！」母頓悟，乃哭。已而問曰：「聞兒今貴，甚慰母心。但汝棲身王家，何遂能來？」女曰：「郎君與兒極燕好[57]，姑舅[58]亦相撫愛，頗不謂妬醜。」惠生時，好以手支頤[59]；女言次，輒作故態，神情宛似。未幾，珠兒奔入曰：「接姊者至矣。」女乃起，拜別泣下，曰：「兒去矣。」言訖，復踣[60]，移時乃蘇。

後數月，李病劇，醫藥罔效。兒曰：「旦夕恐不救也！二鬼坐牀頭，一執鐵杖子，一挽苧麻[61]繩，長四五尺許，兒晝夜哀之不去。」母哭，乃備衣衾。既暮，兒趨入曰：「雜人婦，且避去，姊夫來視阿翁[62]。」俄頃，鼓掌而笑。母問之，曰：「我笑二鬼，聞姊夫來，俱匿牀下如龜鱉。」又少時，望空道寒暄[63]，問姊起居。既而拍手曰：「二鬼奴！哀之不去，至此大快！」乃出至門外，卻回，曰：「姊夫去矣。二鬼被鎖馬鞅[64]上。阿父當即無恙。姊夫言：歸白大王，為父母乞百年壽也。」一家俱喜。至夜，病良已，數日尋瘥[65]。

延師教兒讀。兒甚惠，十八入邑庠[66]，猶能言冥間事。見里中病者，輒指鬼祟所在，以火爇[67]之，往往得瘳[68]。後暴病，體膚青紫，自言鬼神責我綻露，由是不復言。

【注釋】❶常州　府名，即今江蘇常州。❷夭殂　猶夭歿，短命而死。殂，死亡。❸拱璧　古代一種大型玉璧，用於祭祀，因其須雙手拱執，故名。後因用以比喻極其珍貴之物。❹不辨菽麥　分辨不清豆子和小麥。菽，豆類。❺言語蹇澀　語言遲鈍，不流暢。蹇澀，遲鈍不順。❻眇僧　瞎眼的和尚。眇，一目失明。❼閨閫　婦女的居室。❽百緡　一百串銅錢。緡，古代穿銅錢用的繩子，一緡為一千文。❾遽　急忙；倉促。❿巴刮　抓撓。⓫山僧　住在山寺的僧人，此為瞎和尚自稱。⓬邑宰　縣令。⓭訊鞫　審訊。⓮辨給無情詞　巧為辯解，不說實話。辨給，謂言談敏捷流利。情詞，真實口供。⓯鞔革　蒙鼓的皮。鞔，蒙鼓，把皮革固定在鼓框上，做成鼓面。⓰疊訣　疊起手指掐訣。訣，即掐訣，是道法的基本方法之一，在手掌、手指上掐某些部位或者手指間結成某個固定的姿勢，起到感召鬼神、摧伏邪妖的作用。⓱投　五體投地。⓲曛暮　黃昏。⓳侹儴　同「劻勷」。急遽不安的樣子。⓴宛轉　謂身體轉動。㉑乃爾　如此；這樣。㉒嘔啞　象聲詞，小兒呼喊聲。㉓蘇州府名，即今江蘇蘇州。㉔怙恃　父母。《詩經．小雅．蓼莪》：「無父何怙，無母何恃。」㉕倀鬼　古時傳說被老虎吃掉的人，死後變成倀鬼，專門引誘人來給老虎吃。比喻充當惡人的幫兇。㉖窮泉　九泉之下，人死後埋葬的地方。㉗脫化　轉生投世。㉘斗室　極小的屋子。㉙冢　墳墓。㉚忉怛　憂傷；悲痛。㉛舁　抬。㉜湯開水。㉝慧黠便利　機智靈敏。慧黠，機智靈巧。便利，敏捷伶俐。㉞曩昔　從前。㉟義嗣　義子。㊱優遊生活得十分閒適。㊲白鼻騧　白鼻黑嘴的黃馬。騧，黑嘴的黃馬。㊳金陵　地名，即今江蘇南京。㊴債負　指所欠的債。㊵楚江王　迷信傳說中「十殿閻王」的第二閻王。㊶呵殿聲　官僚出行時，侍衛人員的吆喝聲。㊷歸寧　已嫁女子回娘家看望父母。㊸夤緣　拉攏關係。㊹涴　弄髒。㊺會須　應當。㊻酹　把酒灑在地上表示祭奠。㊼騶從　古代貴族、官員出行時的騎馬侍從。騶，古代養馬的人。㊽筲　一種盛飯食或衣物的竹器。㊾幞頭紫帔　戴著頭巾，披著紫色披肩。幞頭，一種包頭的軟巾。帔，古代披在肩背上的服飾。㊿覿面　見面。(51)不啻　不止。(52)質明　天剛亮。(53)鬖鬖　頭髮下垂貌。(54)病狂　發瘋。(55)委頓　疲困。(56)高堂　指父母。(57)燕好夫妻恩愛。(58)姑舅　公婆。(59)頤　面頰；腮。(60)踣　跌倒。(61)苧麻　多年生宿根性草本植物，是重要的紡織纖維作物。(62)阿翁　父親，此指岳父。(63)寒暄　應酬問候。(64)馬鞅　套在馬胸上的皮帶。(65)瘥　病癒。(66)入邑庠中了秀才。邑庠，縣學。(67)爇　燒。(68)瘳　病癒。

【語譯】常州人李化，家中有很多田地房產。五十多歲了，卻還沒有兒子。只有一個女兒，名叫小惠，容貌體態秀雅美好，夫妻倆特別疼愛她。十四歲那年，小惠突然得病夭折了，家中門庭冷落，一點生氣也沒有。李化這才娶了個小老婆，一年多，就給他生了個兒子，看得和寶貝似的，取名叫做珠兒。珠兒越長越大，身材魁梧可愛。可是生性十分癡呆，五六歲了還分不清豆子和麥子；說話結結巴巴。但李化還是喜歡他，不認為是短處。

這時有一個瞎和尚，在街上化緣，往往能說出別人閨房裡的事，大家因此感到很驚奇，認為瞎和尚很神奇；瞎和尚還說，他能把死人救活把禍患轉化為幸福。他幾十兩或成百上千兩地點名要錢，沒有人敢不給或少給的。瞎和尚到李化家門前，說化緣錢要一百串，李化有些為難。只給他十兩銀子，瞎和尚不要；慢慢地增加到三十兩銀子。瞎和尚聲色俱厲地說：「必須一百串，缺一個也不行！」李化也生了氣，收起錢來匆匆地進去。瞎和尚氣呼呼地站起來說：「別後悔，別後悔！」

沒多久，珠兒突然心口絞痛，手抓在床席上，面色像土灰一般。李化害怕了，拿著八十兩銀子到瞎和尚那裡求救。瞎和尚笑著說：「你能拿出這麼多錢，實在不容易！可是山僧我能有什麼辦法？」李化回到家裡，珠兒已經死了。李化悲痛到了極點，於是寫狀子告到縣衙門。縣令把瞎和尚抓來審問，瞎和尚花言巧語不說實話。縣令下令鞭打他，像打在鼓皮上一般。下令搜他的身，發現有兩個小木頭人，一只小棺材，五面小旗子。縣令大怒，舉手掐訣讓他看。瞎和尚這才害怕了，連連叩頭無數求饒。縣令不聽他的，用刑杖打死了他。李化叩頭謝過縣令，回家去了。

天色漸黑，李化與妻子坐在床上。忽然看到有個小孩子，慌慌張張地進屋來，說：「阿爸走得怎麼這樣快，累死我了也追不上。」看看小孩的模樣個頭，不過七八歲的樣子。李化吃了一驚，正要詢問，卻看到那小孩若隱若現，恍惚像煙霧一般，轉動之際，小孩已爬到床上坐下了。李化把他推到床下，他掉到地上也沒有聲音。小孩說：「阿爸你為什麼要這樣！」一眨眼，他又上了床。李化害怕了，同妻子一起跑了出來。小孩叫爹爹喊母親，嘰嘰喳喳叫個沒完。

李化跑進小老婆房裡，急忙關上門；回頭一看，小孩已在跟前了。李化吃驚，問小孩要幹什麼。小孩回答說：「我是蘇州人，姓詹。六歲上沒了父母，哥嫂不收容我，把我攆到外祖父家。我偶然在門外玩耍，被一個妖和尚迷惑殺死在桑樹底下，他驅使我替他幹壞事，我的冤魄深埋地下，不能轉生。幸虧阿爸給我報仇雪恨，我願給你做兒子。」李化說：「人鬼走的不是同一條路，你怎能跟隨我？」小孩說：「只要打掃一間小房子，給兒子鋪好床褥，每天澆上一杯冷稀飯，其他都不用管。」李化答應了他。

小孩很高興，就自己睡到小房子裡。早晨起來來到母親的房裡請安，如同親兒子一般。他聽到李化小老婆哭兒子的聲音，就問：「珠兒死了幾天了？」告訴他七天。他說：「天氣寒冷，他的屍首應該不會腐爛。試著打開墳墓和棺材來看，如果屍首沒損壞，你的兒子應該能活過來。」李化很高興，領著小孩一起到墳地，刨開墳墓查看，珠兒的屍首像平時一樣。李化正在傷心痛苦，回頭一看，小孩不見了。李化感到很奇怪，扛著珠兒的屍首回家。剛放到床上，珠兒的眼珠就能動了；一會兒又要水喝，喝完了水就出汗，出完了汗就站了起來。

大家高興珠兒復活，珠兒也聰明敏捷，大異於從前。只是夜裡僵臥床上，沒有任何呼吸，大家推他翻身，他竟然毫無感覺像死去一般。大家很驚奇，以為他又死了；天快亮時，珠兒才像從夢中醒來。大家湊過來問他。他說：「從前跟隨妖和尚的時候，有我們兩個小孩，一個名字叫哥子。昨天追阿爸沒趕上，是因為我在後面同哥子告別啊。他現在在陰間給姜員外當乾兒子，也非常自在。半夜裡，他邀請我出去玩兒。剛才他用白鼻黑嘴的黃膘馬送我回來。」母親趁機問道：「你在陰間看見珠兒了嗎？」他說：「珠兒已經轉世託生了。他和阿爸沒有父子的緣分，不過是金陵的嚴子方，來索還千兒八百債務罷了。」當初，李化在金陵做買賣，欠嚴子方的貨款還沒償還，嚴老頭子就死了，這件事從來無人知曉。李化一聽，大吃一驚。母親問：「你看見小惠姐姐了嗎？」小孩說：「不知道。等我再去的時候，我給打聽打聽。」

過了兩三天，小孩對母親說：「小惠姐姐在陰間裡很好，嫁給楚江王的小少爺，珍珠翡翠插滿了頭；一出門，就有幾十上百號人跟著她吆吆喝喝。」母親說：「她為何不回家看看我們？」小孩說：「人一旦死了，就和親生骨肉沒關係了。如果有人給她詳細講述前生之事，她才能突然一下子想起來。昨天我已經託付姜員外，找門路見了小惠姐姐。姐姐叫我坐在珊瑚床上，我跟她講爹媽對她的思念，她聽後像在夢中似的。我說：『小惠姐姐你在家時，喜歡繡並蒂花，剪刀刺破了手指，鮮血沾在綾子上，姐姐你就把它繡成了赤水雲。到現在，母親還掛在床頭的牆上，心裡想著你一直不能忘懷。小惠姐姐你忘了嗎？』小惠姐姐這才難過起來，說：『等我告訴丈夫，回家看望母親。』」母親問小惠什麼時候來，小孩說不知道。

一天，小孩對母親說：「姐姐就要來了，隨從太多，可要多預備酒茶。」一會兒，小孩跑進屋來說：「姐姐來了。」他把椅子搬到堂屋說：「小惠姐姐先坐下歇歇，不要哭泣。」大家都沒有看見什麼。小孩領著大家在門外燒紙祭酒，他回到屋裡說：「隨從暫且回去了。小惠姐姐說：

『當年蓋的綠綢被子，曾經被燭花燒個豆粒大的小洞洞，被子還在嗎？」母親說：「在。」就立刻打開箱子拿了出來。小孩說：「小惠姐姐叫我放到她從前的房子裡。她有點累了，先躺躺，明天再跟媽媽說話。」

東鄰趙家的姑娘，過去和小惠是閨中繡花的好朋友。那天夜裡，她忽然夢見小惠戴著頭巾，披著紫色披肩來看望她，說說笑笑和生前一樣。小惠對她說：「我現在是鬼了，想見父母一面，就如隔著高山大河。我想通過妹子同家人說說話，請你不要害怕。」天一亮，趙姑娘正同母親說話，忽然倒地斷了氣。過了一陣才蘇醒過來，對母親說：「小惠和嬸子你分別好幾年了，你竟然白髮滿頭了！」趙母害怕地說：「孩子，你瘋了？」趙姑娘施禮告別了就走。趙母知道其中有怪事，就跟著趙姑娘出來。

趙家姑娘一直走到李家，抱著母親悲傷地痛哭。李母驚慌地不知所措。趙姑娘說：「孩兒我昨天回家，很疲勞，沒來得及與您說話。孩兒我不孝啊，半路上把父母扔下就走了，還讓父母傷心掛念，罪不可饒恕啊！」李母這才明白過來，就放聲哭了起來。過了一會兒，她問：「聽說孩子你現在做了貴夫人，我心裡很安慰。但是你生活在王侯之家，怎麼能隨便回家來呢？」女兒說：「丈夫同孩兒感情很好，公公婆婆也很疼愛孩兒，不嫌我脾氣壞模樣醜。」小惠活著時，好用手托著腮；趙姑娘說話之間，經常那樣，舉止神態很像小惠。不久，珠兒跑進屋說：「接小惠姐姐的人到了。」趙姑娘站起身來，叩頭告別，眼淚流了下來，說：「孩兒我走了。」說罷，又倒在地上，過了一個時辰趙家姑娘才醒過來。

過了幾個月，李化病得厲害，求醫吃藥都無效。小孩說：「早晚怕沒救了！兩個鬼坐在床頭，一個拿著鐵棍兒，一個挽著麻繩兒，有四五尺長，孩兒我晝夜哀求，他們也不走啊。」李母哭了，於是準備壽衣。傍晚，小孩跑進屋來說：「閒雜女人快躲開，姐夫來看阿爸了。」一會兒，小孩拍手笑了起來。母親問他，小孩說：「我笑那兩個鬼，聽說姐夫來了，都藏在床下像烏龜似的。」又過一會兒，小孩對著空中噓寒問暖，問小惠姐姐的生活情況。隨後又拍手說：「兩個臭鬼！求他走不走，現在好了！」於是跑到門外頭，又回來，說：「姐夫走了。兩個鬼被拴在馬脖子上。阿爸應該好了。姐夫說：回去報告王爺，替父母請求百年長壽。」一家人都很高興。到了夜裡，李化的病慢慢好了，幾天後就痊癒了。

李化請老師教孩子讀書。小孩聰明異常，十八歲考中了秀才，還能說陰間的事。看到同鄉的病人，往往指出作祟鬼的藏身處，用火一燒那裡，病人往往就好了。後來他突然得病，身體的皮膚變青紫色，他說鬼神責備他洩露天機，從此他再也不說陰間之事了。

【研　析】在《聊齋誌異・妖術》篇，蒲松齡寫一「善卜者」為了賺取錢財，用妖術驅遣鬼怪害人，終於被勇敢智慧的于公所戰勝，並將其押赴司法部門執行了死刑。在〈長治女子〉中，蒲松齡寫一妖道用邪術將長治女子害死，靈魂供其驅遣，最後縣令殺死妖道，為長治女子報了仇雪了恨。在《聊齋誌異》中，蒲松齡對害人性命的妖術進行了無情的鞭撻，而對虛無縹緲的鬼神卻表現出極高的熱情。因為妖術對個人對社會有百害而無一利，而鬼神在某些特定的情況下，還可以慰人情懷，產生一定的積極效應。這篇〈珠兒〉，同樣是講妖僧害人的故事，蒲松齡在借縣令之手懲治妖僧之後，再借鬼神之靈，把淒楚的悲情化作溫馨的親情，成就了一篇動人肺腑的優秀小說。

這位鬼魂少兒也是被妖僧害死的，他為了報答李化為他報仇雪恨，投奔到李家來做他的兒子。但是因為少兒不是投胎託生的實體，而是恍兮惚兮的鬼魅，所以要想成為李化真正的兒子，還得想辦法，當然最好的辦法就是借屍還魂了，而正好因為天氣寒冷，李化兒子的屍體還完好無損，於是鬼魂少兒就變成了珠兒。這也可以說是天隨人願了。珠兒的身體復生之後，比以前慧黠可愛了。他能打通幽明來往於陰陽兩界，所以他知道以前的珠兒「與阿翁無父子緣，不過金陵嚴子方，來討百十千債負耳」。原來是，「李販於金陵，欠嚴貨價未償，而嚴翁死，此事人無知者。李聞之大駭」。當然，那位借屍還魂的「珠兒」還是善良可愛的。他十八歲中了秀才，能憑著自己特殊的功能，指出鬼魅之所在，治病救人，這和〈鴉頭〉篇中的王孜及〈水莽草〉篇中的祝生有著共同的優良品質。王孜：「又自言能見鬼狐，悉不之信。會里中有患狐者，請孜往覘之。至則指狐隱處，令數人隨指處擊之，即聞狐鳴，毛血交落，自是遂安。由是人益異之。」祝生：「一日村中有中水莽草毒者，死而復蘇，競傳為異。生曰：『是我活之也。彼為李九所害，我為之驅其鬼而去之。』」鬼也罷，狐也罷，只有沾染上人的道德情感，其藝術形象才會真切動人、感染人心。

只有金童而缺少玉女，故事場面就不夠精彩絕豔。蒲松齡還寫了小惠這樣一個嫵媚多情的少女。小惠是李化的女兒，在十四歲時暴病而死，現在在陰間已經嫁給楚江王小郎子，成了「珠翠滿頭髻」的富貴少婦。小惠是有資格做富貴少婦的。首先，她出身富有之家，有良好的教養。其次，她心靈手巧，精於女紅。蒲松齡通過珠兒之口向我們介紹了小惠這一特點：「姊在時，喜綉並蒂花，剪刀刺手爪，血涴綾子上，姊就刺作赤水雲。」蒲松齡胸藏文錦，小小一片刺繡竟能點染出無限情致和濃郁雅趣，真讓後人跂足而望、嘖嘖稱奇了。再者，她篤於人情，富於孝心。她和楚江王小郎子琴瑟和諧，她聽說母親思念她，她就稟白郎君，回家省母。小惠回到娘家，還詢問：「昔日所覆綠錦被，曾為燭花燒一點如豆大，尚在否？」這是多麼的細心啊。連被子上一個芝麻綠豆大的燒痕都記得如此清晰，其對父母的養育深情，肯定更是念念於懷了。果然，她借鄰家趙氏女的身體和口舌，與母親進行了親切的交談。「惠生時，好以手支頤；女言次，輒作故態，神情宛似」，這小小的一點情態，也被蒲松齡伸手捕捉下來，似一幀寫真照片，化作了瞬間的永恆。由於小惠的賢惠，她的丈夫楚江王小郎子也時常來看望岳父。他為病危的岳父帶走追命鬼，又為岳父岳母求得百年壽命。這樣濃濃的人間情味，就連《聊齋誌異》的評點家們也被感動了。馮鎮巒說：「小王子翁婿情深乃爾。」但明倫說：「親情庇護，鬼神不免。」這都是對人間最美好情感的深切體悟和由衷讚美。

蒲松齡一枝羊毫毛筆，不管是中鋒還是偏鋒，都是變化莫測，無所不能。你看他在〈蓮香〉篇中寫鬼女李氏「行步之間，若還若往」，這不但寫出了鬼體的有形無質，甚至連妙齡女鬼的一雙三寸金蓮都描摹無遺了。在本篇中，他寫鬼魂少兒：「忽一小兒，伛僂入室」，一個「忽」字和一個「伛僂」，寫出了其飄忽迅捷的行狀。「視其體貌，當得七八歲」，一個「當得」寫出了其體貌年齡的不易捉摸。「若隱若現，恍惚如煙霧」，結合著上文的「時已曛暮」，在那樣的光線下，這樣的描寫刻劃真可以說是達到了追魂攝魄、妙到毫巔的程度。

酒友

車生者，家不中貲❶。而耽❷飲，夜非浮三白❸不能寢也，以故牀頭樽常不空❹。

一夜睡醒，轉側間，似有人共臥者，意是覆裳墮耳。摸之，則茸茸有物，似貓而巨；燭之，狐也，酣醉而犬臥❺。視其瓶，則空矣。因笑曰：「此我酒友也。」不忍驚，覆衣加臂，與之共寢。留燭以觀其變。半夜，狐欠伸。生笑曰：「美哉睡乎！」啟覆視之，儒冠❻之俊人也。起拜榻前，謝不殺之恩。生曰：「我癖於麴糵❼，而人以為癡；卿，我鮑叔❽也。如不見疑，當為糟丘❾之良友。」曳登榻，復寢。且言：「卿可常臨，無相猜。」狐諾之。生既醒，則狐已去。

乃治旨酒一盛❿，耑伺狐。抵夕，果至，促膝歡飲。狐量豪善諧⓫，於是恨相得晚。狐曰：「屢叨⑫良醞，何以報德？」生曰：「斗酒之歡，何置齒頰⑬！」狐曰：「雖然，君貧士⑭，杖頭錢⑮大不易。當為君少謀酒貲。」

明夕，來告曰：「去此東南七里，道側有遺金，可早取之。」詰旦⑯而往，果得二金，乃市佳肴，以佐夜飲。狐又告曰：「院後有窖藏⑰，宜發之。」如其言，果得錢百餘千⑱。喜曰：「囊中已自有，莫漫愁沽⑲矣。」狐曰：「不然，轍中水胡可以久掬⑳？合更謀之。」

異日，謂生曰：「市上蕎㉑價廉，此奇貨可居㉒。」從之，收蕎四十餘石。人咸非笑之。未幾，大旱，禾豆盡枯，惟蕎可種；售種，息㉓十倍。由此益富，治沃田二百畝。但問狐，多種麥則麥收，多種黍則黍收，一切種植之早晚，皆取決於狐。日稔密㉔，呼生妻以嫂，視子猶子焉。後生卒，狐遂不復來。

【注　釋】❶不中貲　謂資產達不到豪富的數額，泛指不夠富有水平。❷耽　沉溺；入迷。❸浮三白　喝三杯酒。浮，罰人飲酒，引申為乾杯。白，指專用來罰酒的大杯。❹床頭樽常不空　樽，本作「尊」，古代的盛酒器具。《後漢書・孔融傳》：「坐上客恒滿，尊中酒不空，吾無憂矣。」❺犬臥　像狗一樣趴伏著。❻儒冠　古代儒生戴的帽子。❼癖於麴櫱　喝酒成癖。麴櫱，酒母，此指酒。❽鮑叔　春秋時齊國人，與管仲友善，管仲曾說：「生我者父母，知我者鮑子也。」此指知己之人。❾糟丘　積糟成丘，極言酒之多。此指酒。❿旨酒一盛　美酒一杯。旨酒，美酒。盛，器皿，如杯、碗之類。⓫善諧　很詼諧。諧，言語或行為有趣而引人發笑。⓬叨　承受。⓭何置齒頰　何必掛在嘴上。齒頰，牙齒與腮頰，此指口頭談說。⓮貧士　窮儒生。⓯杖頭錢　指買酒錢。《世說新語・任誕》：「阮宣子常步行，以百錢挂杖頭，至酒店，便獨酣暢，雖當世貴盛，不肯詣也。」⓰詰旦　平明；清晨。⓱窖藏　地窖內貯存或埋藏的財物。⓲百餘千　一百多串。古代穿錢，每一千個為一串。⓳莫漫愁沽　連上句，謂錢袋子有了錢，就不要為酒錢犯空愁了。唐賀知章〈題袁氏別業〉：「莫漫愁沽酒，囊中自有錢。」⓴掬　雙手捧起。㉑蕎　蕎麥。蕎麥生長期短，下種晚。㉒奇貨可居　把少有的貨物囤積起來，等待高價出售。㉓息　利錢。㉔稔密　熟悉，親密。稔，莊稼成熟，引申為熟悉。

【語　譯】車生，家庭狀況並不富裕，但是特別迷戀喝酒，晚上不乾上三大杯就睡不著覺，因此他床頭的酒杯子不曾空過。

一天夜裡，車生睡覺醒了，一翻身，好像有個人睡在自己身旁，還以為是身上蓋的衣裳掉在了旁邊。他用手一摸，毛茸茸的有個東西，像貓但是大一點兒；點燈一看，是隻狐狸，喝得酩酊大醉，像狗一樣趴在那裡。回頭看看酒瓶子，已經空空如也。於是笑著說：「這是我的酒友啊。」不忍驚醒牠，給牠蓋上衣服，讓牠枕著胳膊，和牠一起睡下。但是沒有熄燭，想看看牠如何變化。半夜裡，狐狸伸腰哈欠。車生笑著說：「睡得好美啊！」掀開衣服一看，竟是一個戴著儒生帽子的漂亮書生。他下床給車生叩頭，拜謝不殺之恩。車生說：「我嗜酒成癖，人們都認為是傻子；你，是我的知心人哪。如果你不懷疑我，咱們倆就結為酒友。」車生把他拉上床去，繼續睡覺。還說：「你可以常來，不必顧慮。」狐狸答應了。車生醒來，狐狸已經走了。

於是就準備了一杯好酒，專等狐狸來喝。剛到晚上，狐狸果然來了，兩人促膝對飲，喝得很爽。狐狸酒量很大，又很會說笑話，於是兩人相見恨晚。狐狸說：「我屢次沾光喝你的好酒，不知怎樣報答你的盛情啊？」車生說：「喝幾杯薄酒取樂，何必老提它呢！」狐狸說：「你說得有理，但是，你家裡也不富裕，買酒錢也得來不易啊。我應當想個法子替你弄些酒錢。」

第二天晚上，狐狸來告訴車生說：「由此往東南走七里路遠，道旁有別人丟了的銀錢，你可早點去取來。」天一亮，車生就去了，果真撿到了二兩銀子，於是就買了好酒肴，來準備晚上就著喝酒。晚上，狐狸又告訴車生說：「你家後院地窖裡藏有金錢，應該發掘出來。」車生照牠的話去挖，果然得到一百多串錢。車生高興地說：「咱腰包裡有錢了，不必再整天愁著買酒了。」狐狸說：「這不行，車輸裡的水怎可以長期舀著喝呢？應該再想個弄錢的辦法。」

過幾天，狐狸對車生說：「市集上蕎麥很便宜，這是可以囤積的好東西。」車生聽狐狸的話，買了四十多石蕎麥。人們都笑話他這個舉動。不久，天大旱，禾苗豆子都曬枯乾了，只有蕎麥可以播種；車生把蕎麥當種子賣，獲得了十倍的利潤。從此他更富有了，買了良田二百畝。只要問明白了狐狸，多種麥子麥子就豐收，多種穀子穀子就豐收，種什麼，早種還是晚種，都聽狐狸的。

兩人交往日漸親密，狐狸管車生的妻子叫嫂子，把車生的孩子看得和自己的孩子一樣。後來車生死了，狐狸就不再來了。

【研析】在《聊齋誌異》中，蒲松齡寫了很多有關酒的故事，在他看來，酒就是連接友情的紐帶。

〈王六郎〉篇，寫淄川北郊之許姓，以捕魚為業。每天夜晚，攜酒來到孝婦河上，一邊飲酒一邊打魚。喝酒之前，總是澆一點在地上祝禱說：河中的淹死鬼也來喝杯酒吧。別人打魚往往一無所獲，而許姓卻總是滿載而歸。一天夜晚，許姓正在禱告獨酌之時，忽然走來一位少年，徘徊其側，不忍離去。許姓邀其同飲，少年就不客氣與他對酌起來。天快亮了，許姓沒有打到一尾魚，頗感失望。少年說：莫急，我到下游給你趕魚。隨後，許姓舉網撈到了數條一尺多長的大魚。為表謝意，許姓贈魚給少年，少年不受，說：屢次喝你的美酒，為你趕魚這等小事不值得感謝。只要你不嫌棄，能與你長相對飲，我就心滿意足了。第二天，許姓賣掉魚，多買好酒，晚上又來到河邊與少年歡飲。喝幾杯，少年就起身到下游去趕一次魚。這位少年就是王六郎，因為平素嗜酒，沉醉淹死在孝婦河裡已有好幾年了。以前，許姓打魚比別人多，都是王六郎暗中驅使之故。因為他喝了許姓澆在地上的酒漿，所以他趕魚作為報答。就這樣，一人一鬼夜夜喝酒打魚愉快地度過了半年的美好時光。後來，王六郎因為有愛人之心感動上帝，到招遠縣鄔鎮做了土地神，許姓不遠數百里前往探望，一人一神又進行了感人的相見與惜別。

若說許姓與王六郎的酒朋關係昭示的是友情之善，則車生與狐仙的酒友關係揭櫫的就是友情之豪。〈酒友〉篇，寫車生家不中貲而嗜酒如命，夜裡沒有三杯落肚就睡不成覺，所以床頭之酒瓶不曾空過。一夜睡醒翻身，似覺有人與之同床。摸之，毛茸茸彷彿一隻大貓，點燈一看，則是一隻酣醉的狐狸。看看床頭的酒瓶子，空空如也，一滴也不剩矣。車生笑著自言自語道：這是我的酒友啊。不忍驚醒牠，給牠蓋上衣服，讓牠枕在自己的胳膊上安然而睡，亮著燈靜觀其變。半夜裡，狐狸舒舒服服伸個懶腰，車生笑道：「美哉睡乎！」掀開衣服一看，卻是戴著儒生帽子的一位美少年。自此，這一人一狐結成了莫逆相交、名副其實的酒友。相交日長，瞭解日深。車生為狐仙提供酒食，狐仙利用其特殊才智為車生謀求財富；車生的一切種植計劃皆取決於狐仙，狐仙稱呼車生的妻子嫂嫂、視其子如己出。但車生去世後，狐仙就音訊渺茫不再出現了。鍾子期逝矣，俞伯牙還來做甚？

作為鬼、作為狐，王六郎和狐仙應該有著比常人更大的活動自由和生活能力，似乎不必通過為人趕魚、替人謀財這些頗為麻煩的俗事來叨一杯酒喝；但他們不憚麻煩，他們的目的不僅僅是一杯酒，他們看重的是對方的高尚人品與豪邁情操。用車生的話說，這人與鬼、人與狐的酒友關係，就是俞伯牙和鍾子期的知音關係；他們喝的不純是酒，還是相知相敬、相慰相惜的高山流水。這種以酒為載體的友情還體現在一首首傳世的名詩、名詞上，如王維的「渭城朝雨浥輕塵，客舍青青柳色新。勸君更進一杯酒，西出陽關無故人」，白居易的「綠蟻新醅酒，紅泥小火爐。晚來天欲雪，能飲一杯無」，陸游的「衣上征塵雜酒痕，遠游無處不消魂。此身合是詩人未？細雨騎驢入劍門」和「紅酥手，黃滕酒，滿城春色宮墻柳」，等等。

九山王

曹州❶李姓者，邑諸生❷。家素饒，而居宅故不甚廣。舍後有園數畝，荒置❸之。

一日，有叟來稅❹屋，出直❺百金。李以無屋為辭。叟曰：「請受之，但無煩慮。」李不喻其意，姑受之，以覘❻其異。越日，村人見輿馬眷口❼入李家，紛紛甚夥，共疑李第無安頓所，問之。李殊不自知；歸而察之，並無跡響。

過數日，叟忽來謁。且云：「庇宇下❽已數晨夕。事事都草創，起爐作竈，未暇一修客子❾禮。今遣小女輩作黍❿，幸一垂顧。」李從之。則入園中，欻⓫見舍宇華好，嶄然一新。入室，陳設芳麗。酒鼎沸於廊下，茶烟裊於廚中。俄而行酒薦饌⓬，備極甘旨。時見庭下少年人往來甚眾。又聞兒女喁喁⑬，幕中作笑語聲。家人婢僕，似有數十百口。

李心知其狐。席終而歸，陰懷⑭殺心。每入市，市硝硫，積數百斤，暗布園中殆滿。驟火之，焰亙⑮霄漢，如黑靈芝⑯，燔臭灰眯⑰不可近；但聞鳴啼嗥動之聲，嘈雜聒耳。既熄，入視。則死狐滿地，焦頭爛額者，不可勝計。

方閱視⑱間，叟自外來，顏色慘慟⑲，責李曰：「夙無嫌怨；荒園歲報百金，非少；何忍遂相族滅⑳？此奇慘之仇，無不報者！」忿然而去。疑其擲礫為殃，而年餘無少怪異。

時順治㉑初年，山中群盜竊發，嘯聚㉒萬餘人，官莫能捕。生以家口多，日憂離亂。適村中來一星者㉓，自號「南山翁」，言人休咎㉔，了若目睹，名大噪。李召至家，求推甲子㉕。翁愕然起敬，曰：「此真主㉖也！」李聞大駭，以為妄。翁正容固言㉗之。李疑信半焉，乃曰：「豈有白手受命而帝者乎？」翁謂：「不然。自古帝王，類多起於匹夫㉘，誰是生而天子者？」

生惑之，前席㉙而請。翁毅然以「臥龍」㉚自任。請先備甲冑㉛數千具，弓弩數千事。李慮人莫之歸，翁曰：「臣請為大王連諸山，深相結，使嘩言者㉜謂大王真天子，山中士卒，宜必響應。」李喜，遣翁行。發藏鏹㉝，造甲冑。翁數日始還，曰：「借大王威福，加臣三寸舌㉞，諸山莫不願執鞭靮㉟，從戲下㊱。」

浹旬㊲之間，果歸命者數千人。於是拜翁為軍師；建大纛㊳，設彩幟若林；據山立柵，聲勢震動。邑令㊴率兵來討，翁指揮群寇，大破之。令懼，告急於兗㊵。兗兵遠涉而至，翁又伏寇進擊，兵大潰，將士殺傷者甚眾。勢益震，黨㊶以萬計，因自立為「九山王」㊷。翁患馬少，會都中解㊸馬赴江南，遣一旅要路㊹篡取之。由是「九山王」之名大噪。加翁為「護國大將軍」。高臥山巢，公然自負，以為黃袍之加㊺，指日可俟矣。

東撫㊻以奪馬故，方將進勦；又得兗報，乃發精兵數千，與六道合圍而進。軍旅旌旗，彌滿山谷。「九山王」大懼，召翁謀之，則不知所往。「九山王」窘極無術，登山而望曰：「今而知朝廷之勢大矣！」山破，被擒，妻孥㊼戮之。始悟翁即老狐，蓋以族滅報李也。

異史氏曰：「夫人擁妻子，閉門科頭㊽，何處得殺？即殺，亦何由族哉？狐之謀亦巧矣。而壤無其種者，雖溉不生；彼其殺狐之殘，方寸㊾已有盜根，故狐得長其萌㊿而施之報。今試執途人(51)而告之曰：『汝為天子！』未有不駭而走者。明明導以族滅之為，而猶樂聽之，妻子為戮，又何足云？然人之聽匪言(52)也，始聞之而怒，繼而疑，又繼而信；迨至身名俱殞，而始知其誤也，大率(53)類此矣。」

【注釋】❶曹州　州名，即今山東菏澤。❷諸生　秀才。❸荒置　荒廢閒置。❹稅　租賃。❺直　同「值」。❻覘　偷偷地察看。❼輿馬眷口　車馬家屬。❽庇宇下　謙辭，住在房宇之下。❾客子　旅居異鄉的人。❿作黍　做黍米飯。《論語・微子》：「殺雞為黍而食之。」後以「作黍」為備家常飯誠意待客之謙稱。⓫欻快速。⑫行酒薦饌　勸酒進菜。薦，進獻。饌，飲食。⑬喁喁　小聲說話的樣子。⑭陰懷　暗藏。⑮亙　連綿不斷地上升。⑯黑靈芝　黑色的靈芝，此指爆炸形成的蘑菇雲。⑰燔臭灰瞇　焦臭熏鼻，煙塵迷眼。燔，燒烤。⑱閱視　查看。⑲慘慟　悲痛。⑳族滅　誅滅九族。㉑順治　清世祖愛新覺羅・福臨的年號。㉒嘯聚　互相招呼著聚集在一起。㉓星者　算命先生。㉔休咎　吉凶。㉕推甲子　按照生辰八字，推算命運。㉖真主　真龍天子。㉗正容固言　神情莊重地堅持說。㉘匹夫　古代指平民中的男子，亦泛指平民百姓。㉙前席　移座向前。㉚臥龍　諸葛亮。《三國志・蜀書・諸葛亮傳》：「諸葛孔明者，臥龍也。」此代指軍師。㉛甲冑　鎧甲和頭盔。㉜嘩言者　善於製造輿論的人。㉝藏鏹　埋藏的金錢。鏹，錢串，引申為成串的錢，後多指銀子或銀錠。㉞三寸舌　三寸不爛之舌，比喻能言善辯。㉟執鞭靮　為人執鞭拉韁，指願做隨從。靮，馬韁繩。㊱戲下　主帥的旌麾之下，引申為部下。戲，通「麾」。旌旗之類。㊲浹旬　滿十天。㊳建大纛　豎起大旗。建，豎起。纛，古時軍隊中的大旗。㊴邑令　縣令。㊵兗　府名，即今山東濟寧兗州市。㊶黨　同黨；同夥。㊷九山王　王俊，一名王巨，字小吾，山東費縣人，清初，在魯南率眾起義，據蒼山、抱犢崮等，被推為「九山王」。此篇或與其事有關。㊸解　押解。㊹要路　攔路。㊺黃袍之加　黃袍加身，指做皇帝。黃袍，古代帝王的專用衣著。㊻東撫　山東巡撫。㊼妻孥　妻子兒女。孥，子女。㊽科頭　謂不戴冠帽，裸露頭髻。㊾方寸　心中。㊿長其萌　讓他的萌芽滋長。萌，萌芽，指作惡的根由。(51)途人　行路之人。(52)匪言　狂妄悖理之言。(53)大率　大概；大致。

【語　譯】曹州有個姓李的，是城裡的秀才。家裡一直很富有，只是宅子住處不是十分寬敞。房子後頭有個園子，好幾畝大，長期荒廢閒置著。

一天，有個老頭來租房子，拿出一百兩銀子作房租。李秀才說沒有房子想推辭。老頭說：「請收下租金，別的就不麻煩你了。」李秀才不明白他想幹啥，只好暫時接過租金，想看看他有何法術。第二天，村裡人看見車馬拉著家眷進了李家，好像有很多人，都懷疑李家無處安頓這麼多人，就問李秀才。李秀才竟然一點也不知道；回家察看，也沒發現什麼跡象。

過了幾天，那老頭忽然來訪。並說：「住在你家已經好幾天了。事事都剛開始，光忙著砌爐子立鍋灶，沒來得及盡客人致敬之禮。今天叫女兒們做點便飯，希望你能光顧。」李秀才跟他走了。李秀才到了後園，突然看到房舍華麗精美，煥然一新。進了屋裡，只見擺設芳香絢麗。走廊上酒壺已經煮沸，廚房裡茶爐子燒得正旺。不一會兒，勸酒布菜，山珍海味俱全。時時看到院子裡有很多少年人來往。又聽見少男少女低聲說話，簾子後面傳出說笑聲。家人和丫環僕人，似乎有幾十上百口。

李秀才心裡明白這是些狐狸。酒罷歸家，就暗起了殺心。每到市場上去，都要買回一些硝石硫磺之類，積攢了幾百斤，暗地裡布滿整個院子。一天，他突然點上火，火焰沖天，像一個巨大的蘑菇雲，燃燒的臭味和炸起的灰塵使人不可靠近；只聽見一片啼哭嚎叫之聲，嘈雜震耳。煙消灰散之後，李秀才到園中查看，只見死狐遍地都是，焦頭爛額，數也數不完。

李秀才正在查看戰果，老頭從外面進來了，臉色悲傷沉痛，責備李秀才說：「我和你前世無怨；租你的荒園子每年給你一百兩銀子，也不算少；你怎忍心就殺死了我的全家？這樣慘絕人寰的血海深仇，不報誓不為人！」咬牙切齒地走了。李秀才懷疑他大概會扔磚頭瓦塊來禍害人，但是過了一年多也沒有任何怪異發生。

那時是順治初年，山中群盜蜂起，咋咋呼呼聚集了數萬人，官府也對他們無可奈何。李秀才因為家中人口多，每天都擔心發生離散混亂之事。正好村裡來了一個算卦的，自號「南山翁」，說人的吉凶禍福，清楚明白就像親眼看見一般，名聲因此很響亮。李秀才把他請到家裡，請他按自己的生辰八字推算命運。南山翁吃驚地站起來，畢恭畢敬地說：「這是真龍天子啊！」李秀才一聽嚇了一跳，認為他在胡說。南山翁滿臉嚴肅地說這是真的。李秀才半信半疑，就說：「哪有赤手空拳就受天命當皇帝的？」南山翁說：「不是這樣的。自古以來的帝王，大多是起於普通人，誰是天生就來當皇帝的呢？」

李秀才被他說動了心，就往前挪了挪座位向他請教。南山翁毫不客氣地以諸葛亮自居。他讓李秀才先準備甲冑幾千套，弓弩幾千件。李秀才擔心不會有人跟隨他，南山翁說：「臣請替大王祕密聯絡各個山頭，緊密團結起來，然後讓善於宣傳的人到處張揚你是真龍天子，山中的士卒也一定都會來響應。」李秀才大喜，就派遣南山翁去執行任務。李秀才挖出藏在地下的銀子，開始製造甲冑。南山翁幾天後才回來，說：「託大王的威名和福分，再加上臣的三寸不爛之舌，各山寨沒有人不願意聽從你的指揮，做你的部下。」

十天之後，果然來了幾千個願意聽候命令的人。於是，李秀才就拜南山翁為軍師；豎起杏黃大旗，滿山彩旗招展像樹林子一般；占據山頭，設起柵欄漸漸有了一些威名聲勢。縣官領兵前來討伐，南山翁指揮部眾大敗官兵。縣官害怕，趕緊報告給了兗州。兗州的援兵遠道而來，南山翁又設下伏兵進擊，兗州兵大敗，將士很多人被殺死。李秀才聲勢更加大了，同夥達到了一萬多人，於是自立為「九山王」。南山翁擔心馬匹太少，正好京城派人押運軍馬到江南，就派一支勁旅攔路搶奪了來。從此，「九山王」之名震動天下。他就加封南山翁為「護國大將軍」。他每天高臥在山中的窩裡，非常自負，認為黃袍加身做皇帝，已經指日可待了。

山東巡撫因為奪馬的緣故，正準備進剿「九山王」；又得到兗州兵被破的消息，就派精兵數千人，分六路縱隊包抄過去。軍隊和旗幟，滿山遍野。「九山王」感到害怕了，召南山翁來商量，而南山翁卻不知到哪裡去了。「九山王」智窮計拙，爬到山頂上望著說：「現在才知道朝廷的勢力之大了！」山寨陷落，「九山王」被擒，妻子兒女全部被殺死。李秀才這才明白，南山翁就是那個老狐狸，他是來報滅族的大仇的呀。

異史氏說：「人在家裡守著老婆孩子，關上門不戴冠帽，誰來殺他？就是被殺，又怎麼會滅族呢？老狐狸的計謀也算十分巧妙了。但是，土壤裡沒有種子，就是灌溉也不會發芽；李秀才殺害狐狸家族是那樣殘忍，這證明他心裡已經埋下了當盜賊的根子，所以老狐狸才能夠使他發芽滋長達到報復的目的。現在，你試試去拉住一個過路人告訴他說：『你能當皇帝！』沒有不被嚇跑的。明明是引導他做滅族的事，還聽得挺高興，妻子兒女被殺，還有何話可說？然而人們聽到邪言誑語，剛開始是生氣，接著是懷疑，接著是相信；等到身敗名裂，才明白那是錯誤的，大概都是如此啊。」

【研　析】〈九山王〉寫一個狐狸復仇的故事。李姓用數百斤硝硫將一個狐狸家族幾乎消滅殆盡，僥倖逃脫的狐叟設下計謀，使李姓「被擒，妻孥戮之」。蒲松齡對李姓進行了評論，「彼其殺狐之殘，方寸已有盜根，故狐得長其萌而施之報。」細讀全文，也可以發現這篇故事曲折地反映了明末清初社會的動盪與不安。這時，明朝雖然滅亡了，但漢族人並沒有輕易屈服；清朝雖然建立了，但滿洲人也不能高枕無憂。「時順治初年，山中群盜竊發，嘯聚萬餘人，官莫能捕」，這是對當時社會紛亂的現實描寫。《聊齋誌異》描寫了明清易代之際清兵屠城殺戮的慘烈。〈鬼哭〉寫道：「謝遷之變，宦第皆為賊窟。王學使七襄之宅，盜聚尤眾。城破兵入，掃蕩群醜，尸填墀，血至充門而流。公入城，扛尸滌血而居。往往白晝見鬼，夜則床下磷飛，牆角鬼哭。」謝遷是清順治初年山東高苑的農民軍領袖，率兵攻陷淄川縣城後，即遭清兵圍剿，血戰兩月，不敵而敗。謝遷攻陷淄川之時，蒲松齡的父親、叔父曾率村民為保護村莊而戰，其叔父戰死，其堂兄被清兵誤殺。那一年蒲松齡剛剛八歲。〈鬼哭〉中說：「城破兵入，掃蕩群醜。」用「群醜」來指稱謝遷義軍，不能說不包含著刻骨的沉痛。對清兵造成的屍滿庭院、血充門戶、白晝見鬼、夜聞鬼哭景象的描寫，更表達了蒲松齡深沉的怨憤。這樣的個人家仇和民族之恨交織在一個幼小的記憶裡經年不滅，其痛苦煎灼之情可想而知。〈野狗〉中寫「于七之亂，殺人如麻」，又說「大兵宵進，恐罹炎昆之禍」。這時，蒲松齡正是十來歲年紀。在他童年的記憶深處，農民軍也罷，清兵鎮壓也罷，其結果都是殺人和流血，受害的都是老百姓。在《聊齋誌異》（鑄雪齋抄本）中，〈野狗〉、〈鬼哭〉在卷一，〈張誠〉在卷二，〈公孫九娘〉在卷四，〈林氏〉〈亂離二則〉在卷六，〈仇大娘〉在卷十，〈張氏婦〉〈鬼吏〉在卷十一，〈韓方〉在卷十二。依稀的記憶都化作了長歌當哭，自始至終餘音嫋嫋，不絕如縷。

跳神

濟❶俗：民間有病者，閨中以神卜。倩❷老巫擊鐵環單面鼓，婆娑❸作態，名曰「跳神」。

而此俗都中❹尤盛。良家❺少婦，時自為之。堂中肉於案，酒於盆，甚設❻几上。燒巨燭，明於晝。婦束短幅裙，屈一足，作「商羊舞」❼。兩人捉臂，左右扶掖之。婦刺刺瑣絮❽，似歌，又似祝❾；字多寡參差，無律帶腔。室數鼓亂撾❿如雷，蓬蓬聒人耳。婦吻闢翕⓫，雜鼓聲，不甚辨了。

既而首垂，目斜睨；立全須人，失扶則仆。旋⓬忽伸頸巨躍，離地尺有咫⓭。室中諸女子，凜然愕顧曰：「祖宗來吃食矣。」便一噓，吹燈滅，內外冥黑。人慄息⓮立暗中，無敢交一語；語亦不得聞，鼓聲亂也。

食頃⑮，聞婦厲聲呼翁姑⑯及夫嫂小字，始共爇燭⑰，傴僂問休咎⑱。視尊中，盎中，案中，都復空空。望顏色，察嗔喜，肅肅⑲羅問之，答若響⑳。中有腹誹㉑者，神已知，便指某姍笑㉒我，大不敬，將褫㉓汝褲。誹者自顧，瑩然已裸，輒於門外樹頭覓得之。

滿洲㉔婦女，奉事尤虔。小有疑，必以決。時嚴妝㉕，騎假虎假馬，執長兵，舞榻上，名曰「跳虎神」。馬虎勢作威怒，尸者聲傖儜㉖。或言關、張、玄壇㉗，不一號。赫氣慘凜㉘，尤能畏怖人。有丈夫穴窗來窺，輒被長兵㉙破窗刺帽，挑入去。一家媼媳姊若㉚妹，森森蹜蹜㉛，雁行㉜立，無歧念，無懈骨㉝。

【注釋】❶濟　濟南府。❷倩　請。❸婆娑　盤旋舞動的樣子。❹都中　京城，此指北京。❺良家　舊時指清白人家。❻甚設　設備極為完備。❼商羊舞　模仿商羊鳥，曲起一足起舞。商羊，鳥名，《論衡・變動》云：「商羊者，知雨之物也，天且雨，曲其一足起舞矣。」二〇〇八年，山東鄄城申報的「商羊舞」列入「第二批國家級非物質文化遺產名錄（傳統舞蹈類）」。❽刺刺瑣絮　說話絮叨。刺刺，多話的樣子。瑣絮，語聲細小而不休。❾祝　禱告。❿撾　敲打。⓫闟翕　開合。⓬旋　不久。⓭咫有咫　一尺多。咫，八寸。⓮慄息　因恐懼而屏息。⑮食頃　吃一頓飯的時間，形容時間很短。⑯翁姑　公婆。⑰爇燭　點燃蠟燭。爇，燒。⑱傴僂問休咎　弓著身子問吉凶，表示虔誠。⑲肅肅　恭敬貌。⑳答若響　有問必答，如響斯應。響，回聲。㉑腹誹　口裡不言，心中譏笑。㉒姍笑　譏笑；嘲笑。㉓褫　脫去；解下。㉔滿洲　滿族。㉕嚴妝　認真地打扮。㉖尸者聲傖儜　尸者，跳神者。尸，祭祀活動中，鬼神附體的巫者。傖儜，雜亂；粗野。㉗關張玄壇　關羽、張飛、趙公明。玄壇，趙公明，本名朗，字公明，又稱趙玄壇，「玄壇」是指道教的齋壇，也有護法之意。相傳為財神，又稱「趙公元帥」。㉘赫氣慘凜　氣概威嚴，陰寒可怕。㉙長兵　長兵器。㉚若　與；及。㉛森森蹜蹜　敬畏貌。㉜雁行　大雁的行列。㉝懈骨　指鬆散不挺之態。

【語　譯】濟南府的風俗：民間有生病的人，女子就在閨房內求神占卜吉凶。請來一位老巫婆，邊敲打帶鐵環的單面鼓，邊盤旋起舞做出各種姿態，叫做「跳神」。

　這一風俗在京城尤其盛行。良家少婦們，也時常自己跳神。在堂屋中，托盤裡放著肉，盆子裡裝著酒，設備齊全地擺在几案上。點燃大蠟燭，比白天還明亮。一個少婦腰束短裙，彎曲起一隻腳，跳「商羊舞」。兩人各架著少婦一條胳膊，在兩邊扶持著她。少婦口中絮絮叨叨、念念有詞，像在唱歌，又像在禱告；句式長短不齊，不合韻律卻拖腔帶調。屋裡好幾面鼓，亂敲如雷，蓬蓬的震人耳鼓。少婦的嘴脣一開一合，聲音摻雜著鼓聲，聽不清楚講些什麼。

　不久，少婦低下頭，眼睛斜視著；她的站立全靠那兩人攙扶，一不攙扶就要跌倒。一會兒，少婦忽然伸著脖子向上大跳，離地一尺多高。屋裡的各位女子，都肅然驚恐地張望著說：「祖宗來吃飯了。」便呼地一口氣，把燈吹滅，屋裡屋外一片漆黑。人們都戰戰兢兢地憋住氣站在暗中，無人敢說一句話；就是說話也聽不見，因為鼓聲太亂了。

過了一頓飯的功夫，聽到少婦厲聲呼喚公婆和丈夫、嫂子的小名，這才一起點燃蠟燭，躬著身子上前詢問吉凶。看那酒杯裡、盆子裡、托盤裡，都已空無一物了。人們看著少婦的臉色，觀察她是生氣還是高興，恭恭敬敬地圍著她詢問，她也有問必答。問病的人中有心裡不以為然的，神已經知道，便指著說某某譏笑我，大不敬，要脫下你的褲子。這個不以為然的人看一下自身，光溜溜已是裸體，往往在門外的樹梢上找到那褲子。

滿洲的婦女，尤其誠心敬意地事奉跳神。就是一點兒小小的疑惑，也一定要通過跳神來決斷。跳神的時候，穿戴整潔，騎著假虎假馬，拿著長兵器，在床上舞動，叫做「跳虎神」。假馬假虎的姿勢表現出威武振奮的樣子，跳神的人聲音粗重。有時自稱是關羽、張飛或趙公明，稱號不一。氣勢威嚴陰冷，很是嚇人。有男子從窗紙洞裡偷看，往往被長兵器破窗刺帽，挑進屋子裡。一家人，從婆婆、媳婦到姐妹，都嚇得戰戰兢兢，像排成一行的大雁，站在那裡，腦中不敢有雜念，身上不敢絲毫懈怠。

【研　析】蒲松齡說「跳神」是濟南府的風俗，淄川縣隸屬濟南府，因此我們可以說「跳神」就是蒲松齡家鄉的風俗，「跳神」的目的是求神治病。大概由於身處窮鄉僻壤，表演者的知識結構和表演水平有限，沒有什麼值得欣賞的藝術價值，所以蒲松齡對這一風俗只是做了簡單介紹。也可能這一風俗是從京城傳來的，所以蒲松齡對「都中尤盛」的「跳神」活動進行了詳細而生動的記錄描寫。

北京城裡為何盛行「跳神」活動呢？因為這一活動的主要目的已經不是求神治病，而是良家少婦的才藝展示、饕餮大餐和精神解放，所以她們「時自為之」，只要她們願意，就可以隨時進行「跳神」。先看才藝展示。「燒巨燭，明於晝」，燈光效果非常絢麗，如果不是「跳神」，良家少婦誰能有機會享受這一待遇？「婦束短幅裙，屈一足，作『商羊舞』」，穿著短裙子曲起一足跳詭異而古老的舞蹈，這不經過專門訓練，恐怕不容易跳好。「婦刺刺瑣絮，似歌，又似祝；字多寡參差，無律帶腔」，「既而首垂，目斜睨；立全須人，失扶則仆。旋忽伸頸巨躍，離地尺有咫」，你看那下垂的頭部、斜視的眼睛、柔若無骨的身體，整個舞者身體真是放鬆到了極致；但是轉瞬之間她就能由靜變動、由柔變剛，這樣的舞蹈動作就是放到現代的舞臺上，也會引來陣陣掌聲的。再看饕餮大餐。「堂中肉於案，酒於盆，甚設几上」，這是非常豐盛的酒食了；「視尊中，盎中，案中，都復空空」，在一番歌舞之後，再來享用酒食，應該是一件非常過癮的事情。再看精神解放。本來在她舞蹈歌唱的時候，隨著肉體的解放，精神已經得到了解放，但是還不夠，她還有更高的要求：「聞婦厲聲呼翁姑及夫嫂小字，始共爇燭，傴僂問休咎」，公公婆婆及丈夫嫂子的小名兒平時是不能亂叫的，此時也可以大膽呼叫一番，達到精神上的解放。

濟南的「跳神」是京城傳來的，京城的「跳神」可能是從滿洲傳來的。所以接下來蒲松齡寫了滿洲婦女的「跳虎神」活動。「跳虎神」是居住於東北地區八旗漢軍（通稱漢軍旗人）之民間祭祀「燒香」儀式中的一個儀節，又稱「虎鬧家堂」。按照漢軍旗人的說法，虎是大神，既可「一虎壓百獸」也可「一虎驅百邪」，因而跳虎能達到鎮宅除祟、虎鬧家安的目的。關於此，任光偉先生的〈介紹漢軍旗人祭祀儀式——跳虎神〉曾作過詳細描述。

豢蛇

泗水①山中，舊有禪院②，四無村落，人跡罕及，有道士③棲止其中。或言內多大蛇，故遊人益遠之。

一少年入山羅鷹④。入既深，無所歸宿；遙見蘭若⑤，趨投之。道士驚曰：「居士⑥何來？幸不為兒輩所見！」即命坐，具饘粥⑦。食未已，一巨蛇入，粗十餘圍⑧，昂首向客，怒目電瞛⑨。客大懼。道士以掌擊其額，呵曰：「去！」蛇乃俯首入東室。蜿蜒移時，其軀始盡，盤伏其中，一室盡滿。客大懼，搖戰⑩。道士曰：「此平時所豢養。有我在，不妨；所患者，客自遇之耳。」

客甫坐，又一蛇入，較前略小，約可五六圍。見客遽止，睒䁹⑪吐舌如前狀。道士又叱之，亦入室去。室無臥處，半繞梁間，壁上土搖落有聲。客益懼，終夜不寢。早起欲歸，道士送之。出屋門，見牆上階下，大如盎盞⑫者，行臥不一。見生人，皆有吞噬狀。客懼，依道士肘腋⑬而行，使送出谷口，乃歸。

余鄉有客中州⑭者，寄宿蛇佛寺。寺僧具晚餐，肉湯甚美，而段段皆圓，類雞項⑮。疑問寺僧：「殺雞幾何，遂得多項？」僧曰：「此蛇段耳。」客大驚，有出門而哇者。既寢，覺胸上蠕蠕⑯。摸之，則蛇也，頓起駭呼。僧起曰：「此常事，烏⑰足駭怪！」因以火照壁間，大小滿牆，榻上下皆是也。

次日，僧引入佛殿。佛座下有巨井，井中蛇粗如巨甕，探首井邊而不出。爇火⑱下視，則蛇子蛇孫以數百萬計，族居⑲其中。僧云「昔蛇出為害，佛坐其上以鎮⑳之，其患始平」云。

【注釋】①泗水　縣名，即今山東濟寧泗水縣。②禪院　佛教的廟宇。③道士　此指事佛的僧人。宗密《盂蘭盆經疏》下：「佛教初傳北方，呼僧為道士。」④羅鷹　張網捕鷹。羅，捕鳥的網。⑤蘭若　梵語「阿蘭若」

的音譯，躲避人間熱鬧的地方，泛指一般寺院。❻居士　舊時出家人對在家信佛之人的泛稱，也可敬稱普通人。❼饘粥　稀飯。❽圍　兩隻手的拇指和食指圍起的長度。❾怒目電瞛　憤怒的眼睛如同閃電。電瞛，目光閃爍如電。❿搖戰　發抖。⓫睒睗　晶瑩閃亮，形容鬼怪、精靈的目光。⓬盎盞　盎，盆子。盞，小酒杯。⓭肘腋　胳膊肘與胳肢窩。⓮中州　河南省的古稱。⓯雞項　雞脖子。⓰蠕蠕　蟲類爬動的樣子。⓱烏　何。⓲爇火　點火。爇，燒。⓳族居　群居；聚族而居。⓴鎮　鎮壓；用某種法術符咒壓邪。

【語　譯】泗水縣的山中，以前有座寺院，四周沒有村莊，很少有人到這裡來，有一個僧人住在裡邊。有人說寺裡有很多大蛇，所以遊人更是遠遠地避開它。

有一個少年進山張網捕鷹。走到深山裡，無處歇宿；遠遠地看到有座寺院，就趕去投宿。僧人驚問：「居士從哪裡來？幸好沒被我的孩子們看見！」於是讓他坐下，拿稀飯給他吃。還沒吃完，一條大蛇爬進來，有十多圍粗，仰著腦袋看著客人，目露兇色、閃閃發光。少年嚇壞了。僧人用掌拍拍蛇頭，呵斥說：「去！」大蛇就低頭爬進東屋裡。彎曲爬行了很長時間，身子才全進了屋，盤起身子趴在裡邊，一間房子全塞滿了。少年更加害怕，渾身打顫。僧人說：「這蛇是我平時豢養的。有我在這裡，不礙事；怕的是你自己遇見牠。」

少年剛坐下，又一條蛇進來，比前一條略小一點，約有五六圍粗。見有客人就突然停住，目光閃爍，口吐長舌，像前一條一樣。僧人又呵斥牠，牠也進了屋裡。屋裡已經沒有牠盤臥的地方了，牠就半身子繞在梁上，牆上的土嘩嘩地掉落下來。少年害怕極了，整夜不敢睡覺。早晨起來就要回家，僧人送他出來。一出了屋門，看到院牆上、臺階下，粗如碗口、酒杯的大蛇，有的爬行，有的靜臥，形狀不一。蛇們看到生人，都露出吞吃的樣子。少年害怕，緊拉著僧人的胳膊隨他出來，一直讓送出了山谷口，少年才敢自己回家。

我鄉里有人客居中州，寄宿在蛇佛寺裡。寺裡的僧人整治好晚飯，肉湯很鮮美，肉一段一段都是圓的，形狀像雞脖子。客人問寺僧說：「殺了多少雞，能有這麼多雞脖子？」僧人說：「這是蛇的肉段。」客人大驚，有的竟然跑出門去嘔吐。等睡下後，覺得胸膛上有東西蠕動。用手一摸，原來是蛇，下意識跳起來驚呼。僧人起來說：「這是稀鬆平常的事，有什麼好害怕奇怪的！」隨即用火照照牆壁上，大大小小的蛇爬滿了牆，床上床下也都是蛇。

第二天，僧人領著客人來到佛殿。佛座下面有一口大井，井裡有蛇粗如大甕，在井邊上探頭探腦，卻不出來。點上火向井下一看，蛇子蛇孫竟有數百萬條，居住在裡邊成了一個大家族。只聽僧人說「過去蛇從井裡出來幹壞事，自從佛坐在上面鎮壓住牠們，蛇患才不再發生了」。

【研　析】俗話說「天下名山僧占多」。泗水縣的這座名山叫什麼，我們不知道，但這肯定是一座有名的大山，因為山中有禪院。可是這座禪院長期以來已經沒有任何香客和香火了，因為它暗藏著玄機：據說裡邊有大蛇，所以遊人都遠遠地躲著它。有位少年為了到深山老林裡張網捉鷹，誤打誤撞來到這座禪院。可他進了禪院，竟然沒有看見蛇。不過和尚的話還是讓我們既大吃一驚，又莫名其妙。他說：「居士何來？幸不為兒輩所見！」他的兒輩是誰？他為什麼這樣吃驚？難道他的兒輩能吃人不成？果然，一頓飯沒吃完，他的「兒輩」就進來了：「一巨蛇入，粗十餘圍，昂首向客，怒目電瞛。」若以一圍三十四五釐米計算，十餘圍就是三米四五，其直徑就有一米多了。好在這條蛇只是眼中打閃而沒有口中打雷，否則這位少年的身子骨還不夠牠塞牙縫的呢。和尚「以掌擊其額」，這就彷彿是《法華經》所說的釋迦牟尼佛以大法付囑大菩薩時，用右手摩其頂。這一摩頂能夠使受摩者如夢初醒，煥發靈光。這裡，這個和尚在大蛇的前額上輕擊一掌，就是用佛教徒摩頂受戒的手法來喚起蛇的靈性，阻止牠傷人性命。至於輕輕的一個「去」字，也儼然就是禪宗中的「一字禪」，用它來接引這位特殊的佛門弟子。大蛇就俯首帖耳地離開了。

第二個故事講了一件淄川人到訪蛇佛寺的事。淄川有夥人客居中州，寄身在蛇佛寺。佛寺的名字裡就有「蛇」字，寺中肯定有蛇了。果不其然。這夥人晚飯吃的是鮮美的雞脖子燉肉湯。當他們問起為何雞脖子這樣多時，和尚告訴他們這不是雞脖子，這是蛇段。於是這夥人就有忍不住噁心出門大吐的。若說蛇佛寺的和尚殺蛇而食，不守戒律，可是他們又在佛座底下的巨井裡鎮壓著數以百萬計的蛇子蛇孫，免得牠們爬出來害人。這是怎麼回事呢？是佛法深奧，還是故弄玄虛，就不得其詳了。

吳令

吳令❶某公，忘其姓字。剛介有聲❷。

吳俗最重城隍之神❸，木肖之，衣以錦，藏機如生。值神壽節❹，則居民斂貲❺為會，輦遊通衢；建諸旗幢雜鹵簿❻，森森部列，鼓吹行且作，闐闐咽咽❼然，一道相屬也。習以為俗，歲無敢懈。

公出，適相值❽，止而問之。居民以告。又詰知所費頗奢，公怒，指神而責之曰：「城隍實主一邑。如冥頑❾無靈，則淫昏之鬼，無足奉事；其有靈，則物力宜惜，何得以無益之費，耗民脂膏❿？」言已，曳神於地，笞⓫之二十。從此習俗頓革。

公清正無私，惟少年好戲⓬。居年餘，偶於廨⓭中梯簷探雀鷇⓮，失足而墮，折股，尋卒。人聞城隍祠中，公大聲喧怒，似與神爭，數日不止。吳人不忘公德，群集祝⑮而解之，別建一祠祠公，聲乃息。祠亦以城隍名，春秋祀之，較故神尤著。吳至今有二城隍云。

【注釋】❶吳令　吳縣縣令。吳縣，縣名，即今蘇州市吳中區和相城區。❷剛介有聲　有剛強正直的名聲。❸城隍之神　城隍神；守護城池之神。❹值神壽節　遇到城隍神的生日。❺斂貲　湊錢財。貲，同「資」。❻建諸旗幢雜鹵簿　建，樹立；豎起。旗幢，旌旗。鹵簿，古代帝王出外時扈從的儀仗隊。❼闐闐咽咽　喧鬧。❽相值　相遇。❾冥頑　愚昧頑固。❿脂膏　油脂，比喻人民用血汗換來的財富。⓫笞　古代用竹板或荊條打人脊背或臀腿的刑罰。⓬戲　玩耍。⓭廨　官署；舊時官吏辦公的地方。⓮雀鷇　幼雀。⓯祝　禱告；向鬼神請求。

【語譯】吳縣的縣令某公，忘了他的姓名。他為人剛毅梗直，政聲很好。

吳縣民俗最敬重城隍神，人們用木頭雕成神像，身披錦繡，內蘊靈氣，栩栩如生。每到城隍神的生日，居民們就湊錢做神會，用車子拉著神像在大街遊行；舉著各色旗子，穿插著儀仗隊，密匝匝排列著，一路吹打，嗚嗚啦啦，排頭看不見排尾。人們習慣成風俗，每年都不敢稍有懈怠。

這位縣令外出，正好碰上做神會，就停下來詢問怎麼回事。居民們就把神會的事告訴了他。縣令又打聽到做神會花費很大，他勃然大怒，指著神像斥責說：「城隍神主管著一座縣城。如果冥頑不靈，就是個淫邪昏庸的鬼，不值得人們供奉你；你若有靈，就應該愛惜財物民力，怎能用這些毫無意義的花費，來耗費民脂民膏呢？」說完，就把神像拽倒在地，打了二十大板。從此就破除了這個舊日的習俗。

縣令清正無私，只是年紀小，好貪玩。在此一年後，偶然在官衙中豎上梯子從屋簷下掏小雀，失足掉下來，摔斷了大腿，不久就死了。人們聽到城隍廟裡，縣令憤怒地大聲發脾氣，似乎在和城隍神爭吵，連著好幾天沒有停止。吳縣的人不忘縣令的恩德，聚集起來一起祝禱，為雙方調解，又另建了一個祠堂，供奉這位縣令，爭執聲才消失了。供奉縣令的祠堂也叫城隍廟，春秋兩節按時祭祀，禮節比原來的城隍神還要豪華隆重。吳縣至今還有兩個城隍神。

【研　析】在中國，城隍的起源很早，這在講《聊齋誌異・考城隍》篇時，我們已經大略說過了。在歷代典籍中，文人雅士們也對城隍進行了力所能及的渲染和描寫。《隋書・五行志》云：「梁武陵王紀祭城隍神，將烹牛，有赤蛇繞牛口。」這還是六朝人志怪習俗的流風餘韻。唐人李白〈鄂州刺史韋公德政碑〉云：「大水滅郭，洪霖注川。人見憂於魚鱉，岸不辨於牛馬。公乃抗辭正色，言於城隍曰：『若三日雨不歇，吾當伐喬木、焚清祠。』精心感動，其應如響。」敢公然向城隍爺叫板示威的，不光韋公，《聊齋誌異・吳令》中的某公也可算一位。人們雖然忘記了他的名字，但其「剛介」的名聲卻一直流傳。

先來看吳縣人所造城隍神之形制，「吳俗最重城隍之神，木肖之，衣以錦，藏機如生」；再看為城隍神祝壽的場面，「值神壽節，則居民斂貲為會，輦遊通衢；建諸旗幢雜鹵簿，森森部列，鼓吹行且作，闐闐咽咽然，一道相屬也」。所以，吳令某公就指責城隍說：「城隍實主一邑。如冥頑無靈，則淫昏之鬼，無足奉事；其有靈，則物力宜惜，何得以無益之費，耗民脂膏？」這話說得既合辯證法又符邏輯律，真是情詞懇切，擲地有聲。因此，他就是把城隍神像拉倒、鞭打，祂也啞口無言，無以辯駁。由於吳令某公的這一言行實在驚世駭俗，有巨大的警示作用，因此吳縣為城隍神祝壽的習俗從此也就革除了。

某公雖然清正無私，可任何人都不是完美無缺的。他少年貪玩到屋簷下掏幼鳥，這在常人雖然算不得大錯——請問誰小時候沒有掏過麻雀窩呢？——可是對某公這樣一個自律甚嚴的人來說，卻終於讓鬼神抓住了把柄、找到了死穴，於是他就跌斷腿骨死了。某公死後，還和城隍神爭論了好幾天，看來真是城隍神為報仇把他弄死的，這說明神也並不都是神聖的。

但是，事情還沒有完。中國人有著悠久的文化積澱，同樣也有著沉重的歷史惰性，一不留神就會重蹈覆轍。這也就是這篇小說最饒有趣味的一點：某公是反對祭祀城隍神的，可是他死後吳縣人卻把他祭祀成了城隍神。這樣，吳縣就有了兩個城隍神，人民的花費也就可想而知了。你說蒲松齡這是在諷刺吳令某公的死節不保，還是在批判吳縣人的愚昧無知？這真是蒲松齡不動聲色的超級冷幽默了。

狐聯

焦生，章丘石虹先生❶之叔弟也。讀書園中。

宵分❷，有二美人來，顏色雙絕。一可十七八，一約十四五，撫几展笑。焦知其狐，正色❸拒之。長者曰：「君髯❹如戟，何無丈夫氣？」焦曰：「僕生平不敢二色❺。」女笑曰：「迂哉！子尚守腐局❻耶？下元❼鬼神，凡事皆以黑為白，況床笫❽間瑣事乎？」焦又咄之。

女知不可動，乃云：「君名下士❾，妾有一聯，請為屬對❿，能對我自去：戊戌同體，腹中止欠一點。」焦凝思不就。女笑曰：「名士固如此乎？我代對之可矣：己巳連蹤，足下何不雙挑。」一笑而去。

長山李司寇⓫言之。

【注釋】❶章丘石虹先生　章丘，縣名，即今濟南章丘市。石虹先生，焦毓瑞，字輯五，別字石虹，官至戶部左侍郎。❷宵分　半夜裡。❸正色　神色嚴肅。❹髯　兩頰上的長鬚。泛指鬍鬚。❺二色　妻子之外的女性。

❻腐局　迂腐的規矩。局，格局；規矩。❼下元　下玄，指地下幽冥之處。❽床笫　床和墊在床上的竹席，代指男女房中之事。❾名下士　享有盛名之士。❿屬對　對對子。⓫長山李司寇　長山，縣名，即今山東濱州鄒平縣。李司寇，李化熙，字五弦，明崇禎七年進士，入清任刑部尚書。刑部尚書相當於《周禮》中的秋官大司寇，故稱李司寇。

【語　譯】焦生，是章丘焦石虹先生的叔伯兄弟。在園子裡讀書。半夜裡，有兩個美女走來，長得都很漂亮。一個約有十七八，一個大約十四五，撫著書桌笑吟吟的。焦生知道是狐狸，非常嚴肅地拒絕她倆。大美女說：「你的鬍子粗硬如同戈戟，怎麼沒有男子氣？」焦生說：「我平生不敢親近老婆之外的美女。」美女笑著說：「太傻了！你還守那迂腐的規矩嗎？地下的鬼神，凡事都顛倒黑白，更何況床席上那些小事呢？」焦生又呵斥她一頓。美女知道他不能被美色所打動，就說：「你是有名的讀書人，我有一聯，請你對下聯，若能對上，我自然就走：戊戌同體，腹中止欠一點。」焦生沉思良久也不能對上。美女笑著說：「名士就這個樣子嗎？我替你對上得了：己巳連踪，足下何不雙挑。」一笑就走了。

這是長山李司寇說的。

【研　析】南懷瑾先生曾說：「我們知道中國文化，在文學的境界上，有一個演變發展的程序，大體的情形，是所謂：漢文、唐詩、宋詞、元曲、明小說，到了清朝，我認為是對聯，尤其像中興名將曾國藩、左宗棠這班人，把對聯發展到了最高點。我們中國幾千年文學形態的演變，大概是如此。」在蒲松齡的筆下，章丘縣的那些美豔狐狸們，也是作對聯的高手。

焦生在園子裡讀書，讀到半夜還不肯休息，這時就來了兩個美麗狐女，一個十七八歲，一個十四五歲，也不說話，只是扶著書桌笑吟吟的。焦生看破了她們的行藏，就正顏厲色地拒斥她們。誰知那位年齡大一點的狐女竟然冒出一句名言：「君髯如戟，何無丈夫氣？」這位狐女年齡不大，卻讀書不少，她竟然知道褚彥回拒婚山陰公主的故事。《南史．褚彥回傳》記載：「景和中，山陰公主淫恣，窺見彥回悅之，以白帝。帝召彥回西上閤宿十日，公主夜就之，備見逼迫，彥回整身而立，以夕至曉，不為移志。公主謂曰：『君鬚髯如戟，何無丈夫意？』」山陰公主的意思是說：您鬍子長長的硬如長矛，怎麼卻不像個有正常情欲的男人？焦生並不順著狐女的思路辯白有無「丈夫氣」，只是我行我素地說一句：「僕生平不敢二色。」狐女看他懵懂不解春情，就接著再開導他：「迂哉！子尚守腐局耶？下元鬼神，凡事皆以黑為白，況床笫間瑣事乎？」任你有千般變化，我自有一定之規。不管狐女如何開導勸化，焦生就是不開竅，不答應。面對如此不解風情之人，狐女似乎也沒有辦法了，只好使出最後一招，用文人喜歡研習的對聯來引誘：「戊戌同體，腹中止欠一點。」要焦生來對，可惜焦生實在愚騃，想了半天不能想出下聯，還是人家狐女自己對上了：「己巳連踪，足下何不雙挑。」

在這篇故事中，蒲松齡並未因焦生的道德持守而對他進行稱揚，而是略帶譏諷地嘲笑了焦生的不解風情。由此可見，蒲松齡並非滿腦子道德律條的冬烘先生，他在現實生活中能夠謹守儒家倫理道德的要求，但在鬼狐題材的小說中，展現出自己的文思與才情。

胡氏

直隸❶有巨家，欲延師❷。忽一秀才，踵門❸自薦。主人延入。詞語開爽，遂相知悅。秀才自言胡氏，遂納贄館之❹。胡課業❺良勤，淹洽非下士等❻。然時出遊，輒昏夜始歸；扃閉儼然❼，不聞款叩❽而已在室中矣。遂相驚以狐。然察胡意固不惡，優重之，不以怪異廢禮。

胡知主人有女，求為姻好❾，屢示意，主人偽不解。一日，胡假而去。次日，有客來謁，縶黑衛❿於門。主人逆而入。年五十餘，衣履鮮潔，意甚恬雅⓫。既坐，自達，始知為胡氏作冰⓬。主人默然，良久曰：「僕與胡先生，交已莫逆，何必婚姻？且息女已許字⓭矣。煩代謝先生。」

客曰：「確知令嬡待聘，何拒之深？」再三言之，而主人不可。客有慚色，曰：「胡亦世族⓮，何遽不如先生？」主人直告曰：「實無他意，但惡非其類[15]耳。」客聞之怒；主人亦怒，相侵益亟。客起抓主人；主人命家人杖逐之，客乃遁。遺其驢，視之，毛黑色，批耳修尾[16]，大物也。牽之不動；驅之，則隨手而蹶，嚶嚶[17]然草蟲耳。

主人以其言忿，知必相仇，戒備之。次日，果有狐兵大至：或騎或步，或戈或弩[18]，馬嘶人沸，聲勢洶洶。主人不敢出。狐聲言火屋，主人益懼。有健者，率家人譟出，飛石施箭，兩相衝擊，互有夷傷[19]。狐漸靡，紛紛引去。遺刀地上，亮如霜雪；近拾之，則高粱葉也。眾笑曰：「技止此耳[20]。」然恐其復至，益備之。

明日，眾方聚語，忽一巨人，自天而降：高丈餘，身橫數尺；揮大刀如[21]門，逐人而殺。群操矢石亂擊之，顛踣而斃[22]，則芻靈[23]耳。眾益易之。狐三日不復來，眾亦少懈。主人適登廁，俄見狐兵，張弓挾矢而至，亂射之；矢集於臀。大懼，急喊眾奔鬥，狐方去。拔矢視之，皆蒿梗[24]。如此月餘，去來不常，雖不甚害，而日日戒嚴，主人患苦之。

一日，胡生率眾至。主人身出，胡望見，避於眾中。主人呼之，不得已，乃出。主人曰：「僕自謂無失禮於先生，何故興戎㉕？」群狐欲射，胡止之。主人近握其手，邀入故齋，置酒相款。從容曰：「先生達人㉖，當相見諒。以我情好，寧不樂附婚姻？但先生車馬、宮室，多不與人同，弱女相從，即先生當知其不可。且諺云：『瓜果之生摘者，不適於口。』㉗先生何取焉？」胡大慚。

主人曰：「無傷，舊好故在。如不以塵濁見棄，在門牆㉘之幼子，年十五矣，願得坦腹床下㉙。不知有相若者否？」胡喜曰：「僕有弱妹，少公子一歲，頗不陋劣。以奉箕帚㉚，如何？」主人起拜，胡答拜。於是酬酢甚歡，前郤俱忘。命羅酒漿，遍犒㉛從者，上下歡慰。乃詳問里居，將以奠雁㉜。胡辭之。日暮繼燭，醺醉乃去。由是遂安。

年餘，胡不至。或疑其約妄，而主人堅待之。又半年，胡忽至。既道溫涼㉝已，乃曰：「妹子長成矣。請卜良辰㉞，遣事翁姑㉟。」主人喜，即同訂期而去。至夜，果有輿馬送新婦至。奩妝豐盛，設室中幾滿。新婦見姑嫜㊱，溫麗異常。主人大喜。胡生與一弟來送女，談吐俱風雅，又善飲。天明乃去。

新婦且能預知年歲豐凶，故謀生之計，皆取則㊲焉。胡生兄弟，以及胡媼，時來望女，人人皆見之。

【注釋】❶直隸　省名，即今河北省。❷延師　聘請塾師。延，請。❸踵門　登門；親自上門。❹納贄館之　交付聘金，讓其住下。贄，古代初次拜見尊長所送的禮物。館，供給食宿。❺課業　教授功課。❻淹洽非下士等　學問淵博深通，不與普通秀才一般。❼扃閉儼然　大門關閉，整齊有序。扃，門閂。❽款叩　叩門。❾姻好　姻親；以婚姻關係為中介而產生的親屬。❿黑衛　黑驢子。衛，驢子的別稱。⓫恬雅　沉靜文雅。⓬作冰　做媒人。⓭息女已許字　小女已經許人了。息女，親生女兒。許字，把女子許配於人。⓮世族　世代顯貴的家族。⓯非其類　和他不是同類。⓰批耳修尾　尖耳長尾，形容馬體形矯健。⓱喓喓　蟲叫聲。《詩經・召南・草蟲》：「喓喓草蟲。」草蟲，此指蟈蟈。⓲或戈或弩　戈、弩，古代兵器名。戈，橫刃，裝有長柄。弩，用機械發射的弓。⓳夷傷　殺傷；創傷。⓴技止此耳　本領不過如此而已。㉑如　至；到。㉒顛躓而斃　倒地死去。顛躓，跌倒。㉓芻靈　用茅草紮成的人馬，為古人送葬之物。㉔蒿梗　草杆子。梗，植物的枝或莖。㉕興戎　發兵；引起戰鬥。㉖達人　豁達豪放的人。㉗瓜果之生摘者二句　強摘的瓜不甜。㉘在門牆　猶言受業。門牆，師長之門。《論語・子張》：「夫子之牆數仞，不得其門而入，不見宗廟之美，百官之富。」㉙坦腹床下做你家的女婿。此用王羲之坦腹東床的典故，見《世說新語・雅量》。㉚奉箕帚　做你家的媳婦兒。箕、帚，皆掃除之具，為女子常用，故代指妻妾。㉛犒　犒勞；用酒食或財物慰勞。㉜奠雁　古代婚禮，新郎到女家迎親，獻雁為贄禮。㉝道溫涼　問寒暄；致意問候。㉞卜良辰　挑選好日子。卜，占卜；掐算。㉟翁姑　公婆。㊱姑嫜　公婆。㊲取則　以她的話為準則。

【語　譯】直隸有個大戶，想為孩子請一位老師。忽然有一位秀才，登門毛遂自薦。主人把他請進屋內。秀才言詞開朗爽快，主人頓生好感。秀才自稱姓胡，主人於是就支付聘金留下他任教。胡生執教批改作業十分勤勉，學識博洽不是一般的秀才。但是常常出去遊玩，往往深更半夜才回來；門鎖好好的，沒有聽到敲門聲，他就來到屋裡了。於是大家驚異認為他是狐狸。但是觀察胡生的舉動，似乎並無惡意，就給他優厚的待遇，不因為他的怪異就廢除對老師的禮節。

胡生知道主人有個女兒，就向主人請求結為婚姻，說了多次，主人一直裝糊塗。一天，胡生請假出去。第二天，有個客人來拜訪，把黑驢子拴在門口。主人把客人迎進家。客人五十來歲，衣服鞋子光鮮乾淨，表情非常恬靜文雅。坐下後，客人自我介紹，主人才知道他是來為胡生作媒的。主人沉默不語，過了好久才說：「我和胡先生，已是莫逆之交，何必定要婚姻？再說小女已經許人了。麻煩你代向胡先生表示歉意。」

客人說：「我確實知道令愛正在待聘，你為何執意拒絕呢？」他再三請求，主人就是不答應。客人面露慚愧之色，說：「胡生也是大家出身，有什麼地方配不上你家呢？」主人就直言不諱地說：「我實在沒有別的意思，只嫌他不是同類啊。」客人聽了大怒；主人也大怒，爭吵得很厲害。客人站起來抓主人；主人讓家人拿木棍趕走他，客人才逃走了。客人忘了他的驢子，人們近前一看，毛色烏黑，耳朵尖尖尾巴長長，龐然大物。牽牠牠不走；一趕牠，牠就倒了，吱吱叫，原來是個草蠅蠅。

主人根據客人憤怒的話語，知道他一定來報復，就時刻提防著。第二天，果然有大批狐狸兵前來：有的騎馬，有的步行，有的執戈，有的挽弓，馬嘶鳴，人吆喝，聲勢很是浩大嚇人。主人嚇得不敢出門。狐兵揚言要把房子燒了，主人更加害怕。有位健壯的家丁，率領家人吶喊著衝殺出來，扔石頭射箭，兩相衝擊，互有損傷。狐兵逐漸支持不住，亂紛紛退了回去。刀子丟棄在地上，亮如霜雪；近前拾起來一看，原來是高粱葉。大家笑著說：「也就這些本事了。」但是怕他們再來，還是十分小心戒備著。

第二天，大家剛想在一起商量商量，忽然一個巨人從天而降：有一丈多高，有好幾尺寬；揮舞著一把大刀來到大門口，追著人趕殺過來。大家一起射箭扔石頭亂打他，他就倒地死了，原來是個送殯的草人。大家更加輕視他們了。狐兵三天之內沒再來，大家也就鬆懈下來。主人正在上廁所時，忽然看見狐兵挽著弓帶著箭來到，一起射向主人；亂箭射滿了臀部。大驚，急忙喊來大家跑過去搏鬥，狐兵才退了回去。主人拔下臀上的箭一看，都是些草杆子。這樣相持了一個多月，狐兵來來去去也沒什麼規律可尋，雖無大害，但是天天提心吊膽，主人對此感到很苦惱。

一天，胡生親自率領狐兵來了。主人親自出來，胡生看見主人，就躲藏到眾狐兵之中。主人喊他，他不得已，才出來。主人說：「我認為對先生沒有什麼不恭的地方，為什麼要發動戰爭？」眾狐兵都要射箭，胡生制止住他們。主人走近握住胡生的手，邀請他來到過去教書的地方，擺上酒席款待他。主人心平氣和地說：「先生是位明白人，應該體諒我的心情。憑著我們倆之間的友好關係，難道不願意和先生結為婚姻？但是先生的車馬、宮室，多與正常人不一樣，弱女若是嫁給你，就是先生你想必也知道不合適。再說俗話說得好：『強摘的瓜不甜。』先生何必這樣呢？」胡生非常羞慚。

主人說：「沒什麼，我們依然是好朋友。如果先生不嫌棄我們是塵世的俗人，做你學生的小兒子，已經十五歲了，願意做你家的女婿。不知你家有條件差不多的女孩子嗎？」胡生高興地說：「我有個妹妹，比公子小一歲，模樣不算太醜。讓她給公子料理家務，怎樣？」主人起身答謝，胡生也拜謝主人。於是主賓二人你一杯我一杯喝得很痛快，以前的不愉快都忘卻了。主人下令大擺酒宴，請所有胡生的部下坐席，上上下下都感到高興快慰。主人詳細詢問胡生的住址，準備去送彩禮。胡生謝絕了。晚上又點上燈繼續喝酒，喝醉了才離開。從此，就平安無事了。

一年多了，胡生也不來。有人就懷疑他的婚約是假的，但是主人堅持等他。又過了半年，胡生忽然來了。說完了寒暄的話，胡生才說：「我小妹已經長大成人了。請擇個好日子，送過來侍奉公婆。」主人很高興，胡生和主人訂好了婚期，才走。到了結婚的夜裡，果然有車馬送新娘子來。嫁妝很多，新房裡都幾乎擺不下了。新娘子拜見公婆，非常溫柔秀麗。主人大喜。胡生和一個弟弟來送新人，兄弟倆談吐都十分風雅，也都很會喝酒。天明才走。

新娘子能預知年成的豐歉，所以家中的經營生計，都由她說了算。胡生兄弟和胡老太太，經常來看望狐女，大家都看到過他們。

【研析】蒲松齡是位秀才，他筆下的狐仙也有以秀才身分出現的。在《聊齋誌異・念秧》中我們見識過一位狐秀才，他俠肝義膽、足智多謀，屢次使主人公轉危為安。〈胡氏〉中的這位狐秀才，雖然「詞語開爽」、「課業良勤」、「淹洽非下士等」，很得主人歡心，但是行事做事、舉止言談卻有些魯莽粗蠢，因此也就顯得更加可愛，小說也就充滿了喜劇色彩。

他時時出遊，昏夜始歸，卻又從不叩關敲門，這就引起主人的懷疑，也就暴露了他狐狸的身分。他自我感覺很良好，向主人提出要求，要與主人的女兒結為婚姻。主人裝聾作啞，虛與委蛇。他就請假回家，派媒人前來說合。這位媒人更是一位魯莽的可人：他看到主人不答應他的要求，就說胡氏出身世家大族，以此來增加勝算，等看到主人因為異類終究不會同意後，就和主人撕打了起來。看他的舉止言談，我很懷疑這位媒人就是胡氏自己變化的，否則不會捨了命去替別人說媒。

他逃走後，忘了騎來的驢子。人們過去一看，是一頭很矯健的驢子，但是一推就倒了，原來是一隻嘤嘤而鳴的草蟲蟈蟈。蒲松齡的一枝筆說大就大，說小就小，說大就龐然大物，說小就嘤嘤草蟲，真是「筆補造化天無功」了。

他還想著用武力逼婚，發動了一次情趣盎然的小小戰爭。「狐兵大至：或騎或步，或戈或弩，馬嘶人沸，聲勢洶洶」，又是步兵，又是騎兵，看那洶洶的氣勢，大有「滅此而朝食」的氣概。可事實上呢？在主人家勇健者的奮力衝擊下，狐兵狐將並不可怕，留下一地兵器逃跑了。人們撿起雪亮的戰刀一看，原來是高粱的葉子。

狐狸們看到不能戰勝人類，就想出了更好的辦法。第二天，派來了一位巨人，「高丈餘，身橫數尺；揮大刀如門，逐人而殺」，然終歸不堪一擊，倒地之後，只不過一稻草人而已。

過了幾天狐兵又來了，正好主人上廁所，箭矢紛紛射擊在他的屁股上。主人「急喊眾奔鬥」，才把狐兵們趕走。最後，胡氏御駕親征，帶兵來到了前線。他看見主人，就想躲避，這就看出了他的羞赧和氣餒，再經過主人一番合情合理的教育說服，兩人竟又和好如初，並為自己的兒子和妹妹定下了婚姻。人類的少女，絕對不可以給狐狸當妻子，而狐類的女子，卻可以給人類做老婆。這是什麼邏輯？《聊齋誌異》中，那麼多狐女，不論美醜，都願意給人當老婆或情人，不見有哪位人類少女心甘情願給異類做老婆或情人，這大概還是大男子主義在作怪。

關於主人的兒子和胡氏妹妹的婚姻，但明倫有極好的評論。他說：「本欲坦腹於人之床，轉使人坦腹於己之床。由胡氏而觀，可云賠了夫人又折兵也。由主人觀，應占《易》睽卦之上九爻。」所謂「《易》睽卦之上九爻」，就是《周易》裡「睽卦」的上九爻辭：「上九，睽孤，見豕負塗，載鬼一車，先張之弧，後說之弧；非寇，婚媾；往遇雨則吉。」翻譯成現代漢語就是：「上九，睽違至極，孤獨狐疑，恍惚看見醜豬背負汙泥，又看見一輛大車滿載著鬼怪在奔馳，上來是張弓欲射，接著是放下弓矢；原來來的不是強盜，而是與己婚配的佳麗；此時前往，遇到陰陽和合的甘雨就能獲得吉祥。」為了婚姻，戰爭一上來打得煞有介事、驚心動魄，沒想到最後卻歡歡樂樂地成就了另一樁婚姻，這確實就像先驚怪後吉祥的《易經》「睽卦」上九的爻辭。

讀〈胡氏〉這樣的幽默小說，不必心眼太實，得抱著「姑妄言之姑妄聽之」的優遊消閒姿態來讀，才能其樂無窮。你看，但明倫就是一位好讀者，他在「至夜，果有輿馬送新婦至。奩妝豐盛，設室中幾滿」旁評曰：「輿馬中有草蟲否？妝奩內有高粱葉、芻靈、蒿梗否？」是啊，我想一定會有的，只是不必理會而已。

蘇仙

高公明圖知郴州❶時，有民女蘇氏，浣衣於河。河中有巨石，女踞其上。有苔一縷，綠滑可愛，浮水漾動，繞石三匝。女視之心動。既歸而娠❷，腹漸大。

母私詰之，女以情告。母不能解。數月，竟舉❸一子。欲置隘巷❹，女不忍也，藏諸櫝❺而養之。遂矢志不嫁，以明其不二也。然不夫而孕，終以為羞。兒至七歲，未嘗出以見人。兒忽謂母曰：「兒漸長，幽禁❻何可長也？去之，不為母累。」問所之。曰：「我非人種，行將騰霄昂壑❼耳。」女泣詢歸期。答曰：「待母屬纊❽，兒始來。去後，倘有所需，可啟藏兒櫝索之，必能如願。」言已，拜母徑去。出而望之，已杳❾矣。

女告母，母大奇之。女堅守舊志，與母相依，而家益落。偶缺晨炊，仰屋⑩無計。忽憶兒言，往啟櫝，果得米，賴以舉火⑪。由是有求輒應。逾三年，母病卒；一切葬具，皆取給於櫝。既葬，女獨居三十年，未嘗窺戶⑫。

一日，鄰婦乞火⑬者，見其兀坐⑭空闈，語移時始去。居無何，忽見彩雲繞女舍，亭亭如蓋⑮，中有一人盛服立，審視，則蘇女也。回翔久之，漸高不見。鄰人共疑之，窺諸其室，見女靚妝凝坐⑯，氣則已絕。眾以其無歸⑰，議為殯殮。忽一少年入，丰姿俊偉，向眾申謝⑱。鄰人向亦竊知女有子，故不之疑。少年出金葬母，植二桃於墓，乃別而去。數步之外，足下生雲，不可復見。

後桃結實甘芳，居人謂之「蘇仙桃樹」，年年華茂，更不衰朽。官是地⑲者，每攜實⑳以饋親友。

【注　釋】❶郴州　即今湖南郴州。❷娠　懷孕。❸舉　生育。❹置隘巷　扔到小胡同。《詩經．大雅．生民》：「誕置之隘巷，牛羊腓字之。」❺櫝　木櫃；匣子。❻幽禁　禁閉；囚禁。❼騰霄昂壑　騰飛雲霄，昂首澗壑。比喻飛升天際。❽屬纊　「臨終」的代稱。古代喪禮儀式，在病人臨終之前，用新的絲絮放在其口鼻上，試看是否還有氣息。屬，放置。纊，新絲綿。❾杳　消失；不見蹤影。❿仰屋　臥而仰望屋樑，形容無計可施。⓫舉火　生火做飯。⓬窺戶　看到家門。指出門。⓭乞火　借取火種。⓮兀坐　獨自端坐。⓯亭亭如蓋　高高聳立，如同車蓋。亭亭，高聳的樣子。蓋，車蓋，古代車上遮雨蔽日的篷子，形圓如傘，下有柄。⓰靚妝凝坐　靚妝，指打扮得很美麗，濃妝豔抹。凝坐，靜坐。⓱無歸　因其未嫁，無處歸葬。⓲申謝　道謝；表示謝意。⓳是地　這個地方。⓴實　桃樹的果實；桃子。

【語　譯】高公明圖做郴州知州時，有個民女蘇氏，在河裡洗衣服。河裡有塊大石頭，蘇氏蹲在上頭。有一縷苔蘚，又綠又滑，非常可愛，浮在水上漂來漂去，圍著石頭轉了三圈。蘇氏看了，心中不覺一動。回去就懷了身孕，肚子逐漸大起來了。

母親偷偷問女兒，蘇氏就說了實情。母親大惑不解。過了幾個月，蘇氏竟然生了一個兒子。本想把孩子扔在小胡同裡算了，蘇氏不忍心，就把他藏在櫃子裡養著。並發誓不嫁，來表明她貞潔不二的心跡。但是沒有丈夫卻懷了孕，總是件丟人的事。兒子長到七歲了，還沒有出去見過人。他忽然對母親說：「我也漸漸長大了，怎麼能長期關著呢？讓我走吧，我不能再連累母親了。」母親問兒子要到哪裡去。兒子說：「我本不是人種，我就要騰雲駕霧飛上天去了。」蘇氏哭著問他何時歸來。兒子回答說：「等母親臨終時，我才會回來。我走後，如果需要什麼，可打開藏我的櫃子找找看，一定能如願以償。」說罷，他拜別母親就走。蘇氏跑出大門看他，他已經不見蹤影了。

蘇氏告訴母親，母親感到非常驚奇。蘇氏堅持初衷，與母親相依為命，家境一天天衰落下去。偶然沒米做早飯，兩人看著屋頂想不出辦法。蘇氏忽然想起兒子的話，就去掀開櫃子，果然得到了米，才舉火做飯。從此以後，凡有所求，櫃子都能滿足人的心願。過了三年，母親病故；一切喪葬開銷，都從櫃子裡取來。安葬了母親，蘇氏獨居三十年，不曾出門。

一天，鄰家婦女來借火，看到蘇氏獨坐空房，說了半天話才走。又過了一陣子，鄰家婦女忽然看見彩雲纏繞著蘇氏女的房屋，高聳如車蓋，中有一人穿盛裝站著，仔細一看，原來就是蘇氏女。盤旋了很長時間，越來越高就看不見了。鄰居們都感到奇怪，就到蘇氏女的房子來看，看到蘇氏女盛裝端坐著已經斷氣了。大家因她無處歸葬，商量著共同出錢安葬她。忽然看到一個少年人，魁梧英俊，向大家道謝。鄰居們以前也私下裡知道蘇氏女有個兒子，所以也沒有人懷疑。那少年拿出錢來安葬了母親，在墓前種了兩棵桃樹，才告別眾鄰居走了。剛走了幾步，腳下便生出彩雲，很快就看不見了。

後來那兩棵桃樹結的桃子香甜無比，當地人都稱之為「蘇仙桃樹」，桃樹年年花繁葉茂，沒有衰朽的跡象。在這裡做官的人，往往帶著桃子去饋贈親友。

【研 析】根據我們的科學知識，我們知道女子踏上一個仙人的腳印或看見一縷青苔，是絕不會懷孕生子的。在《詩經‧大雅‧生民》中，詩人說姜嫄踩著了上帝的腳印，心中就挺高興，後來就懷孕生產了周部族的祖先后稷。后稷只知其母，不知其父，這反映的正是原始氏族社會群婚制度的真實情況。〈蘇仙〉中的民女蘇氏，看到一縷青苔，就心中有所感動，回家後就懷了孕，數月後生下了一個兒子。這和〈生民〉的故事如出一轍，而且〈生民〉中因為后稷來歷不明，姜嫄就把他拋棄到小胡同裡，想讓牛羊經過時踩死他，在〈蘇仙〉中，蒲松齡也寫蘇氏女想把兒子拋進小胡同。由此可見〈蘇仙〉故事雖然產生較晚，其精神血脈卻是有著悠久的傳承歷史的。

孩子不忍心丟棄，又不便出以見人，就只好把他藏在櫃子裡養著。後來兒子大了，飄然離去，告訴母親若有生活所需，可從他藏身的櫃子裡索取。這又像是《搜神後記．白水素女》中的那個大田螺殼，用它來貯藏糧食，永遠也不會窮盡。美好的故事代表了人們美好的願望：若能天上掉下個美媳婦或者好兒子固然大佳，退而求其次，能有一個吃喝不盡的糧囤或者櫃子也是值得慶幸的。

後來蘇氏女壽終正寢，升仙而去。鄰人合議埋葬她的肉身，這時她的兒子來了，除了向大家表示感謝，還拿出金錢來殯葬母親。最重要的是他在母親的墓地種了兩棵桃樹，所結的桃子甘甜芬芳，當地人都稱它為「蘇仙桃」，在此當官的人，都把這種桃子作為饋贈親友的禮品。有了這看得見摸得著咬著香的桃子作證，有誰還會懷疑這個故事的真實性呢？蒲松齡真夠聰明的。

郴州是湖南省的一個市，蘇仙是其中的一個區。據互聯網《有道詞典》介紹，「蘇仙區以轄原郴州市的蘇仙而得名。『蘇仙』一詞由西漢文帝時，郴人蘇耽在牛脾山修道成仙，故將牛脾山改名蘇仙嶺。秦末始見郴縣名，漢初即有蘇仙嶺。蘇仙與郴縣幾乎同時。至今已有兩千二百多年歷史，縣城先後為郡、州、區、路、府、區治，是一座歷史文化古城。」

厙將軍

厙❶大有，字君實，漢中洋縣❷人。以武舉❸隸祖述舜❹麾下❺。祖厚遇之，屢蒙拔擢❻，遷偽周總戎❼。

後覺大勢既去，潛以兵乘❽祖。祖格拒傷手，因就縛之，納款於總督蔡❾。至都，夢至冥司。冥王怒其不義，命鬼以沸油澆其足。既醒，足痛不可忍。後腫潰，指盡墮。又益之瘧❿。輒呼曰：「我誠負義！」遂死。

異史氏曰：「事偽朝固不足言忠；然國士庸人⓫，因知為報，賢豪之自命宜爾也。是誠可以惕⓬天下之人臣而懷二心者矣。」

【注釋】❶厙　姓。❷漢中洋縣　漢中府洋縣，即今陝西漢中洋縣。❸武舉　武舉人。❹祖述舜　吳三桂轄下的一名將軍。參見篇後「研析」。❺麾下　將帥的部下。麾，將帥用以指揮的旗幟。❻拔擢　選拔提升。❼偽周總戎　偽周，吳三桂叛清後建立的地方割據政權。總戎，統帥，清時稱總兵為總戎。❽乘　指利用機會偷襲。

❾納款於總督蔡　歸順蔡總督。納款，行賄；歸順。總督蔡，蔡毓榮，曾任雲貴總督，討伐吳三桂。❿瘧　瘧疾，一種按時發冷發燒的急性傳染病。⓫國士庸人　國士和普通人。國士，一國中才能最優秀的人物。庸人，平常的人。⓬惕　敬畏；慚懼。

【語　譯】厙大有，字君實，是漢中洋縣人。憑著武舉人的身分任祖述舜的部下。祖述舜對他待遇優厚，屢次提拔他，升遷為偽周的軍事總管。

後來，厙大有感到偽周政權大勢已去，就暗中偷襲祖述舜。祖述舜在格鬥中傷了手，厙大有就捆綁住他，歸順了總督蔡毓榮。到了京城，夢中到了閻羅殿。閻王爺認為厙大有不講道義，很生氣，命令鬼卒把滾沸的油澆在他的腳上。厙大有醒來後，雙腳疼痛難以忍受。後來他的腳腫脹潰爛，腳趾全都爛掉了。並且還得了瘧疾。老是大聲呼喊：「我真是忘恩負義之人！」於是就死去了。

異史氏說：「侍奉偽朝本來稱不上忠；但不論是傑出的棟樑之材還是普通的大眾百姓，都要根據所受的知遇作相應的報答，以賢人豪傑自命的人更應如此。這個故事確實可以讓天下做臣子而懷有二心的人有所戒懼。」

【研　析】〈厙將軍〉這篇作品，雖然短小，意義卻非同一般。對此，白亞仁先生在〈聊齋誌異中所涉及的「三藩之亂」事跡考〉中有非常精到的考訂與分析，茲撮錄於下，以供欣賞。

〈厙將軍〉的主人公是一個歷史人物，但這個歷史人物實際上不姓厙，而是姓庫。如果翻開嘉慶《漢中續修府志》、民國《洋縣志》等地方志，可以看到清代洋縣人物當中有庫棟、庫鴻璋等，因此可以推知庫姓是陝西這個地區的一個家族。據《洋縣志》的記錄，清順治年間武舉人當中有「庫大有，庚子（西元一六六〇年）武舉，官後至總兵」，「庫將軍」當即此人。

作為庫大有上級的祖述舜，在吳三桂部隊裡的頭銜為親軍後將軍，似乎是一位頗為能幹的軍人。他自康熙十三年起，幫助吳三桂的侄兒吳應期駐守岳州，與集中在長江北岸荊州的清軍進行了長期對峙。康熙十八年（西元一六七九年）正月，岳州被官兵攻占，祖述舜與其他隊伍撤退到湖南西部，在辰州府設立了一個新的防線。祖述舜的任務是鎮守辰州的另一個要地，即位於沅江北岸的北溶鎮。據此年十二月從北溶逃奔出來的一名士兵的交代，「今祖將軍在北溶防守，有五個總兵，姓尹、蕭、柳、何、庫，兵丁只有二千四百」。這其中的「庫」姓總兵，就是庫大有。

到康熙十九年三月，清兵已完成了進攻辰州的準備工作。經過幾天的激烈戰鬥，清兵收復了辰州。察尼疏報：「是月十三日，我兵取辰龍關，抵辰州。賊潰遁……偽將軍……祖述舜等，各率兵投誠。」這一段文字似乎意味著祖述舜是主動地投降，跟〈庫將軍〉所講的情況不同。但我們有理由認為蒲松齡所寫的可能屬實。四月初六日，皇帝又收到蔡毓榮的奏文，說到「恢復清浪、北溶，偽將軍祖述舜投誠事」。而康熙帝對此表示懷疑：「先報祖述舜為所屬將士擒獻投誠，今又稱伊自傾心向化，前後不符，著察明具奏。」這次提到的「祖述舜為所屬將士擒獻投誠」一事，可能就是〈庫將軍〉所說的「潛以兵乘祖。祖格拒傷手，因就縛之」的叛賣行為。

為什麼蔡毓榮本來說祖述舜是其下屬將士抓住的，而後來又說是祖述舜「傾心向化」？這要聯繫〈庫將軍〉中的另一句話，即「納款於總督蔡」一句。這裡的「納款」，不僅是表示歸順，也包含行賄的動作。庫大有為什麼要向蔡毓榮行賄？這是因為蔡毓榮這樣的高官如果為庫大有這樣的降將說好話，庫大有的命更容易保全。祖述舜和庫大有都希望蔡毓榮為他們說好話，「傾心向化」當然就是好話之一了。皇上聽了蔡毓榮的好話，沒有把他們處死，而是像蒲松齡〈庫將軍〉中說的那樣，庫大有等降官被押送到北京去了。

蒲松齡身處淄川，他是怎樣聽說到庫大有的故事的？蒲松齡可能是從同鄉的前輩友人高珩那裡聽說的。當時刑部負責處理投誠將領的案件，高珩時任刑部侍郎。皇帝是在康熙十九年五月讓蔡毓榮把庫大有等降將送到北京去的，而如果庫大有確實是到達首都後不久病死的，其死亡可能就是此年夏天或秋天的事。康熙十九年十月，高珩以衰老自請解任回到淄川，因此〈庫將軍〉有可能是高珩與蒲松齡交流中產生的一個作品。

〈庫將軍〉這篇作品，不但有上述可補歷史之缺的作用，同時它還代表了當時部分漢人對吳三桂偽政府的同情態度。「事偽朝固不足言忠；然國士庸人，因知為報，賢豪之自命宜爾也。是誠可以愓天下之人臣而懷二心者矣」，這種態度的表現，在當時那樣的歷史條件下，沒有一定的膽識，還是不敢輕易表露出來的。

雷公

亳州❶民王從簡，其母坐室中，值小雨冥晦❷，見雷公❸持錘，振翼而入。大駭，急以器❹中便溺傾注之。雷公沾穢，若中刀斧，反身疾逃；極力展騰，不得去。顛倒庭際，嗥聲如牛。天上雲漸低，漸與簷齊。雲中蕭蕭如馬鳴❺，與雷公相應。少時，雨暴澍❻，身上惡濁盡洗，乃作霹靂而去。

【注釋】❶亳州　州名，即今安徽亳州。❷冥晦　昏暗。❸雷公　又稱「雷神」或「雷師」，古代神話傳說中的司雷之神。《論衡・雷虛》：「左手引連鼓，右手持椎，若擊之狀。」❹器　便器。❺雲中蕭蕭如馬鳴　指行雨的龍叫聲如同馬鳴聲。❻澍　通「注」。灌注。

【語譯】亳州人王從簡，他的母親坐在屋裡，碰到下小雨，天色昏暗，她看見雷公手持大槌，振動著翅膀飛進屋來。她害怕極了，急忙把便盆中的尿液潑向雷公。雷公身上沾染了汙穢，好像被刀斧砍中，轉身快速逃跑；用盡力氣展翅騰飛，怎麼也不能離開。雷公跌倒在庭院裡，像牛一樣吼叫。

天上的烏雲緩緩低落下來，漸漸和屋簷齊平。雲中有蕭蕭馬鳴的聲音，和雷公的吼叫相互應和。一會兒，大雨傾盆而下，雷公身上的汙濁全部洗淨，這才打了個霹靂騰空飛去。

【研　析】雷公信仰起源很早，《山海經・海內東經》中描繪雷神形象為：「雷澤中有雷神，龍身而人頭，鼓其腹則雷。」〈大荒東經〉則說：「東海中有流波山，入海七千里。其上有獸，狀如牛，蒼色而無角，一足……其聲如雷，其名曰夔。黃帝得之，以其皮為鼓，橛以雷獸之骨，聲聞五百里，以威天下。」這都是半人半獸的形狀。東漢王充《論衡・雷虛》所記雷神形象有了變化：善於圖畫的人，描畫雷的樣子，如同連成一串的好多鼓的形狀。又畫一個人，好像一位力士的樣子，叫做雷公。讓他左手拉著那一串鼓，右手拿著鼓槌，像是敲鼓的樣子。從此，雷公開始以人的形象面世了。

〈雷公〉中所寫之雷公，「持錘，振翼而入」，這和《論衡》中的記載相似；又說牠「顛倒庭際，嗥聲如牛」，這也符合《山海經》「狀如牛」的說法。「急以器中便溺傾注之。雷公沾穢，若中刀斧，反身疾逃；極力展騰，不得去」，雷公怕穢物，這不是蒲松齡的憑空臆造，袁枚《子不語》卷二〈雷公被紿〉條也說，趙某在花園採花，見尖嘴毛人從空而下。趙某知道這是雷公，就隨手把馬桶扔過去，雷公受到汙染，落在田野苦吼三天不能離地，經過設醮超度，才飛走了。

相比於用穢物來戰勝嚇人的雷公，倒不如靠人的勇武來戰勝作惡的雷公。唐人裴鉶《傳奇》中有一篇〈陳鸞鳳〉，就寫了一個正義威猛之士戰勝雷公的故事。陳鸞鳳是海康人，「負氣義，不畏鬼神」，挑戰在大旱之年「禱而無應」的雷公。「鸞鳳以刀上揮，中雷左股而斷。雷墮地，狀類熊豬，毛角，肉翼青色，手執短柄剛石斧，流血注然，雲雨盡滅。鸞鳳知雷無神，遂馳赴家，告其血屬。」不久，「復有雲雷裹其傷者，和斷股而去。沛然雲雨，自午及酉，涸苗皆立矣。」

鬼令

教諭❶展先生，灑脫有名士風❷。然酒狂，不持儀節。每醉歸，輒馳馬殿階❸。階上多古柏。一日，縱馬入，觸樹頭裂，自言：「子路❹怒我無禮，擊腦破矣！」中夜遂卒。

邑中某乙者，負販❺其鄉，夜宿古剎。更靜人稀，忽見四五人攜酒入飲，展亦在焉。酒數行❻，或以字為令❼曰：

「田字不透風，十字在當中；十字推上去，古字贏一鍾。」

一人曰：「回字不透風，口字在當中；口字推上去，呂字贏一鍾。」

一人曰：「囹字不透風，令字在當中；令字推上去，含字贏一鍾。」

又一人曰：「困字不透風，木字在當中；木字推上去，杏字贏一鍾。」

末至展，凝思不得。眾笑曰：「既不能令，須當受命。」飛一觥❽

來。展云：「我得之矣：曰字不透風，一字在當中；……」眾又笑曰：「推作何物？」展吸盡曰：「一字推上去，一口一大鍾！」相與大笑，未幾出門去。

某不知展死，竊疑其罷官❾歸也。及歸問之，則展死已久，始悟所遇者鬼耳。

【注釋】❶教諭　學官名，掌文廟祭祀、教育所屬生員。❷灑脫有名士風　言行不拘，有名士風度。灑脫，豪放；無拘無束。名士，指恃才放達、不拘小節的人。❸殿階　指文廟前的臺階。❹子路　仲由，字子路，孔子得意門生，以政事見稱，性格爽直率真，有勇力富才藝。❺負販　擔貨販賣，指做買賣。❻酒數行　喝了好幾杯酒。行，斟酒；依次敬酒。❼以字為令　用文字行酒令。❽飛一觥　傳一杯酒。❾罷官　解除官職。

【語譯】縣學的教官展先生，性情灑脫，有名士風度。但是，酒後容易發狂，行為不拘禮節。每次喝醉酒回來，都要飛馬馳過文廟殿前的臺階。臺階上有很多古柏。一天，他騎馬飛來，撞到樹上，頭破血流，自己卻說：「子路氣我無禮，打破了我的腦袋！」半夜裡就死了。

縣城的某個人，到展先生的家鄉去做生意，夜間住在古廟裡。夜深人靜，忽然看到四五個人，帶著酒進來暢飲，展先生也在裡邊。酒過數巡，一個人用字行酒令，說：

「田字不透風，十字在當中；十字推上去，古字贏一鍾。」

一個人說：「回字不透風，口字在當中；口字推上去，呂字贏一鍾。」一個人說：「囹字不透風，令字在當中；令字推上去，含字贏一鍾。」又一個人說：「困字不透風，木字在當中；木字推上去，杏字贏一鍾。」最後輪到展先生，他深思很久，想不出來。大家笑著說：「既然說不出酒令，就應當受罰。」有人飛快遞過一大杯酒來。展先生說：「我有了：曰字不透風，一字在當中；……」大家又笑著說：「推上去是什麼字？」展先生接過酒杯一飲而盡說：「一字推上去，一口一大鍾！」大家一起捧腹大笑，不久，他們就出門走了。

縣城的那個人不知道展先生已經死了，還暗地以為他罷官回家了呢。等回到家裡問起來，才知道展先生死去已久了，這才明白遇見的是鬼啊。

【研　析】敘事性文學作品，展現人物的性格是其必要手段。展示人物的性格，有多種多樣的方法和途徑，但通過人物的語言來展示，彷彿是最直接和最方便的，因為「言為心聲」嘛。由於人物身分和功業的不同，其語言也有大小精粗之分，但是，在高明的作家筆下，氣沖霄漢的豪言壯語和噗哧一笑的笑談俗語，都能成為塑造人物性格的有力手段。就如同魯智深六十二斤的水磨禪杖和燕青輕輕的一張川弩、三枝短箭一樣，只要玩好了，都是上乘功夫。

在這篇故事中，展先生展現了他精彩的「脫口秀」。他酒醉碰死之後化成鬼回到了故鄉，夜間和一群酒朋聊友到古廟中行令喝酒。我們知道，凡是「令」，不管是軍令、法令、政令還是酒令，都有一定的規矩，規矩一旦定了，任何人都得遵守，不遵守者就得受罰。這次他們的酒令是「以字為令」，就是做文字遊戲，但是所說的字必須是全包圍的內外結構，並且把內部的偏旁推上去和外部的偏旁能組成一個新的字形。一個說：「田字不透風，十字在當中；十字推上去，古字贏一鍾。」「口」字上面加一個「十」字，是一個「古」字。他把「田」字給破了，看來這個人生前是種地的。一個說：「回字不透風，口字在當中；口字推上去，呂字贏一鍾。」「口」字上面加一個「口」字，是一個「呂」字。一個說：「囹字不透風，令字在當中；令字推上去，含字贏一鍾。」「口」字上面加一個「令」字，是一個「含」字，雖然多了一點，也算勉強及格。他把「囹」字給破了，看來他是死在監獄裡的。一個說：「困字不透風，木字在當中；木字推上去，杏字贏一鍾。」「口」字上面加一個「木」字，是一個「杏」字。他把「困」字給破了，看來他生活一直不大順遂。其實展先生既然是縣學的教諭，就是比不上孔乙己，也應該知道全包圍的字還有「圍」、「囚」、「因」、「國」、「固」等，但是這些字都無法把內部偏旁推上去，即使硬推上去，也組不成新字形。所以，展先生只好「霸王硬上弓」，強按著把一個「曰」字給推成了「一口」：「一字推上去，一口一大鍾！」既風趣幽默，又符合他「酒狂」的性格，真是再貼切不過了。

祝翁

濟陽❶祝村有祝翁者，年五十餘，病卒。家人入室理縗絰❷，忽聞翁呼甚急。群奔集靈寢❸，則見翁已復活。群喜慰問。翁但謂媼曰：「我適去，拚❹不復返。行數里，轉思拋汝一副老皮骨在兒輩手，寒熱仰人❺，亦無復生趣，不如從我去。故復歸，欲偕爾同行也。」

咸❻以其新蘇妄語❼，殊未深信。翁又言之。媼云：「如此亦復佳。但方生，如何便得死？」翁揮之曰：「是不難。家中俗務，可速作料理。」媼笑不去。翁又促之。乃出戶外，延數刻而入，紿❽之曰：「處置妥妥矣。」

翁命速妝。媼不去，翁催益急。媼不忍拂其意，遂裙妝以出。媳女皆匿笑❾。翁移首於枕，手拍令臥。媼曰：「子女皆在，雙雙挺臥，是何景象？」翁搥床曰：「并死有何可笑！」子女輩見翁躁急⑩，共勸媼姑從其意。媼如言，并枕僵臥。家人又共笑之。俄視媼笑容忽斂，又漸而兩眸俱合，久之無聲，儼如睡去。眾始近視，則膚已冰而鼻無息矣。試翁亦然，始共驚怛⑪。

康熙二十一年，翁弟婦傭于畢刺史⑫之家，言之甚悉。

異史氏曰：「翁其夙有畸行⑬與？泉路⑭茫茫，去來由爾，奇矣！且白頭者欲其去則呼令去，抑何其暇也！人當屬纊⑮之時，所最不忍訣者，床頭之昵人⑯耳。苟廣其術，則賣履分香⑰，可以不事矣。」

【注釋】❶濟陽　縣名，即今山東濟南濟陽縣。❷縗絰　喪服。❸靈寢　靈柩停放之處。❹拚　豁上。❺寒熱仰人　冷和熱都依賴別人。❻咸　全；都。❼妄語　說胡話。❽紿　騙。❾匿笑　偷偷地笑。❿躁急　急躁。⓫驚怛　吃驚而悲傷。⓬畢刺史　畢際有，字載績，號存吾，淄川（今淄博市周村）人，官至通州（今江蘇南通）知州，是蒲松齡的館東。刺史是知州的別稱。⓭畸行　不同常人的德行。⓮泉路　黃泉之路，即去陰間的路。⓯屬纊　「臨終」的代稱。古代喪禮儀式，在病人臨終之前，用新的絲絮放在其口鼻上，試看是否還有氣息。屬，放置。纊，新絲綿。⓰床頭之昵人　指妻子。⓱賣履分香　比喻人臨死念念不忘妻妾。曹操〈遺令〉：

「余香可分與諸夫人，不命祭。諸舍中（指眾妾）無所為，可學作組履賣也。」

【語　譯】濟陽的祝村有個祝老頭，五十多歲，得病死了。家人進屋準備孝服，忽然聽到老頭大聲呼叫。大家跑到靈屋裡，看到老頭又活了。大家高興地慰問他。祝老頭只對老伴說：「我剛走了，本來死也不再回來。走了幾里路，想到撇下你這付老骨頭在兒子們手裡，冷暖都得求人家，活著也沒有什麼意思，不如跟我走。所以我又回來，想帶你一起走啊。」

大家都以為他剛蘇醒過來而胡言亂語，根本沒人相信他的話。老頭又說了一遍。老太太說：「這樣也很好。但你才活過來，怎麼能再死去呢？」老頭朝她揮手說：「這事不難。家中一切俗務，趕緊去處理好。」老太太笑著不挪動身子。老頭又催促她。老太太這才到了屋外頭，磨蹭了一陣子才進屋，騙老頭說：「已經都處理妥當了。」

老頭叫她快去穿好衣裳。老太太不去，老頭催得越急了。老太太不忍心違背他的意思，就穿好裙裝出來。兒媳、閨女都偷著笑她。老頭在枕頭上挪了挪腦袋，用手拍著叫老太太躺下。老太太說：「子女都在跟前，咱倆雙雙躺下，成什麼樣子？」老頭捶著床說：「倆老死在一塊兒有什麼可笑的！」子女們見老頭發脾氣，一起勸老太太暫且順著他的心意。老太太照老頭說的，和他並枕躺下。家人又都笑他們好玩兒。可轉眼一看，只見老太太的笑容忽然沒有了，然後兩眼也漸漸閉上了，過了許久，什麼聲音也沒有，像是真的睡了一樣。大家這才靠近一看，已經是皮膚冰涼鼻子裡沒氣了。又試了試老頭，也是這樣，大家這才驚慌悲傷起來。

康熙二十一年，祝老頭的兄弟媳婦兒，在畢刺史家做雇工，把這件事說得完完整整、明明白白。

異史氏說：「這老頭子大概平時行事就與眾不同吧？黃泉之路幽暗不明，他卻來去自如，奇怪啊！況且想讓自己的白頭老伴兒一起走，就喊著她走，這是多麼地從容不迫啊！人在彌留之際，最不忍心訣別的是自己的同床伴侶啊。假如推廣祝老頭的這個辦法，那麼像曹操那樣臨死還念念不忘妻妾，就沒有必要了。」

【研　析】《三國演義》第十四和十五回，張飛丟了徐州，失陷了劉備家小，關羽說了他幾句，他就拔劍自刎。劉備向前抱住，奪劍擲地說：「古人云：『兄弟如手足，妻子如衣服。衣服破，尚可縫；手足斷，安可續？』吾三人桃園結義，不求同生，但願同死。今雖失了城池家小，安忍教兄弟中道而亡？」說罷大哭，關、張都感動得流下淚來。對這段描寫，《三國演義》的評點家毛宗崗有過有見地的解釋。他說：「但聞人有繼妻，不聞有繼兄繼弟。」他從中看出了兄弟之情的珍貴。

〈祝翁〉是一篇優秀的讚美夫妻情深的作品。祝翁和妻子不能同年同月同日生，卻能同年同月同日死；祝翁沒有把妻子當做一件衣服輕易撇下，而是從黃泉路上掙扎著回來約其同赴幽冥。祝翁在五十多歲的時候病死了，正在家人們準備穿孝服的時候，他卻吆喝著醒了過來。祝家的兒子媳婦們並沒有驚懼狂奔或按壓屍體，而是「群喜慰問」。可是接下來，祝翁卻對老伴說出一番匪夷所思的妙語：「我適去，拚不復返。行數里，轉思拋汝一副老皮骨在兒輩手，寒熱仰人，亦無復生趣，不如從我去。故復歸，欲偕爾同行也。」在這句話下面，《聊齋》評點家馮鎮巒深有體會地評論道：「此數語，觀之令人泣下。凡事暮年老親，非孝子順婦，鮮不蹈此病。」但明倫也評點說：「余見有老死而遺其妻者，兒輩分爨，計日輪養，寒熱仰人，互相推諉，且有多求一食一衣而莫之應者。真無復生趣矣。祝翁呼與同行，真是曉事，真是快事。」

你看，祝翁發了上面一番宏論之後，兒輩們也只是「咸以其新蘇妄語，殊未深信」。試想，不要說不孝子孫，就是孝順兒女，又有誰能夠忍受得了這樣的當面諷刺挖苦和變相辱罵？可是祝翁的兒輩們竟漫不經意地原諒了他。下邊當老太太「裙妝以出」的時候，兒媳和女兒也只是「匿笑」而已。老太太先是「笑而不去」，媳女們又是「匿笑」，我相信，平時祝家一定是笑聲不斷，家庭氣氛融洽的，也就是說婆媳關係一定是和諧順達的。

接著當老太太不願躺入棺材之時，子女們還勸她順從祝翁，免他生氣；老太太躺入棺材後，大家又「共笑之」。儘管是面對死神，大家的心情還是輕鬆愉快的，因為死而復生是件高興的事，誰也不相信祝翁真的是來勾老太太魂靈的。可是等到祝翁和老太太都真的死去後，家人們就「驚怛」悲哭起來了。祝翁子女媳婦的心是真誠的，該喜就喜，該悲就悲。短短一篇小說，從祝翁復活到與妻子雙雙死去，短短的一段時間，長長的一組鏡頭，意味深長，溫情脈脈。

夜叉國

交州❶徐姓，泛海為賈❷。忽被大風吹去。開眼至一處，深山蒼莽。冀有居人，遂纜船而登，負糗腊❸焉。方入，見兩崖皆洞口，密如蜂房；內隱有人聲。至洞外，佇足一窺，中有夜叉❹二，牙森列戟，目閃雙燈，爪劈生鹿而食。驚散魂魄，急欲奔下；則夜叉已顧見之，輟食執入。

二物相語，如鳥獸鳴，爭裂徐衣，似欲啗噉❺。徐大懼，取橐中糗糒❻，並牛脯❼進之。分啗甚美。復翻徐橐。徐搖手以示其無。夜叉怒，又執之。徐哀之曰：「釋我。我舟中有釜甑❽，可烹飪。」夜叉不解其語，仍怒。徐再與手語❾，夜叉似微解。從至舟，取具入洞。束薪燃火，煮其殘鹿，熟而獻之。二物啗之喜。

夜以巨石杜門⑩，似恐徐遁。徐曲體遙臥，深懼不免。天明，二物出，又杜之。少頃，携一鹿來付徐。徐剝革，於深洞處流水，汲⑪煮數釜。俄有數夜叉至，群集吞噉訖，共指釜，似嫌其小。過三四日，一夜叉負一大釜來，似人所常用者。於是群夜叉各致狼麋⑫。既熟，呼徐同噉。

居數日，夜叉漸與徐熟，出亦不施禁錮，聚處如家人。徐漸能察聲知意，輒效其音，為夜叉語。夜叉益悅，携一雌來妻徐。徐初畏懼，莫敢伸；雌自開其股就徐，徐乃與交。雌大歡悅。每留肉餌徐，若琴瑟之好⑬。

一日，諸夜叉早起，項下各挂明珠⑭一串，更番出門，若伺貴客狀。命徐多煮肉。徐以問雌，雌云：「此天壽節⑮。」雌出謂眾夜叉曰：「徐郎無骨突子⑯。」眾各摘其五，並付雌；雌又自解十枚；共得五十之數，以野苧⑰為繩，穿挂徐項。徐視之，一珠可直⑱百十金。俄頃俱出。徐煮肉畢，雌來邀去，云：「接天王⑲。」至一大洞，廣闊數畝。中有石，滑平如几；四圍俱有石座；上一座蒙一豹革，餘皆以鹿。夜叉二三十輩，列坐滿中。

少頃，大風揚塵，張皇⑳都出。見一巨物來，亦類夜叉狀，竟奔入洞，踞坐鶚顧㉑。群隨入，東西列立，悉仰其首，以雙臂作十字交。大夜叉按頭點視，問：「臥眉山眾，盡於此乎？」群哄應之。顧徐曰：「此何來？」雌以「婿」對。眾又贊其烹調。即有二三夜叉，奔取熟肉陳几上。大夜叉掬啗盡飽，極贊嘉美㉒，且責常供。又顧徐云：「骨突子何短？」眾白：「初來未備。」物於項上摘取珠串，脫十枚付之；俱大如指頂，圓如彈丸㉓。雌急接，代徐穿挂，徐亦交臂作夜叉語謝之。物乃去，躡風㉔而行，其疾如飛。眾始享其餘食而散。

居四年餘，雌忽產，一胎而生二雄一雌，皆人形，不類其母。眾夜叉皆喜其子，輒共拊弄㉕。一日，皆出攫食㉖，惟徐獨坐。忽別洞來一雌，欲與徐私[27]，徐不肯。夜叉怒，撲徐踣[28]地上。徐妻自外至，暴怒相搏，齕[29]斷其耳。少頃，其雄亦歸，解釋令去。自此雌每守徐，動息不相離。

又三年，子女俱能行步。徐輒教以人言，漸能語，啁啾[30]之中，有人氣焉。雖童也，而奔山如履坦途。與徐依依[31]有父子意。一日，雌與一子一女出，半日不歸。而北風大作，徐惻然[32]念故鄉；攜子至海岸，見故舟猶存，謀與同歸。子欲告母，徐止之。父子登舟，一晝夜達交[33]。至家，妻已醮[34]。出珠二枚，售金盈兆[35]，家頗豐。子取名彪。十四五歲，能舉百鈞[36]，粗莽好鬥。交帥[37]見而奇之，以為千總[38]。值邊亂，所向有功。十八為副將[39]。

時一商泛海，亦遭風飄至臥眉。方登岸，見一少年。視之而驚，知為中國人，便問居里，商以告。少年曳入幽谷一小石洞，洞外皆叢棘，且囑勿出。去移時，挾鹿肉來啖商。自言：「父亦交人。」商問之，而知為徐，商在客中㊵嘗識之。因曰：「我故人㊶也。今其子為副將。」少年不解何名。商曰：「此中國之官名。」又問：「何以為官？」曰：「出則輿馬，入則高堂；上一呼而下百諾；見者側目視，側足立㊷：此名為官。」少年甚歆動㊸。商曰：「既尊君㊹在交，何久淹此？」少年以情告。商勸南旋。曰：「余亦常作是念。但母非中國人，言貌殊異；且同類覺之，必見殘害：用是輾轉㊺。」乃出曰：「待北風起，我來送汝行。煩於父兄處，寄一耗問㊻。」

商伏洞中幾半年。時自棘中外窺，見山中輒有夜叉往還；大懼，不敢少動。一日，北風策策㊼，少年忽至，引與急竄。囑曰：「所言勿忘卻。」商應之。又以肉置几上，商乃歸。徑抵交，達副總府，備述所見。彪聞而悲，欲往尋之。父慮海濤妖藪㊽，險惡難犯，力阻之。彪撫膺㊾痛哭，父不能止。乃告交帥，攜兩兵至海內。

逆風阻舟，擺簸㊿海中者半月。四望無涯，咫尺迷悶，無從辨其南北。忽而涌波接漢，乘舟傾覆。彪落海中，逐浪浮沉。久之，被一物曳去；至一處，竟有舍宇。彪視之，一物如夜叉狀。彪乃作夜叉語。夜叉驚訊之，彪乃告以所往。夜叉喜曰：「臥眉，我故里也。唐突[51]可罪！君離故道[52]已八千里。此去為毒龍國，向臥眉非路。」乃覓舟來送彪。

夜叉在水中推行如矢，瞬息千里，過一宵[53]，已達北岸。見一少年，臨流瞻望。彪知山無人類，疑是弟；近之，果弟。因執手哭。既而問母及妹，並云健安[54]。彪欲偕往，弟止之，倉忙便去。回謝夜叉，則已去。未幾，母妹俱至，見彪俱哭。彪告其意。母曰：「恐去為人所凌。」彪曰：「兒在中國甚榮貴[55]，人不敢欺。」

歸計已決，苦逆風難渡。母子方徊徨[56]間，忽見布帆南動，其聲瑟瑟[57]。彪喜曰：「天助吾也！」相繼登舟，波如箭激，三日抵岸，見者皆奔。彪向三人脫分袍褲[58]。抵家，母夜叉見翁[59]怒罵，恨其不謀。徐謝過不遑[60]。家人拜見主母[61]，無不戰慄。彪勸母學作華言，衣錦，厭粱肉[62]，乃大欣慰。

母女皆男兒裝，類滿制[63]。數月稍辨語言，弟妹亦漸白皙。弟曰豹，妹曰夜兒，俱強有力。彪恥不知書，教弟讀。豹最慧，經史一過輒了[64]。又不欲操儒業[65]；仍使挽強弩，馳怒馬，登武進士[66]第。聘阿遊擊[67]女。夜兒以異種，無與為婚。會標下袁守備[68]失偶，強妻之。夜兒開百石弓[69]，百餘步射小鳥，無虛落。袁每征，輒與妻俱。歷任同知將軍[70]，奇勛半出於閨門。

豹三十四歲掛印[71]。母嘗從之南征，每臨巨敵，輒擐甲執銳[72]，為子接應，見者莫不辟易[73]。詔封男爵[74]。豹代母疏辭[75]，封夫人[76]。

異史氏曰：「夜叉夫人，亦所罕聞，然細思之而不罕也：家家床頭有個夜叉在[77]。」

【注釋】❶交州　古地名，是漢朝最南部的疆域。東漢交州治番禺，即今廣州，轄今兩廣及越南北部。❷賈　經商；做買賣。❸糗腊　乾糧和乾肉。糗，乾糧，多指炒麵粉之類。腊，魚肉醃製後再薰製而成的副食品。❹夜

叉　梵語的譯音，佛經中一種形象醜惡的鬼，勇健暴惡，能食人，後受佛之教化而成為護法之神，列為天龍八部眾之一。❺啗啖　吃咬。❻橐中糗糒　袋子裡的乾糧。橐，口袋。糗糒，乾糧，炒熟的米和麵等。❼牛脯　乾牛肉。❽釜甑　皆古代炊器名。釜，一種鍋。甑，一種蒸鍋。❾手語　用手比劃著交流。❿杜門　堵上門。杜，堵塞。⓫汲　取水。⓬狼麋　狼和麋鹿。⓭琴瑟之好　比喻夫妻間感情和諧。《詩經・周南・關雎》：「窈窕淑女，琴瑟友之。」⓮明珠　光澤晶瑩的珍珠。⓯天壽節　舊時以天子的生日為天壽節，此指夜叉王（即下文的「天王」、「大夜叉」）的生日。⓰骨突子　珠子串聯成的項鏈。⓱野苧　野生苧麻。苧，苧麻，多年生宿根性草本植物，是重要的紡織纖維作物。⓲直　通「值」。⓳天王　古印度神話中的戰將，身穿甲冑，面容威嚴，手持武器，足踏夜叉。⓴張皇　驚慌失措。㉑踞坐鶚顧　叉開兩腿坐著，像鷹一樣環視。踞坐，坐的一種姿勢，兩腳底和臀部著地，兩膝上聳，即「蹲」，是一種待人傲慢的姿態。鶚顧，瞋目四顧，如鶚之覓食。鶚，即魚鷹。㉒嘉美　味道美好。㉓彈丸　供彈弓發射用的泥丸、石丸、鐵丸等。㉔躡風　追逐疾風，形容極其迅速。躡，追蹤；跟隨。㉕拊弄　撫摸逗引。㉖攫食　捕獵食物。攫，抓取。㉗私　通姦。㉘踣　跌倒。㉙齕　咬。㉚啁啾　形容鳥叫聲。㉛依依　依戀不捨的樣子。㉜惻然　悲傷的樣子。㉝交　指上文的交州。㉞醮　嫁。㉟兆　古代指一萬億，極言其多。㊱百鈞　三千斤，極言其重。一鈞等於三十斤。㊲交帥　交州駐軍的總帥。㊳千總　武官名，清代為武職中的下級，位次於守備。㊴副將　清代武官名，即副總兵，位次於總兵。㊵客中　旅居之中。㊶故人　舊交；老朋友。㊷見者側目視二句　民眾不敢正視和正面站立。形容畏懼的樣子。㊸歆動　欣喜動心。㊹尊君　令尊；你父親。㊺用是輾轉　因此猶豫不定。用是，因此。㊻耗問　消息；音信。㊼策策　風吹枯葉聲。㊽妖藪　妖怪聚集的地方。藪，人或物聚集的地方。㊾撫膺　撫摩或捶拍胸口，表示惋惜、哀嘆。㊿擺簸　搖擺顛簸。(51)唐突　冒犯；褻瀆。(52)故道　去臥眉山的航道。(53)宵　夜。(54)健安　健康平安。(55)榮貴　榮華富貴。(56)徊徨　徘徊彷徨。(57)瑟瑟　風聲。(58)袍褲　戰袍，褲靴，軍戎之服。(59)翁　丈夫的父親，此指丈夫徐氏。參見〈狐入瓶〉注❸。(60)謝過不遑　道歉不迭。遑，閒暇。(61)主母　僕人稱女主人。(62)厭粱肉　飽食精美的米飯和肉食。厭，滿足。❻❸滿制　滿族服裝的款式。❻❹一過輒了　看一遍就明白。了，明瞭；通曉。❻❺儒業　讀書應舉之業。❻❻武進士　明清時對武舉人殿試及第者的稱呼。❻❼遊擊　清代武官名，次於參將一級。❻❽標下袁守備　標下，猶言麾下、部下。守備，武官名，為綠營統兵官，位在都司之下。❻❾開百石弓　極言其力量之大。石，一百二十斤為一石。❼⓿同知將軍　即副總兵。❼❶挂印　指掛將軍印。❼❷擐甲執銳　披掛鎧甲，手執兵器。擐，穿。銳，兵器。❼❸辟易　躲避；逃竄。❼❹男爵　古代公、侯、伯、子、男五等爵位中的最後一等。❼❺疏辭　上書辭去封爵。❼❻夫人　明清時一二品官的妻子封夫人。❼❼家家床頭有個夜叉在　每家床頭上都有個厲害妻子。現在民間仍形容潑悍之婦為「母夜叉」。

【語　譯】交州有個姓徐的，漂洋過海做生意。商船突然被大風吹走了。等睜開眼睛一看，來到了一個地方，山勢幽深，蒼翠遙遠。他希望上邊有人居住，就拴好船登上岸，背著乾糧和乾肉朝前走去。剛走進山谷，就看到兩邊懸崖上，都是洞口，密密麻麻像蜂房一般；洞內隱隱約約有人說話。徐某來到一個洞口，停下腳朝裡一瞅，裡面有兩個夜叉，牙齒森然像兩排戟，目光閃爍如兩盞燈，正用爪子撕生鹿肉吃。徐某嚇得魂飛魄散，急忙想返身逃脫；不料夜叉已轉頭看見他，扔下鹿肉就抓住了他。

兩個夜叉嘀咕著，像鳥獸的鳴叫，爭著撕扯徐某的衣服，好像要吃了他。徐某嚇得要死，忙取出口袋裡的乾糧和乾肉遞過去。兩夜叉分著吃了，感覺味道很美。又去翻徐某的口袋。徐某搖著手表示沒有了。夜叉大怒，又把他抓起來。徐某哀求他們說：「放開我。我船上有飯鍋，可以做飯給你們吃。」夜叉不懂他的話，仍然氣鼓鼓的。徐某又給他們打著手勢說了一遍，夜叉像是有點明白了。便跟著來到船上，把飯鍋拿到洞中。徐某抱來一捆柴禾，點上火，煮夜叉吃剩的生鹿肉，煮熟了獻給他們。兩個夜叉吃得喜滋滋的。

夜裡，夜叉用大石頭堵住洞口，好像是怕徐某逃跑。徐某捲曲著身體遠遠地躺著，很怕不免一死。天亮了，兩個夜叉出去，又堵上洞口。一會兒，拿來一隻鹿交給徐某。徐某剝了鹿皮，到洞深處打了溪水，煮了好幾鍋。再過一會兒，來了好幾個夜叉，聚到一起吃完了鹿肉，一齊指著飯鍋，似乎嫌太小了。過了三四天，一個夜叉背著一口大鍋進來，像是人們常用的那種。於是夜叉們各自拿來野狼麋鹿等。煮熟了，喊著徐某一起吃。

過了幾天，夜叉們漸漸和徐某熟悉了，出去時也不再鎖門閉戶，生活在一起像家人一般。徐某也漸漸能根據夜叉的聲音，揣摩出他們的意思，常常操著他們的腔調，學說「夜叉語」。夜叉們更高興了，帶來一個母夜叉給徐某當老婆。徐某一開始很害怕，嚇得縮著身子；母夜叉主動劈開兩腿湊近徐某，徐某就和她做了夫妻之事。母夜叉高興極了，常常留下熟肉給徐某吃，還真像一對恩愛夫妻。

一天，夜叉們早早就起來，脖子底下都掛著一串明珠，輪番走出洞口，像是準備迎接什麼貴賓。又讓徐某多煮些肉。徐某問母夜叉，母夜叉說：「今天是天壽節。」母夜叉出去跟眾夜叉說：「徐郎沒有骨突子。」眾夜叉各摘下五顆珠子，一塊兒交給母夜叉；母夜叉又自己解下十顆；共湊了五十顆，用野麻皮搓成繩子，串起來掛在徐某脖子上。徐某看了看這些明珠，一顆就足以值百十兩銀子。一會兒夜叉都出去了。徐某煮完了肉，母夜叉來邀請他說：「接天王去。」來到一個大洞裡，這個洞有好幾畝寬廣。中間有一塊巨石，又平又滑像桌子一般；巨石周圍擺著些石座；上首的一個石座上蒙著豹皮，其餘的都蒙著鹿皮。二三十個夜叉，坐滿了石座。

不一會兒，大風吹動塵沙，夜叉們慌忙出迎。徐某看到一個巨大的怪物走來，樣子也像是夜叉，逕直奔進洞中，叉開腿坐在豹皮座上，用魚鷹般的目光巡視眾人。眾夜叉跟著進洞，分隊站列東西，都昂起頭，雙臂交叉成十字狀。大夜叉又按頭查人，問：「臥眉山上的眾位都來了嗎？」眾夜叉大聲答應。大夜叉看了看徐某，問：「他是哪來的？」母夜叉回答說是自己的「丈夫」。大家又對大夜叉稱讚徐某的烹調。隨即有兩三個夜叉，跑去取了些熟肉來放到石桌上。大夜叉捧起來飽吃一頓，極力誇讚味道之美，並且命令要按時供應他吃。他又看著徐某說：「你的骨突子怎麼這樣短？」眾夜叉回答說：「他剛來，還沒齊備。」大夜叉便從自己脖子上摘下明珠串，脫下十顆明珠交給徐某；每一顆都有指頭肚子大小，圓圓的像彈丸一般。母夜叉急忙接過來，替徐某穿好掛在脖子上。徐某也交叉雙臂學著夜叉話表示感謝。大夜叉就走了，他駕風而去，快得像飛行一般。眾夜叉吃了他剩下的熟肉，便散了。

過了四年多，母夜叉忽然生產了，一胎生下兩個男孩一個女孩，都是人的樣子，不像他們的母親。夜叉們都很喜歡他的孩子，常常一塊逗弄著他們玩兒。一天，夜叉們都出去獵取食物了，只剩下徐某獨坐洞中。忽然從別的洞裡來了一個母夜叉，想跟徐某私通。徐某不肯。母夜叉生了氣，硬把他摁倒在地上。徐某的妻子從外面進來，暴怒地與那母夜叉撕打，咬下了她的耳朵。過了一會，那母夜叉的丈夫也來了，徐妻才放手讓她走了。從此後，徐妻時時守著丈夫，行動休息，片刻不離。

又過了三年，孩子們都能走路了。徐某經常教他們說人的語言，他們漸漸地學會了說話，咿呀呀的，很有人的味道。雖然還是兒童，但登山過嶺，如走平地。他們跟徐某依戀不捨，很有父子情意。一天，母夜叉領著一子一女外出，半天沒回來。正好北風大作，徐某淒傷地想起故鄉；便領著另一個兒子來到海岸，看到原來的船還在那裡，便和兒子商量著一起回老家。兒子想告訴母親，徐某阻止了他。父子二人登上船，一天一夜就到達了交州。

到家後，徐某的妻子已經改嫁了。他拿出兩顆明珠，賣了很多很多銀子，家境也就非常富裕了。兒子取名叫徐彪，十四五歲時，就能舉起很重的東西，粗率魯莽、任性好鬥。交州駐軍的主帥看見他後感到神奇，就讓他當了千總。正趕上邊疆有戰亂，徐彪所到之處，皆立戰功。十八歲就做了副將。

這時，有一個商人乘船渡海，也遭遇大風漂到了臥眉山。剛登上岸，就看見一個少年。少年見了商人，大吃一驚，知道他是中原人，便詢問他故鄉的事。商人告訴了他。少年把商人拉到深谷中的一個小石洞裡，洞外生滿了叢叢荊棘，囑咐他不要出去。少年離開不一會，就拿鹿肉來讓商人吃。少年說：「我父親也是交州人。」商人詢問姓名，知道是徐某，他在外經商時認識的。商人就說：「你父親是我的老朋友啊，現在他兒子已做了副將。」少年不知「副將」是什麼意思。商人說：「這是中國的官名。」少年又問：「什麼是官？」商人回答說：「官就是出門乘高車大馬，回家住寬堂亮屋；在上輕輕一呼，下邊就有百人答應；別人看到他，要斜眼看、側身立：這就是官。」少年聽得怦然心動。商人又問：「既然你父親在交州，你為何長久在此呢？」少年就把情況詳細告訴了他。商人便勸他南歸故土。少年說：「我也常想回家看看。但母親不是中國人，語言容貌大不相同；況且讓別的夜叉發覺，必被殘害：因此躊躇不決。」少年臨出洞時說：「等起了北風，我來送你回去，麻煩你給我父兄，捎個信去。」

商人藏在洞裡將近半年。他經常從洞口荊棘叢中往外偷看，看到山中總有夜叉來往；很害怕，一動也不敢動。一天，北風蕭蕭，那少年忽然來了，領著商人迅速逃竄。少年囑咐商人說：「我囑託你的事不要忘了。」商人答應他。又把肉放在石案上，讓商人飽食。於是商人就回去了。他直接來到交州，到了副將府，詳細講述自己的見聞。徐彪聽了很悲傷，就要去尋找母親和弟妹。父親擔憂海水滔滔，是妖怪聚集的地方，險惡難行，極力勸阻他。徐彪捶胸痛哭，父親勸阻不住他。徐彪向交州總帥申請，帶著兩名士兵下了海。

逆風行舟，在大海上顛簸了半個月。四望無際，咫尺之內迷蒙不清，無法分辨東西南北。忽然，波濤洶湧，上沖霄漢，所乘的船被打翻了。徐彪落入海中，隨著波浪浮沉。過了很久，被一個怪物拖上了岸；來到一個地方，竟有房舍庭院。徐彪一看，一個怪物像是夜叉的模樣。徐彪就用「夜叉話」和他說話。夜叉驚訝地問他，徐彪就告訴他自己要去的地方。夜叉高興地說：「臥眉山，是我的故鄉。剛才冒犯，多有得罪！你偏離去臥眉山的路已八千里了。這是去毒龍國的路，到臥眉山不走這條路。」就找條船來送徐彪。

夜叉在海水裡推船疾行，箭一樣快，瞬間已到千里之外，過了一夜，來到臥眉山北岸。徐彪見岸上有個少年，正對著茫茫大海流淚觀望。徐彪知道深山裡沒有人類，猜想那少年就是弟弟；走近一看，果然是弟弟。兄弟倆拉著手痛哭起來。然後徐彪問母親和妹妹，少年回答說都健康平安。徐彪想和弟弟一起去找他們，弟弟阻止了他，自己急急忙忙地走了。徐彪轉身想感謝送自己來的夜叉，卻見那夜叉已經走了。不一會兒，母親和妹妹都來了，看見徐彪都哭了起來。徐彪把來意告訴母親，母親說：「恐怕去了被別人欺負。」徐彪說：「兒在中國相當榮華富貴，別人不敢欺負。」

於是，歸家之心就定了。但苦於正值逆風，難以渡海。母子們正在徘徊猶豫，忽見船上布帆向南飄動，瑟瑟作響。徐彪大喜說：「天助我也！」四人一個跟一個上了船，波濤如同被飛箭所射，三天就抵達了交州岸邊，看見他們的人四處奔散。徐彪脫下衣服，分給三人穿上。回到家中，母夜叉見了丈夫徐某，怒罵不止，惱恨他回來不和自己商量。徐某連忙謝罪道歉。家裡的人都來拜見主母，無不嚇得渾身戰慄。徐彪勸母親學說中國話，又讓她穿絲綢衣服，吃好飯好菜，母夜叉才高興起來。

母夜叉和女兒都喜歡穿男人的服裝，像滿族人的打扮。幾個月後就漸漸會說中國話了，弟弟妹妹也逐漸白皙起來。弟弟叫徐豹，妹妹叫夜兒，都勇猛有力。徐彪恥於自己沒有文化，便讓弟弟讀書。徐豹很聰慧，經史書籍看一遍就能明白。但他不想做文人考功名；徐彪就讓他拉硬弓、騎烈馬，考取了武進士，娶了阿遊擊官的女兒當妻子。夜兒因為是夜叉的女兒，沒人敢娶她做妻子。徐彪部下的袁守備正好死了妻子，徐彪便將妹妹硬嫁給了他。夜兒能拉開百石強弓，百步之外射小鳥，箭無虛發。袁守備每次出征，總是帶著妻子一同上陣。後來他升到同知將軍，立下的奇功有一半出自妻子的功勞。

徐豹三十四歲時就掛印做了提督。母親曾經跟著他南征，每次面對強敵，母親總是身著盔甲，手拿兵器，替兒子做接應，跟她交戰的人，無不躲得遠遠的。後來，皇帝詔封她為「男爵」。徐豹急忙代母親上疏推辭，就改封她為「夫人」。

異史氏說：「夜叉夫人，從來沒聽說過，但仔細一想就不奇怪了：家家床頭都有一個母夜叉。」

【研　析】《聊齋誌異》中的大部分小說，情節都夠離奇的，但都還發生在中國之內。而〈夜叉國〉這一篇，講述的卻是商人異域歷險的故事。這裡從「人情之美」、「情節之奇」和「寶物之貴」三方面來略加研析。

人情之美。小說雖然寫的是「夜叉國」，那裡雖然兇險、野蠻和偏遠，但是夜叉們依然具有濃濃的人性。但明倫對此有很體貼的評點。當徐氏誤入夜叉國被夜叉捉住準備生吃了時，他急中生智，用身上的乾糧和牛脯來討好夜叉，並用鍋煮熟生鹿來供給夜叉美餐。這時，「俄有數夜叉至，群集吞噉訖」。但明倫評曰：「物有朋友之誼。」過了幾天，夜叉們不知從何處弄來一只大鍋，捉來各種動物烹食，並邀請徐氏共享。「既熟，呼徐同噉」。但明倫評曰：「物有酬勞之念。」又過了幾天，夜叉和徐氏混熟了，「出亦不施禁錮，聚處如家人」。但明倫評曰：「物有家人之情。」徐氏走南闖北，熟識各處方言，就是夜叉的語言，他也一學就會，由此更取得了夜叉的好感和信任，夜叉就賞賜他一個新媳婦兒。「夜叉益悅，攜一雌來妻徐」。但明倫評曰：「物有恤鰥之義。」母夜叉成了徐氏的老婆，就疼愛起徐氏來了，「每留肉餌徐，若琴瑟之好」。但明倫評曰：「物有唱隨之好。」夜叉們過「天壽節」宴請貴賓，母夜叉看到老公沒有「骨突子」（夜明珠），就向大家請求。但明倫評曰：「物有室家之謀。」到了大洞裡，見到「上一座蒙一豹革，餘皆以鹿」，但明倫評曰：「物有上下之分。」大夜叉到來之後，眾夜叉分列站立，「悉仰其首，以雙臂作十字交」。但明倫評曰：「物有跪拜之節。」總之，「物有朋友之誼」、「物有酬勞之念」、「物有家人之情」、「物有恤鰥之義」、「物有唱隨之好」、「物有室家之謀」、「物有上下之分」、「物有跪拜之節」、「物有貢獻之情」、「物有賞賚之恩」、「物有拜賜之儀」、「物有享餞之禮」、「物有嫉邪之見」、「子有敵慷慨之勛」、「子有迎養之誠」、「女有相夫之力」，但明倫連著用了十六句話來點評〈夜叉國〉的人情美，用詞分別是「誼」、「念」、「情」、「義」、「好」、「謀」、「分」、「節」、「情」、「恩」、「儀」、「禮」、「見」、「勛」、「誠」、「力」。除了一個「情」字用了兩次之外，其他十四字字字不同，可見但明倫真是下力氣來評點這篇小說的。

情節之奇。故事發生的方位，大約在今東南亞一帶。交州的徐氏，泛海經商，忽被大風吹去，開眼一看，已經到了夜叉國。不光奇，也夠快的。徐氏被夜叉捕獲，幾被生吃，多虧身上帶著乾糧，才免於變成夜叉的口中美味。他教會了夜叉煮食生肉，夜叉表示感激，給他找了位夜叉娘子，並且兩人感情篤厚。夜叉們和大夜叉都給徐氏骨突子，這更是所有商人的癡心妄想。母夜叉生了龍鳳胎，另一母夜叉和徐氏偷情，被母夜叉咬斷了耳朵。在夜叉國能夠生存就算萬幸了，孰料徐氏還帶著兒子回到了祖國，並且兒子還因軍功升為副將。這已經是奇跡中的奇跡、萬幸中的萬幸了，不料還有更奇更幸的事情發生。忽然另一商人也去泛海，也漂到了夜叉國，還見到了徐氏的二兒子，並捎回了口信。這可真是有貴人相助了。聽到了弟弟的消息，徐氏的大兒子就迫不及待地前往尋求。蒲松齡還故弄玄虛，使其船離航道，差點漂到八千里外的毒龍國去送死。好在有一勇夜叉推船相助，才使夜叉兄弟母子兄妹相聚，並最終來到中國，幹奇事、立奇功、受奇賞，成就蒲松齡這篇奇文。

寶物之貴。我們還記得明人凌濛初在《初刻拍案驚奇》卷一所寫的那篇〈轉運漢遇巧洞庭紅，波斯胡指破鼉龍殼〉。其中講文若虛百般不順意，就有一搭無一搭跟隨友人出海經商。不意時來運轉，竟弄回一個巨大狼犺的鼉龍殼作為玩物。沒想到這件東西裡竟然珍藏著二十四顆巨大的夜明珠，被波斯商人看中，以五萬兩銀子買了下來。文若虛等以為這是發了大財，沒想到波斯胡說其中一顆珠子就值五萬兩銀子，其他二十三顆都算文若虛給他送了禮了。在〈夜叉國〉中，徐氏的夜叉妻子疼愛老公，向別人求得四十枚珠子，自己又贈送十枚，這樣徐氏就得到了一串五十枚珍珠的項鏈。徐氏見多識廣，認為一顆珍珠就能值「百十金」。後來大夜叉又獎賞徐氏十枚夜明珠，這些珠子雖然沒有文若虛的大（文若虛的夜明珠是「寸許大」，徐氏的夜明珠是「大如指頂，圓如彈丸」），卻也是價值連城了。徐氏回到交州後，「出珠二枚」，就「售金盈兆」，成了當地的大富翁，過上了奢華富足的生活。

西僧

兩僧自西域❶來，一赴五臺❷，一卓錫泰山❸。其服色言貌，俱與中國殊異。

自言：「歷火焰山❹，山重重，氣熏騰若爐竈。凡行必於雨後。心凝目注，輕跡步履之；誤蹴❺山石，則飛焰騰灼焉。又經流沙河❻，河中有水晶山，峭壁插天際，四面瑩澈，似無所隔。又有隘，可容單車；二龍交角對口，把守之。過者先拜龍；龍許過，則口角自開。龍色白，鱗鬣❼皆如晶然。」

僧言：「途中歷十八寒暑❽矣。離西土❾者十有二人，至中國僅存其二。西土傳中國名山四：一泰山，一華山❿，一五臺，一落伽⓫也。相傳山上遍地皆黃金，觀音⓬、文殊⓭猶生。能至其處，則身便是佛，長生不死。」

聽其所言狀，亦猶世人之慕西土⑭也。倘有西遊人⑮，與東渡者⑯中途相值⑰，各述所有，當必相視失笑，兩免跋涉矣。

【注　釋】❶西域　玉門關以西、巴爾喀什湖以東廣大地區，古稱西域。❷五臺　山名，即今山西省五臺山。❸卓錫泰山　到泰山居留。卓錫，植立錫杖，指僧人居停。泰山，山名，即今山東泰山，為五嶽之東嶽。❹火焰山　小說《西遊記》中地名。❺蹴　踩踏。❻流沙河　亦《西遊記》中地名。❼鱗鬣　龍的鱗片和鬣毛。❽十八寒暑　十八次寒暑交替，即十八年。❾西土　西方土地，指西域。❿華山　山名，即今陝西華山，為五嶽中的西嶽。⓫落伽　山名，即今浙江普陀山，與山西五臺山、四川峨眉山、安徽九華山並稱為中國佛教四大名山，是觀世音菩薩教化眾生的道場。⓬觀音　佛教菩薩名，即觀世音菩薩。⓭文殊　佛教菩薩名，即文殊菩薩。⓮西土　指佛教發源地印度。⓯西遊人　向西土取經拜佛的人。⓰東渡者　指西土到中國來的僧人。⓱相值　相遇。

【語　譯】有兩個和尚從西域來，一個去五臺山，另一個去泰山。他們衣服的顏色以及語言、相貌，都和中國人很不一樣。

一個和尚說：「經過火焰山，峰巒重疊，煙氣蒸騰如同燒火做飯的爐灶。凡要翻過這座山，必須在雨後才能走。走的時候，要聚精會神，雙眼凝視，輕輕地抬腳放腳；不小心誤踏到山石上，就會飛焰騰空燃燒起來。還要經過流沙河，河裡有座水晶山，陡峭的崖壁直插天際，山峰四面晶瑩清澈，像透明的一般。還有一座關隘，寬窄僅容一車通過；有兩條龍，角對角、口對口，把守著關隘。經過關隘的人，要先向龍祝拜；龍如同意經過，口、角就會自己分向兩旁。龍的顏色是白的，身上的鱗片和鬣毛都像水晶一樣。」

另一個和尚又說：「我們在路上共走了十八年。剛離開西方時，我們有十二個人，等來到中國，只剩下我們倆了。西方傳說中國名山有四座：一座泰山，一座華山，一座五臺山，一座落伽山。相傳這些山上遍地都是黃金，觀音菩薩、文殊菩薩還活著。若能來到這些山上，人就會變成佛身，可以長生不死。」

聽西域和尚說話的口氣，也好像我們這裡的人羨慕西方樂土一樣。倘若有去西方遊歷的人，和要來東方的人中途相遇，雙方各自說說本地的情況，一定都會忍不住相視大笑，雙方都可以免除跋涉的辛勞。

【研　析】〈西僧〉是一篇哲理小說。

第一，西方人到東方求佛取經，相信中國的四大名山上「遍地皆黃金，觀音、文殊猶生。能至其處，則身便是佛，長生不死」。而西方的極樂聖地更是東方人嚮往的地方，生前不能前往燒香念佛，死後也要往西方路上去。那到底是西方好還是東方好呢？照理說是各有所長也各有所短。但是人都有「貴遠賤近」的思維方式，比如「外來的和尚會念經」、「近處沒風景」等等，就是這種心理的具體體現。現在人們都明白這個道理，但是常常苦於做不到、放不下，人們總是認為自己不擁有的才是好的，所以為了一個並不存在的目標而追求終生甚至不惜搭上性命。蒲松齡在幾百年前就明白這個道理，確實值得敬佩。但是他和現代人一樣，道理雖然明白，卻仍然樂此不疲地追求了大半生科舉功名，這不能不說是一種悖論。

第二，我們即使知道兩個西僧的東方之行是徒勞的，也不能不佩服他們的虔誠和堅毅。試想，他們在路上走了十八年，來到中國後，十二個人只剩下兩個，這是何等的艱苦卓絕？這比唐僧師徒四人往西天取經困難多了，別的不說，僅搧滅火焰山大火的芭蕉扇他們就沒有。他們是「心凝目注，輕跡步履之」，一步一步走過這十萬八千里的。像火焰山、流沙河這樣的地方，沒有一定的體力和意志力，是不可能完成其跋涉任務的。

第三，蒲松齡說：「聽其所言狀，亦猶世人之慕西土也。倘有西遊人，與東渡者中途相值，各述所有，當必相視失笑，兩免跋涉矣。」這只是一種一廂情願的想當然的說法。試想在上千年的佛教東西流播史上，肯定會有在中途相遇的東西僧人，也肯定不止一次地說起過各自的情形，但是為什麼還是東西奔波不知疲倦呢？宗教追求比不得世俗事務，不是說放棄就能夠放棄的。人生不能沒有追求，不能沒有一點宗教意識，不能沒有一點求真的精神。讀過〈西僧〉這篇小說，對此我們可能別有會心，產生更深的體會。

霍生

文登❶霍生，與嚴生少相狎❷，長相謔❸也。口給交禦❹，惟恐不工❺。

霍有鄰嫗，曾與嚴妻導產❻。偶與霍婦語，言其私處有兩贅疣❼。婦以告霍。霍與同黨者謀，窺嚴將至，故竊語云：「某妻與我最昵❽。」眾故不信。霍因捏造端末❾，且云：「如不信，其陰側有雙疣。」嚴止窗外，聽之既悉，不入徑去。至家，苦掠❿其妻；妻不服，搒⓫益殘。妻不堪虐，自經⓬死。霍始大悔，然亦不敢向嚴而白其誣⓭矣。

嚴妻既死，其鬼夜哭，舉家不得寧焉。無何，嚴暴卒⓮，鬼乃不哭。霍婦夢女子披髮大叫曰：「我死得良苦，汝夫妻何得歡樂耶！」既醒而病，數日尋卒。霍亦夢女子指數⓯詬罵，以掌批其吻⓰。驚而寤，覺脣際隱痛，捫之高起，三日而成雙疣，遂為痼疾⓱。不敢大言笑；啟吻太驟，則痛不可忍。

異史氏曰：「死能為厲⑱，其氣冤也。私病⑲加於唇吻，神而近於戲矣。」

邑王氏與同窗某狎。其妻歸寧⑳，王知其驢善驚，先伏叢莽中，伺婦至，暴出；驢驚婦墮，惟一僮從，不能扶婦乘。王乃殷勤抱控㉑甚至，婦亦不識誰何。王揚揚㉒以此得意，謂僮逐驢去，因得私㉓其婦於莽中，述袒褲履㉔甚悉。

某聞，大慚而去。少間，自窗隙中，見某一手握刃，一手捉妻來，意甚怒惡。大懼，踰垣㉕而逃。某從之。追二三里地，不及，始返。王盡力極奔，肺葉開張，以是得吼疾㉖，數年不愈焉。

【注釋】❶文登　縣名，即今山東威海文登市。❷狎　親近而態度不莊重。❸謔　諧謔；開玩笑。❹口給交禦　開玩笑鬥嘴。口給，口舌鋒利。交禦，互相應答。❺工　精巧；精緻。❻導產　助產。❼贅疣　附生於體外的肉瘤。❽昵　親近；親熱。❾端末　始末。指事情的經過。❿掠　拷打。⓫搒　用棍棒或竹板打。⓬自經上吊自殺。⑬白其誣 說明自己說假話。誣，說假話冤枉別人。⑭暴卒 得急病突然死亡。⑮指數 指點著數落。⑯批其吻 打他的嘴脣。批，用手掌打。吻，嘴脣。⑰痼疾 經久難治癒的病。⑱厲 惡鬼。⑲私病 長在陰處的病。⑳歸寧 已嫁女子回娘家看望父母。㉑抱控 抱著人，拉著驢。㉒揚揚 滿足地；自覺地。㉓私茹汗。㉔衵褌履 貼身的衣褲、鞋子。衵，貼身的內衣。㉕踰垣 翻牆頭。㉖吼疾 哮喘病。

【語譯】文登的霍生和嚴生，從小就打打鬧鬧，長大後也經常說說笑笑。兩人鬥嘴逞才，惟恐說得不動聽。

霍生鄰家有個老太太，曾經給嚴生的妻子接生。老太太偶然和霍生的妻子說起，嚴生妻子的陰部有兩個小瘤子。霍生的妻子又告訴了霍生。霍生就與同夥商量好，偷看到嚴生將要來的時候，故意偷偷地說：「嚴某的妻子和我最親密。」眾人故意表示不相信。霍生就胡編亂造一段故事，並且說：「若是不信，她的陰部兩旁有兩個小瘤子。」嚴生停在窗外，聽得清清楚楚，不進屋就回去了。到了家裡，狠狠責打他的妻子；妻子不服，他就打得更厲害。妻子忍受不了他的虐待，就上吊死了。霍生這才大為後悔，但是也不敢向嚴生說明是自己編造的。

嚴妻死後，她的鬼魂夜夜啼哭，全家不得安寧。不久，嚴生也突然死去，他妻子的鬼魂才不哭了。霍生的妻子夢見一個女子披頭散髮大喊大叫說：「我死得好苦啊，你們夫妻倆怎能如此歡樂呀！」霍妻醒後就生病，沒幾天就死了。霍生也夢見女子用手指數落著他大罵，並用手掌打他的嘴巴。他被驚嚇醒了，覺得嘴脣隱隱作痛，摸了摸高了起來，三天就長成一對小瘤子，終生沒有治好。他不敢大聲說話和發出笑聲；因為嘴張得太厲害，就疼痛難忍。

異史氏說：「嚴生的妻子死後變成厲鬼，是因為有一腔冤氣啊。但是把自己陰部的毛病加到霍生的嘴上，雖然神奇，卻近乎於兒戲了。」

淄川縣王某，和同學某很親暱。同學的妻子回娘家，王某知道她騎的驢子容易受驚，就提前藏在草叢裡，等到那婦人來了，一下子躥出來；驢子吃驚婦人落地，只有一個童子跟著，不能把婦人扶上驢背。王某就假惺惺拉住驢子抱她上去，占盡便宜，婦人也不認識他是誰。王某因此便洋洋得意，說童子追趕驢子去了，他就在草叢裡和婦人發生了關係，把婦人貼身的衣褲和鞋子都說得清清楚楚。

他的同學聽說，非常慚愧地走了。不一會兒，王某從窗戶眼兒看到同學一手握刀，一手抓著妻子走來，樣子十分憤怒兇惡。王某大懼，爬牆頭跑了。同學緊緊追趕，追了二三里地沒有追上，才返回去。王某拚命奔跑，肺葉張開，於是就得了哮喘病，好幾年治不好。

【研　析】古人有「三姑六婆不入門」之說。元人陶宗儀在《南村輟耕錄》中論述她們的害處時說：「人家有一於此，而不致奸盜者，幾稀矣。若能謹而遠之，如避蛇蠍，庶幾淨宅之法。」在《鏡花緣》第十二回中，李汝珍也借吳之祥之口，發表了一篇義正詞嚴的「討三姑六婆檄」：「吾聞貴地有三姑六婆，一經招引入門，婦女無知，往往為其所害，或哄騙銀錢，或拐帶衣物。及至婦女察知其惡，惟恐聲張家長得知，莫不忍氣吞聲，為之容隱。此皆事之小者。最可怕的：來往既熟，彼此親密，若輩必於此中設法，生出姦情一事，以為兩處起發銀錢地步。慫恿之初，或以美酒迷亂其性，或以淫詞搖蕩其心，一俟言語可入，非誇某人豪富無比，即贊某人美貌無雙。諸如哄騙上廟，引誘朝山，其法種種不一。總之，若輩一經用了手腳，隨你三貞九烈，玉潔冰清，亦不能跳出圈外。」在這裡，吳之祥把「三姑六婆」視為寇仇，也看見其對世道人心的危害之大。〈霍生〉中的這位「鄰嫗」，看樣子不像是職業「穩婆」，但是即使是業餘的，一經入人閨闥，婦女也往往為其所害，或許帶來巨大危害的只是由於她無意間的一句「偶語」。當然，〈霍生〉中的罪魁禍首還是霍生與嚴生。他倆從小就胡說八道慣了，一直就沒個正經，照理說不會因為一句笑語就弄出人命。但是，笑語歸笑語，只要牽扯到自己的老婆，那可就換了一副嘴臉，事情馬上就嚴重起來了。

霍生的鄰嫗給嚴生的老婆接生，看到嚴生老婆的私處長了兩個贅疣。人的身體上長贅長疣，不管長在何處，都是極正常的事。就是長在臉上，不夠雅觀，卻也無傷大雅。這鄰嫗看到別人的私處的贅疣不說也罷，可她守不住祕密，就告訴了霍生的老婆。霍生的老婆不說也罷，可是又忍不住告訴了霍生。於是「霍生」變成了「禍生」，一場大禍來臨了。霍生依此杜撰了自己與嚴生妻子的私情，導致嚴生夫妻的死亡。霍生是「戲人者」，他本身也沒有想到會害死人命。等到他也把自己的老婆害死之時，我想他不光是「大悔」，應該是痛不欲生了。

〈佟客〉篇附則中的某捕快則理性得多。淄川縣的某捕快，其妻與里中無賴私通。一天捕快回家，正好碰上那少年從房中出來，他就苦苦追問他的妻子，並且從床頭上得到了少年的遺留物。捕快大怒，逼迫妻子上吊自殺。可是等他妻子漂漂亮亮地打扮起來，準備上吊時，他卻鬼使神差地大喊一聲：回來！一頂綠帽子不會壓死人。於是和好如初。與這位老粗捕快比起來，識文解字的嚴生卻顯得既不通情達理，又不以人為本，為了一頂並不存在的綠帽子，竟糊糊塗塗害死了老婆，並搭上了自己的性命。

2253 江　于

于江

鄉民于江，父宿田間，為狼所食。江時年十六，得父遺履，悲恨欲死。夜俟❶母寢，潛持鐵槌❷去，眠父所，冀❸報父仇。

少間，一狼來，逡巡❹嗅之。江不動。無何，搖尾掃其額，又漸俯首舐其股。江迄❺不動。既而歡躍直前，將齕其領❻。江急以錘擊狼腦，立斃。起置草中。

少間，又一狼來，如前狀。又斃之。以至中夜，杳❼無至者。忽小睡，夢父曰：「殺二物，足泄我恨。然首殺❽我者，其鼻白；此都非是。」江醒，堅臥以伺之。既明，無所復得。欲曳狼歸，恐驚母，遂投諸眢井❾而歸。

至夜復往，亦無至者。如此三四夜。忽一狼來嚙❿其足，曳之以行。

行數步，棘刺肉，石傷膚。江若死者。狼乃置之地上，意將齕腹。江驟起⓫錘之，仆；又連錘之，斃。細視之，真白鼻也。大喜，負⓬之以歸，始告母。母泣從去，探眢井，得二狼焉。

異史氏曰：「農家者流，乃有此英物⓭耶？義烈發於血誠⓮，非直⓯勇也。智亦異焉。」

【注　釋】❶俟　等待。❷鐵槌　鐵錘。❸冀　希望。❹逡巡　因為有所顧慮而徘徊不前。❺迄　始終。❻齕其領　咬他的脖子。❼杳　無影無聲。❽首殺　帶頭殺害。❾眢井　乾枯的井。❿嚙　咬。⓫驟起　突然而起。⓬負　背。⓭英物　奇才；傑出人才。⓮血誠　猶赤誠，謂極其真誠的心意。⓯直　只；僅僅。

【語　譯】鄉民于江，他父親在田間睡覺，被狼給吃了。當時于江才十六歲，他找到父親遺下的鞋子，悲痛欲絕。夜裡等母親睡著了，于江就拿把鐵錘偷偷地走出去，到田間，躺在父親睡覺的地方，希望為父親報仇。

一會兒，一隻狼走來，來回徘徊著聞他。于江不動彈。一會兒，狼又搖動尾巴掃他的額頭，又漸漸低頭舔他的大腿。于江還是一動也不動。接著狼高興地跳到跟前，要咬他的脖子。于江急忙用鐵錘砸狼頭，一棒就把牠擊斃了。于江起來將狼放到草叢裡。

一會兒，又來了一隻狼，和剛才那隻一樣，又聞又掃又咬。于江又打死了牠。等到半夜，再也沒狼來了。于江忽然打了個小盹，夢見父親說：「你殺了這兩隻狼，已足以為我洩恨。但帶頭咬死我的那隻，牠的鼻子是白的；這兩隻都不是。」于江醒了，努力趴著繼續等待。一直等到天亮，最終也沒有收穫。于江想把狼拖回家，又恐怕嚇著母親，就把狼投到一個枯井裡才回家。

到了夜裡再去等候，也沒有狼來。這樣過了三四夜。忽然一隻狼來咬他的腳，拖著他走。拖了幾步，就被荊棘刺破了身體，被石塊磨傷了皮膚。于江裝得像是死了。狼就把他放在地上，想要咬他的肚子。于江猛然起來用鐵錘砸牠，狼倒了；又連砸了幾下，狼死了。仔細一看，果真是白鼻子。于江大喜，將狼背回家，這才去告訴母親。母親哭著跟他去，在枯井裡找到了那兩隻死狼。

異史氏說：「普通農家，竟然有這樣的小英雄啊！他的忠義勇烈，發自與生俱來的對父親的赤誠之愛，不僅僅是勇敢，他的智慧也非同一般啊。」

【研析】世界上各種各樣的仇恨到底有多少種，誰也說不清。從犖犖大者的階級仇民族恨，到雞毛蒜皮的偷雞仇摸狗恨，可以多到無窮多。但是誰也不能否認，這其中的「殺父之仇」和「奪妻之恨」，最為痛切關情，面對此種仇恨，也最能考驗一個人的品行和氣概。關於「奪妻之恨」，《聊齋誌異．紅玉》篇有所反映。馮相如的妻子被土豪劣紳搶去逼死了，馮相如一介書生無能為力，最後還是憑藉江湖豪客的錚錚快刀，才報仇雪恨。關於「殺父之仇」，〈席方平〉和〈商三官〉中也有反映，我們過去也已經講過。不管怎麼說，這些殺人父、奪人妻者還都是人，儘管他們的所作所為禽獸不如。在〈于江〉中，于江面對的也是有「殺父之仇」的人，更確切地說是「狼」。于江是怎樣替父報仇的呢？

于江的父親在夜宿田間時被狼吃掉，于江「悲恨欲死」。但「悲恨欲死」僅僅是應有的態度，卻代表不了實際的行動和應有的措施。怎麼報仇呢？

首先，此事不能告訴母親。母親當然也想報仇，那是她的「殺夫之仇」，但是她肯定更加疼愛自己的兒子。丈夫已經沒了，絕不能再失去兒子。試想，連丈夫這樣的壯年男子都對付不了的一群狼，一個少年又怎麼能行？所以，不能告訴母親，一旦告訴了母親，報仇之舉就斷斷行不得了。

第二，還得選擇父親躺過的地方，因為狼們在此處嘗到了甜頭，一定不會輕易罷休。於是于江帶上鐵錘就到父親死去的地方躺下了。這需要很大的膽量。再說，躺在那裡引誘狼上鉤報仇，誰也沒有絕對把握。于江採用的是置之死地而後生的辦法。你不如此，狼就不如彼；狼不如彼，你就報不了仇。這是一招妙招，同時也是一招險招。險中求勝，往往更需要異樣的膽略。狼終於來了。「逡巡嗅之。江不動。無何，搖尾掃其額，又漸俯首舐其股。江迄不動」。看到這些描寫，我們真是服了于江。別的不說，就說狼用鼻子嗅你，用尾巴掃你，用舌頭舔你，這一「嗅」一「掃」一「舐」，不要說輪番使用，其中的任何一招用到我們身上，估計我們都忍受不了。于江連殺兩隻狼，可是還沒有殺死真正的兇手。於是連著三四夜繼續守候，不報父仇，絕不罷休。終於苦心人天不負，帶頭殺死父親的那隻白鼻子狼來了。牠的吃人方式，迥異於前兩隻狼。「忽一狼來嚙其足」，真兇終於現身，被于江連擊而死。這可能是冥冥之中自有天意吧，來獎賞這位智勇雙全的少年。

狐妾

萊蕪❶劉洞九，官汾州❷。獨坐署中，聞亭外笑語漸近。入室，則四女子：一四十許，一可三十，一二十四五已來，末後一垂髫❸者。並立几前，相視而笑。劉固知官署多狐，置不顧。少間，垂髫者出一紅巾，戲拋面上。劉拾擲窗間，仍不顧。四女一笑而去。

一日，年長者來，謂劉曰：「舍妹與君有緣，願無棄葑菲❹。」劉漫應之。女遂去。俄偕一婢，擁垂髫兒來，俾與劉並肩坐。曰：「一對好鳳侶❺，今夜諧花燭。勉事劉郎，我去矣。」劉諦視，光豔無儔，遂與燕好❻。詰其行踪，女曰：「妾固非人，而實人也。妾，前官之女，蠱於狐❼，奄忽以死，窆❽園內。眾狐以術生我，遂飄然若狐。」劉因以手探尻❾際。女覺之，笑曰：「君將無謂狐有尾耶？」轉身云：「請試捫之。」自此，遂留不去。

每行坐與小婢俱。家人俱尊以小君[10]禮。婢媼參謁，賞賚甚豐。值劉壽辰，賓客煩多，共三十餘筵，須庖人[11]甚眾；先期牒拘[12]，僅一二到者。劉不勝恚[13]。女知之，便言：「勿憂。庖人既不足用，不如並其來者遣之。妾固短於才，然三十席亦不難辦。」劉喜，命以魚肉薑桂，悉移內署[14]。家中人但聞刀砧聲，繁碎不絕。門內設一几，行炙[15]者置柈其上；轉視，則肴俎已滿。托去復來，十餘人絡繹於道，取之不竭。末後，行炙人來索湯餅[16]。內言曰：「主人未嘗預囑，咄嗟[17]何以辦？」既而曰：「無已，其假[18]之。」少頃，呼取湯餅。視之，三十餘碗，蒸騰几上。

客既去，乃謂劉曰：「可出金貲，償某家湯餅。」劉使人將直[19]去。則其家失湯餅，方共驚異；使至，疑始解。一夕，夜酌，偶思山東苦醁[20]。女請取之，遂出門去。移時返曰：「門外一罌[21]，可供數日飲。」劉視之，果得酒，真家中甕頭春也。

越數日，夫人遣二僕如汾。途中一僕曰：「聞狐夫人犒賞優厚，此去得賞金，可買一裘㉒。」女在署已知之，向劉曰：「家中人將至。可恨傖奴㉓無禮，必報之。」明日，僕甫入城，頭大痛，至署，抱首號呼。共擬進醫藥。劉笑曰：「勿須療，時至當自瘥㉔。」

眾疑其獲罪小君。僕自思，初來未解裝㉕，罪何由得？無所告訴，漫膝行而哀之。簾中語曰：「爾謂夫人，則亦已耳，何謂狐也？」僕乃悟，叩不已。又曰：「既欲得裘，何得復無禮？」已而曰：「汝愈矣。」言已，僕病若失。僕拜欲出，忽自簾中擲一裹出，曰：「此一羔羊裘也，可將去。」僕解視，得五金。劉問家中消息，僕言都無事，惟夜失藏酒一罌。稽其時日，即取酒夜也。群憚㉖其神，呼之「聖仙」。劉為繪小像。

時張道一㉗為提學使，聞其異，以桑梓誼㉘詣劉，欲乞一面。女拒之。劉示以像，張強攜而去。歸懸座右，朝夕祝之云：「以卿麗質，何之不可？乃托身於鬖鬖㉙之老！下官殊不惡於洞九，何不一惠顧㉚？」女在署忽謂劉曰：「張公無禮，當小懲之。」一日，張方祝，似有人以界方㉛擊額，崩然甚痛。大懼，反卷㉜。劉詰之，使隱其故而詭對㉝之。劉笑曰：「主人額上得毋痛否？」使不能欺，以實告。

無何，婿亓生來，請覲㉞之。女固辭，亓請之堅。劉曰：「婿非他人，何拒之深？」女曰：「婿相見，必當有以贈之；渠㉟望我奢，自度不能滿其志，故適不欲見耳。」既固請之，乃許以十日見。

及期，亓入，隔簾揖之，少致存問㊱。儀容隱約，不敢審諦。既退，數步之外，輒回眸注盼。但聞女言曰：「阿婿回首矣！」言已，大笑，烈烈如鴞鳴㊲。亓聞之，脛股皆軟，搖搖然若喪魂魄。既出，坐移時，始稍定。乃曰：「適聞笑聲，如聽霹靂，竟不覺身為己有。」

少頃，婢以女命，贈亓二十金。亓受之，謂婢曰：「聖仙日與丈人㊳居，寧不知我素性揮霍㊴，不慣使小錢耶？」女聞之曰：「我固知其然。

囊底適罄；向結伴至汴梁[40]，其城為河伯[41]占據，庫藏皆沒水中，入水各得些須，何能飽無饜之求？且我縱能厚饋，彼福薄亦不能任[42]。」

女凡事能先知；遇有疑難，與議，無不剖[43]。一日，並坐，忽仰天大驚曰：「大劫[44]將至，為之奈何！」劉驚問家口。曰：「餘悉無恙，獨二公子可慮。此處不久將為戰場，君當求差遠去，庶免於難。」劉從之，乞於上官，得解餉[45]雲貴間。道里遼遠，聞者弔[46]之；而女獨賀。

無何，姜瓖[47]叛，汾州沒為賊窟。劉仲子[48]自山東來，適遭其變，遂被害。城陷，官僚比皆罹於難，惟劉以公出[49]得免。盜平，劉始歸。尋以大案罣誤[50]，貧至饔飧不給[51]；而當道者[52]又多所需索，因而窘憂[53]欲死。女曰：「勿憂，床下三千金，可資用度。」劉大喜，問：「竊之何處？」曰：「天下無主之物，取之不盡，何庸[54]竊乎。」劉借謀得脫歸，女從之。

後數年忽去，紙裹數事[55]留贈，中有喪家挂門之小幡，長二寸許，群以為不祥。劉尋卒。

【注釋】❶萊蕪　縣名，即今山東萊蕪。❷汾州　府名，即今山西汾陽。❸垂髫　古時兒童不束髮，頭髮下垂，因以「垂髫」指兒童。❹葑菲　葑，蔓菁。菲，蘿蔔。葑與菲根莖和葉均可供食用，故後用「葑菲」表示尚有一德可取的意思。《詩經・邶風・谷風》：「采葑采菲，無以下體。」此狐女以「葑菲」借指其妹。❺鳳侶　比喻美好的情侶。❻燕好　指男女歡合。❼蠱於狐　被狐狸精迷惑。蠱，傳說中的毒蟲，能使人神智惑亂。❽窆　埋葬。❾尻　屁股；脊骨的末端。❿小君　諸侯之妻稱「小君」。此處是說僕人們以夫人之禮待狐。⓫庖人　廚師。⓬先期牒拘　提前下通知徵調。牒，簡札；文書。拘，徵調。⓭恚　憤怒。⓮內署　衙門的內宅。⓯行炙　傳送烤肉，亦泛指宴會時上菜。⓰湯餅　麵片湯。⓱咄嗟　吆喝之間，比喻瞬時。⓲假　借。⓳將直　拿著錢。直，通「值」。⓴山東苦醁　一種酒，即下文的「甕頭春」。㉑罌　古代大腹小口的酒器。㉒裘　皮衣。㉓傖奴　平庸鄙俗的奴僕。㉔瘥　病癒。㉕解裝　卸下行裝。㉖憚　害怕。㉗張道一　名四教，號芹沚，萊蕪人，順治三年進士，曾任山西提學道等官。㉘桑梓誼　老鄉的情誼。桑梓，故鄉的代稱。㉙鬖鬖　頭髮下垂貌。㉚惠顧　敬稱他人的光臨。㉛界方　即戒方，舊時塾師對學生施行體罰時所用的小木板。㉜反卷　歸還畫卷。㉝詭對　用假話回答。㉞覿　朝見。㉟渠　他。㊱存問　問候。㊲烈烈如鴞鳴　聲音響亮如貓頭鷹叫。鴞，鴟鴞；貓頭鷹。㊳丈人　岳父。㊴揮霍　任意浪費錢財。㊵汴梁　今河南開封的舊稱。㊶河伯　傳說中的黃河水神，原名馮夷，也作「冰夷」。㊷任　承當；禁受。㊸剖　分辨清楚。㊹大劫　大災難。㊺解餉　押解糧餉。㊻吊　同「弔」。慰問遭遇不幸的人。㊼姜瓖　陝西榆林人，明末大同總兵，先投降李自成，後投降清軍，後又叛清，最後為其部下所殺。㊽仲子　次子；二公子。㊾公出　出公差。㊿罣誤　因過失或牽連而受到處分。(51)饔飧不給　吃了上頓兒沒下頓兒。饔飧，早飯和晚飯。(52)當道者　執政當權的人。(53)窘憂　困窘憂煩。(54)何庸何用；何須。55數事　幾件東西。

【語　譯】萊蕪的劉洞九，在汾州做官。他獨自坐在官府中，聽到院子裡有笑聲越來越近。進了屋，原來是四個女子：一個四十來歲，一個大約三十，一個二十四五歲，最後一個還是垂髫少女。她們並站在桌子前面，相視而笑。劉洞九早知官府裡狐狸很多，因此也就不理會她們。一會兒，垂髫少女拿出一條紅巾，開玩笑般扔到劉洞九的臉上。劉洞九拾起來扔到窗臺上，仍不搭理她們。四個女子一笑走了。

一天，年紀最大的那個女子來了，對劉洞九說：「我妹妹與您有緣分，請不要嫌棄小戶人家的好女孩。」劉洞九有一搭沒一搭地答應一聲。女子就走了。轉眼功夫，她領著一個丫鬟，簇擁著垂髫少女走來，讓她與劉洞九並肩坐下。說：「真是一對好伴侶，今夜就是你們的洞房花燭夜。好好侍候劉郎，我走了。」劉洞九仔細一看，垂髫少女豔麗無比，就與她交合歡好了。劉洞九問其來歷，女子說：「我不是人，可其實也是人。我是前任州官的女兒，被狐迷惑，迷迷糊糊死了，就埋葬在園子裡。眾狐用法術救活了我，所以我行動飄然，很像狐狸。」劉洞九聽後，就用手摸摸她的屁股。女子察覺了，笑著說：「你莫不是以為狐狸有尾巴吧？」她轉過身子說：「請摸摸試試看。」從此後，女子就住下來不走了。

女子行走坐臥都和那個小丫鬟在一起。家中人都以夫人之禮對待她。丫鬟婆子們來參拜，她都給豐厚的賞賜。碰上劉洞九生日，祝壽的賓客很多，共有三十多席，需雇好多廚師；事先約定的廚師，才來了一兩個。劉洞九不禁大怒。女子知道後，就說：「不用愁。廚子既然不夠用，不如把已來的一兩個也打發走。我雖然沒有什麼特長，但辦三十桌酒席還不算難事。」劉洞九很高興，派人將魚肉蔬菜、薑桂調料等物，都搬到內屋。家人們只聽見裡邊刀剁板子聲，響個不停。屋門內擺一張桌子，端菜的人將盤子放在上面；轉眼間，菜肴已盛滿了。端出去再回來端，十幾個僕人絡繹不絕，似乎端也端不完。最後，端菜人來要湯餅。只聽裡邊女子說：「主人沒有事先囑咐，怎能說要就要呢？」接著又說：「沒有辦法，就先借借吧。」不一會兒，就喊僕人來取湯餅。眾人一看，三十多碗湯餅，熱氣騰騰地擺在桌子上。

客人走後，女子才對劉洞九說：「拿出錢來，償還某家的湯餅錢吧。」劉洞九連忙派人將湯餅錢送去。那家丟了湯餅，正在驚異不絕；送錢的人到了，這才解開了疑團。一天晚上，劉洞九喝夜酒，忽然想起山東的苦醁酒。女子說就去取來，出門走了。一會兒回來說：「門外有一罈子，夠你喝幾天了。」劉洞九出門一看，果然有一罈子酒，還真是家鄉的「甕頭春」酒。

過了幾天，劉洞九家裡的夫人派了兩個僕人來汾州。路上，一個僕人說：「聽說狐夫人賞錢優厚，這回去得了賞錢，可以買件皮衣穿。」女子在汾州官府中已知道了這話，就對劉洞九說：「家中派來的人快到了。可恨這個下賤奴才無禮，我定要治他一下。」到了隔天，那個僕人剛進城，突然頭痛起來，到了官府，痛得抱頭大喊。眾人打算給他請醫抓藥。劉洞九笑著說：「不用治療，到時候自然會好。」

大家都猜疑是得罪了狐夫人。那僕人暗想，我剛來還沒卸下行李，怎麼得罪了她呢？無處訴說，就只好跪爬過去哀求饒恕。只聽到簾子裡有人說：「你稱夫人也就罷了，為什麼還加上『狐』字呢？」僕人這才恍然大悟，不停地叩頭謝罪。又聽裡面說：「既然想要皮衣，怎能還這樣無禮？」

接著又說：「你的頭痛好了。」話音剛落，那僕人的頭疼病一下子就沒了蹤影。僕人連忙拜謝完要走，忽見從簾內扔出一個包裹來，裡面說：「這是件羊羔皮衣，你可拿去。」僕人解開一看，裡面有五兩銀子。劉洞九問起家裡的情況，僕人說一切平安，只是某日夜裡少了一罈子藏酒。計算一下丟失的日期，正是女子取酒的那天晚上。大家都懼怕狐夫人的神靈，稱她為「聖仙」，劉洞九還為她畫了一幅肖像。

當時，張道一為提學使，聽說了這件怪事，便以同鄉的身分去拜訪劉洞九，請求見狐夫人一面。女子拒絕了他。劉洞九就把她的肖像拿出來給張道一看，張道一強行把畫兒拿走了。張道一回府後，將畫像掛在座位旁，早晨晚上都要祝禱說：「憑著你的麗質，跟誰不好呢？偏要跟一個白髮糟老頭子！我哪一點不如劉洞九，為何不來見我一面呢？」女子在官府忽然對劉洞九說：「張公對我無禮，得稍給他點懲罰。」一天，張道一正對著肖像祈禱，好像有人用戒尺敲打他的額頭，崩的一聲，頭痛得厲害。他異常恐懼，忙將肖像送還劉洞九。劉洞九詢問原因，來人隱瞞真相而用假話回答。劉洞九笑著說：「你主人的額頭難道沒疼嗎？」來人看到瞞不過去，就把實情說了。

沒過多久，劉洞九的女婿亓生來，要拜見狐夫人。女子極力推辭，亓生一再懇求。劉洞九說：「女婿又不是外人，為何堅決拒絕他呢？」女子回答：「女婿見我，一定得有東西贈給他；他對我的期望過高，我估計不能滿足他的心願，所以才不願見啊。」接著，亓生表示非見她不可，才允許他十天後見面。

到了約定的日期，亓生進屋，隔著簾子對女子施禮，並寒暄了幾句。狐夫人的相貌在簾後隱隱約約，亓生不敢仔細看。告退之後，走了好幾步遠，還忍不住回眸顧看。只聽女子說：「阿婿回頭了！」說完，忍不住大笑，聲音又粗又大，像貓頭鷹叫一樣。亓生聽了，嚇得兩腿發軟，搖搖晃晃好似丟了魂魄。出來，坐了很久，才稍微心平氣定下來。他說：「剛才聽到笑聲，如聞霹靂，竟感覺不到身子是自己的了。」

不一會兒，一個丫鬟奉女子之命，贈給亓生二十兩銀子。亓生接過來，對那丫鬟說：「聖仙整日與岳父大人住在一起，難道不知道我向來揮霍，不習慣花小錢嗎？」女子聽了說：「我早就知道他是這種人。可是我的錢袋子剛好空了；過去我與同伴去汴梁玩兒，全城被水淹沒，庫藏的銀子都淹在水裡，我們到水中各自打撈了點銀子，怎能滿足貪得無厭的要求呢？再說就是我能多給他些，他福分太薄也承受不起啊。」

女子凡事都能預先知道；劉洞九碰到疑難之事，和她商量，沒有不能解決的。一天，女子和劉洞九坐在一起，忽然仰面觀天大驚說：「大難臨頭，怎麼辦呢！」劉洞九驚問家人的吉凶。女子說：「其他人都沒事，只有二公子令人擔憂。這裡不久將要成為戰場，你應當請求一個差事到遠方去，才能免遭災難。」劉洞九聽從了她的話，向上司請求，上司批准他押糧餉去雲貴一帶。此去路途遙遠，聽說的人對他表示同情和安慰；只有那女子表示祝賀。

不久，姜瓖叛變，汾州被賊寇占領。劉洞九的二公子從山東來，正趕上這個變故，就被殺害了。汾州城淪陷後，官僚們全部遇難，唯獨劉洞九因出公差在外得以倖免。叛亂平息後，劉洞九才回來。後來他被一場大案牽連獲罪，窮得吃不上飯；而官府又多方敲詐勒索，因此他窘迫憂愁得要死。女子說：「不要犯愁，床底下還有三千兩銀子，可以拿來使用。」劉洞九大喜，問：「你從哪裡偷來的？」女子回答說：「天下沒有主人的東西取之不盡，還用得著偷嗎。」後來，劉洞九憑藉女子的計謀脫身回家，女子也跟著他一起回來。

幾年後，女子忽然走了，用紙包著幾樣東西留贈劉洞九，其中有發喪人家掛在門上的小幡，約有二寸長，大家都認為是不祥之兆。劉洞九不久就死了。

【研析】《聊齋誌異》中寫過很多美狐，她們雖然都具有人性，但大多是能化人形的狐狸，如〈青鳳〉篇中的青鳳、〈蓮香〉篇中的蓮香、〈嬌娜〉篇中的嬌娜、〈紅玉〉篇中的紅玉等。只有兩位是半人半狐的狐女，即〈嬰寧〉篇中的嬰寧，其父是人，其母是狐；〈青梅〉篇中的青梅，其父是人，其母也是狐。現在我們讀到的這篇〈狐妾〉，又給《聊齋誌異》的狐女增添了一個新的類型：「妾固非人，而實人也。妾，前官之女，蠱於狐，奄忽以死，窆園內。眾狐以術生我，遂飄然若狐。」這些狐女雖然性格各異、舉止不同，但都具有人的美麗、深情和智慧，體現了蒲松齡對「萬物之靈」者的美的思念、情的嚮往、智的熱愛。

蒲松齡是怎樣塑造狐妾這一美狐形象的呢？我們知道，在漢語修辭中有所謂「列錦」修辭格。著名的例子有：「枯藤老樹昏鴉，小橋流水人家，古道西風瘦馬」（馬致遠〈天淨沙・秋思〉）；「樓船夜雪瓜洲渡，鐵馬秋風大散關」（陸游〈書憤〉）；「雞聲茅店月，人跡板橋霜」（溫庭筠〈商山早行〉）等。〈狐妾〉這篇小說，把六個小故事並列展開，分別表現狐妾性格的一個側面，而這六個小故事合在一起，又表現了狐妾的整體性格。這和「列錦」修辭格有異曲同工之妙。

一情媾。劉洞九坐在汾州的衙署中，突然就來了四個美狐。其中，「垂髫者出一紅巾，戲拋面上」，從此可以看出這個小美狐的調皮情態和挑逗手段。「劉因以手探尻際。女覺之，笑曰：『君將無謂狐有尾耶？』轉身云：『請試捫之。』」調情過程寫得富有風趣。

二廚飪。劉洞九生日，要辦三十多桌酒席，所以請了很多廚師。但是到生日那天，只一兩個廚師應約前來。再請已經來不及了，不請又無法擺出酒宴，怎麼辦？狐妾隆重登場，向我們展示她高超的廚房烹飪技藝。由於狐妾是在廚房中烹飪，蒲松齡用的又是限制視角的敘事手法，因此我們無法看到她具體的操作過程，欣賞她奇異的掂鍋揮勺的風采。但是通過那「繁碎不絕」的刀砧聲，也能想像出其烹、炸、煎、煮的十八般武藝。而且用準備好的「魚肉薑桂」做出美味佳肴似乎還算不得神奇，狐妾還能憑空做出不曾預備的湯餅。這更加令人稱奇。蒲松齡還怕我們不相信狐妾的奇異本領，又讓她凌空取來一罎山東老家的「甕頭春」。

三報僕。劉洞九的夫人派遣僕人來找劉洞九。從山東萊蕪到山西汾陽，旅路迢迢、百無聊賴，兩個僕人就嘀咕起了老爺的「狐夫人」。誰想狐夫人不光知道僕人的行蹤，還聽到了他們的胡言亂語，並準備小小地報復一下這無禮的奴才。果然，僕人無因無由地頭疼起來，直到下跪求饒，才算轉危為安。最後，僕人們得到了五兩銀子，正好可買一襲理想中的羔羊裘。懲罰有禮有節，賞賜恰如其分，真乃「聖仙」也。

四懲友。萊蕪老鄉張道一聽說了狐妾之事，就想憑老鄉關係見一見狐妾。劉洞九磨不過面子去，只好把狐妾的畫像給張道一看。誰知張道一竟然將畫像強奪而去並懸諸座右，還早早晚晚說些肉麻的話。這就惹惱了狐妾，用界方敲了張道一的額頭，略示懲戒。

五識婿。僕人、朋友都報復、懲罰過了，還有誰值得狐妾一顯手段呢？劉洞九的女婿亓生來到汾州衙署的第一件事，就是要見見小丈母娘的廬山真面目。狐妾早就猜著了他的用意不準備見他，但又不能不給劉洞九面子，於是不能不見又不能立即見還不能當面見。「及期，亓入，隔簾揖之，少致存問。儀容隱約，不敢審諦。即退，數步之外，輒回眸注盼。但聞女言曰：『阿婿回首矣！』言已，大笑，烈烈如鴞鳴」。可謂謔而不虐，妙趣橫生。當然，見面禮還是要送的，二十兩銀子雖然不多，也足見對女婿的拳拳之意了。

六先知。狐妾還能預知。她說汾州之地不久將成為戰場，果然不久就發生了「姜瓖之變」。劉洞九多虧聽了狐妾的預警提前出差躲到雲貴，才免於罹難。狐妾說劉洞九的二兒子要遇難，果然他的二兒子從山東來看望父親和小狐姨，就不幸被害。最後，狐妾離開，留下一個紙包，中有為劉洞九準備的喪旛。這又一次證明了她的先知功能。

毛狐

農子❶馬天榮，年二十餘。喪偶，貧不能娶。偶芸❷田間，見少婦盛妝❸，踐禾越陌而過。貌赤色，致❹亦風流。馬疑其迷途，顧四野無人，戲挑❺之。婦亦微納，欲與野合❻。笑曰：「青天白日，寧❼宜為此。子歸，掩門相候，昏夜我當至。」馬不信。婦矢❽之。馬乃以門戶向背具告之，婦乃去。

夜分❾，果至，遂相悅愛。覺其膚肌嫩甚；火❿之，膚赤薄如嬰兒，細毛遍體，異之。又疑其踪跡無據，自念得非狐耶？遂戲相詰。婦亦自認不諱。馬曰：「既為仙人⓫，自當無求不得。既蒙繾綣⓬，寧不以數金濟我貧？」婦諾之。次夜來，馬索金。婦故愕曰：「適忘之。」將去，馬又囑。至夜，問：「所乞或勿忘耶？」婦笑，請以異日。逾數日，馬復索。婦笑向袖中出白金二鋌⑬，約五六金，翹邊細紋，雅可愛玩⑭。馬喜，深藏於櫝。

積半歲，偶需金，因持示人。人曰：「是錫也。」以齒齕⑮之，應口而落。馬大駭，收藏而歸。至夜，婦至，憤致誚讓⑯。婦笑曰：「子命薄，真金不能任⑰也。」一笑而罷。馬曰：「聞狐仙皆國色⑱，殊亦不然。」婦曰：「吾等皆隨人現化⑲。子且無一金之福，落雁沉魚⑳，何能消受？以我蠢陋，固不足以奉上流㉑；然較之大足駝背者，即為國色。」

過數月，忽以三金贈馬，曰：「子屢相索，我以子命不應有藏金。今媒聘有期，請以一婦之貲㉒相饋，亦借以贈別。」馬自白無聘婦之說。婦曰：「一二日，自當有媒來。」馬問：「所言姿貌何如？」曰：「子思國色，自當是國色。」馬曰：「此即不敢望。但三金何能買婦？」婦曰：「此月老㉓註定，非人力也。」馬問：「何遽言別？」曰：「戴月披星，終非了局。使君自有婦㉔，搪塞㉕何為？」天明而去。授黃末一刀圭㉖，曰：「別後恐病，服此可療。」

次日，果有媒來。先詰女貌，答：「在妍媸之間。」「聘金幾何？」「約四五數。」馬不難其價，而必欲一親見其人。媒恐良家子不肯衒露㉗。既而約與俱去，相機因便。既至其村，媒先往，使馬待諸村外。久之，來曰：「諧矣。余表親㉘與同院居，適往見女，坐室中。請即偽為㉙謁表親者而過之，咫尺㉚可相窺也。」

馬從之。果見女子坐室中，伏體於床，倩人爬背㉛。馬趨過，掠之以目，貌誠如媒言。及議聘，並不爭直㉜；但求得一二金，妝女出閣㉝。馬益廉之，乃納金，並酬媒氏及書券者㉞，計三兩已盡，亦未多費一文。擇吉㉟迎女歸，入門，則胸背皆駝，項縮如龜，下視裙底，蓮舡㊱盈尺。乃悟狐言之有因也。

異史氏曰：「隨人現化，或狐女之自為解嘲；然其言福澤㊲，良可深信。余每謂：非祖宗數世之修行㊳，不可以博高官；非本身數世之修行，不可以得佳人。信因果㊴者，必不以我言為河漢㊵也。」

【注釋】❶農子　農家子。❷芸　鋤草。❸盛妝　華麗的裝束。❹致　意態。❺挑　用語言和動作逗引。❻野合　男女私通，此指在野外苟合。❼寧　豈。❽矢　發誓。❾夜分　夜半。❿火　點燈相照。⓫仙人　對狐女的婉稱。⓬繾綣　感情深厚。⓭鋌　銀錠；元寶。⓮雅可愛玩　很可愛好玩。⓯齕　咬。⓰憤致誚讓　生氣地責備。誚讓，責問。⓱任　承當；禁受。⓲國色　姿色冠絕一國的美女。⓳隨人現化　根據對象的美醜而變化自己的美醜。⓴落雁沉魚　沉魚落雁之姿，形容女子容貌美麗動人。《莊子・齊物論》：「毛嬙、麗姬，人之所美也。魚見之深入，鳥見之高飛。」㉑上流　上品；上等人。㉒貲　同「資」。資本；價錢。㉓月老　即月下老人，他主管著世間男女婚姻，在冥冥之中以紅繩繫男女之足，以定姻緣。見唐人李復言《續玄怪錄・定婚店》。㉔使君自有婦　你自有你的妻子。漢樂府〈陌上桑〉：「使君自有婦，羅敷自有夫。」㉕搪塞　苟且敷衍。㉖刀圭　舊時量藥之器具，容量很小。㉗銜露　拋頭露面。㉘表親　中表親戚。指與祖父、父親的姐妹的子女的親戚關係，或與祖母、母親的兄弟姐妹的子女的親戚關係。㉙偽為　假裝作。㉚咫尺　一尺多，比喻近距離。㉛倩人爬背　請人撓背。倩，請。㉜爭直　力求獲得高價錢。㉝出閣　古時稱公主出嫁為「出閣」，後泛指女子出嫁。閣，閨閣。㉞媒氏及書券者　媒人和書寫婚約的人。㉟擇吉　選擇好日子。㊱蓮舡　繡鞋的戲稱。蓮，金蓮。舡，船，指鞋大如船。㊲福澤　命中註定的福分。㊳修行　佛教和道教信仰者的修煉過程。㊴因果　佛教語，謂因緣和果報。根據佛教輪迴之說，種什麼因，結什麼果；善有善報，惡有惡報。㊵河漢　銀河，比喻浮誇而不可信的空話。

【語 譯】農夫馬天榮，二十多歲了。死了妻子，家貧沒有再娶。有次他在田間鋤草，見一個少婦濃妝豔抹，踏著莊稼越過田壟走來。她臉面通紅，姿態也算風流。馬天榮懷疑她迷了路，看看四野無人，就調戲她。少婦也半推半就，馬天榮就想與她野合。少婦笑著說：「青天白日，怎適合幹這事。你回去，關上門等我，晚上我就去。」馬天榮不信。少婦對他發誓。馬天榮就把自家的門戶方向告訴了她，她才走了。

夜半時分，少婦果然來了，兩人便心滿意足地成了好事。馬天榮覺得少婦的肌膚滑嫩異常；點燈一照，皮膚細嫩如嬰兒，渾身長著細毛，他覺得很奇怪。又懷疑她來路不明，暗想莫非是狐狸？就半真半假地開玩笑追問她。少婦也承認自己是狐狸，並不隱諱。馬天榮說：「你既然是仙人，當然會要啥有啥。既然蒙你和我恩愛纏綿，能否送幾兩銀子救救我的貧窮呢？」少婦答應了他。第二夜又來，馬天榮向她要銀子。少婦故作驚愕地說：「正好忘了。」天明臨走時，馬天榮再囑咐一遍。到了夜晚，馬天榮說：「我要的東西大概沒有忘記吧？」少婦笑了，說明天一定帶銀子來。過了幾天，馬天榮又向少婦要銀子。少婦笑著從袖中拿出銀子兩錠，約五六兩，兩邊翹起有細花紋，非常討人喜歡。馬天榮大喜，深藏在櫃子裡。

過了半年，馬天榮偶然有事要用錢，就拿出藏的銀錠讓人看。人們說：「這是錫。」用牙一咬，就碎落下來。馬天榮大吃一驚，收藏好拿回家。到了夜間，少婦來了，馬天榮生氣地責問她。少婦笑著說：「你命薄，真銀子你承擔不起啊。」一笑了之。馬天榮說：「聽說狐仙都是天香國色，看來真不是那麼回事。」少婦說：「我們都是隨人變化。你連一兩銀子的福分都沒有，落雁沉魚的美人，你怎能消受？就我這樣粗笨醜陋，固然配不上侍奉上流人物；但比起那大腳駝背的女人，也算是天姿國色了。」

過了幾個月，少婦忽然把三兩銀子送給馬天榮，說：「你屢次向我要錢，我認為你命薄不應藏有銀子。近期就有媒人來給你提親，我給你夠買個媳婦的錢，也藉此向你告別。」馬天榮自我表白沒有打算娶妻子。少婦說：「一兩天之內，自然有媒人來。」馬天榮問：「你所說的婦人長得怎樣？」少婦說：「你想要國色，當然就是國色了。」馬天榮說：「這我不敢奢望。但三兩銀子怎夠買媳婦的？」少婦說：「這是月老安排定的，不是人力可以說了算的。」馬天榮問：「你怎麼突然說要分別？」少婦說：「我們戴月披星幽會，終究沒有了局。你自然會有正經妻子，我何必和你這樣苟且拖延下去呢？」天一亮，少婦就走了。走時，送給馬天榮一小包黃藥麵兒，說：「分別後恐怕你會得病，吃這藥可以治好。」

第二天，果然有媒人來提親。馬天榮先問女方相貌，媒人說：「不算美也不算醜。」馬天榮問：「多少聘金？」答說：「約四五兩銀子。」馬天榮不愁這個價錢，但一定要親眼看一看那女子。媒人怕清白人家的女子不肯拋頭露面。然後，就約著馬天榮一同前往，想找機會看看。到了女方村裡，媒人先走，讓馬天榮在村外等著。過了很長時間，媒人回來說：「行了。我表親和她同住一個院子，剛才我去看那女子，正在她屋中坐著。請你假裝著拜訪我表親的，從她門前走過，近距離地偷看她一番。」

馬天榮跟著媒人進去。果然看到一個女子坐在屋裡，伏在床上，讓侍女給她撓背。馬天榮快速走過，掃描了一眼，相貌果然和媒人說的一樣。商定聘金時，女方並不計較價錢；只要一二兩銀子，能打發姑娘出嫁就行了。馬天榮越發感到便宜，就按數交付了銀子，並酬謝了媒人及寫婚書的人，算了算三兩銀子恰好用完，一文錢也沒多花。選了個好日子，把女子娶來，進門一看，原來長得雞胸駝背，脖子抽縮著像隻烏龜，再看看裙子底下，兩腳一尺多長。這才明白狐仙說的話是有道理的。

異史氏說：「說自己的容貌隨著對象的不同而變化，這可能是那少婦狐女的自我解嘲；但她關於命中福分的話，確實可信。我常常說：若不是祖宗幾代修行，就不可能獲得高官；若不是本人幾輩子修行，就不可能獲得美女。相信因果報應的人，一定不會認為我說的這番話不著邊際。」

【研　析】蒲松齡費盡心血寫出了各種各樣的狐狸。這篇故事寫了一位毛狐。農夫馬天榮，二十多歲，正是精力最旺盛的年齡，可是他死了老婆又無力續娶。他在田間鋤草，看到一位衣著華麗、行不由徑的風流少婦。於是他上前挑逗，那少婦也不拒絕。只是這位毛狐長得有點特別。白天看其面目，顯得過於紅豔。晚上，她的皮膚很細嫩，在燈光的照耀下，薄薄的紅紅的，如同嬰兒的肌膚，但是遍體生著一層細細的絨毛。所以她得到了馬天榮的揶揄：「聞狐仙皆國色，殊亦不然。」毛狐的腦子也算轉悠得快，她說：「吾等皆隨人現化。子且無一金之福，落雁沉魚，何能消受？以我蠢陋，固不足以奉上流；然較之大足駝背者，即為國色。」在馬天榮眼中只有兩個字，一個是「色」，要找個老婆享受性愛；一個是「金」，要改變自己的貧困現狀。這兩個要求都不高，照理說狐仙能夠幫助他實現願望，但是這位毛狐竟然只弄來三兩銀子，給馬天榮娶了個「大足駝背」的老婆。不知這是對馬天榮的恩賜還是戲弄？

那麼，毛狐所說的「隨人現化」和「子且無一金之福」的話是真是假呢？我想讀者不必認真揣度。這同這位狐仙為何來找一個普通的農家子弟媾和一樣，都是為了造成這篇故事的這樣一種意趣而已。

余德

武昌❶尹圖南，有別第❷，嘗為一秀才稅居❸。半年來，亦未嘗過問。一日，遇諸其門，年最少，而容儀裘馬，翩翩甚都❹。趨與語，即又蘊藉❺可愛。異之。歸語妻。妻遣婢托遺問❻以窺其室。室有麗姝，美豔逾於仙人；一切花石服玩，俱非耳目所經。尹不測其何人，詣門投謁❼，適值他出。翼日，即來答拜。展其刺呼❽，始知余姓德名。語次，細審官閥❾，言殊隱約。固詰之，則曰：「欲相還往，僕不敢自絕。應知非寇竊逋逃❿者，何須逼知來歷？」尹謝⓫之。命酒款宴，言笑甚歡。向暮，有兩昆侖⓬捉馬挑燈，迎導以去。

明日，折簡⓭報主人。尹至其家，見屋壁俱用明光紙裱⓮，潔如鏡。金狻猊爇異香⓯。一碧玉瓶，插鳳尾孔雀羽各二，各長二尺餘。一水晶瓶，浸粉花一樹，不知何名，亦高二尺許，垂枝覆几外；葉疏花密，含苞未吐；花狀似濕蝶斂翼；蒂⑯即如鬚。

筵間不過八簋⑰，而豐美異常。既，命童子擊鼓催花⑱為令。鼓聲既動，則瓶中花顫顫欲折；俄而蝶翅漸張；既而鼓歇，淵然⑲一聲，蒂鬚頓落，即為一蝶，飛落尹衣。余笑起，飛一巨觥⑳；酒方引滿㉑，蝶亦颺㉒去。頃之，鼓又作，兩蝶飛集㉓余冠。余笑云：「作法自弊㉔矣。」亦引二觥。三鼓既終，花亂墮，翩翻㉕而下，惹袖沾衿。鼓僮笑來指數㉖：尹得九籌㉗，余四籌。尹已薄醉，不能盡籌，強引三爵㉘，離席亡去。

由是益奇之。然其為人寡交與，每闔門居，不與國人㉙通吊慶。尹逢人輒宣播；聞其異者，爭交歡余，門外冠蓋㉚常相望。余頗不耐，忽辭主人去。

去後，尹入其家，空庭灑掃無纖塵；燭淚㉛堆擲青階下；窗間零帛斷線，指印宛然。惟舍後遺一小白石缸，可受石㉜許。尹攜歸，貯水養朱魚。經年，水清如初貯。後為傭保㉝移石，誤碎之。水蓄並不傾瀉，視之，缸宛在，捫之虛耎。手入其中，則水隨手泄；出其手，則復合。冬月亦不冰。一夜，忽結為晶，魚游如故。尹畏人知，常置密室，非子婿不以示也。久之漸播，索玩者紛錯㉞於門。

臘㉟夜，忽解為水，蔭溼滿地，魚亦渺然。其舊缸殘石猶存。忽有道士踵門㊱求之。尹出以示。道士曰：「此龍宮㊲蓄水器也。」尹述其破而不泄之異。道士曰：「此缸之魂也。」殷殷然㊳乞得少許。問其何用，曰：「以屑合藥㊴，可得永壽。」予一片，歡謝而去。

【注釋】❶武昌　府名，即今湖北武漢武昌。❷別第　別墅。❸稅居　租賃居住。❹翩翩甚都　舉止瀟灑，儀表溫雅。都，美；雅。❺蘊藉　寬和有涵容。❻遺問　送禮慰問。❼詣門投謁　上門求見。投，投遞名帖。❽刺呼　名帖上的署名。刺，名帖。❾官閥　官階，門第。❿寇竊逋逃　強盜和逃犯。⓫謝　謝罪；道歉。⓬崑崙　古有「崑崙奴」，「崑崙」是其省稱，泛指奴僕。⓭折簡　亦作「折柬」，古人以竹簡作書，折半之簡，言其禮輕。⓮裱　用紙或其他材料糊屋子的牆壁或頂棚。⓯金狻猊爇異香　金香爐裡燒著珍貴的香料。狻猊，傳說中龍生九子之一，形如獅，喜煙好坐，所以形象一般出現在香爐上，隨之吞煙吐霧。⓰蒂　花或瓜果跟枝莖相連的部分。⑰篚　古代盛食物的器具。⑱擊鼓催花　通過鼓聲，把花催開。⑲淵然　鼓聲低沉。⑳飛一巨觥　遞一大杯酒。飛觥，傳杯。㉑引滿　斟滿酒杯，此指乾杯。㉒颺　飛揚。㉓集　群鳥棲止於樹上，此指蝶落。㉔作法自斃　自己立法反而使自己受害。《史記・商君列傳》：「商君亡至關下，欲舍客舍，客人不知其是商君也，曰：『商君之法，舍人無驗者，坐之。』商君喟然嘆曰：『嗟乎！為法之敝一至此哉！』」㉕翩翻　飄忽搖曳貌。㉖指數　指點著數個數。㉗籌　木或象牙等製成的小棍兒或小片兒，用來計數。㉘爵　古代飲酒的器皿。㉙國人　國內之人；社會上的人。㉚冠蓋　古代官吏的帽子和車蓋，借指達官貴人。㉛燭淚　蠟燭燃燒時淌下的液態蠟。㉜石　容量單位，十斗為一石。㉝傭保　雇工。㉞紛錯　紛繁雜亂。㉟臘　祭名，古時臘祭之日在農曆十二月初八，俗稱臘八日。㊱踵門　登門；親自上門。㊲龍宮　神話傳說中龍王的宮殿。㊳殷殷然　態度懇切的樣子。㊴合藥　配藥。

【語譯】武昌的尹圖南，有一座別墅，曾租給一個秀才居住。半年多，尹圖南也沒再過問。

一天，尹圖南在別墅門口遇見那秀才，見他年齡很小，但容貌姿態、皮衣駿馬，翩翩然很有風致。趕上前和他交談，秀才談吐文雅含蓄，很討人喜歡。尹圖南感到很驚異。回家後告訴了妻子。妻子派丫鬟以贈送禮物為由，去察看秀才的家室。丫鬟見他家有個漂亮女子，美豔超過仙女；家裡的花草山石及服飾器玩，都是從未見過聽過的。尹圖南揣摩不出秀才到底是何等人，就去登門求見，正趕上秀才外出了。第二天，秀才就來回拜。尹圖南打開名帖一看名字，才知他姓余名德。交談之間，尹圖南詳細打聽他的家族門第，余德回答得閃爍支吾。尹圖南極力追問，余德就說：「您如想和我交往，我不敢拒絕您。您應該知道我不是強盜和逃犯，何必苦苦逼問來歷呢？」尹圖南急忙道歉。命家人擺酒款待，二人談笑得很愉快。到了傍晚，有兩個健僕牽著馬挑著燈，把余德接了回去。

第二天，余德寫請柬回請尹圖南。尹圖南到了他家，看到室內牆壁都用明光紙裝裱，光潔得如同鏡子。狻猊形狀的金香爐裡燒著奇異的香料。一只碧玉瓶裡，插著兩枝鳳凰尾和兩枝孔雀毛，都有二尺多長。一只水晶瓶裡，浸著一棵開粉色花的樹，不知叫什麼名字，也是二尺來高，下垂的枝條覆蓋在桌子外邊；葉子稀疏、花朵繁密，含苞待放；花的形狀像是淋濕了的蝴蝶收斂著雙翅；花蕊就像是蝴蝶的觸鬚。

酒席上不過擺了八樣菜肴，但卻異常豐美。酒宴開始，余德命童子擊鼓催花行酒令。鼓聲一響，就見花瓶中的花顫顫地像要折斷；一會兒，蝴蝶的翅膀漸漸舒展開；接著鼓聲一停，一聲幽響，花蒂上的蕊鬚一下子落了下來，就變成一隻蝴蝶，飛落到尹圖南的衣服上。余德笑著站起來，遞過一大杯酒；尹圖南剛剛喝完酒，蝴蝶也就飛走了。過了一會兒，鼓聲又響起，兩隻蝴蝶飛落到余德的帽子上。余德笑著說：「這可是作法自斃了。」也喝了兩大杯。第三次鼓聲結束，花朵紛紛落下，飄搖飛舞，沾惹到二人的袖子和衣襟上。擊鼓的童子笑著過來，用手指著點數：尹圖南九隻，余德四隻。尹圖南已微有醉意，不敢全喝了，硬著頭皮喝了三杯，就離席告退了。

此後，尹圖南更感到余德的神奇了。但余德很少與人交往，常常關著門住在家裡，不和外人交接慶賀或弔唁。尹圖南逢人就宣揚余德的神異；聽到余德神異的人，都爭著結交討他的歡心，余家門前常常是冠蓋相望，絡繹不絕。余德很不耐煩，忽然辭別尹圖南搬走了。

余德走後，尹圖南來到他家，庭院空空，灑掃得一塵不染；燃燒的燭淚堆放在青石臺階下；窗臺的殘帛斷線上，還留著清清楚楚的指痕。只有屋後還遺留下一個小白石水缸，能盛一石水左右。尹圖南把缸拿回家，蓄上水養金魚。過了一年，缸裡的水還清澈如剛盛滿一般。後來，僕人們搬動石塊，不慎把缸打碎了。缸裡的水並沒有傾瀉出來，一看，缸好像仍在那裡，用手一摸卻空虛柔軟。手伸進去，水就隨著手流出來；拿出手來，水又重新合攏起來。寒冬裡，水也不結冰。一夜，缸水忽然結成了水晶，金魚依然在裡面游動。尹圖南恐怕別人知道，總把它藏在密室裡，除了兒子、女婿，從不給別人看。但時間長了，還是傳了出去，要求觀看的人紛紛找上門來。

臘日的夜裡，水晶忽然化解成水，陰濕流滿了地面，金魚也不知去向，只剩下原來碎缸的殘片。忽然有個道士上門求取水缸的碎片。尹圖南拿出來讓他看。道士說：「這是龍宮裡盛水的器具。」尹圖南描述水缸破後水不流瀉的奇異。道士說：「這是水缸魂魄不散啊。」道士殷切地懇求要一小塊碎缸片。尹圖南問他有什麼作用，道士說：「把水缸碎片搗碎成粉末，摻在藥裡服用，能讓人長生不老。」尹圖南給了他一片，道士歡天喜地道謝而去。

【研　析】《聊齋誌異・余德》中，蒲松齡寫了兩件匪夷所思的事情，一件是「擊鼓催花」，一件是「碎缸蓄水」。「擊鼓催花」的酒令由來已久。唐南卓《羯鼓錄》：「上（唐明皇）洞曉音律……尤愛羯鼓玉笛，常云八音之領袖，諸樂不可為比。嘗遇二月初，詰旦，巾櫛方畢，時當宿雨初晴，景色明麗，小殿內庭，柳杏將吐。睹而嘆曰：『對此景物，豈得不為他判斷之乎？』左右相目，將命備酒，獨高力士遣取羯鼓。上旋命之，臨軒縱擊一曲，曲名〈春光好〉。神思自得。及顧柳杏，皆已發拆。上指而笑謂嬪御曰：『此一事不喚我作天公，可乎？』」後用作酒令。鼓響傳花，聲止，持花未傳者即須飲酒，所以也叫做「擊鼓傳花」。如《紅樓夢》第七十五回：「賈母便命折一枝桂花來，叫個媳婦在屏後擊鼓傳花，若花在手中，飲酒一杯，罰說笑話一個。」《鏡花緣》第五回上官婉兒也說：「向來俗傳有『擊鼓催花』之說。今主上催花，與眾不同，純用火攻，可謂『霸王風月』。」至於「碎缸蓄水」的構思，不知蒲松齡有何借鑑，但也確實寫得玄之又玄，無以加矣。因此，但明倫評論說：「擊鼓催花，已成腐令；石缸貯水，豈是奇珍？乃鼓歇而淵然有聲，果蒂飛而蝶落；缸碎而捫之宛在，復晶結而魚游。遂使花墮舵飛，神傳羯鼓；魂凝水蓄，器重龍宮。腐朽頓化為神奇，鑿空不同於杜撰。」

《聊齋誌異》中這樣「化腐朽為神奇」的精彩描寫，還有很多，這裡引一段〈寒月芙蕖〉中的文字，譯成白話文，供大家一起欣賞：水面亭本就背靠湖水。每當盛夏六月裡，荷花開滿幾十頃湖面，一望無際。這次宴會，正趕上寒月隆冬，從窗戶裡往外一看，湖水茫茫，只有清波蕩漾。一客人偶然嘆息說：今日盛會，可惜沒有蓮花點綴！大家都點頭稱是。一會兒，一個穿青衣的僕人跑來說：荷葉長滿池塘了！滿座人都大吃一驚。推開窗子往外一看，果然滿眼都是蔥綠的荷葉，中間夾雜著荷苞。轉眼之間，千萬朵荷花一齊怒放；北風吹面，荷香沁人肺腑。大家都感到驚異，便派一個僕人蕩著小船去採摘蓮花。遠遠看見僕人進了荷花深處；不久他蕩舟回來，兩手空空。官員問他怎麼回事，他說：小人駕船而去，看到遠處有荷花；慢慢划到北岸，又見荷花遠遠地開在湖南面了。道士笑著說：這都是幻夢中的空花呀。不久，酒宴結束，荷花也凋謝了；一陣北風吹來，將一片殘荷吹刮淨盡，什麼也沒有了。「空花泡影」和「鑿空虛構」，在現實中可能算不上「真」和「善」，但是在藝術上卻可以創造「美」。

紫花和尚

諸城❶丁生，野鶴公❷之孫也。少年名士，沉病而死，隔夜復蘇，曰：「我悟道❸矣。」時有僧善參玄❹，因遣人邀至，使就榻前講《楞嚴》❺。生每聽一節，都言非是，乃曰：「使吾病痊，證道❻何難？惟某生可愈吾疾，宜虔請之。」

蓋邑有某生者，精岐黃❼而不以術行，三聘始至，疏方❽下藥，病愈。既歸，一女子自外入，曰：「我董尚書❾府中侍兒也。紫花和尚與妾有夙冤❿，今得追報，君又欲活之耶？再往，禍將及。」言已，遂沒。某懼，辭丁。丁病復作，固要⓫之，乃以實告。丁嘆曰：「孽⓬自前生，死吾分耳。」尋卒。

後尋⓭諸人，果曾有紫花和尚，高僧也，青州⓮董尚書夫人嘗供養⓯

家中；亦無有知其冤之所自結者。

【注釋】❶諸城 縣名，即今山東濰坊諸城市。❷野鶴公 丁耀亢，字西生，號野鶴，山東諸城人，清初文學家，有長篇章回小說《續金瓶梅》等。❸悟道 領悟佛理。❹參玄 參禪。❺楞嚴 佛經名，大乘佛教經典，全名《大佛頂如來密因修證了義諸菩薩萬行首楞嚴經》，簡稱《楞嚴經》、《首楞嚴經》、《大佛頂經》等。❻證道 參悟佛理。證，佛教用語，參悟，修行得道。❼岐黃 岐伯與黃帝的合稱。相傳黃帝令岐伯研究醫藥而創立醫學。代指中國傳統醫學。❽疏方 處方。疏，分條說明。❾董尚書 董可威，字嚴甫，益都（今山東濰坊青州）人，萬曆進士，官至工部尚書。❿夙冤 前世的冤仇。⓫要 約請。⓬孽 佛教指妨礙修行的種種罪惡。⓭尋 詢問。⓮青州 府名，即今山東濰坊青州市。⓯供養 佛教稱供獻給神佛的供品為供養，此處用如動詞，謂用供品養著。

【語譯】諸城的丁生，是丁野鶴先生的孫子。丁生是少年名士，患重病而死，過了一宿竟然又活了，說：「我悟道了。」當時，有位僧人善於研究玄理，因而把他請來，讓他在床前講解《楞嚴經》。丁生每聽僧人講解一節，都說講得不對，於是說：「假若我的病好了，論證佛理有何難？只有某生能治癒我的病，應該誠心誠意地請他來。」

原來，縣城有位書生，精於醫術卻不行醫，請了三次他才來。書生開方下藥，丁生的病就痊癒了。書生回到家裡，一女子從外邊進來，對他說：「我是董尚書家中的丫鬟。紫花和尚與我有前世的冤仇，現在我得到機會報仇，你還想救活他嗎？你若再去，就會大禍臨頭。」說完，就不見了。書生很恐懼，就拒絕了丁家的召請。丁生的病又發作了，丁家執意要請書生去看病，書生就把實情說了。丁生慨嘆說；「罪孽來自前生，死是我所應得啊。」不久就死了。

後來，詢問其他人，果真有位紫花和尚，是位高僧，青州董尚書的夫人，曾把他供養在家中；也沒人知道他與那丫鬟是怎樣結下冤仇的。

【研　析】在《聊齋誌異》中，蒲松齡寫了多篇情節曲折、人物生動的小說，極盡描摹刻鏤之能事。不管這些小說多麼優秀，其中有一點不能否認，就是越刻劃細膩的作品往往越缺少神祕感，因為蒲松齡把話都說盡了，把事情的來龍去脈都告訴我們了。而另一類作品，往往只有隻言片語，或者截取生活的一個片段，或者擷取人物的一個剪影，卻把氣氛和境況搞得神祕莫測、恍兮惚兮。這類作品大多繼承了六朝志怪小說的藝術基因，顯得別具一格。

像這篇〈紫花和尚〉，它寫的是諸城丁耀亢孫子的事。丁耀亢是明末清初的著名文人，在詩文戲劇方面都有極高的成就。特別是其長篇小說《續金瓶梅》，更是中國小說史上的名著。丁耀亢的孫子病死了，隔了一宿又蘇醒過來，並且皈依了佛門，參明了佛理。於是請一參玄僧人來與之講《楞嚴經》。但是僧人所講都不能滿足丁生的心意。也就是說丁生這時胸臆之間已經有了佛理的影像，只是限於大病之中體力不佳，還不能隨心所欲地闡釋出來。這時他想到了同縣的某生。這位某生精通中醫藥卻不以行醫謀生，看來也是一位以理論研習為樂的醫學高手。果然，丁生吃了某生的藥，病好了。

可是某生回到家裡卻遇見了一件怪事。一位素昧平生的女子來到跟前，說她是董尚書家裡的使喚丫頭，而丁生的前身是紫花和尚，她與他之間有前世的冤仇，現在丁生的病死，是她在追命報冤，某生如果再管閒事，就會大禍臨頭。於是，某生害怕了，於是，丁生也就死了。不過丁生雖然是被人索命而去，但死得卻並不痛苦，反而還明明白白。既然是前輩子種下的孽因，當然這輩子就應該償還，這有什麼好說的，於是坦然受死，並無遺憾。看來這就是他明瞭佛理的結果，否則還不知死得如何蜷曲伸縮、痛苦不堪呢。

其實，如果某生堅持給丁生治病，那位使喚丫頭也不會有什麼本事讓他遭殃。試想，她如果有使人生死的神術，早就用在丁生身上把他治死了，何必再轉個彎來嚇唬某生呢？某生既然能治丁生的病，即使她使其生病他也能自治而癒。當然，丁生已經坦然接受了命運的安排，多一事不如少一事，某生的膽小怕事也就可以原諒而不必細究了。

關於投胎轉世的說法，本來就神乎其神了。再加上這篇小說的最後一筆，或者是抱著「知之為知之，不知為不知」的誠實態度，或者是為了藝術需要故弄玄虛，蒲松齡還向人打聽，知道董尚書府確實供養過紫花和尚。但是紫花和尚和那位使喚丫頭到底有何解不開的冤孽，這也就成了千古之謎，憑誰也不知道了。

某乙

邑❶西某乙，故梁上君子❷也。其妻深以為懼，屢勸止之；乙遂翻然❸自改。

居二三年，貧窶❹不能自堪，思欲一作馮婦❺而後已。乃託貿易，就善卜者❻問何往之善。術者占曰：「東南吉，利小人，不利君子。」兆❼隱與心合，竊喜。遂南行，抵蘇、松❽間，日遊村郭，凡數月。偶入一寺，見牆隅❾堆石子二三枚，心知其異，亦以一石投之。徑趨龕❿後臥。

日既暮，寺中聚語，似有十餘人。忽一人數石，訝其多，因共搜龕後，得乙，問：「投石者汝耶？」乙諾。詰里居、姓名，乙詭對⓫之。乃授以兵⓬，率與共去。至一巨第，出耎梯⓭，爭踰垣入。以乙遠至，徑不熟，俾⑭伏牆外，司傳遞、守囊橐⑮焉。少頃，擲一裹下；又少頃，縋⑯一篋下。乙舉篋知有物，乃破篋，以手揣取，凡沉重物，悉納一囊，負之疾走，竟取道⑰歸。

由此建樓閣、買良田，為子納粟⑱。邑令扁其門⑲曰「善士」。後大案發，群寇悉獲；惟乙無名籍，莫可查詰，得免。事寢⑳既久，乙醉後時自述之。

曹㉑有大寇某，得重貲歸，肆然㉒安寢。有二三小盜，逾垣入，捉之，索金。某不與；箠灼㉓並施，罄所有，乃去。某向人曰：「吾不知炮烙㉔之苦如此！」遂深恨盜，投充馬捕㉕，捕邑寇殆盡。獲曩㉖寇，亦以所施者施之。

【注釋】❶邑　縣城，此指淄川縣城。❷梁上君子　小偷。❸翻然　迅速轉變貌。❹貧窶　貧窮。❺一作馮婦　謂再偷盜一次。❻善卜者　善於算卦的人。❼兆　古代占卜時龜甲燒後的裂紋，此指算卦者的話。❽蘇松　地名，蘇州和松江。❾牆隅　牆角。❿龕　供奉佛像或神位的石室或小閣。⓫詭對　用假話回答。⓬兵　兵器。

⑬叉梯　繩梯。⑭俾　使；讓。⑮囊橐　口袋；袋子。⑯縋　用繩索拴住人或物從上往下放。⑰取道　選取道路。⑱納粟　明清兩代富家子弟捐納財貨進國子監為監生，可直接參加省城、京都的考試。⑲扁其門　在他的門上掛匾。扁，同「匾」。⑳寢　平息。㉑曹　曹州府，即今山東菏澤。㉒肆然　無所顧忌，安然自得。㉓箠灼　拷打、燒灼。㉔炮烙　相傳為殷紂王所用的一種酷刑。用炭火燒熱銅柱，令人爬行柱上，後墜於炭上燒死。後來泛指用燒紅的鐵燒燙犯人。㉕馬捕　擒捕盜匪之差役。㉖曩　以前。

【語譯】城西的某乙，過去是個小偷。他的妻子對此深感恐懼，多次規勸阻止他；某乙於是翻然醒悟，改過自新了。

過了兩三年，某乙貧困得苦不堪言，就想再去當一次小偷然後洗手。他假託做買賣，到善於算卦的人那裡去問問向何方去吉利。算卦人算了算，說道：「東南方向吉利，但利於小人，不利於君子。」此卦暗合了他的心事，暗暗高興。於是他就南行，到了蘇州、松江一帶，每天在城鄉間遊逛，這樣轉悠了好幾個月。他偶然來到一座寺院中，看到牆角堆放著兩三塊石子，心裡知道有點怪異，他也揀一塊石子放上去。然後就直走到佛龕後邊躺下了。

傍晚，寺中有人聚在一起說話，好像有十幾個人。忽然一人數了數石子，驚訝地發現多了一塊，就一起搜尋佛龕後邊，找到了某乙，問：「放石子的是你嗎？」某乙說是。又盤問他的籍貫、姓名，某乙編假話回答他們。於是他們給某乙一件兵器，領著他一起走了。到了一座大宅院，拿出軟梯來，爭著翻牆而入。因為某乙是從遠處來的，路徑不熟，就叫他埋伏在牆外，負責傳遞財物、看守口袋。一會兒，牆內扔下一個包裹；又過了一會兒，用繩子縋下一只箱子。某乙舉手接箱子知道裝著東西，就把箱子打破，用手摸索著抓取，凡是沉重的東西，全裝進一個袋子裡，背著袋子急忙逃走，最後尋路回到了家中。

從此某乙建樓閣，買良田，花錢替兒子捐了個功名。縣令給他大門上掛上「善士」的匾額。後來大案被破獲，群盜都被抓獲；只有某乙沒有姓名、籍貫，沒有辦法查問，才免於被捕。事情平息了很久，某乙醉後經常自己說起來。

曹州有個大強盜，盜得很多錢財回家，毫無顧忌地安然睡去。有兩三名小強盜，翻院牆進入他家，把他捉住，索要錢財。大盜不給他們；他們就用鞭打他，用烙鐵烙他，搶光了他的所有財物，才離去。大盜向人說：「我沒想到炮烙的痛苦這樣難受！」於是痛恨強盜，投到衙門充當了捕快，把本縣的盜賊差不多逮光了。他逮住以前搶他財物的盜賊，也用他們對付自己的方法對付他們。

【研　析】先解釋兩個典故。第一個是「梁上君子」。《後漢書・陳寔傳》記載：當時收成不好，百姓生活貧困，就有小偷夜間爬進了陳寔家裡，躲在房梁上尋找偷竊機會。陳寔暗中發現了他，就起來穿戴齊整，把子孫招呼過來，嚴肅地訓誡他們說：做人不能不自我勉勵，幹壞事的人天性不一定就壞，只是時間長習慣了，才逐漸變得這樣。屋樑上的這位先生就是這樣的人！小偷大吃一驚，從房梁上跳下來，向陳寔叩頭請罪。陳寔慢慢教育他說：看你的樣子，不像壞人，應該努力改掉自己的壞毛病學做好人。然而你幹小偷也是為窮困所迫。吩咐家人送給他兩匹絹。從此全縣盜賊絕跡。因此，後人常用「梁上君子」比喻小偷。第二個是「一作馮婦」。《孟子・盡心下》說：晉國有個人叫馮婦，善於和老虎搏鬥，後來變成善人，不再搏虎了。有一次他到野外去，有許多人在追逐一隻老虎。老虎背靠著山角，沒有人敢上前鬥牠。這些人看到馮婦來了，就快步上前迎接他。馮婦就挽起袖子伸著胳膊走下車來。大家都為他歡呼，可是那些士人卻在嘲笑他。因此，後人常用「一作馮婦」或「重作馮婦」的故事比喻人重操舊業。

〈某乙〉這篇小說，寫的就是一個「梁上君子」「重作馮婦」的故事。某乙做小偷，但他有位賢良的妻子，屢次勸他罷手別偷了，這樣偷下去不會有好結果。某乙善心未泯，於是就幡然憬悟，決定改過自新。但他洗手才兩三年卻貧窮到了不能養活自己的地步，若是沒有別的生財之路，就只有重作馮婦，去當小偷了。於是某乙就發誓再偷最後一次。於是，他就千里迢迢，來到蘇州、松江這樣的繁華富庶並且沒人認識他的地方，準備隱名埋姓，一展身手。某乙入了夥，隨眾一起到大戶人家偷竊。他的任務是專管傳遞接應和守護贓物。某乙雖然做小偷出身沒讀過聖賢之書，但他的腦子並不笨，他看到有機可乘，就捲著巨額錢財逃回了老家。某乙回到家鄉後，「建樓閣、買良田，為子納粟」，出手闊綽。因而不但贏得了鄉人的尊重，還得到了縣太爺的青眼賞識，為他寫了「善士」兩個大字，高高掛在門樓子上。

至於曹州的那個大寇某，其變化原因也夠荒唐的。原來小偷們偷到了他的家裡，並且把大寇懲治別人的方法用在大寇的身上，讓他親自嘗了嘗「炮烙之苦」。於是大寇覺醒過來，竟然由江洋大盜變成了天下名捕。這也正如魯迅在《墳・寫在〈墳〉後面》所說：「因為從舊壘中來，情形看得較為分明，反戈一擊，易制強敵的死命。」

柳秀才

明季❶，蝗生青兗間❷，漸集於沂。沂令❸憂之。退臥署幕，夢一秀才來謁，峨冠❹綠衣，狀貌修偉。自言禦蝗有策。詢之，答云：「明日西南道上，有婦跨碩腹牝驢子❺，蝗神也。哀之，可免。」

令異之，治具❻出邑南。伺良久，果有婦高髻褐帔❼，獨控老蒼衛❽，緩蹇❾北度。即爇香，捧卮❿酒，迎拜道左，捉驢不令去。婦問：「大夫⓫將何為？」令便哀懇：「區區小治，幸憫脫蝗口！」婦曰：「可恨柳秀才饒舌⓬，泄吾密機！當即以其身受，不損禾稼可耳。」乃盡三卮，瞥不復見。

後蝗來，飛蔽天日；然不落禾田，但集⓭楊柳，過處柳葉都盡。方悟秀才柳神也。或云：「是宰官憂民所感。」誠然哉！

【注　釋】❶明季　明朝末年。❷青兗間　青州兗州一帶。青，青州府，即今山東濰坊青州市。兗，兗州府，即今山東濟寧兗州市。❸沂令　沂水縣令。沂，沂水縣，清初屬青州府，即今山東臨沂沂水縣。❹峨冠　高冠。❺碩腹牝驢子　大肚子母驢。牝，雌性的鳥或獸，與「牡」相對。❻治具　置辦酒飯。❼高髻褐帔　高高的髮髻，黃黑色披肩。❽老蒼衛　老黑驢。衛，驢子的別稱。❾緩蹇　緩慢艱難。❿卮　古代盛酒的器皿。⓫大夫　對沂水縣令的尊稱。⓬饒舌　嘮叨；多嘴。⓭集　飛落。

【語　譯】明朝末年，青州、兗州一帶發生蝗災，並漸漸飛落到沂水縣。沂水縣令對此十分擔憂。退堂後睡臥在住房中，夢見一位秀才來拜見他，這個秀才頭頂高冠，身著綠衣，身材高大魁偉。自稱有抵禦蝗災的好辦法。縣令向他求教，秀才回答說：「明天西南方的道上，有個婦人騎著大肚子母驢，她就是蝗蟲神。哀求她，就可以免除蝗災了。」

縣令感到這個夢有些蹊蹺，就準備好酒食到了城南。等了很長時間，果然有個婦女，髮髻高聳、斗篷黃黑，獨自騎著一頭老黑驢，緩慢艱難地往北走來。縣令趕忙燒上香，捧著酒杯，迎上去拜倒在路旁，然後抓住驢子不讓她走。婦人問：「長官您想幹什麼？」縣令便哀求說：「我管轄的這區區小縣，希望您能憐憫，免除蝗災！」婦人說：「可恨柳秀才多嘴多舌，洩露了我的機密！我這就用他的身子來承受蝗災，不損害莊稼也是可以的。」於是痛飲三大杯酒，轉眼間不見蹤影了。

隨後，蝗蟲飛來了，遮天蔽日；但是不落在莊稼地裡，只是集聚在楊柳樹上，蝗蟲經過的地方，柳樹葉子全被吃光了。縣令這才明白夢中的秀才是柳樹神。也有人說：「這是縣官關心百姓感動了蝗神。」確實如此啊！

【研析】在《聊齋誌異》中，萬物有靈，什麼東西都有主管神。在這篇〈柳秀才〉中，蒲松齡就向我們介紹了兩種平時很少接觸到的神靈：柳神和蝗神。中國自古就是一個蝗災頻發的國家，歷代對蝗災與治蝗情況的記載也不絕於書。中國最早的詩歌總集《詩經》中的〈小雅・大田〉即云：「既方既皁，既堅既好，不稂不莠。去其螟螣，及其蟊賊，無害我田穉。田祖有神，秉畀炎火。」翻譯成白話文就是：「莊家抽穗又結實，籽粒飽滿長得好，沒有空殼狗尾草。趕走蝗蟲護禾苗，蟊蟲賊蟲全不饒，不要傷害嫩禾苗。多虧農神來保佑，大火把蟲全燒掉。」詩中所說的「螟螣」，大概就是我們今天所說的蝗蟲。對於蝗災之烈與抗蝗之劇，鄧雲特先生《中國救荒史》中有詳細論列和統計，可參看。

明朝末年，青州兗州一帶蝗蟲橫行。沂水縣令尋不出治蝗良策，憂愁之極，以至到了「求之不得，寤寐思服。悠哉悠哉，輾轉反側」的程度。苦心人天不負，終於感動了神靈，柳秀才來洩露了天機。沂水縣令抓住機會向蝗神求情，使當地禾稼安然無恙，人民免於背井離鄉、沿門乞討。柳秀才的樣子很可愛。「峨冠綠衣，狀貌修偉」，很像一棵長在河邊的柳樹。他不但模樣長得好，關鍵是心地善良、體恤民瘼。若不是他把蝗神的機密告訴縣令，縣令即使憂愁致死，恐怕也無法根治蝗災。他的這一善舉，贏得了人們的尊敬，卻也付出了極高的代價：「蝗來，飛蔽天日；然不落禾田，但集楊柳，過處柳葉都盡。」《聊齋誌異》的第一個評點者王漁洋就說：「柳秀才有大功德於沂，沂雖百世祀可也。」沂水人祭祀不祭祀我們不去管它，能夠得到短篇小說之王蒲松齡的筆滋墨潤和朝廷高官王漁洋的高表大揚，柳秀才即使枝葉全無、粉身碎骨，也可死而無憾、永垂不朽了。

蝗神的坐騎很可笑。「有婦跨碩腹牝驢子」。她騎的這頭母驢，應該就是一頭吃飽了莊稼葉的大蝗蟲。蝗神的坐騎雖然不夠雅觀，但她心地還算善良，經過縣令的一番請求，她就赦免了沂水縣的萬頃禾稼。但是蝗蟲是她的子民，她也不能任其餓死，於是饒舌的柳秀才就倒了霉，沂水縣柳樹的葉子全被吃光了。但是不要緊，據馮鎮巒的評點，柳秀才的子民也不會死去，只是臨時受點懲罰而已。他說：「葉盡而不傷枝幹根本，柳固無恙也。」但願真是如此。

妾擊賊

益都❶西鄙之貴家某者，富有巨金。蓄一妾，頗婉麗❷。而冢室❸凌折之，鞭撻橫施。妾奉事之惟謹。某憐之，往往私語慰撫，妾殊未嘗有怨言。

一夜，數十人踰垣入，撞其屋扉❹幾壞。某與妻惶遽❺喪魄，搖戰不知所為。妾起，嘿❻無聲息，暗摸屋中，得挑水木杖❼一，拔關遽出。群賊亂如蓬麻。妾舞杖動，風鳴鉤響，擊四五人仆地；賊盡靡❽，駭愕亂奔。牆急不得上，傾跌咿啞，亡魂失命。妾拄杖於地，顧笑曰：「此等物事，不直下手插打❾得！亦學作賊！我不汝殺，殺嫌辱我。」悉縱之逸去。

某大驚，問：「何自能爾？」則妾父故槍棒師❿，妾盡傳其術，殆不啻⑪百人敵也。妻尤駭甚，悔向之迷於物色⑫。由是善顏視妾。妾終無纖毫失禮。鄰婦或謂妾：「嫂擊賊若豚犬，顧奈何俯首受撻楚？」妾曰：「是吾分⑬耳，他何敢言。」聞者益賢之。

異史氏曰：「身懷絕技，居數年而人莫之知，而卒之捍患禦災，化鷹為鳩⑭。嗚呼！射雉既獲，內人展笑⑮；握槊方勝，貴主同車⑯。技之不可以已也如是夫！」

【注　釋】❶益都　縣名，清代為山東青州府治。❷婉麗　柔婉美麗。❸冢室　嫡妻；正妻。冢，長。❹屋扉　屋門。❺惶遽　驚恐慌張。❻嘿　同「默」。不作聲。❼挑水木杖　挑水的扁擔，兩頭垂有鐵鉤。❽靡　散亂。❾插打　親與廝打。❿槍棒師　槍棒教練。⑪不啻　不止。⑫迷於物色　被表面現象迷惑。⑬分　名分。⑭化鷹為鳩　把老鷹變成布穀鳥。謂把兇悍的大老婆變得和善起來。⑮射雉既獲二句　謂醜丈夫能射下野雞，就能獲得妻子的微笑。《左傳》：「昔賈大夫惡（相貌醜陋），娶妻而美，三年不言不笑；御以如皋，射雉獲之，其妻始笑而言。」⑯握槊方勝二句　謂蠢丈夫能賭雙陸獲勝，也能贏得和妻子同車。《新唐書》：「丹陽公主，下嫁薛萬徹。萬徹蠢甚，公主羞，不與同席者數月。太宗聞，笑焉，為置酒，悉召它婿與萬徹從容語，握槊賭所佩刀，陽（假裝）不勝，遂解賜之。主喜，命同載以歸。」握槊，古時類似雙陸的一種博戲。

【語　譯】益都西部邊境處，有一富貴之人，家裡很有錢。他養著一個小妾，很溫柔漂亮。但是大老婆凌辱折磨她，不是鞭子抽，就是棍棒打。而那小妾，侍奉大老婆恭敬周到。此人很同情小妾，往往在無人處用些梯己話安慰她，她卻不曾有過半句怨言。

一天夜裡，幾十個人翻牆進了院子，用力撞門，眼看就要撞壞了。此人和大老婆驚慌失措、喪魂落魄、渾身哆嗦，不知如何才好。小妾從床上爬起來，默不作聲，暗中在屋內摸索，摸到了一根挑水用的扁擔，拉開門栓衝將出來。群賊慌亂，如同一蓬野麻。小妾舞動扁擔，風聲呼呼，鉤鳴叮噹，打得四五個人趴在地上；賊人全部潰散，嚇得四處亂竄。惶急之中，竟然爬不上牆去，跌落在地上哇啦亂叫，魂飛魄散，沒了命一般。小妾停手拄杖，看著他們笑說：「你們這群廢物，不值得我出手一擊！竟然還學著作賊！我不打死你們，打死你們還嫌辱沒了我呢。」全部放他們逃走了。

此人大驚，問小妾道：「你怎有這等能耐？」原來小妾的父親過去是槍棒教師，小妾盡得父親的真傳，一百個人大概也不是她的對手。大老婆更加怕得要死，後悔過去有眼無珠不認真人。從此便笑盈盈地對待小妾了。而小妾卻對大老婆沒有絲毫失禮的地方。有個鄰家婦女對小妾說：「嫂子你擊打賊人像打豬狗一樣，卻為什麼甘願低著頭受棍打鞭抽呢？」小妾說：「這是我的名分決定的，怎敢說別的。」聽的人就更加尊重她的賢良了。

異史氏說：「身懷絕技，多年住在一起卻沒有人知道，而終於因為抵禦災禍，把老鷹一樣的大老婆變成了一隻布穀鳥。嗚呼！醜老公打下山雞，妻子就眉開眼笑；笨丈夫贏得賭博，妻子就同意同車。有了技能不要不用，就是這個道理啊！」

【研析】郭沫若稱讚《聊齋誌異》：「寫鬼寫妖高人一等，刺貪刺虐入骨三分。」這很高明，也很準確，但不全面，因為這只是就《聊齋誌異》的犖犖大端而言。除了這些鬼妖貪虐之外，它還有很多引人入勝、美不勝收的東西。比如描寫普通家庭婦女的英武能幹。

〈妾擊賊〉中的這位小妾，溫柔美麗，對大老婆的鞭打辱罵默默忍受。誰想到這樣一位普通女子，卻是一位武藝高強的巾幗英雄。在盜賊入室，丈夫和大老婆膽戰心驚、束手無措的時候，她竟異軍突起，舞動一根扁擔戰勝敵人，贏得丈夫和大老婆的深深尊重。從這個角度來看，那夥盜賊不但不值得打殺，還應得到小妾的感謝才是。試想，若是沒有這夥盜賊，小妾的武藝又何以展示呢？如果武藝展示不出來，那誰還會尊重你，你何時能有出頭之日呢？所以但明倫評點說：「循分自安，女其善為養晦者歟？然使終其身不遇賊，雖懷絕技，其誰知之？以此知風塵中埋沒英雄不少。」可惜呀可惜，有如此絕技而深藏閨中無所施展！

同樣的故事，王漁洋《池北偶談》卷二十六〈賢妾〉條也講過一遍：「益都西鄙人某，娶妾甚美。嫡遇之虐，日加鞭箠，妾甘受之無怨言。一夜，盜入其居，夫婦惶懼不知所為。妾於暗中手一杖，開門徑出，以杖擊賊，踣數人，餘皆奔竄。妾厲聲曰：『鼠子不足辱吾刀杖，且乞汝命，後勿復來送死。』賊去，夫詢其何以能爾？則其父故受拳勇之技於少林，以傳之女，百夫敵也。問何以受嫡虐而不言？曰：『固吾分也，何敢言？』自是夫婦皆重之，鄰里加敬焉。今尚在。」

這段文字與蒲松齡的〈妾擊賊〉大同小異。它雖然描寫不及〈妾擊賊〉細膩生動，卻給了我們兩點新信息：小妾的武功傳自少林，這是天下武功的正宗源頭，怪不得那麼厲害；到王漁洋寫這篇筆記的時候，這位小妾還健在，看來這不是鑿空虛構，而是寫的真人真事。另外，平步青在

《樵隱昔寱》卷二十〈妾婢擊賊〉中也有相同的記載，從中可以看出廣大文人對這則故事的喜愛程度。

驅怪

長山徐遠公❶，故明諸生也。鼎革❷後，棄儒訪道，稍稍學敕勒之術❸，遠近多耳其名。

某邑一鉅公❹，具幣，致誠款書，招之以騎。徐問：「召某何意？」僕辭以不知，「但囑小人務屈臨降耳。」徐乃行。至則中庭宴饌，禮遇甚恭；然終不道其所以致迎之旨。徐不耐，因問曰：「實欲何為？幸祛❺疑抱。」主人輒言無何也，但勸杯酒，言辭閃爍，殊所不解。

言話之間，不覺向暮。邀徐飲園中。園構造頗佳勝，而竹樹蒙翳❻，景物陰森，雜花叢叢，半沒草萊❼中。抵一閣，覆板上懸蛛錯綴，大小上下，不可以數。酒數行，天色曛暗，命燭復飲。徐辭不勝酒。主人即罷酒呼茶。諸僕倉皇撤肴器，盡納閣之左室几上。茶啜❽未半，主人託故竟去。僕人便持燭引宿左室。燭置案上，遽返身去，頗甚草草[9]。徐疑或攜襆被[10]來伴，久之，人聲殊杳。即自起扃戶[11]寢。

窗外皎月，入室侵床，夜鳥秋蟲，一時啾唧[12]。心中怛然[13]，不成夢寢。頃之，板上橐橐，似踏蹴聲，甚厲。俄下護梯[14]，俄近寢門。徐駭，毛髮蝟立，急引被覆首。而門已豁然頓開。徐展被角，微伺之，則一物，獸首人身；毛周其體，長如馬鬣[15]，深黑色；牙粲群峰，目炯雙炬。及几，伏餂器中剩肴，舌一過，連數器輒淨如掃。已而趨近榻，嗅徐被。徐驟起，翻被冪[16]怪頭，按之狂喊。怪出不意，驚脫，啟外戶[17]竄去。

徐披衣起遁，則園門外扃，不可得出。緣牆而走，擇短垣踰，則主人馬廄[18]也。廄人驚；徐告以故，即就乞宿。將旦，主人使伺[19]徐，失所在。大駭。已而得之廄中。徐出，大恨，怒曰：「我不慣作驅怪術；君遣我，又祕不一言；我橐中蓄如意鉤[20]一，又不送達寢所：是死我也！」主人謝曰：「擬即相告，慮君難之。初亦不知橐有藏鉤。幸宥十死！」徐終怏怏㉑，索騎歸。自是而怪遂絕。主人宴集園中，輒笑向客曰：「我不忘徐生功也。」

異史氏曰：『黃狸黑狸，得鼠者雄㉒。』此非空言也。假令翻被狂喊之後，隱其所駭懼，而公然以怪之遁為己能，天下必將謂徐生真神人㉓不可及。」

【注　釋】❶長山徐遠公　長山，縣名，即今山東濱州鄒平縣一帶。徐遠公，徐處闇，字見區，明末濟南府生員，入清後，棄儒訪道。❷鼎革　建立新的，革除舊的。舊時特指改朝換代。《周易・雜卦》：「革，去故也；鼎，取新也。」❸敕勒之術　道士書符驅鬼的法術。因符咒必書「敕令」、「敕勒」字樣，因以作為符咒的代稱。❹鉅公　王公大臣。❺袪　去除。❻蒙翳　遮蔽；覆蓋。❼草萊　草莽；雜生的草。❽啜　飲。❾草草　匆忙倉促的樣子。❿襆被　此指被褥。⓫扃戶　關鎖門戶。⓬啾唧　形容蟲鳥細碎的叫聲。⓭怛然　驚恐的樣子。⓮護梯　帶扶手的樓梯。⓯馬鬐　鬃毛。⓰冪　罩住；覆蓋。⓱外戶　大門。⓲馬廄　馬棚；養馬的地方。⓳伺觀察；偵探。⓴如意鉤　一種如船錨的鐵鉤，繫有長繩，可拋擲抓物。㉑怏怏　不高興；不滿意。㉒黃狸黑狸二句　猶「不管白貓黑貓，逮住老鼠就是好貓」。狸，狸貓。雄，豪傑。㉓神人　神仙。

【語　譯】長山的徐遠公，是以前明朝的秀才。明朝滅亡後，他放棄讀書功名而訪道求仙，學了一點驅鬼趕怪的法術，遠近有些名聲了。

某縣有個大人物，準備了錢財，虔誠地寫上書信，派人牽馬來接他。徐遠公問：「你家主人召我去幹嘛呀？」僕人回答說不知道，只說：「只是囑咐小人一定請您屈駕光臨。」徐遠公就跟著他走了。徐遠公一到院子裡，主人已經擺好宴席，非常恭敬地招待他；但始終不說為什麼請他到這裡來。徐遠公沉不住氣，就問：「到底想讓我幹什麼？希望解除我的迷惑。」主人總說沒什麼事，只勸他喝酒，說話吞吐閃爍，讓人摸不著頭腦。

說話之間，不覺就到了傍晚。主人就邀請徐遠公到花園裡喝酒。花園構造得非常優雅，只是修竹大樹遮天蔽日，各種景物鬼氣陰森，各種花卉一蓬一蓬，大半隱沒在雜草叢中。來到一座閣子裡，閣頂蓋板上蜘蛛錯亂地懸掛著，大大小小，上上下下，數也數不過來。喝了幾杯酒，天色就昏暗起來，主人讓人點起蠟燭，繼續喝酒。徐遠公推辭說不能再喝了。主人就讓人撤酒上茶。僕人們慌亂地撤掉果盤、酒具，都放在閣子左邊一間屋子的桌子上。一杯茶還沒喝到一半，主人藉故竟自走了。僕人就端著蠟燭領徐遠公住到左邊的屋子裡。僕人把蠟燭往桌子上一放，立即轉身就走，顯得非常慌亂倉促。徐遠公猜想僕人可能去拿被褥來作伴，等了很久，一點也聽不到人的動靜。就自己起來關上門躺下了。

窗外月光皎潔，射入房中照在床上，秋夜裡活動的鳥和蟲，都啾啾唧唧叫了起來。徐遠公心中不安，不能入睡。過了一會兒，閣板上發出「橐橐」的聲音，好像是腳步聲，聲音很響。接著下了樓梯，接著靠近了房門。徐遠公害怕了，毛髮像刺蝟一樣倒豎起來，急忙拉過被子蓋上腦袋。此時，房門已經豁然大開。徐遠公掀開被角，偷偷觀察著，他看到一個怪物，野獸的頭、人的身子；渾身是毛，長如馬鬃，顏色烏黑；牙齒慘白，如奇峰羅列，目光炯炯，如同一雙火炬。到了桌子前邊，低頭舔食盤子裡的剩菜，舌頭一過，一連幾個盤子都被掃得乾乾淨淨。接著走到床前，嗅徐遠公的被子。徐遠公猛然跳起身來，翻過被子蒙住怪物的頭，把它摁在地上大聲喊叫。怪物出其不意，驚慌脫身，打開大門逃竄了。

徐遠公也披上衣服逃了出來，園門卻從外邊鎖著，不能出去。他只好順著園牆奔逃，找一處矮牆爬出去，正好是主人的馬廄。餵馬人大吃一驚；徐遠公把情況告訴他，請求在馬廄裡過夜。天將亮時，主人叫人去看徐遠公，徐遠公不知去向。他們大吃一驚。後來在馬廄裡找到徐遠公。徐遠公從馬廄裡出來，恨透了主人，憤怒地說：「我本不擅長驅怪之術；你讓我到花園驅怪，又守口如瓶不說實話；我的袋子裡裝著一枝如意鉤，聽到喊叫又不給我送來：這是把我往死裡送啊！」主人道歉說：「本打算告訴你，又擔心你為難。我們並不知道你袋子裡藏著如意鉤啊。請饒了我的大罪吧！」徐遠公始終怏怏不樂，要了一匹馬騎著回家了。從此，那家的怪物也絕跡了。主人在花園裡宴請賓客，總是笑著向客人說：「我忘不了徐秀才的功勞啊。」

異史氏說：「『不管黃貓黑貓，逮住老鼠就是好貓。』這不是一句空話呀。假如徐遠公在翻過被子蒙住怪物大聲呼喊之後，隱瞞自己驚懼害怕的情況，並堂而皇之把怪物的逃竄作為自己的功勞，天下人一定會說徐秀才真是神仙也比不上啊。」

【研析】〈驅怪〉這個題目前，在《聊齋誌異》手稿本上原有「秀才」二字，後來用墨塗去，但「秀才」二字仍清晰可見。如果對對子，出個上聯「秀才驅怪」，下聯則不妨戲對之「武松打虎」。

這雖然平仄不合，意思卻極工。

《水滸傳》第二十三回寫武松景陽岡打虎。打虎之前武松是知道景陽岡上有猛虎的，他只是不信和不怕而已。當酒家好心告訴他時，他笑道：「我是清河縣人氏。這條景陽岡上，少也走過了一二十遭。幾時見說有大蟲！你休說這般鳥話來嚇我！便有大蟲，我也不怕。」他之所以不信，是因為經常打此經過，並沒見過老虎；他之所以不怕，是因為他有絕世的武功，自信能夠應付得老虎。

〈驅怪〉篇寫秀才驅怪。在驅怪之前秀才是不知道有怪的。他問鉅公的僕人，僕人說不知詳情；他問鉅公，鉅公說不為什麼。因此，我們可以說武松是明知山有虎，偏向虎山行，而秀才卻是不知園有怪，不願園中行。武松豪氣沖天，秀才膽怯狐疑，兩人的性格是截然相反的。如果換了秀才經過景陽岡，知道有虎他是絕對不去的；武松被邀到鉅公家喝酒，經他大聲一咋呼，怪物或許也就臨時嚇得不敢露面，故事也就講不下去了。所以說打虎一定得大膽武松，驅怪必然是膽小秀才。

武松走上景陽岡，大半是藉著酒力壯膽；秀才獨宿花園中，雖說酒喝得沒有武松多，但看得出也是有酒墊底。好在各人有各人的命運，武松醉得不行了，路都走不穩了，再稍微待一會兒，等武松在青石板上兩眼一閉老虎再出來，武松就有可能永遠睜不開眼了。秀才睡在閣樓裡，因為害怕，也不敢閉上眼睛，一旦閉上，也有可能再也見不到天日了。可惜，老虎和怪物都太性急，沉不住氣，因此都沒有吃到可口的美餐。

武松打虎打得精彩，但最為得力的武器梢棒卻沒有用上；秀才驅怪驅得滑稽，最為得力的武器如意鈎也沒有用上。武松的梢棒用不上，那是為了顯示他的神勇；秀才的如意鈎用不上，那是調侃他自己有鈎而不知用，卻差點上了人家的鈎丟掉自己的性命。即使不打虎，武松的梢棒也是不離身的；如果不驅怪，秀才帶著如意鈎幹嘛呢？他可能提前也隱約猜到了鉅公請他的用意，只是沒有肯定而已。

武松終歸是武松，在打死老虎前他真是沒有十足的把握，他如果有把握小說就沒意思了。但是打死老虎後，他能對眾獵戶說老虎被他一頓拳腳打死了，因此贏得了打虎英雄的美名。秀才呢，終歸是秀才，成不了大氣候，他一陣狂喊把怪物驚走之後，如果裝模作樣地出來自詡其能，或許也能換得個驅怪大俠的稱號。但是正因為他不脫書生本色，不似老江湖老油條奸猾，沒有藉一次偶然的成功說成自己的不世之功，所以小說才好看，人物才喜人。

棋鬼

揚州督同將軍❶梁公，解組❷鄉居，日攜碁酒，游翔林丘間。

會九日❸登高，與客弈❹。忽有一人來，逡巡局側，眈玩❺不去。視之，面目寒儉❻，懸鶉❼結焉。然而意態溫雅，有文士風。公禮之，乃坐，亦殊撝謙❽。公指碁謂曰：「先生當必善此，何勿與客對壘❾？」其人遜謝移時，始即局。

局終而負❿，神情懊熱⓫，若不自已。又著⓬又負，益慚憤。酌之以酒，亦不飲，惟曳客弈。自晨至於日昃⓭，不遑溲溺⓮。方以一子爭路⓯，兩互喋聒，忽書生離席悚立，神色慘沮。少間，屈膝向公座，敗顙⓰乞救。公駭疑，起扶之曰：「戲耳，何至是？」書生曰：「乞付囑圉人⓱，勿縛小生頸。」公又異之，問：「圉人誰？」曰：「馬成。」

先是，公圉役馬成者，走無常[18]，常十數日一入幽冥，攝牒作勾役[19]。公以書生言異，遂使人往視成，則僵臥已二日矣。公乃叱成不得無禮。瞥然[20]間，書生即地而滅。公嘆咤良久，乃悟其鬼。

越日，馬成寤，公召詰之。成曰：「書生湖襄[21]人，癖嗜弈，產蕩盡。父憂之，閉置齋中。輒踰垣出，竊引空處，與弈者狎。父聞詬詈[22]，終不可制止。父憤悒齎恨而死。閻摩王[23]以書生不德，促其年壽，罰入餓鬼獄，於今七年矣。會東嶽[24]鳳樓成，下牒諸府，徵文人作碑記。王出之獄中，使應召自贖。不意中道遷延，大愆限期。嶽帝[25]使直曹問罪於王。王怒，使小人輩羅搜[26]之。前承主人命，故未敢以縲紲[27]繫之。」公問：「今日作何狀？」曰：「仍付獄吏，永無生期矣。」公嘆曰：「癖[28]之誤人也如是夫！」

異史氏曰：「見弈遂忘其死；及其死也，見弈又忘其生。非其所欲有甚於生者哉？然癖嗜如此，尚未獲一高著[29]，徒令九泉下，有長死不生之弈鬼也。可哀也哉！」

【注釋】❶揚州督同將軍　揚州，府名，即今江蘇揚州。督同將軍，副總兵。❷解組　辭官。組，印綬。❸九日　農曆九月九日，即重陽節。舊俗，於此日插茱萸登高，飲菊花酒。❹弈　下圍棋。❺耽玩　專心研習，深切玩賞。❻寒儉　貧寒。❼懸鶉　鵪鶉毛斑尾禿，似披敝衣，因以「懸鶉」比喻衣服破爛。❽撝謙　謙遜。❾對壘　指雙方競爭，相匹敵。❿負　失敗，與「勝」相對。⓫懊熱　懊喪而又不甘失敗。⓬著　下棋時下一子或走一步，此指下棋。⓭日昃　太陽西斜。⓮溲溺　解小便。⓯爭路　圍棋術語。⓰敗顙　叩頭出血。顙，前額。⓱圉人　養馬的人。⓲走無常　舊時迷信，謂活人到陰間當差，事畢放還。⓳攝牒作勾役　拿著公文作勾魂使者。⓴瞥然　迅速地。㉑湖襄　長江中游洞庭湖、湘江一帶地區。㉒詬詈　責罵。㉓閻摩王　即閻王。㉔東嶽　東嶽泰山。㉕嶽帝　東嶽大帝。㉖羅搜　到處搜索。㉗縲紲　捆綁犯人的繩索。㉘癖　積久成習的愛好；特殊的愛好。㉙高著　高明的棋術。

【語譯】揚州的督同將軍梁公，辭官回鄉居住，每天攜帶著圍棋、燒酒，遊山玩水。

正好九月九日登高，梁公和客人們下棋。忽然來了一個書生，在棋盤旁邊猶豫徘徊，沉迷在棋局裡不願離去。梁公們看看他的樣子，一臉寒酸相，衣服也破敗不堪。但是他神情溫文爾雅，有文人學士的風度。梁公禮讓他，他才坐下，但是非常謙遜。梁公指著棋盤對他說：「先生一定善於此道，何不和我的客人對陣一局呢？」那書生謙虛客套了大半天，才開始下棋。

下完一盤，書生輸了，神情懊喪而又躍躍欲試，好像控制不住自己。接著再下，又輸了，他就更加惱羞成怒。請他喝酒，也不喝，只是拉著客人繼續下棋。從早晨下到太陽偏西，他都顧不上大小便。兩人正在為一個棋子爭路，爭執不休的時候，書生忽然離開座位恐懼地站起來，神色淒慘沮喪。不一會兒，他跪在梁公座前，磕頭求救。梁公很是驚異，起來扶起他說：「下棋本來是鬧著玩兒，何至於這樣？」書生說：「求您囑咐養馬人，不要捆綁我的脖頸。」梁公更覺奇怪，問道：「養馬人是誰？」他說：「馬成。」

原來梁公養馬的僕人馬成，能到陰間充當鬼吏，常常十幾天就到一次陰曹地府，拿著公文作勾魂使者。梁公認為書生說得很古怪，就派人去看馬成，果然馬成已經僵臥兩天了。梁公於是叱責馬成不得對書生無禮。一轉眼，書生就倒地消失了。梁公嘆息詫異了好久，才明白書生原來是鬼。

第二天，馬成醒過來，梁公叫他來問。馬成說：「書生是湖襄人，愛棋成癖，家產都花光了。他父親為他犯愁，把他關在書房裡。他總是翻牆出來，偷偷躲到無人的地方，和下棋的人嬉戲。他父親聽說後就責罵他，可到底不能制止。父親氣得含恨而死。閻王爺因為書生無德，就削減了他的年壽，罰他到餓鬼獄，至今已有七年了。恰逢東嶽的鳳樓落成，東嶽大帝下文通知各府，徵召文人撰寫碑記。閻王爺把書生提出牢獄，讓他前去應召贖罪。沒想到他途中拖延，大誤了期限。東嶽大帝派值日的官吏向閻王爺問罪。閻王大怒，派我們四處搜捕他。前天接受您的吩咐，沒敢用繩索捆綁他。」梁公問：「今天他是何狀況？」馬成說：「仍然交給地獄的官吏，永遠沒有生還的期限了。」梁公嘆息說：「癖好誤人竟到了這樣的地步啊！」

異史氏說：「活著時，看到下棋就忘了自己會死；等他死後，看到下棋又忘了自己應該去轉生。莫非他對下棋的欲望比生命還重要嗎？然而，有這樣的癖好，卻沒有學到下棋的高招，白白讓九泉之下，有一個長死不生的棋鬼啊。可悲啊！」

【研　析】冥間生活是陽世生活的投影，因此陽世有什麼樣的人，冥間就有什麼樣的鬼。陽間有棋迷，冥間就出了個棋鬼。

下圍棋是中國傳統的文人雅事，平時我們所說的「琴、棋、書、畫」之「棋」，指的就是圍棋，而非街頭巷尾常見的象棋。退休的梁公九月九日攜酒登高，與客人下棋雅玩。忽然來了位旁觀者，「面目寒儉，懸鶉結焉。然而意態溫雅，有文士風」。雖然面目寒酸，衣服破爛，但骨子裡頭還透著一股溫雅的文士之風。這就讓人產生懷疑：他是幹什麼的呢？

至於他的身世和職業我們暫且不說，光看他「逡巡局側，耽玩不去」的怪異舉止，就知道這是位棋迷。梁公既然耽於此道，一定對棋迷技癢難忍、亟欲一試身手的心理有貼切的感受，於是他起身讓位，讓這位棋迷與客人對弈過癮。誰知這位棋迷熱情雖高卻能力一般，一局即敗而愈敗愈勇，從早晨廝殺到傍晚，竟然連大小便都顧不得解決。這真是「迷」到家了，已經到了忘乎所以的「瘋魔」境界。

俗話說「不瘋魔，不成活兒」，這話千真萬確。試想哪一位有所成就的大家，不管他是文史哲、數理化，還是農工醫、軍體藝，不是在常人眼裡頭都有些「瘋魔」得不近常理？但是所有「瘋魔者」也不一定都能「成活兒」。其中原因很多，但其最主要的原因，恐怕得歸之於天賦。也就是說所欲和所能欲如果氣息相通，打成一片，那他肯定有所成就。

〈棋鬼〉中這位鬼棋迷，其所為和所欲為就不能達成一致。他雖然以百倍的熱情來從事下棋，以至於做了鬼也不肯罷手，但其棋藝卻實在一般。對於這種人，我們只能說其勇氣可嘉，其具體做法則不值得效法提倡。他的失敗源於他對自身稟賦的判斷失誤。一個人如果不瞭解自己，是不會成就事業的。可是我們大多數人都做不到瞭解自己，因此我們就像這位棋鬼，至死也不明白我們的失敗原因究竟在哪裡。

這位棋迷因為下棋而蕩盡家產、氣死老父，自己也成了地獄的餓鬼，怪不得他「面目寒儉」如此。由棋迷變成棋鬼後，仍然稟性難移，竟然因為與人下棋耽誤了時間，而錯過了重新做人的大好機會。對他來說生和死都是身外之事，只有下棋才是他真正的生命之所在。黃仲則在〈癸巳除夕偶成〉詩中說：「年年此夕費吟呻，兒女燈前竊笑頻。汝輩何知吾自悔，枉拋心力作詩人。」黃仲則是清代大詩人，在詩歌藝術上取得了很高的成就。他說自己很後悔做了詩人，枉拋自己的一生心力，其實是感慨身世不遇的牢騷語。而這位棋鬼，雖然「意態溫雅，有文士風」，卻沒有文人的這種清醒和幽默，那就只好做「長死不生之弈鬼」了。

白蓮教

白蓮教❶某者，山西人，忘其姓名，大約徐鴻儒❷之徒。左道❸惑眾，慕其術者多師之。

某一日將他往，堂中置一盆，又一盆覆之，囑門人坐守，戒勿啟視。去後，門人啟之，視盆貯清水，水上編草為舟，帆檣❹具焉。異而撥以指，隨手傾側；急扶如故，仍覆之。俄而❺師來，怒責：「何違吾命？」門人立白❻其無。師曰：「適海中舟覆，何得欺我？」

又一夕，燒巨燭於堂上，戒恪守❼，勿以風滅。漏二滴❽，師不至。儽然❾而殆，就床暫寐；及醒，燭已竟滅，急起爇❿之。既而師入，又責之。門人曰：「我固不曾睡，燭何得息？」師怒曰：「適使我暗行十餘里，尚復云云⓫耶？」門人大駭。如此奇行，種種不勝書。

後有愛妾與門人通。覺之，隱而不言。遣門人飼豕⑫；門人入圈，立地化為豕。某即呼屠人殺之，貨⑬其肉。人無知者。門人父以子不歸，過問之，辭以久弗至。門人家諸處探訪，絕無消息。有同師者，隱知其事，泄諸⑭門人父。門人父告之邑宰⑮。宰恐其遁，不敢捕治；達於上官，請甲士⑯千人，圍其第，妻子皆就執。閉置樊籠⑰，將以解都。途經太行山⑱，山中出一巨人，高與樹等，目如盎，口如盆，牙長尺許。兵士愕立不敢行。某曰：「此妖也，吾妻可以卻之。」乃如其言，脫妻縛。妻荷戈⑲往。巨人怒，吸吞之。眾愈駭。某曰：「既殺吾妻，是須吾子。」乃復出其子，又被吞如前狀。眾各對覷⑳，莫知所為。某泣且怒曰：「既殺我妻，又殺吾子，情何以甘！然非某自往不可也。」眾果出諸籠，授之刃而遣之。巨人盛氣而逆。格鬥移時，巨人抓攫㉑入口，伸頸咽下，從容竟去。

【注釋】❶白蓮教　也叫「白蓮社」。是混合有佛教、明教、彌勒教等內容的祕密宗教組織。起源於宋代，到元代逐漸流行。元明清三代，常為農民軍所利用，作為組織鬥爭的工具。❷徐鴻儒　明末早期的農民軍領袖。巨野（今山東菏澤巨野縣）人，萬曆末年利用白蓮教組織農民。天啟二年（西元一六二二年）五月，率眾起義。先後攻占鄆城、鄒縣、滕縣，掠運河漕船，襲曲阜，眾達數萬。十月，為山東總兵官楊肇基等所鎮壓，被俘遇害。❸左道　邪門旁道，多指非正統的巫蠱、方術等。❹帆檣　船的帆和桅杆。❺俄而　不久；一會兒。❻白　陳述；表明。❼恪守　謹慎而恭順地遵守。❽漏二滴　二更時分。漏，漏壺，古代計時器，銅製有孔，可以滴水或漏沙，有刻度標誌以計時間，簡稱「漏」。❾儽然　疲困貌。❿爇　點燃。⓫云云　猶言如此、這樣。⓬飼豕　餵豬。豕，豬。⓭貨　賣。⓮諸　「之於」的合音。⓯邑宰　縣令。⓰甲士　披甲的戰士，泛指士兵。⓱樊籠　關鳥獸的籠子，此處指木籠囚車。⓲太行山　山西高原與河北平原間的大山脈。⓳荷戈　扛著武器。⓴對覷　對視；面面相覷。㉑抓攫　抓拿；搶奪。

【語譯】白蓮教中的某人，是山西人，忘了他的姓名，大概是徐鴻儒的門徒。他用旁門左道迷惑眾人，羨慕他法術的人多拜他為師。

有一天某人要到別處，他在堂屋中央放了一個盆子，又用另一個盆子蓋住它，囑咐門徒坐著守護，並警告說不能掀開偷看。某人走後，門徒把上盆掀開，看到下盆裡面貯滿清水，水上浮著一隻草編小船，風帆桅杆一應俱全。他感到很奇異，就用手指撥了一下，小船隨手傾翻；急忙把船扶成原來的樣子，仍舊用上盆蓋好。一會兒師父回來，憤怒地斥責說：「你怎麼不聽我的話呢？」門徒立即表白說沒有。師父說：「剛才在海中船翻了，怎能欺騙我？」

又一天傍晚，師父點燃大蠟燭放在堂上，告誡門徒認真看守，不要讓風吹滅了。到了二更，師父還沒回來。門徒疲倦極了，鬆懈下來，就躺到床上小睡；等到醒來，蠟燭已經滅了，急忙起來點燃。接著，師父就進來了，又責備他。門徒說：「我本來就不曾睡，蠟燭怎能熄滅呢？」師父憤怒地說：「剛才讓我摸黑走了十幾里路，你還這般胡說？」門徒大驚。像這樣奇異的行動，多種多樣，無法盡述。

後來某人的愛妾與門徒私通。他覺察後，假裝不知。他派門徒餵豬；門徒進了豬圈，立刻變成了一頭豬。某人便叫屠戶把這頭豬殺了，賣了他的肉。人們都不知道。這門徒的父親因為兒子不回家，就來詢問，某人說他已很久不來了。門徒的家人到處打聽，始終得不到消息。有個和這個門徒同師學藝的人，暗中知道此事，就把消息洩露給了門徒的父親。門徒的父親就告到縣令那裡。縣令恐怕某人跑了，沒敢逮捕他治罪；就把情況報告給上級，請求派披堅執銳的武士一千人，圍住某人的宅院，把某人及老婆孩子全都捉住了。關在木籠囚車裡，要把他們押解到京城。

途中經過太行山，山中突然跑出一個巨人，和大樹一樣高，眼睛像罈子，嘴像臉盆那樣大，牙有一尺多長。士兵們驚呆了，停下腳步不敢向前。某人說：「這是個妖怪，我妻子可以抵禦它。」士兵們就按他說的，解開他妻子身上的繩索。他妻子扛著戈戟走上前去。巨人大怒，把她吸入口中吞了下去。眾人更加害怕了。某人說：「既然殺了我妻子，就讓我兒子來對付它。」於是又放出他的兒子，又被巨人像吞他妻子一樣吞了。眾人面面相覷，不知怎麼辦好。某人哭著發怒說：「既殺了我的妻子，又殺了我的兒子，我怎能甘心！看來非我親自去不可了。」眾人果然把他放出木籠，給他大刀讓他前去。巨人憤怒地迎上來。格鬥了一會兒，巨人就抓起某人放入口中，伸了伸脖子咽下去，不慌不忙地走了。

【研析】任何宗教都是神祕的，可以說無神祕不成宗教。白蓮教也不例外，其神祕程度既讓人瞠目結舌，又讓人神魂顛倒。以前在〈小二〉篇中，我們已經見識過蒲松齡對白蓮教神祕法術的精彩描寫：青年女子小二剪兩隻紙鶴鷹，就能同情人逍遙自在地騎著翻山越嶺，日行千里；小二剪一個紙判官放在地上，蓋上雞籠，就能從鄰家弄來千金之資；小二伸開兩指指指點點，念兩句咒語，十數名強盜就吐舌呆立，癡若木偶，任其處置……蒲松齡說小二是明末白蓮教首領徐鴻儒的徒弟。

〈白蓮教〉篇則寫了徐鴻儒一個男性高徒的神妙法術。這位高徒之所以能夠航行海上，是因為他航海之前在家裡弄了盆清水，再在水中弄一隻帆檣具備的草船。之所以能夠在夜間行走而周圍明如白晝，是因為他臨走之前在家裡點上一枝大蠟燭，在路上他是借的蠟燭之光明。可惜，他這次出海和夜行都遇上麻煩，因為他的徒弟不稱職。第一次弄翻了盆中的草船，第二次風吹滅了堂上的蠟燭，使他海中覆舟差點淹死，暗行十餘里幾乎悶死。怪不得他對此徒連連發怒。他的徒弟與其妾通姦，事發後被他變為一頭豬，讓屠夫殺掉。縣令知道這件事後，不能坐視不管，又不能貿然從事，放走兇手。於是他派出一千多人的大部隊包圍了兇手的宅院，終於憑藉著人多勢眾，將兇手和他老婆孩子一網打盡了。縣令為保險起見，打了木籠囚車押解著他們到京城受審。途中經過太行山時，從山中走出一個巨人。這個巨人「高與樹等，目如盎，口如盆，牙長尺許」，吞吃了白蓮教徒一家，「從容竟去」。對此，馮鎮巒說：「去得乾淨，不知甲士千人歸何以為情也。」但明倫說：「從容竟去句，囫圇極妙。有謂其全家具入妖口，是大快事。笑應之曰：當時士兵亦如此說。」何守奇說：「兵士無識，乃為妖術所愚。」

《聊齋誌異》中還有同名的一篇〈白蓮教〉故事，那一篇是專門寫師傅徐鴻儒的，最後那個「假兵馬死真將軍」的小小情節，著實讓人感到神祕莫測。

蹇償債

李公著明，慷慨好施。鄉人某，傭居❶公室。其人少遊惰，不能操農業。家窶貧❷。然小有技能，常為役務，每賚❸之厚。時無晨炊，向公哀乞，公輒給以升斗。

一日，告公曰：「小人日受厚恤，三四口幸不殍餓❹。然曷可以久。乞主人貸我菉豆一石❺作資本。」公忻然，立命授之。某負去，年餘，一無所償。及問之，豆貲已蕩然矣。公憐其貧，亦置不索。

公讀書於蕭寺❻。後三年餘，忽夢某來，曰：「小人負主人豆直，今來投償。」公慰之，曰：「若索爾償，則平日所負欠者，何可算數？」某愀然❼曰：「固然。凡人有所為而受人千金，可不報也；若無端受人資助，升斗且不容昧❽，況其多哉！」言已，竟去。公愈疑。

既而家人白公：「夜牝驢❾產一駒，且修偉。」公忽悟曰：「得毋駒為某耶？」越數日歸，見駒，戲呼某名。駒奔赴如有知識。自此遂以為名。公乘赴青州❿，衡府內監⓫見而悅之，願以重價購之，議直未定。適公以家中急務不及待，遂歸。

又逾歲，駒與雄馬同櫪⓬，齕折脛骨，不可療。有牛醫⓭至公家，見之，謂公曰：「乞以駒付小人，朝夕療養，需以歲月。萬一得痊，得直⓮與公剖分之。」公如所請。後數月，牛醫售驢，得錢千八百，以半獻公。公受錢，頓悟，其數適符豆價也。

噫！昭昭之債⓯，而冥冥之償⓰，此足以勸矣。

【注釋】❶傭居　當雇工並住在李家。❷窶貧　貧乏困苦。❸賚　賜予；給予。❹殍餓　飢餓；餓死的人。❺菉豆一石　菉豆，綠豆。石，容量單位，十斗為一石；重量單位，一百二十市斤為一石。❻蕭寺　為寺院之異稱。梁武帝蕭衍篤信佛教，多造立寺院，而冠以己姓，稱為蕭寺。❼愀然　憂愁貌。❽昧　欺瞞；隱瞞。❾牝驢　母驢。❿青州　府名，即今山東濰坊青州。⓫衡府內監　衡王府的太監。衡府，衡王府，明憲宗第七子朱祐楎，封衡恭王，治青州，歷四代，直至明亡。內監，太監。⓬櫪　馬槽。⓭牛醫　獸醫。⓮直　同「值」。

價錢。⓯昭昭之債　陽世欠下的債務。⓰冥冥之償　到陰間裡去償還。

【語　譯】李著明先生，為人慷慨樂施。他的同鄉某人，當傭工住在李家。此人從小遊手好閒，不會幹莊稼活；他家裡窮困極了，不過他也會點小手藝，常常幫李家做雜務，每次都得到豐厚的報酬。他有時吃不上早飯，就向李公哀求乞討，李公就給他個一升半斗的。

有一天，某人對李公說：「小人天天受您豐厚的救濟，三四口家人才沒有餓死。但怎能長久這樣呢。請主人您借給我一石綠豆做資本。」李公很高興，立即讓人照他說的給了他。某人背走綠豆，一年多，一點也沒有償還。等問起他，他說綠豆資本又已經蕩然無存了。李公可憐他的貧困，也擱下不再索討了。

李公在佛寺裡讀書。過了三年多，忽然夢見某人來到，說：「小人欠您的綠豆錢，今天來償還。」李公安慰他，說：「假若追討你的債務，那你平日所借欠的，怎麼算得清楚呢？」某人滿面憂愁地說：「的確如此。如果一個人替人做事，即使得到千金，也可以不償還；如果無緣無故受人資助，就是一升半斗也不容許昧心不還，何況更多的呢！」說完，就走了。李公更加疑惑。

不久家人來報告李公：「夜裡母驢生了個驢駒，又高又大。」李公忽然明白了，說：「莫非這驢駒就是某人嗎？」過了幾天李公回家，見到驢駒，便開玩笑般呼叫某人的名字。驢駒跑過來，似乎知道在叫牠。從此就把某人的名字作了這頭驢駒的名字。李公騎著驢駒去青州，衡王府的太監見了驢駒非常喜歡，願高價購買牠，還沒有講定價錢。正好李公家中有急事來不及等待，就回來了。

又過了一年，驢駒和一匹雄馬同槽吃食，被馬咬斷了脛骨，不能治療。有個獸醫來到李公家，看見驢駒，對李公說：「希望您把驢駒交給我，我早晚治療護養，需要較長的時間。萬一治好了牠，賣的錢我分給您一半。」李公同意了他的請求。過了幾個月，牛醫賣掉驢駒，得了一千八百錢，把一半交給李公。李公接過錢，頓時醒悟，這錢數正等於某人所借的綠豆錢啊。

噫！陽世欠下的債，要到陰間去償還，這件事足以勸人向善啊。

【研　析】〈蹇償債〉是一篇關於償債的故事。李著明富有財產，幫助一下他家的傭工對他來說不是難事，更何況他富有同情心，施恩也從來不想得到回報。可是對於受恩者來說，情況就不同了。鄉人某雖然小有技能，經常在李家幫工，但少年遊惰，不能從事農工，因此家裡赤貧，是個借債的無底洞。這一點鄉人某也非常明白，因此他就想著做點買賣，賺點錢來支撐家庭生活，結束沒有盡頭的借債生涯。但是這位鄉人某終歸是慮事不周，他既然有手藝，不去以此謀生，卻去做什麼綠豆買賣，賠錢折本自然是意料之中的。當然李公家不缺那一石綠豆，絕不會逼債讓他還。但是鄉人某人窮志不短，且還有一番道理，非還不可。他說：「凡人有所為而受人千金，可不報也；若無端受人資助，升斗且不容昧，況其多哉！」這話說得情詞懇切、擲地有聲，但是沒奈何自己能力有限或者時運不濟，就是發不了財，那又有什麼辦法呢？如果認真仔細地想想，或許沒有過不去的火焰山。但是這位鄉人某，或者是羞痛難忍亂了思路，或者是抑鬱難當鑽了牛角尖，有千百條道路他不走，竟然變成一頭驢子來償還李公的綠豆錢。唉，雖然此法最保險，賠本的可能性不大，想來還是太愚笨了。他後來被雄馬咬斷腿骨，經牛醫治癒，正好償還了李公的綠豆錢。

鬼神因為有自身的特殊性，報答別人的恩情可以從容鎮定、毫不費力；勇士報答別人的恩情，可以脖頸濺血、捨卻性命。這位鄉人某就是做鬼，報答李公也比做驢子輕鬆省勁些，卻偏偏喜歡做驢子這樣麻煩痛苦的事。這真是無可奈何的令人傷心之舉。

酒狂

繆永定，江西拔貢生❶。素酗於酒，戚黨多畏避之。偶適族叔家。繆為人滑稽❷善謔，客與語，悅之，遂共酣飲。繆醉，使酒罵座❸，忤客。客怒，一座大譁。叔以身左右排解。繆謂左袒❹客，又益遷怒。叔無計，奔告其家。家人來，扶捽❺以歸。才置床上，四肢盡厥❻。撫之，奄然氣盡。

繆死，有皂帽人縶去。移時，至一府署，縹碧為瓦❼，世間無其壯麗。至墀❽下，似欲伺見官宰。自思我罪伊何，當是客訟鬥毆。回顧皂帽人，怒目如牛，又不敢問。然自度貢生與人角口❾，或無大罪。忽堂上一吏宣言，使訟獄者翼日早候。於是堂下人紛紛藉藉，如鳥獸散❿。繆亦隨皂帽人出，更無歸著，縮首立肆⓫簷下。皂帽人怒曰：「顛酒無賴子！日將暮，各去尋眠食，而[12]何往？」繆戰慄曰：「我且不知何事，並未告家人，故毫無資斧[13]，庸將焉歸？」皂帽人曰：「顛酒賊！若酤自啖，便有用度！再支吾[14]，老拳碎顛骨子[15]！」繆垂首不敢聲。

忽一人自戶內出，見繆，詫異曰：「爾何來？」繆視之，則其母舅。舅賈氏，死已數載。繆見之，始恍然悟其已死，心益悲懼。向舅涕零曰：「阿舅救我！」賈顧皂帽人曰：「東靈[16]非他，屈臨寒舍。」二人乃入。賈重揖皂帽人，且囑青眼[17]。

俄頃，出酒食，團坐相飲。賈問：「舍甥何事，遂煩勾致？」皂帽人曰：「大王駕詣浮羅君，遇令甥顛詈[18]，使我捽得來。」賈問：「見王未？」曰：「浮羅君會花子案，駕未歸。」又問：「阿甥將得何罪？」答言：「未可知也。然大王頗怒此等輩。」繆在側，聞二人言，觳觫[19]汗下，杯箸[20]不能舉。

無何，皂帽人起，謝曰：「叨[21]盛酌，已徑醉矣。即以令甥相付託。

駕歸，再容登訪。」乃去。賈謂繆曰：「甥別無兄弟，父母愛如掌上珠㉒，常不忍一訶。十六七歲時，每三杯後，喃喃㉓尋人疵；小不合，輒撾門裸罵。猶謂稚齒㉔。不意別十餘年，甥了不長進。今且奈何！」繆伏地哭，惟言悔無及。賈曳之曰：「舅在此業酤㉕，頗有小聲望，必合極力。適飲者乃東靈使者，舅常飲之酒，與舅頗相善。大王日萬幾㉖，亦未必便能記憶。我委曲與言，浼㉗以私意釋甥去，或可允從。」即又轉念曰：「此事擔負頗重，非十萬不能了㉘也。」繆謝，銳然自任，諾之。繆即就舅氏宿。

次日，皂帽人早來覘望㉙。賈請間，語移時，來謂繆曰：「諧矣。少頃即復來。我先罄所有，用壓契㉚；餘待甥歸，從容湊致之。」繆喜曰：「共得幾何？」曰：「十萬。」曰：「甥何處得如許？」賈曰：「只金幣錢紙百提㉛，足矣。」繆喜曰：「此易辦耳。」

待將亭午㉜，皂帽人不至。繆欲出市上，少遊矚。賈囑勿遠蕩，諾而出。見街里貿販，一如人間。至一所，棘垣峻絕，似是囹圄㉝。對門一酒肆，紛紛者往來頗夥。肆外一帶長溪，黑潦㉞涌動，深不可底。方佇足窺探，聞肆內一人呼曰：「繆君何來？」繆急視之，則鄰村翁生，故十年前文字交㉟。趨出握手，歡若平生。即就肆內小酌，各道契闊㊱。

繆慶幸中，又逢故知，傾懷盡釂㊲。酣醉，頓忘其死，舊態復作，漸絮絮瑕疵㊳翁。翁曰：「數載不見，若復爾耶？」繆素厭人道其酒德㊴，聞翁言，益憤，擊桌頓罵。翁睨之，拂袖竟出。繆追至溪頭，捋翁帽。翁怒曰：「是真妄人㊵！」乃推繆顛墮溪中。溪水殊不甚深；而水中利刃如麻，刺穿脇脛，堅難動搖，痛徹骨腦。黑水半雜溲穢㊶，隨吸入喉，更不可過。岸上人觀笑如堵，並無一引援者。

時方危急，賈忽至。望見大驚，提攜以歸，曰：「子不可為也！死猶弗悟，不足復為人！請仍從東靈受斧鑕㊷。」繆大懼，泣言：「知罪矣！」賈乃曰：「適東靈至，候汝為券，汝乃飲蕩不歸。渠忙迫不能待。

我已立券，付千緡[43]令去；餘者，以旬盡為期。子歸，宜急措置，夜於村外曠莽中，呼舅名焚之，此願可結也。」繆悉應之。乃促之行。送之郊外，又囑曰：「必勿食言[44]累我。」乃示途令歸。

時繆已僵臥三日，家人謂其醉死，而鼻氣隱隱如懸絲。是日蘇，大嘔，嘔出黑瀋[45]數斗，臭不可聞。吐已，汗濕裀褥，身始涼爽。告家人以異。旋覺刺處痛腫，隔夜成瘡，猶幸不大潰腐。十日漸能杖行。家人共乞償冥負[46]。繆計所費，非數金不能辦，頗生吝惜，曰：「曩或醉夢之幻境耳。縱其不然，伊以私[47]釋我，何敢復使冥主知？」家人勸之，不聽。然心惕惕然[48]，不敢復縱飲。里黨咸喜其進德[49]，稍稍與共酌。

年餘，冥報[50]漸忘，志漸肆[51]，故狀亦漸萌。一日，飲於子姓[52]之家，又罵主人座。主人擯斥出，闔戶徑去。繆噪逾時，其子方知，將扶而歸。入室，面壁長跪，自投[53]無數，曰：「便償爾負！便償爾負！」言已，仆地。視之，氣已絕矣。

【注　釋】❶江西拔貢生　江西，省名，即今江西省。拔貢生，明清時由各省學使於府、州、縣學生員中，選拔文行俱優的，貢入國子監，稱為拔貢生。❷滑稽　古指能言善辯，言辭流利，後一般指言語、動作等令人發笑。❸使酒罵座　在酒宴上借酒使性、辱罵同席的人。❹左袒　漢高祖劉邦死後，呂后當權，培植呂姓勢力；呂后死，太尉周勃奪取呂氏兵權，在軍中對眾人說：「擁護呂氏的右袒（露出右臂），擁護劉氏的左袒。」軍中都左袒。後來管偏護一方叫左袒。❺捽　揪；抓。❻厥　四肢發涼，失去知覺。❼縹碧為瓦　淡青色的琉璃瓦。❽墀　臺階。❾角口　鬥嘴，爭吵。❿鳥獸散　形容成群的人像鳥獸逃散一樣紛亂地散去。⓫肆　店鋪。⓬而爾；你。⓭資斧　旅費；盤纏。⓮支吾　猶支撐、抵擋，引申為頂撞。⓯顛骨子　頭蓋骨。顛，頭頂。⓰東靈東靈大王，這裡稱東靈大王的使者。⓱青眼　黑色的眼珠在眼眶中間，表示對人的喜愛或尊重，跟「白眼」相對。⓲顛詈　狂罵。⓳觳觫　恐懼得發抖。⓴箸　筷子。㉑叨　承受。㉒掌上珠　掌上明珠，比喻父母疼愛的兒女。㉓喃喃　嘟嘟囔囔。㉔稚齒　年少；少年。㉕業酤　以酤為業，賣酒。㉖萬幾　指帝王日常處理的紛繁的政務。㉗浼　懇託；央求。㉘了　完結；了結。㉙覘望　察看。㉚壓契　買賣不動產時，買方先付與賣方一部分錢，將賣方的產業契約作抵押。㉛百提　一百掛。㉜亭午　正午。㉝囹圄　監牢。㉞潦　溝中流水。㉟文字交　以詩文相交的朋友。㊱契闊　離合；聚散。偏指離散。㊲釂　飲盡杯中酒。㊳瑕疵　挑剔、指摘別人的毛病。㊴酒德　指飲酒的道德規範和酒後應有的風度。㊵妄人　無知妄為的人。㊶溲穢　糞尿之類。㊷斧鑕斧子與鐵鍖，古代刑具。行刑時置人於鍖上，以斧砍之。㊸緡　古代穿銅錢用的繩子。㊹食言　失信；不履行諾言。㊺黑瀋　黑色汁水。㊻冥負　冥債；拖欠冥間的錢。㊼私　用財物買通；賄賂。㊽惕惕然　惶恐貌。㊾進德　品德長進。㊿冥報　陰間的報應。(51)肆　放縱；任意行事。(52)子姓　同族之子孫、後輩。(53)自投　以頭碰地，表示自責。

【語　譯】繆永定，是江西的拔貢生。平素好耍酒瘋，親戚朋友都怕他躲著他。繆生有天到族叔家裡。因他為人滑稽會說笑話，族叔的客人和他交談，很喜歡他，就和他一起暢飲。繆生喝醉了，就撒酒瘋辱罵在座的人，把客人給得罪了。客人一生氣，全席譁然。族叔是左邊勸了右邊勸。繆生說族叔偏袒客人，又遷怒於族叔。族叔沒有辦法，就跑去告訴他的家人。家人來到，連扶加揪，把繆生弄回家中。才把他放到床上，他就四肢冰涼麻木了。摸了摸身上，竟然氣絕身亡了。

繆生死後，有個戴黑帽子的人把他逮去了。一會兒，來到一處官府，房上蓋著淺青色的琉瓦，人世間沒有這樣壯麗的房子。來到臺階底下，好像等候著拜見長官。繆生想，我犯了什麼罪呢，應該是客人告發了酒後鬥毆的事。回頭看戴黑帽子的人，他怒瞪著兩隻眼像牛一樣，又不敢問他。但他自己認為貢生和人發生口角，或許不算大罪。忽然大堂上一官吏宣布，打官司的人要明天早來等候。於是堂下人亂紛紛的，像鳥獸一樣散去了。

繆生也隨著黑帽人出來，又沒有地方可去，就縮著頭站在一家店鋪的屋簷底下。黑帽人生氣地說：「發酒瘋的無賴子！天快黑了，各人都去找地方吃飯睡覺，你到哪裡去呢？」繆生戰戰兢兢地說：「我不知道這是怎麼回事，也沒有告訴家人，所以沒有一文錢的盤纏，我能到什麼地方去呢？」黑帽人說：「發酒瘋的賊人！若是買酒自己吃，你就有錢了！若再強嘴頂撞，我就一拳打爛你的天靈蓋！」繆生低下頭不敢再作聲了。

忽然一個人從門裡出來，看見繆生，詫異地說：「你怎麼來了？」繆生一看，原來是他的母舅。他母舅賈某，死了已經好幾年了。繆生見了他，才恍然大悟自己已經死了，心裡更加悲傷恐懼。他向母舅哭著說：「阿舅救我！」賈某回頭看著黑帽人說：「東靈不是外人，請到寒舍坐坐。」兩人就跟著進門。賈某又重新向黑帽人作揖，並叮囑他多關照繆生。

一會兒，擺上酒菜，圍坐著喝起酒來。賈某問：「我外甥幹了什麼事，竟麻煩您去把他抓來？」黑帽人說：「大王要去會見浮羅君，遇到您外甥在發狂叫罵，就讓我把他提拿來了。」賈某問：「見到大王了嗎？」他回答：「浮羅君查辦花子案，大王還沒回來。」賈某又問：「我外甥將判什麼罪？」黑帽人回答：「還很難說。不過大王很生氣撒酒瘋的人。」繆生在旁邊，聽他兩人說話，嚇得哆哆嗦嗦汗水直流，連酒杯和筷子都拿不住了。

一會兒，黑帽人站起來，感謝說：「吃您豐盛的酒宴，竟然醉了。就把您外甥託付給您。等大王回來了，再容我登門拜訪。」說完就走了。賈某對繆生說：「外甥你沒有別的兄弟，父母愛你如掌上明珠，平時連責備一聲都不忍心。你十六七歲的時候，每喝上三杯酒後，就嘟嘟囔囔找人家的毛病；稍不合你心意，你就砸著人家的門赤身謾罵。那還算是年小不懂事。不想分別十幾年了，外甥你一點也沒長進。現在你說怎麼辦呢！」繆生趴在地上痛哭，只說後悔莫及。賈某拉起他來說：「我在這裡開酒店，還算有點小名聲，一定竭力幫你。剛才那個喝酒的是東靈大王的使者，我常請他喝酒，他和我關係很好。大王日理萬機，也未必就能記著你這件事。我委婉地和東靈使者說說，央他看在個人的交情上放你回去，他也許能夠答應。」接著又轉念說：「這件事責任重大，沒有十萬元辦不成啊。」繆生表示感謝，爽快地表示願意承擔費用，答應了下來。繆生就在舅舅家住下了。

第二天，黑帽人一早就來察看。賈某尋找機會，交談了很久，才來對繆生說：「行了。等一會他再來。我先出上所有的錢，買下他的契約；其餘的等你回去，慢慢湊足了送給他。」繆生高興地問：「一共要多少？」賈某答：「十萬。」繆生說：「我哪裡能弄到這些錢？」賈某說：「只需要金裱的紙錢一百掛，就足夠了。」繆生高興地說：「這個容易辦到。」

等到快中午了，黑帽人還沒來。繆生想出門到街市上，轉轉看看。賈某叮囑他不要走遠了，繆生答應著出了門。他看到街市上商販貿易，和人世間一樣。到了一個地方，看到高牆上安放著棘刺，好像監獄一般。對門有個酒館，亂紛紛的，很多人來來往往。酒館外是一條長長的溪流，黑水湧動，深不見底。正在駐足偷看，就聽到酒館裡有人招呼說：「繆君怎麼來了？」繆生急忙看去，原來是鄰村的翁生，是他十年前的文字交。翁生跑出來與繆生握手，高興得像生前一樣。兩人就到店內喝起小酒來，各自訴說分別後的情況。

繆生正慶幸將要復生，又遇到了老朋友，就開懷暢飲。他喝得爛醉，頓時忘記自己已死，舊態復發，就漸漸絮叨著挑剔起翁生的毛病來。翁生說：「幾年不見，你還是這樣啊？」繆生向來討厭別人說他的酒德，聽到翁生的話，更加憤怒，就敲著桌子跳罵。翁生斜視了他一眼，拂袖走了。繆生追到長溪邊上，伸手就抓翁生的帽子。翁生生氣地說：「這真是個妄人啊！」就把繆生推落進溪水中。溪水並不很深；但水中的尖刀子卻多如麻稈，刺穿了繆生的兩肋和小腿，牢牢地固定住了不能動彈，痛徹骨髓。黑水中摻雜著糞便汙穢，隨著呼吸灌入咽喉，更是忍受不了。岸上的人一邊看一邊笑，圍得像堵牆，卻沒有一人伸手救他。

正在危急關頭，賈某忽然來了。看到繆生，大吃一驚，把他拖拉回家，說：「你沒有治了！死了還不覺悟，不配再做人了！請你仍舊跟著東靈使者去受斧刑吧。」繆生異常恐懼，哭著說：「我知罪了！」賈某就說：「剛才東靈使者來過，等你來寫合同，你竟然喝酒遊蕩不歸。他很忙不能再等你了。我已經替你寫了合同，給他一千串錢，讓他走了；其餘的錢，以十天內為期限。

你回去後，應當趕快籌辦，夜間在村外的曠野裡，喊著我的名字焚燒，許下的願就可以了結了。」繆生全都答應了。賈某就催促繆生趕快上路。送他到郊外，又叮囑說：「你一定不要食言連累我。」這才指給他路讓他回家。

當時繆生已經僵臥了三天，家人以為他醉死了，但鼻子裡的氣息還隱隱約約如懸絲一般。繆生這天一醒過來，就大吐起來，吐出黑汁水好幾斗，臭不可聞。吐完了，汗水濕透了褥子，身上才覺得清爽了。他把這件奇事告訴了家人。立即覺得刺傷的地方疼痛腫脹，隔了一夜成了瘡，幸好還沒有大面積潰爛。到第十天上漸漸能夠拄著拐杖行走了。家人都求他償還陰間的債務。繆生盤算一下費用，沒有幾兩銀子辦不成，心裡很吝惜，就說：「以前或許是醉夢中的幻境罷了。就算不是幻境，東靈使者因為受賄才放了我，怎敢還讓閻王爺知道？」家人都勸他，他始終不聽從。然而繆生心裡卻小心謹慎，不敢再放縱喝酒。鄰里鄉黨都喜歡他品德提高，漸漸願意和他一起喝酒了。

過了一年多，繆生把陰間的報應漸漸忘了，膽子漸漸大了起來，舊態也漸漸萌發起來。一天，繆生在同姓晚輩家裡飲酒，又罵同席陪坐的主人。主人把他趕出門外，關上大門逕直回去了。繆生吵罵了多時，他的兒子才知道，扶著他回到家中。繆生一進屋，就臉朝牆跪下，自己叩頭無數，說：「這就還您的債！這就還您的債！」說完，就倒在地上。看了看他，已經氣絕了。

【研　析】喝酒上癮、成癖，用現在的話說，就是得了酒精依賴症。此症是指長期飲酒的人產生對酒的精神上和軀體上的依賴。精神上的依賴是指只要一天不飲酒，就感到坐臥不寧，焦慮不安，情緒煩躁，無精打采，千方百計找酒喝。軀體上的依賴是指長期飲酒的人一旦突然戒酒，機體就產生很多不適，如心慌、頭痛、乏力等，一旦恢復飲酒，症狀自然消失。

〈酒狂〉中的繆永定也肯定是個酒精依賴症患者。病症到了他這個程度，就可能出現以下症狀：酒後話多，易激動，煩躁，摔東西，罵人，打人，幻視，幻聽，聽見責罵聲，看見恐怖場面等。所以他的「使酒罵座」在旁人看來是酒德不好，而在他自身卻是理所當然、情不自已的事。

在〈酒狂〉中，繆永定死過兩次。第一次是在其族叔家喝酒，「使酒罵座」，回到家就四肢麻木，沒有了呼吸。其實這次死去，只是一種進入深度醉酒狀態的假死，後文出現的一切描寫，都是他產生的幻視、幻聽以及看到的恐怖場面。

繆永定死後，被冥間的皂帽人逮去。皂帽人怒目如牛，對繆永定破口大罵，滿嘴都是「顛酒無賴子」和「顛酒賊」。這就是他產生的幻覺，聽到別人在責罵他。如果再往心靈深處挖掘一下，這種責罵甚至可以理解為他對自己的責罵。他屢次「使酒罵座」，屢次被人責罵，甚至於「戚黨多畏避之」，連自己的家族成員都遠遠地躲著他，恐怕招惹上他帶來麻煩。在清醒的時候，他可能也曾深深自責，發誓再也不犯此類錯誤了。但是酒癮發作，就由不得自己。這次被皂帽人責罵，實際是他潛意識中的自我責罵。

通過繆永定的舅舅賈氏的介紹，我們知道繆永定從十六七歲時就三杯酒落肚，找人家的毛病，上門裸罵。十幾年過去了，繆永定不但沒有戒除酒癮，反而變本加厲。這充分證明繆永定的酒精中毒已經由輕度發展到了重度。蒲松齡擔心我們不信，又拉來繆永定的同學，通過他的話再作進一步證明。他說，好幾年不見，沒想到你還是老毛病不改。他不是不想改，只是身不由己，改正不了啊。

繆永定在幻夢之中被皂帽人逮去。這皂帽人也就是他的勾魂使者。繆永定是貢生，他應該看到過古書上喝酒喝死的人和現實中酗酒而死的人，因此他怕喝酒喝死。在這一點上他沒有〈秦生〉中的秦生看得開。秦生明知是死，也義無反顧。繆永定感覺到自己死後，是百般央求自己的舅舅向皂帽人行賄，來求得重生的機會。說白了，他是一個怕死鬼。

一旦「怕」字當頭，心中就不免更加難受。「水中利刃如麻，刺穿脇脛，堅難動搖，痛徹骨腦。黑水半雜溲穢，隨吸入喉，更不可過」。這是對喝醉酒者身上難受、頭疼欲裂、口渴難忍、喉中欲嘔感覺的最精彩的描寫。估計蒲松齡雖然不是酒鬼，這種醉酒的感覺肯定有過，否則是不會描寫得這麼惟妙惟肖、入木三分的。

繆永定回到家裡蘇醒，「大嘔，嘔出黑瀋數斗，臭不可聞」。這也是對其處在半虛幻半真實狀態的真實描寫。至於「吐已，汗濕裀褥，身始涼爽」，這是大多數醉酒者都出現過的正常感覺，此時已經開始由幻覺進入清醒了。就這樣，經過三天三夜夢幻般的煎熬，繆永定終於回到了現實。

繆永定不但怕死，他還吝嗇。在夢幻當中他答應舅舅要燒「錢紙百提」感謝皂帽人，而一旦酒醒，就心疼幾兩銀子，捨不得去買紙錢了。終於在一年以後，他又一次在同族晚輩家喝酒，還是「使酒罵座」，被兒子將扶回家，仆地死去。這一次他是真死了，去陰間他舅舅的酒店喝酒去了。所以何守奇評論說：「其狂可為也，其吝不可為也。」

陽武侯

陽武侯薛公祿❶，膠薛家島人。父薛公最貧，牧牛鄉先生❷家。先生有荒田，公牧其處，輒見蛇兔鬥草萊中，以為異，因請於主人為宅兆❸，構茅而居。

後數年，太夫人臨蓐❹，值雨驟至；適二指揮使❺奉命稽海，出其途，避雨戶中。見舍上鴉鵲群集，競以翼覆漏處，異之。既而翁出，指揮問：「適何作？」因以產告。又詢所產，曰：「男也。」指揮又益愕，曰：「是必極貴！不然，何以得我兩指揮護守門戶也？」咨嗟❻而去。

侯既長，垢面垂鼻涕，殊不聰穎。島中薛姓，故隸軍籍❼。是年應翁家出一丁口戍遼陽，翁長子深以為憂。時侯十八歲，人以太憨生❽，無與為婚。忽自謂兄曰：「大哥啾唧❾，得無以遣戍無人耶？」曰：「然。」

笑曰：「若肯以婢子妻我，我當任此役。」兄喜，即配婢。

侯遂攜室赴戍所。行方數十里，暴雨忽集。途側有危崖⑩，夫妻奔避其下。少間，雨止，始復行。才及數武⑪，崖石崩墜。居人遙望兩虎躍出，逼附⑫兩人而沒。侯自此勇健非常，丰采⑬頓異。後以軍功封陽武侯世爵⑭。

至啟、禎⑮間，襲侯某公薨⑯，無子，止有遺腹⑰，因暫以旁支代。凡世封家進御者⑱，有娠⑲即以上聞，官遣媼伴守之，既產乃已。年餘，夫人生女。產後，腹猶震動，凡十五年，更數媼，又生男。應以嫡派⑳賜爵，旁支噪之，以為非薛產。官收諸媼，械梏㉑百端，皆無異言。爵乃定。

【注釋】❶陽武侯薛公祿　薛祿，明代膠州（即今山東青島膠州市）人。出身軍旅，屢立戰功，封陽武侯。❷鄉先生　古時尊稱辭官居鄉或在鄉教學的老人。❸宅兆　墓地。❹太夫人臨蓐　太夫人，漢制列侯之母稱太夫人。臨蓐，臨產。❺指揮使　武官名。明末劃數府為一防區設衛，衛的軍事長官稱指揮使。❻咨嗟　讚嘆。

❼軍籍　即「軍戶」，為古代世代從軍、充當軍差的人戶。❽太憨生　太癡呆。生，語助詞。❾啾唧　咕咕噥噥。❿危崖　高懸的山崖。⓫武　腳步。⓬逼附　逼近依附，合為一體。⓭丰采　姿態儀容。⓮世爵　世襲的爵位。⓯啟禎　明天啟、崇禎年間。⓰薨　古代稱諸侯或有爵位的大官死去。⓱遺腹　婦孕而夫死，稱為遺腹。⓲世封家進御者　世封家，世襲封爵之家。進御者，進獻給封爵者的侍寢女子。⓳娠　胎兒在母體中微動，泛指懷孕。⓴嫡派　家族相傳的正支。㉑械梏　泛指刑具。

【語　譯】陽武侯薛祿，是膠州薛家島人。他父親薛公非常貧窮，為本鄉的退休官員放牛。這官員有塊荒地，薛公在那裡放牛，常看到蛇和兔子在草叢中搏鬥；他以為這是塊不同尋常的寶地，就向主人請求要來作將來的墓地，並蓋了間茅屋住在那裡。

後幾年，薛公的妻子臨產，正碰上突降大雨；恰巧有兩個指揮使奉命考察海防，從這裡經過，就到薛家門口避雨。看見屋頂上烏鴉、喜鵲成群地聚集，爭著用翅膀覆蓋漏雨的地方，感覺很奇怪。一會兒薛公從裡屋出來，指揮問：「剛才你在幹什麼？」薛公便把妻子生產的事告訴了他們。又問生了個什麼孩子，薛公說：「是個男孩。」指揮更加驚愕了，說：「這孩子日後必定大富大貴！否則，怎能得我兩位指揮使來守護門戶呢？」兩人讚嘆著走了。

薛侯長大後，蓬頭垢面，鼻涕下垂，很不聰明。島上的薛姓家族，本來隸屬軍籍。這一年應該薛公家出一口人去戍守遼陽，薛公的大兒子很為這事發愁。當時薛侯已經十八歲了，人們認為他太憨癡，沒人願意跟他結親。他忽然對兄長說：「大哥嘟嘟囔囔的，該不是因為咱家沒人當兵吧？」兄長說：「是啊。」薛侯笑著說：「你若肯把丫鬟給我作妻子，我就去承擔兵役。」兄長很高興，就把丫鬟許配給了他。

薛侯立即帶著妻子趕赴遼陽。才走了幾十里路，忽然下起了暴雨。路旁有一處懸崖，夫妻二人就跑過去躲在下面。不一會兒，雨過天晴，他們才又開始趕路。剛走了幾步，崖石就崩塌了。居民們遠遠地看見有兩隻老虎竄出來，靠近依附到他二人身上就不見了。薛侯從此就勇健非常，神采也頓時以前大不相同了。後來他因為軍功封為陽武侯世襲爵位。

到了天啟、崇禎年間，世襲陽武侯爵位的薛家某公死了，沒有兒子，只有個遺腹子，因此暫且讓旁支來代替。當時凡是世襲爵位的人的妻妾，有了身孕就得報告給朝廷知道，官府派遣一個老婦人伴守著她，等到生下孩子才算完事走人。過了一年多，薛夫人生了個女孩。產後，肚子還在震動，總共過了十五年，更換了好幾個伴守的老婦人，才又生了個男孩。本來應該讓嫡系男孩繼承爵位，旁支卻吵鬧不休，認為這孩子不會是薛家血統。官府召集起那些伴守的老婦人，用盡辦法拷打逼問，都沒有別的說法。這才決定把爵位賜封給了這位男孩。

【研　析】在〈陽武侯〉這篇小說中，蒲松齡給我們講了一個墓地影響命運的故事。薛祿是明代膠州薛家島人。薛祿之父薛遇林，原籍陝西同州府韓城縣，明代為加強海防戍守力量，他作為軍戶於明朝洪武三年（西元一三七〇年）遷徙到薛家島，成為薛家島的薛姓始祖。薛家島的名稱，即源於薛氏家族。那時，薛家島一片荒涼，他披荊斬棘，篳路襤褸，開墾土地，繁衍後代，逐漸形成薛家島村。薛遇林有六個兒子，薛祿排行老六，故軍中常呼之為「薛六」，後因軍功升官，始改名薛祿。

現在如果到青島旅遊，可順便到薛家島看看。那裡立有兩塊花崗岩石碑，彷彿還在提醒著人們這個小島的不凡歷史。一碑刻文：「明特進榮祿大夫柱國陽武侯　鄞國公薛祿故里遺址。」碑陰記載：「薛祿於明太祖洪武五年生於薛家島，明宣宗宣德五年卒於北京。薛祿歷事三朝（明成祖、明仁宗、明宣宗），為明王朝征戰四十餘年，以其赫赫戰功，屢屢受封，官至『奉天靖難推誠宣力武臣，特進榮祿大夫柱國陽武侯』，並追封其三代，世襲陽武侯。明亡止。」一碑刻文：「薛祿故居遺址　區級重點文物保護單位。」

像這樣一位戰功赫赫的大人物，按照中國人的文化心理，其出身和經歷肯定有著非同凡響之處，要不人家怎成了那麼大的人物呢？因此關於薛祿，民間有很多傳說。

他的第一個不凡之處是墓地的奇異。薛祿的父親給鄉先生家放牛，看見鄉先生家的荒田裡經常有蛇兔相鬥。蛇和兔為什麼相鬥呢？肯定是為了爭奪地盤。爭奪地盤幹嘛呢？肯定是這塊地是風水寶地，利於繁衍生息。於是他就向鄉先生請求這塊地作為墓地。

第二個不凡在於他出生的不凡。選擇了墓地後幾年，薛祿的母親就生了薛祿。薛祿出生的時候，天降大雨，兩個指揮使在他家門口避雨，看到烏鴉喜鵲紛紛聚集，用自己的翅膀覆蓋著屋上的漏雨處。這樣神奇的事，是不會發生在一般人身上的，所以兩個指揮使斷言此兒將來必定貴極人臣。

更為不凡的還在後頭呢。薛祿長大後「垢面垂鼻涕，殊不聰穎」，又髒又笨。墓地那麼好，出生那麼隆重神異，是不是這一切都不靈了呢？不是不靈，是我們肉眼凡胎被表面現象所迷惑，沒有看出薛祿的潛在威勢。轉眼間薛祿到了十八歲，他突然口出妙語，願意用替兄從軍換取一個俏媳婦兒。在從軍的路上，夫妻倆在懸崖下躲雨，當地人看到兩隻老虎竄出，附了他夫妻二人的身體。從此，薛祿「勇健非常，丰采頓異」，彷彿變了一個人，後以軍功封陽武侯世爵。

薛祿的從軍經歷大致如下：十八歲代兄從軍，後來在燕王部下當騎兵，驍勇善戰。朱棣舉兵反，史稱「靖難」，薛祿參與並立戰功。朱棣稱帝，為明成祖，永樂年間，薛祿曾為北疆主帥，多次打敗蒙古入侵，後升榮祿大夫右軍都督府右軍都督。永樂十八年，朱棣遷都北京，大封功臣，薛祿被封為「陽武侯」，北京故城就是薛祿當年主持營建的浩大工程。

朱棣駕崩後，其子明仁宗朱高熾登基，薛祿三佩「鎮朔大將軍」印巡邊報捷，被加封太子太保，世襲侯爵。薛祿還修建了一段長城作為明朝的國防工程。明仁宗亡故，明宣宗即位後御駕親征，以薛祿為討伐先鋒，平息了漢王朱高煦的反叛。薛祿去世後，被明宣宗皇帝贈封鄞國公，謚忠武。

沒想到這樣顯赫的家世和爵位，世襲傳承了幾代後，薛祿的直系後代就差點守不住了。因為他的某一位嫡孫死時，還沒有生出兒子，只有一位遺腹子，就只好先讓旁支來代替承襲爵位。因為這是一件大事，所以官府派上專門人員日夜守護著孕婦。真是奇怪了，一年多以後才生了位女孩。不要就此以為爵位沒戲了，又等了十五年，居然又生下一位男孩，經過一番周折，他順利繼承了爵位，延續了薛祿的正宗血統。

不知這位沉得住氣的公子哥兒後來是否光耀門楣？《孟子・離婁下》云：「君子之澤，五世而斬。」氣數將盡，估計他大概也不會有什麼大出息了。

布客

長清❶某，販布為業，客於泰安❷。聞有術人工星命之學❸，詣問休咎❹。術人推❺之曰：「運數大惡，可速歸。」某懼，囊資北下。途中遇一短衣人，似是隸胥❻。漸漬❼與語，遂相知悅。屢市餐飲，呼與共啜。短衣人甚德之。某問所幹營❽，答言：「將適長清，有所勾致❾。」問為何人。短衣人出牒❿，示令自審；第一即己姓名。駭曰：「何事見勾？」短衣人曰：「我非生人，乃蒿里山東四司⓫隸役。想子壽數盡矣。」某出涕求救。鬼曰：「不能。然牒上名多，拘集⓬尚需時日。子速歸，處置後事，我最後相招，此即所以報交好⓭耳。」

無何，至河際，斷絕橋梁，行人艱涉。鬼曰：「子行死矣，一文亦將不去。請即建橋，利行人；雖頗煩費⓮，然於子未必無小益。」某然之。歸，告妻子作周身具⑮。尅日鳩工⑯建橋。久之，鬼竟不至。心竊疑之。一日，鬼忽來曰：「我已以建橋事上報城隍⑰，轉達冥司⑱矣，謂此一節可延壽命。今牒名已除，敬以報命。」某喜感謝。

後再至泰山，不忘鬼德，敬賫楮錠⑲，呼名酹奠⑳。既出，見短衣一人匆遽而來曰：「子幾禍我！適司君方涖事㉑，幸不聞知；不然，奈何！」送之數武，曰：「後勿復來。倘有事北往，自當迂道㉒過訪。」遂別而去。

【注釋】❶長清　縣名，即今山東濟南長清區。❷泰安　州名，即今山東泰安。❸星命之學　術數家謂人的命運與星宿的位置和運行有關，故以人的生辰八字，按天星運數，附會人事，稱為星命之學。❹休咎　吉凶。❺推　推算。❻隸胥　官府中的小吏。❼漸漬　浸潤；逐漸。❽幹營　謀劃經營。❾勾致　拘捕。❿牒　文書。⓫蒿里山東四司　蒿里山本名高里山，在泰安城西南，有十殿閻君，下屬七十五司；東四司，可能是掌管生死輪迴的諸司。⓬拘集　拘捕聚集。⓭交好　友誼；友情。⓮煩費　大量耗費。⓯周身具　指棺材等葬具。⓰鳩工　聚集工匠。⓱城隍　古代神話中守護城池的神。⓲冥司　陰間。⓳敬賫楮錠　恭敬地帶著紙錢。賫，攜帶。楮錠，用紙疊成的銀錠。⓴酹奠　祭奠。㉑涖事　處理公務。㉒迂道　繞道。

【語譯】長清某人，靠販布為生，客住在泰安。聽說有個算命的精通「星命之學」，就前去詢問吉凶。算命的給他推算一下，說：「運數太壞，要趕快回家。」布客害怕，就急忙帶著資財北歸了。

布客在路上遇到一個穿短衣的人，像是個衙役。兩人漸漸靠近說話，談得還挺投機的。布客常買來酒飯，招呼短衣人一起吃。短衣人很感激他。布客問他有何公幹，短衣人回答：「要到長清，去勾拿人。」布客問勾拿什麼人，短衣人拿出抓人的公文，給布客讓他自己看；布客看到上面第一個就是自己的姓名。他驚說：「為了什麼事要勾我？」短衣人說：「我不是活人，是蒿里山東四司的衙役。想必你的壽數盡了。」布客哭著向他求救。鬼說：「這不好辦。但公文上人名很多，全部拘齊還要不少日子。你趕快回去，處理後事，我最後來拿你，這就算是我報答你對我的友情了。」

沒多久，兩人來到一條河邊，橋樑斷了，行人艱難地涉水過河。鬼說：「你馬上就要死了，一文錢也帶不走。請你就在這裡建一座橋，以方便行人；雖然要花不少錢，但對你未必不無好處。」布客認為他說得對。回家後，告訴妻子給自己做死後的衣服、棺槨。自己當天就召集工匠，開始建橋。過了很久，鬼竟不來招他。布客心中疑惑起來。一天，鬼忽然來了，說：「我已將你建橋的事上報給城隍了，城隍又轉達給了陰司，說這件事可以延長你的壽命。現在公文上你的名字已經除掉了，我特地來告訴你。」布客高興地向他道謝。

後來，布客又來到泰山，不忘那鬼衙役的恩德，恭敬地備了紙錢，喊著他的名字灑酒祭奠。剛走出廟門，就見那短衣人惶惶張張地跑過來說：「你差點害了我！剛才正好東四司的主管處理公務，幸虧他沒聽見你喊叫；否則，那還了得！」短衣人送布客走了幾步，說：「以後不要再來了。倘若我有事到北方，自然會繞道去看望你。」說完就告辭走了。

【研　析】在古代，人們出行前往往要找算命先生，卜一卜吉凶。特別是外出經商者，更是沒有不求神問卦的。在〈布客〉這一篇中，我們見識了一位神算。長清的這位布客，在泰山腳下的泰安販賣布匹。聽說有位善於算命的先生，他就前往讓其推算吉凶。這位布客前去一算，結果是「運數大惡，可速歸」。這位算卦先生算得準不準呢？根據下文的描寫，他算得非常準確，人眼看就要死了，還有比這更惡的運數嗎？眼看就要死了還不趕快回家，還能死在異鄉？所以，他得趕快往家走。

走得早不如走得巧，布客一上路就遇到一位蒿里山的勾魂使者。布客為人厚道大度，和這位使者語言投機，食宿與共，招待周至。為了報答布客的友好感情，使者打算行個方便，在規定的時間內最後勾至布客。走得巧不如碰得巧，若不是碰上橋斷修橋這件事，布客能存活的時間畢竟是有限的。但是一旦為過往行人修了一座橋，情形就不同了。勾魂使者把這件事上報給城隍，城隍又轉達給閻王，於是就從勾魂名錄上刪去了布客的名字，讓他繼續做買賣，安安穩穩地生活下去。做好事、做善事，破財免災，布客的行為是值得肯定的，勾魂使者勸其出錢修橋來換取生命，這種做法也是可取的。

可是為了報答勾魂使者的活命之德，布客燒紙酹酒，呼喊著使者的名字祭奠。使者匆匆趕來，不是感謝，反而教訓了布客一頓，說你差點給我找了大麻煩，以後千萬不要再這樣了，我若想找你玩，我會自己去的。對此，但明倫有點不大明白。他說：「以建橋事達冥司，除牒名而延壽命，究非作弊者比。呼名酹奠，即司君聞之，何害？」是啊，就是上司知道了，勸人行善架橋，也不能算罪過吧？若是聯繫《聊齋誌異》第一篇〈考城隍〉中的名句，「有心為善，雖善不賞；無心為惡，雖惡不罰」，便可以明白了：勾魂使者勸布客修橋利民，這是有心為善，這種善是不必讓上司知道的；上司一旦知道了，雖然不至於降罪，自己卻總有伐功之嫌，那樣行善的性質就變了，所以堅決不能像布客那樣喊著使者的名字祭奠。

章阿端

衛輝❶戚生，少年蘊藉，有氣敢任。

時大姓有巨第，白晝見鬼，死亡相繼，願以賤售。生廉❷其直，購居之。而第闊人稀，東院樓亭，蒿艾成林，亦姑廢置。家人夜驚，輒相譁以鬼。兩月餘，喪一婢。無何❸，生妻以暮至樓亭，既歸，得疾，數日尋斃。家人益懼，勸生他徙。生不聽。而塊然❹無偶，憭慄❺自傷。婢僕輩又時以怪異相聒❻。生怒，盛氣襆被，獨臥荒亭中，留燭以覘其異。

久之無他，亦竟睡去。忽有人以手探被，反復捫搎❼。生醒視之，則一老大婢，攣耳蓬頭❽，臃腫無度。生知其鬼，捉臂推之，笑曰：「尊範❾不堪承教！」婢慚，斂手蹀躞❿而去。少頃，一女郎自西北隅出，神情婉妙，闖然至燈下，怒罵：「何處狂生，居然高臥⓫！」生起笑曰：「小生此間之第主，候卿討房稅⓬耳。」遂起，裸而捉之。女急遁。生先趨西北隅，阻其歸路。女既窮，便坐床上。近臨之，對燭如仙；漸擁諸懷。女笑曰：「狂生不畏鬼耶？將禍爾死！」生強解裙襦⓭，則亦不甚抗拒。

已而自白：「妾章氏，小字阿端。誤適蕩子，剛愎不仁⓮，橫加折辱，憤悒夭逝，瘞⓯此二十餘年矣。此宅下皆墳冢也。」問：「老婢何人？」曰：「亦一故鬼⓰，從妾服役。上有生人居，則鬼不安於夜室⓱，適令驅君耳。」問：「捫搎何為？」笑曰：「此婢三十年未經人道⓲，其情可憫；然亦太不自量矣。要之：餒怯⓳者，鬼益侮弄之；剛腸者，不敢犯也。」聽鄰鐘響斷，著衣下床，曰：「如不見猜，夜當復至。」

入夕，果至，綢繆⓴益歡。生曰：「室人不幸殂謝㉑，感悼不釋於懷。卿能為我致之否？」女聞之益戚，曰：「妾死二十年，誰一致念憶者！君誠多情，妾當極力。然聞投生㉒有地矣，不知尚在冥司否。」逾夕，告生曰：「娘子將生貴人家。以前生失耳環，撻婢，婢自縊死，此案未結，以故遲留。今尚寄藥王㉓廊下，有監守者。妾使婢往行賄，或將來也。」生問：「卿何閑散？」曰：「凡枉死鬼不自投見，閻摩天子㉔不及知也。」

二鼓向盡，老婢果引生妻而至。生執手大悲。妻含涕不能言。女別去，曰：「兩人可話契闊㉕，另夜請相見也。」生慰問婢死事。妻曰：「無妨，行結矣。」上床偎抱，款㉖若平生之歡。由此遂以為常。

後五日，妻忽泣曰：「明日將赴山東，乖離㉗苦長，奈何！」生聞言，揮涕流離，哀不自勝。女勸曰：「妾有一策，可得暫聚。」共收涕詢之。女請以錢紙十提㉘，焚南堂杏樹下，持賄押生者，俾緩時日。生從之。至夕，妻至曰：「幸賴端娘，今得十日聚。」生喜，禁女勿去，留與連床㉙，暮以暨曉，惟恐歡盡。過七八日，生以限期將滿，夫妻終夜哭。問計於女。女曰：「勢難再謀。然試為之，非冥資百萬不可。」生焚之如數。女來，喜曰：「妾使人與押生者關說[30]，初甚難；既見多金，心始搖。今已以他鬼代生矣。」自此白日亦不復去，令生塞戶牖，燈燭不絕。

如是年餘，女忽病瞀悶[31]，懊憹恍惚，如見鬼狀。妻撫之曰：「此為鬼病。」生曰：「端娘已鬼，又何鬼之能病？」妻曰：「不然。人死為鬼，鬼死為聻[32]。鬼之畏聻，猶人之畏鬼也。」生欲為聘巫醫。曰：「鬼何可以人療？鄰媼王氏，今行術於冥間，可往召之。然去此十餘里，妾足弱，不能行，煩君焚芻馬[33]。」生從之。馬方爇，即見女婢牽赤騮[34]，授綏[35]庭下，轉瞬已杳。

少間，與一老媼疊騎而來，縶馬廊柱。媼入，切[36]女十指。既而端坐，首⿰亻蜀倲[37]作態。仆地移時，蹶而起曰：「我黑山大王也。娘子病大篤，幸遇小神，福澤不淺哉！此業鬼為殃，不妨，不妨！但是病有瘳，須厚我供養，金百鋌㊳、錢百貫，盛筵一設，不得少缺。」妻一一噭應㊴。嫗又仆而蘇，向病者呵叱，乃已。既而欲去，妻送諸庭外，贈之以馬，欣然而去。

入視女郎，似稍清醒。夫妻大悅，撫問之。女忽言曰：「妾恐不得再履人世矣。合目輒見冤鬼，命也！」因泣下。越宿，病益沉殆，曲體戰慄，妄㊵有所睹。拉生同臥，以首入懷，似畏撲捉。生一起，則驚叫不寧。如此六七日，夫妻無所為計。會生他出，半日而歸，聞妻哭聲。驚問，則端娘已斃床上，委蛻㊶猶存。啟之，白骨儼然。生大慟，以生人禮葬於祖墓之側。

一夜，妻夢中嗚咽。搖而問之，答云：「適夢端娘來，言其夫為聻鬼，怒其改節㊷泉下，銜恨索命去，乞我作道場㊸。」生早起，即將如教。妻止之曰：「度鬼非君所可與力也。」乃起去。逾刻而來，曰：「余已命人邀僧侶。當先焚錢紙作用度。」生從之。日方落，僧眾畢集，金鐃法鼓，一如人世。妻每謂其聒耳，生殊不聞。道場既畢，妻又夢端娘來謝，言：「冤已解矣，將生作城隍㊹之女。煩為轉致。」

居三年，家人初聞而懼，久之漸習。生不在，則隔窗啟稟。一夜，向生啼曰：「前押生者，今情弊漏泄，按責㊺甚急，恐不能久聚矣。」數日，果疾，曰：「情之所鍾，本願長死，不樂生也。今將永訣，得非數㊻乎！」生皇遽求策。曰：「是不可為也。」問：「受責乎？」曰：「薄有所罰。然偷生罪大，偷死罪小。」言訖，不動。細審之，面龐形質，漸就澌滅㊼矣。

生每獨宿亭中，冀有他遇，終亦寂然，人心遂安。

【注釋】❶衛輝　府名，即今河南新鄉衛輝市。❷廉　便宜；價錢低。❸無何　不久。❹塊然　孤獨的樣子。❺憭慄　淒涼憂傷。❻聒　頻繁地稱說。❼捫搎　摸索。❽攣耳蓬頭　耳朵蜷曲，頭髮紛亂。❾尊範　稱他人儀容的敬詞，後多用為謔稱。❿蹀躞　小步走路。⓫高臥　安臥；悠閒地躺著。⓬房稅　房租。⓭裙襦　裙子和短襖。⓮剛愎不仁　粗暴專橫，不通人情。⓯瘞　埋葬。⓰故鬼　舊鬼；死去已久的人的鬼魂。⓱夜室　墳墓；陰間。⓲人道　男女交合。⓳餒怯　氣餒膽怯。⓴綢繆　形容纏綿不解的男女戀情。㉑殂謝　死亡。㉒投

生 投胎。㉓藥王 藥王菩薩，因供養比丘僧眾，並施藥救人，得眾人讚賞，被尊稱為藥王。㉔閻摩天子 閻王。㉕話契闊 敘談久別之情。契闊，離合；聚散。偏指離散。㉖款 親密無間。㉗乖離 別離。乖，背離。㉘十提 十串；十掛。㉙連床 同宿。㉚關說 用言辭打通關節。㉛瞀悶 頭暈眼花。㉜聻 迷信的人稱鬼死為聻。㉝芻馬 用草紮成的馬。㉞赤騮 紅色駿馬。㉟綏 古代指登車時手挽的索，此指韁繩。㊱切 按脈，中醫診斷病症方法之一。㊲偈倈 哆嗦；抖動。㊳鋌 專門鑄成的各種形態的金銀塊，用以貨幣流通。㊴嗷應 高聲急應。㊵妄 虛幻。㊶委蛻 自然所付與的軀殼。㊷改節 改變志節，與人偷情。㊸道場 佛教徒所舉行的超度亡靈的法會。㊹城隍 守護城池的神。㊺按責 追查。㊻數 上天安排的命運。㊼澌滅 消失乾淨。

【語 譯】衛輝府的戚生，青春年少、深沉文雅，又血氣方剛，敢作敢為。

當時一個大戶人家有座大宅子，因為白天見鬼，家人相繼死亡，願意把宅子低價賣了。戚生貪圖便宜，就買下來住了進去。但是宅院大人口少，東院裡的樓亭，艾蒿長成了小樹林，也只好讓它暫且廢置著。家人夜裡驚起，往往喊叫著說有鬼。兩個月後，死了一個丫鬟。沒過多久，戚生的妻子傍晚到東院樓亭去，回來後就得了病，幾天時間就死了。家人更加害怕了，勸戚生搬到別處住去。戚生不聽從。然而孤身一人沒有女伴，感覺頗為淒涼悲傷。丫鬟僕人們又不時因為怪異來絮叨他。戚生大怒，氣昂昂地抱了被褥，獨自來到荒亭中躺下，留著蠟燭來觀察究竟有何怪事。

很久也沒有什麼變故，他也就睡著了。忽然有人把手伸進了被窩裡，反覆地摸索。戚生醒來一看，原來是個老大不小的婢女，耳朵蜷曲、頭髮蓬亂，面目臃腫得不成樣子。戚生知道她是個鬼，就抓住胳膊推她，笑道：「尊容不敢領教！」老婢很慚愧，縮回手邁著小步子走了。不一會兒，一個女郎從西北角出來，神情溫雅美妙，一下子闖到燈下，怒罵道：「哪裡的狂生，竟敢高枕而臥！」戚生坐起來笑著說：「小生是這裡的房主，等著向你討房租呢。」於是起來，光著身子去抓她。女郎急忙逃避。戚生先跑到西北角，擋住了她的歸路。女郎沒辦法，便一屁股坐到了他的床上。戚生靠近她，在燭光裡，女子美如天仙；戚生漸漸把她抱到懷裡。女郎笑著說：「狂生不怕鬼嗎？會把你禍害死的！」戚生硬解開她的衣裙，她也不太抗拒。

兩人完事後，她說：「我姓章，小名阿端。錯嫁了一個浪蕩公子，他專橫無情，任意折磨羞辱我，我活活氣死，埋在這裡二十多年了。這宅子下面全是些墳墓。」戚生問：「那老婢是什麼人？」阿端說：「也是一個老鬼，跟著伺候我。上面有生人居住，鬼在下面就不得安寧，剛才是我讓她來趕你的。」戚生又問：「她為什麼要摸索我？」阿端笑著說：「這老婢三十年來從未經歷過男女之事，她的情狀也是很可憐的；但她也太不自量了。總之：心虛膽小的人，鬼越是欺侮折磨他；心剛氣正的人，鬼就不敢侵犯了。」聽到鄰近的晨鐘響過，阿端才穿上衣服，下床說：「你若不懷疑我，夜裡我會再來。」

到了晚上，阿端果然來到，兩人纏綿得更加喜悅。戚生說：「我妻子不幸亡故，悼念之情一直縈繞心間。你能為我招她來嗎？」阿端聽說後也很悲傷，說：「我死了二十年，有誰能思念一下我呢！你真是多情，我一定盡力而為。不過聽說她已有了投生的地方，不知道還在不在陰間。」過了一夜，阿端告訴戚生說：「你的娘子將要投生到富貴人家。因為她前生丟失了耳環，拷打侍女，侍女自縊身亡，這個案子還未完結，因此還留在陰間。她現在還寄居在藥王廊下，有人看守著她。我已派侍女前去行賄，說不定就要來了。」戚生問：「你為什麼這樣閒散？」阿端說：「凡是屈死鬼不自己去投案，閻羅王也就不會知道。」

二更將盡的時候，那老婢果然領著戚生的妻子來了。戚生拉著妻子的手非常悲傷。妻子含著眼淚說不出話來。阿端告別，說：「你們兩人可以敘談別後之情，明天夜裡咱再見面。」戚生一邊安慰，一邊問妻子侍女縊死的事。妻子說：「不要緊，就要完結了。」兩人上床擁抱，恩愛歡樂如同生前。從此妻子就經常來歡聚過夜。

過了五天，妻子忽然哭著說：「明天我將赴山東投生，就要長久痛苦地分別了，怎麼辦呢！」戚生聽後，淚流滿面，悲傷得難以自持。阿端勸慰說：「我有一個辦法，可使你們暫時團聚。」兩人收淚問她有何方法。阿端請戚生拿紙錢十串，在南屋前的杏樹下面焚燒，她帶著去賄賂押送他妻子投生的鬼吏，讓他延緩時日。戚生按照她說的話辦了。到了晚上，妻子來到說：「多虧端娘幫助，現在又能團聚十天了。」戚生大喜，不讓阿端離去，留下她三人住在一起，從傍晚到天曉，惟恐歡樂過完。過了七八天，戚生因為十天期限將滿，夫妻倆整夜痛哭。就向阿端詢問計策。阿端說：「看情況大概不再有法子了。不過還可以再試著辦一下，但非冥錢一百萬不可。」戚生如數焚燒紙錢。阿端來了，高興地說：「我派人和押生的鬼吏說情，開始很難；看到這麼多錢，他才動了心。現在他已經讓別的鬼去代替投生了。」從此，妻子白天也不再離去，讓戚生關窗閉戶，白天黑夜燈燭不滅。

這樣過了一年多，阿端忽然病得昏沉沉的，煩躁不安，神志不清，像是見了鬼的樣子。戚妻撫摸著她說：「她這是被鬼附了體。」戚生說：「端娘已經是鬼了，又有什麼鬼能使她生病？」妻子說：「不是的。人死了變成鬼，鬼死了變成聻。鬼害怕聻，猶如人害怕鬼一樣。」戚生想為端娘請個巫醫。妻子說：「鬼怎麼可以讓人來治療？鄰居王老太太，如今在陰間當巫醫，可去請她來。然而離這裡十幾里路，我的腳柔弱無力，不能走遠路，麻煩你燒個紙馬。」戚生答應了她。紙馬剛剛點燃，就見丫鬟牽來一匹黑鬃黑尾的紅馬，在院子裡把韁繩遞給戚妻，轉眼之間就不見了。

不一會兒，戚妻和一個老太太兩人同騎在紅馬上來到，把馬拴在廊柱上。老太太進屋，按著阿端的十指切脈。隨後端端正正地坐著，腦袋哆嗦起來。她倒在地上，一會兒突然起來說：「我是黑山大王。娘子病得很厲害，幸虧遇見小神，福分不淺啊！這是造孽的惡鬼作祟，不妨，不妨！只是這病若好了，必須重重地供養我，銀子一百錠、銅錢一百貫、豐盛酒筵一桌，一樣也不能缺少。」戚妻一一高聲應承。老太太又倒在地上蘇醒過來，朝著病人呵叱了一陣，才結束。接著，老太太要走，戚妻送她到院外，贈送給她那匹馬，她很高興地走了。

進屋看看阿端，好像稍微清醒了些。夫妻二人非常高興，就撫摸著安慰她。阿端忽然說：「我恐怕不能再踏入人間了。一閉眼就看見冤鬼，這是命該如此啊！」於是落下淚來。過了一夜，阿端的病情更加嚴重了，彎曲著身子顫抖著，好像看見了什麼可怕的東西。她拉著戚生一起躺著，把頭扎進他的懷裡，好像害怕有人撲捉她。戚生一起身，她就驚叫不寧。這樣過了六七天，夫妻倆沒有任何辦法。恰巧戚生有事外出，半天才回來，聽到妻子的哭聲。驚問緣故，原來阿端已經死在床上，軀殼猶存。掀開一看，一堆白骨還清清楚楚擺放在那裡。戚生非常悲痛，便按生人的禮儀把她葬在祖墳的旁邊。

一天夜裡，戚妻在睡夢中嗚咽起來。戚生搖醒她問她怎麼了，妻子說：「剛才夢見端娘來了，說她丈夫是個聻鬼，氣她在陰間不守貞節，懷恨追了她的命去，求我作道場超度她。」戚生早起，就要按妻子的話去做。妻子阻止他說：「超度鬼魂不是你可以用上力的。」於是起來走了。過了一會兒回來說：「我已經讓人邀請僧侶去了。應該先焚燒些紙錢準備著使用。」戚生都照辦了。太陽剛一落山，許多僧人集合而來，金鐃法鼓，如同人間。戚妻常說聲音刺耳，戚生卻一點也聽不到。道場做完了，戚妻又夢見阿端來感謝，說：「冤孽已經化解了，將要投生作城隍的女兒。煩你轉達戚生。」

這樣過了三年，剛開始時，家人聽說都很害怕，時間一長，也就漸漸習慣了。戚生不在的時候，家人就隔著窗子向女主人請示彙報。一天夜裡，妻子對戚生哭泣說：「原先押我投生的鬼吏，現在徇情舞弊的事敗露了，上司責令追查，情況緊急，恐怕不能長久團聚了。」過了幾天，妻子果然病了，說：「你我恩愛鍾情，我情願長死，也不願意去投生。現在將要永別了，難道不是天意嗎！」戚生恐慌地詢問計策。妻子說：「這次沒辦法了。」戚生問：「還要受責罰嗎？」妻子回答：「有點小小的懲罰。但偷生的罪大，偷死的罪小。」說完，就不動了。仔細一看，她的臉面體形，逐漸就消失了。

戚生常常獨宿在亭子裡，希望再有別的奇遇，但最終也沒有什麼動靜，大家的心也就從此安定下來。

【研　析】文章亦如戲劇，真正的主角真正的美女是不會一開始就上場亮相的，總得先有人替她跑跑龍套、造造氣氛。在〈聶小倩〉中，聶小倩還沒有出場，先有一婦一媼對其議論一番，然後才在月光之下「仿佛豔絕」地登場。在〈章阿端〉中，章阿端還沒有登場，先出來一位「彎耳蓬頭，臃腫無度」的老大婢。這在美學上也有講究，叫做反襯。她的出現不僅僅是以醜陋襯托婉妙，也用來襯托章阿端和戚生「綢繆益歡」。

幸福享樂是沒有饜足的。戚生既與章阿端「綢繆益歡」了，還想著自己的妻子，就讓章阿端把她招來。「凡枉死鬼不自投見，閻摩天子不及知也」。只要自己不主動去報戶口，政府是不會知道流動人口中多個人少個人的。這樣，章阿端就借助政策的空子，把戚生的妻子招來，三人連床而眠，共度良宵。即使在妻妾成群的封建社會，一男兩女同床共眠，恐怕也不會是愛情生活的常態。正因其不多見，所以在蒲松齡看來就彌足珍貴，就慷慨地把它賦予了這多情的一男二女。而且，有人願意做人，也有人願意做鬼。戚生的鬼妻子說：「情之所鍾，本願長死，不樂生也。」在〈水莽草〉篇中水莽鬼祝生也說：「兒事母最樂，不願生也。」蒲松齡相當看重這個「情」字。

章阿端本來就是鬼了，可她還是害怕「聻」。為了給章阿端驅聻治病，戚生夫妻破費了不少錢財，供養善於行術冥間的王婆，可還是挽救不了她的鬼命。因為追她鬼命的不是別人，而是她的聻丈夫，他看到她在冥間與人私通，所以要來索她的鬼命。後來章阿端做了城隍神的女兒，這也算是不錯的結局了。

看這篇小說，「聻」字也引起我們的注意。唐人張讀《宣室志・馮漸制鬼》云：「河東馮漸，名家子。以明經入仕，性與俗背，後棄官隱居伊水上。有道士李君以道術聞，尤善視鬼，朝士皆慕其能。李君後退歸汝穎，適遇漸於伊洛間，知漸有奇術，甚重之。大曆中，有博陵崔公者，與李君為僚，甚善。李君寓書於崔曰：『當今制鬼，無過漸耳。』是時朝士咸知漸有神術數，往往道其名。別後長安中人率以『漸』字題其門者，蓋用此也。」看過這段材料，我們知道本來是「漸」而不是「聻」。可是其後民間道士無知，將豎寫之「漸耳」誤為一字，遂造出「聻」字，並附會以「鬼死為聻」的說法。以至於金人韓道昭在《五音集韵》中說：「人死作鬼，人見懼之；鬼死作聻，鬼見怕之。若篆書此字貼於門上，一切鬼祟，遠離千里。」這就是「聻」字的大致來歷。

武孝廉

武孝廉❶石某，囊貲赴都，將求銓敘❷。至德州❸，暴病，唾血不起，長臥舟中。僕篡金❹亡去。石大恚，病益加，資糧斷絕。榜人❺謀委棄之。

會有女子乘船，夜來臨泊，聞之，自願以舟載石。榜人悅，扶石登女舟。石視之，婦四十餘，被服粲麗，神采猶都❻。呻以感謝。婦臨審曰：「君夙有瘵根❼，今魂魄已遊墟墓。」石聞之，嗷然❽哀哭。婦曰：「我有丸藥，能起死。苟病瘳，勿相忘。」石灑泣矢盟。婦乃以藥餌石；半日，覺少痊。婦即榻供甘旨，殷勤過於夫婦。石益德之。

月餘，病良已。石膝行而前，敬之如母。婦曰：「妾煢獨❾無依，如不以色衰見憎，願侍巾櫛❿。」時石三十餘，喪偶經年，聞之，喜愜過望，遂相燕好⓫。婦乃出藏金，使入都營幹⓬，相約返與同歸。石赴都夤緣⓭，選得本省司閫⓮；餘金市鞍馬，冠蓋赫奕⓯。因念婦臘⓰已高，終非良偶，因以百金聘王氏女為繼室。心中悚怯，恐婦聞知，遂避德州道，迂途履任⓱。

年餘，不通音耗。有石中表⓲，偶至德州，與婦為鄰。婦知之，詣問石況。某以實對。婦大罵，因告以情。某亦代為不平，慰解曰：「或署中務冗⓳，尚未暇遑。乞修尺一書⓴，為嫂寄之。」婦如其言。某敬以達石，石殊不置意。

又年餘，婦自往歸石，止於旅舍，託官署司賓者㉑通姓氏。石令絕之。一日，方燕飲，聞喧詈聲；釋杯凝聽，則婦已搴㉒簾入矣。石大駭，面色如土。婦指罵曰：「薄情郎！安樂耶？試思富若貴何所自來？我與汝情分不薄，即欲置婢妾，相謀何害？」石纍足屏氣㉓，不能復作聲。久之，長跽自投㉔，詭辭乞宥㉕。婦氣稍平。

石與王氏謀，使以妹禮見婦。王氏雅㉖不欲；石固哀之，乃往。王拜，婦亦答拜。曰：「妹勿懼，我非悍妬者。曩事，實人情所不堪，即妹亦當不願有是郎。」遂為王緬述㉗本末。王亦憤恨，因與交詈石。石不能自為地，惟求自贖，遂相安帖。

初，婦之未入也，石戒閽人㉘勿通。至此，怒閽人，陰詰讓之。閽人固言管鑰㉙未發，無入者，不服。石疑之而不敢問婦，兩雖言笑，而終非所好也。幸婦嫻婉㉚，不爭夕㉛。三餐後，掩闥早眠，並不問良人㉜夜宿何所。王初猶自危；見其如此，益敬之。厭旦㉝往朝，如事姑嫜㉞。

婦御下寬和有體，而明察若神。一日，石失印綬㉟，合署沸騰，屑屑㊱還往，無所為計。婦笑言：「勿憂，竭井可得。」石從之，果得之。叩其故，輒笑不言。隱約㊲間，似知盜者姓名，然終不肯泄。居之終歲，察其行多異。石疑其非人，常於寢後使人瞯㊳聽之，但聞床上終夜作振衣聲，亦不知其何為。

婦與王極相愛憐。一夕，石以赴臬司㊴未歸，婦與王飲，不覺過醉，就臥席間，化而為狐。王憐之，覆以錦褥。未幾，石入，王告以異。石欲殺之。王曰：「即狐，何負於君？」石不聽，急覓佩刀。而婦已醒，罵曰：「虺蝮㊵之行，而豺狼之心，必不可以久居！曩所啖藥，乞賜還也！」即唾石面。石覺森寒如澆冰水，喉中習習作癢；嘔出，則丸藥如故。婦拾之，忿然徑出，追之已杳。石中夜舊症復作，血嗽不止，半歲而卒。

異史氏曰：「石孝廉，翩翩若書生。或言其折節㊶能下士，語人如恐傷。壯年殂謝，士林㊷悼之。至聞其負狐婦一事，則與李十郎㊸何以少異？」

【注釋】❶武孝廉　武舉人。❷銓敘　舊時一種敘官制度，按資歷或勞績核定官職的授予或升遷。❸德州　地名，今山東德州。❹篡金　搶奪錢物。❺榜人　船家；舟子。❻都　美好。❼瘵根　肺癆病根。❽嗷然　呼喊的樣子。❾煢獨　孤獨。❿侍巾櫛　古代以服侍夫君飲食起居為妻妾本分，故用作為人妻妾的謙詞。巾，手巾之類。櫛，梳篦之類。⓫燕好　指男女歡合。⓬營幹　營求；辦理。⓭夤緣　攀附權貴，向上巴結。⓮司閫　指地方軍事長官。《史記·張釋之馮唐列傳》：「閫以內者，寡人制之；閫以外者，將軍制之。」⓯冠蓋赫奕　官員的冠服和車乘光輝炫耀。⓰臘　年齡。⓱迂途履任　繞道上任。⓲中表　指與祖父、父親的姐妹的子女的親戚關係，或與祖母、母親的兄弟姐妹的子女的親戚關係。⓳務冗　公務繁多。⓴尺一書　古時詔板長一尺一寸，故稱天子的詔書為「尺一」，後泛指書信。㉑司賓者　負責接待賓客的人。㉒搴　撩起；掀開。㉓累足屏氣　疊足站立，屏住呼吸，畏懼的樣子。㉔長跽自投　跪地叩頭。㉕詭辭乞宥　說假話請求原諒。詭辭，說假話。宥，寬容；饒恕。㉖雅　很；甚。㉗緬述　盡情敘說。㉘閽人　守門人。㉙管鑰　鑰匙。㉚嫻婉　柔美文雅。㉛爭夕　爭著晚上侍寢。㉜良人　妻子對丈夫的稱呼。㉝厭旦　黎明。㉞姑嫜　公婆。㉟印綬　舊時稱印信和繫印的絲帶。㊱屑屑　介意的樣子。㊲隱約　依稀；不明顯。㊳瞷　窺視。㊴臬司　臬司衙門，是按察使的官署。㊵虺蝮　毒蛇名。㊶折節　降低自己身分，屈己下人。㊷士林　官場。㊸李十郎　李益，唐人小說〈霍小玉傳〉中人物。他在長安應試時愛上妓女霍小玉，發誓永不捨棄；後考中得官，拋玉另娶。

【語　譯】武孝廉石某，帶著銀子去京城，準備通過朝廷的揀選，謀到一官半職。到了德州，突得重病，口吐鮮血，不能起床，一天到晚躺在船上。僕人搶了他的銀子跑了。石某十分氣憤，病情更加厲害，沒有錢花，也沒有飯吃。船家打算把他扔掉算了。

這時，正好有個女子乘船來到，夜裡把船停在旁邊，聽說了石某的情況，就願意讓石某乘坐自己的船。船家很高興，就扶著石某登上了女子的船。石某看看那女子，約有四十多歲，穿著很華麗，氣質也算優雅。石某呻吟著表示感謝。女子走到石某跟前看了看說：「你早就有肺癆病根子，現在你的魂魄正在墳墓間遊蕩呢。」石某聽了，不禁放聲大哭起來。女子說：「我有藥丸子，能起死回生。你若好了，可別忘了我。」石某流著眼淚發下誓言。婦人隨即拿藥丸子給石某吃下；過了半天，石某覺得病情減輕了不少。女子坐在床上給石某餵好吃的，熱情周到，勝過夫妻。石某更感激她了。

一個月後，石某的病就全好了。他跪著爬過去，敬奉那女子如同敬奉母親。女子說：「我孤單一人，無依無靠，你若不嫌我年老色衰，我願做你的妻子，好好伺候你。」當時石某三十多歲，妻子死了一年多了，聽了女子的話，喜出望外，於是兩人就歡天喜地地做了夫妻。女子拿出積蓄的銀子，讓他到京城謀求官職，約好從京城返回時，來帶她一同回家。石某到了京城，花錢託關係走門子，被選為本省的軍事長官；剩下的銀子買了鞍馬，他立即官服鮮亮，車駕煊赫起來。於是想起那女子年紀太大，終歸不是妻子的最佳人選，就花一百兩銀子娶王氏女做了繼室。他心懷愧怍恐懼，怕那女子知道，就不走經過德州的道路，繞遠道去赴任。

一年多，石某也不和女子通音信。他有個表弟，偶然到德州有事，住處與女子為鄰。女子知道了，就過來打聽石某的情況。表弟就實話實說告訴了女子。女子聽了大罵，並把她和石某的情況告訴了他。表弟也替她嗚不平，勸慰她說：「我表哥可能官府公務纏身，還沒抽出時間來接你。請你寫封信，我替嫂子轉達他。」女子就照他說的寫了信。表弟認真負責地把信送交石某，石某竟然毫不放在心上。

又過了一年多，女子自己去找石某，住在旅店裡，託付官府裡負責接待的人把姓名通報石某。石某下令不要讓她進來。一天，石某正在喝酒，聽到有叫罵聲；他放下杯子仔細一聽，女子已掀開簾子進了屋子。石某大吃一驚，面如土色。女子指著他罵道：「薄情郎！你好快樂吧？你想想你的富貴是哪裡來的？我對你情分不薄，你就算想娶個婢妾，和我商量一下又有何妨？」石某疊足站立，連大氣也不敢出，更是一句話也說不出來。過了好一會兒，石某才跪在地上磕頭作揖，花言巧語地乞求饒恕。女子的怒氣稍稍平靜了下來。

石某和王氏商量，叫王氏以妹妹的身分拜見女子。王氏很不樂意；石某一再哀求她，王氏才去拜見女子。王氏向女子行禮，女子也回拜了王氏。女子說：「妹妹不要怕，我不是潑悍妒嫉的女人。以前他做的事，實在是人情不能忍受的，就是妹妹你也不願意有這樣的男人。」於是就向王氏講了事情的前因後果。王氏聽了也很氣憤，於是她倆輪番咒罵石某。石某不敢替自己辯解一句，只要求暫且饒恕，今後努力贖罪，這才一家人安靜下來。

當初，女子還沒有進來時，石某告誡門房，不要讓她進來。如今發展成這種情況，石某就遷怒看門人，暗中責備看門人不該放她進來。可是看門人卻語氣堅定地說大門一直鎖著不曾開過，沒有任何人進來，心中頗不服氣。石某就產生了懷疑，卻又不敢去問那女子。他與女子表面上有說有笑，但終究不是真心喜歡她。幸虧女子溫柔賢惠，從不爭著晚上與他一床睡覺。每天吃完三頓飯，就早早關上門睡了，從不問丈夫夜間和誰睡覺。王氏起初還怕她與自己爭男人；見女子這樣行事，就更加敬重她了。每天一早，就向女子請安，如同伺候婆婆。

女子對下人寬和有分寸，但卻明察秋毫，如有神靈。一天，石某丟了官印，整個官府像炸了鍋，人們互相猜疑著走來走去，不知如何是好。女子笑著說：「不用愁，打乾了井水就能找到。」石某照辦，果然找到了官印。問她怎麼回事，她總是笑而不言。隱約之間，她似乎知道偷印人的姓名，但一直不肯說出來。到了年底，石某觀察女子的行為，有許多奇異的地方。便懷疑女子不是人類，常叫人在女子睡後去偷聽她，只聽到她的床上整夜有抖動衣服的聲音，也不知道她在幹什麼。

女子與王氏非常親愛。一晚，石某到臬司衙門去沒有回來，女子就與王氏喝酒，因多喝過了量，醉了，趴在桌子上，變成了一隻狐狸。王氏愛憐她，就給她蓋上綢被子。不久，石某回來，王氏就告訴了他女子的怪異。石某就想殺了女子。王氏說：「她就是狐，哪裡對不起你？」石某不聽從，急忙尋找佩刀。女子已經醒來，罵道：「你這毒蛇一樣的行為，豺狼一樣的心腸，絕對不能與你常住一起了！以前你吃的我的藥丸子，請你還給我吧！」就朝石某臉上吐唾沫。石某覺得冷森森的像澆了冰水一樣，喉嚨裡一陣一陣發癢；一陣嘔吐，吐出了藥丸子，和以前一模一樣。女子拾起丸子，氣憤地走了，石某與王氏追出去，她已沒了蹤影。石某到了半夜裡，舊病復發了，咳血不止，半年的工夫就死了。

異史氏說：「石孝廉雖是武舉人，卻風姿翩翩像個書生。有人說他能禮賢下士，和人說話惟恐傷害著別人。壯年時就去世了，官場中都悼念他。等聽說了他背棄狐狸妻子的事，都認為，這和李十郎背叛霍小玉的事，哪有半點不同啊？」

【研　析】這是一篇關於忘恩負義遭到報應的故事。武孝廉石某坐船順京杭大運河來到了德州。他攜帶著大量資金，是要進京求取官職的。偏偏好事多磨，船到德州他病倒了，並且長臥舟中，吐血不止。他不但「病益加」，而且「資糧斷絕」，還眼看著僕人攜金逃亡而徒喚奈何。好在他命不該絕，就在他將要被船家丟棄的時候，他遇到了恩人某女子。

這位女子的到來還是令他眼前一亮。「石視之，婦四十餘，被服粲麗，神采猶都」。武孝廉呻吟著還沒忘了說聲「謝謝」。蒲松齡在小說的「異史氏曰」中告訴我們：「石孝廉，翩翩若書生。或言其折節能下士，語人如恐傷。」雖然是練武的出身，卻渾身上下充滿了文人雅趣，貌若書生，言辭溫婉。這位女子不但給他治病，還毛遂自薦願意嫁給他做老婆。

武孝廉病好了，也和女子做了夫妻。女子對武孝廉是「殷勤過於夫婦」。武孝廉攜帶著女子的贈金到京城謀得了本省軍事長官的官職，本來應該按約好的程序到德州叫著老婆一塊兒去上任的。但是武孝廉「因念婦臘已高，終非良偶」，「因以百金聘王氏女為繼室。心中悚怯，恐婦聞知，遂避德州道，迂途履任」。可是令他沒想到的是，女子竟然找上門來了。女子見面就罵：「薄情郎！安樂耶？試思富若貴何所自來？我與汝情分不薄，即欲置婢妾，相謀何害？」她不但大罵武孝廉，還把他的醜行一五一十告訴繼室王氏，弄得王氏也討厭了武孝廉。好在這位女子並不與王氏爭奪夜晚的床上權利，所以她倆關係很好。王氏對她「如事姑嫜」。在一次醉酒後，她露出了狐狸的本身，武孝廉暗起殺心。她便索丸藥而去，武孝廉一病身亡。由此可見，人負狐也是要不得的。缺失了仁、義、禮、智、信等這些做人的基本要求，也就失去了做人的資格。

土偶

沂水❶馬姓者，娶妻王氏，琴瑟❷甚敦。馬早逝。王父母欲奪其志❸，王矢❹不他。姑❺憐其少，亦勸之，王不聽。母曰：「汝志良佳；然齒❻太幼，兒又無出。每見有勉強於初，而貽羞於後者，固不如早嫁，猶恒情❼也。」王正容❽，以死自誓，母乃任之。

女命塑工肖夫像，每食，酹獻❾如生時。一夕，將寢，忽見土偶人欠伸而下。駭心愕顧，即已暴長如人，真其夫也。女懼，呼母。鬼止之曰：「勿爾。感卿情好，幽壤❿酸辛。一門有忠貞，數世祖宗，皆有光榮。吾父生有損德⓫，應無嗣，遂至促我茂齡⓬；冥司念爾苦節，故令我歸，與汝生一子承祧緒⓭。」女亦沾衿。遂燕好⓮如平生。雞鳴，即下榻去。如此月餘，覺腹微動。鬼乃泣曰：「限期已滿，從此永訣矣！」

遂絕。

女初不言；既而腹漸大，不能隱，陰以告母。母疑涉妄；然窺女無他，大惑不解。十月，果舉⑮一男。向人言之，聞者罔不匿笑；女亦無以自伸。有里正⑯故與馬有郤，告諸邑令。令拘訊鄰人，並無異言。令曰：「聞鬼子無影，有影者偽也。」抱兒日中，影淡淡如輕煙然。又刺兒指血傅⑰土偶上，立入無痕；取他偶塗之，一拭便去。以此信之。

長數歲，口鼻言動，無一不肖馬者。群疑始解。

【注釋】❶沂水　縣名，即今山東臨沂沂水縣。❷琴瑟　比喻夫妻感情和睦。《詩・小雅・常棣》：「妻子好合，如鼓琴瑟。」❸奪其志　改變其志節。謂令其改嫁。❹矢　發誓。❺姑　婆婆。❻齒　年齡。❼恒情　人之常情。❽正容　使容顏儀態端莊嚴肅。❾酹獻　祭奠。❿幽壤　地下；九泉之下。⓫損德　有損道德的行為。⓬茂齡　壯年。⓭承祧緒　傳宗接代。⓮燕好　夫妻恩愛。⓯舉　生育。⓰里正　縣級以下，設立鄉和里，其中一「里」單位的長官為里正。⓱傅　塗抹。

【語譯】沂水縣有個姓馬的，娶了妻子王氏，夫妻倆感情非常深厚。馬生不幸早亡。王氏的父母想讓她改嫁，她發誓不嫁。她婆婆可憐她年輕，也勸她，王氏怎麼也不聽從。她母親說：「你的心意很好；但年齡太小，又沒有兒女。常見有些人起初堅決不嫁，可後來卻留下了恥辱，所以不如趁早改嫁，這也是人之常情啊。」王氏臉色一下子嚴肅起來，說就是死也不改嫁，母親也只好由她去了。

王氏讓泥塑匠人為丈夫塑了個土偶像，每次吃飯，都要為丈夫獻酒端飯，像他活著時一樣。一天晚上，王氏剛要睡覺，忽然看見土偶人張嘴伸腰走了下來。王氏心裡很害怕，驚訝地看著他，轉眼之間，土偶已猛然長高像人一樣，真是她的丈夫啊。王氏害怕了，便呼喚母親。鬼制止她說：「不要這樣。感念你的深情，九泉之下我心也酸楚。一門中有你這個忠貞女子，我家的數世祖宗，都感覺光榮。我父親生前做過缺德的事情，應該絕後，以致上天讓我在壯年死去；陰間官府念你苦守貞節，所以讓我回來，再和你生一個兒子繼承香火。」王氏聽了，淚流沾襟。於是兩人你夫我妻，像平時一樣如膠似漆。雞叫的時候，鬼就下床走了。這樣過了一個多月，王氏覺得肚子裡微微震動。鬼這才哭著說：「陰間的期限已經到了，從此永別了！」就此不見了蹤影。

王氏起初不說此事；不久肚子一天天大起來，不能隱瞞了，就偷偷地告訴了母親。母親懷疑她胡說八道；然而觀察王氏又沒有別的私情，因此大惑不解。到了十個月上，王氏果然生了個男孩。對人說起來，聽的人沒有不偷笑她的；王氏也沒法自己辯白。有個里長過去和馬家有仇，就到縣令那裡告發王氏。縣令傳訊了她的鄰人，並無別的說法。縣令說：「聽說鬼的兒子沒有影子，若有影子就是假的。」把孩子抱到太陽下，看到他的影子淡淡的，就像一抹輕煙。又刺破孩子手指，把血塗到土偶上，立刻滲入進去不留痕跡；再塗到別的土偶上，一擦便擦了去。因此都相信了王氏的話。

後來孩子長到好幾歲，他的嘴唇、鼻子、說話、舉止，沒有一點不酷似馬生。眾人這才徹底解除了疑惑。

【研析】〈土偶〉講的是王氏與丈夫的土偶相交生子的故事。沂水馬某娶妻王氏，二人「琴瑟甚敦」。不料，馬某早逝。馬某死後，王氏的父母和婆婆都勸她改嫁。她母親是怕她「勉強於初，而貽羞於後」，她婆婆是「憐其少」。王氏寧死不從，長輩們只好聽之任之了。為了紀念丈夫，王氏讓泥塑高手塑了一座馬某的泥塑，像活著時一樣對待他，吃飯擺上飯，喝酒擺上酒。時間一長，泥塑真的活了，不但開口說話，還能重新和王氏做夫妻之事。更奇怪的是，王氏竟然懷孕了。實際上，王氏懷孕生子，極有可能是遺腹子，只不過遺留的時間稍微長了一點而已。不過時間一長，就不合常規，這就引起了仇家的興趣。有位里正和馬家有積怨，就抓住機會大做文章，告到縣令那裡。好在縣令公正清明，通過驗影刺血，還王氏清白。

讀過《牡丹亭》的人，對這種心誠則靈的現象也就見怪不怪了。在《牡丹亭》中，柳夢梅在花園中太湖石邊撿到一張美女圖，回去掛在房間裡，早晚玩之，拜之，叫之，讚之，滿嘴除了「美人」就是「姐姐」。如此一來，竟把個死去的杜麗娘叫喚得顯靈現身。在《聊齋誌異．魯公女》中，招遠的張于旦在寺廟讀書，看到英姿颯爽的魯公女騎馬打獵，就心生豔羨，想入非非。後來魯公女夭亡，把靈柩寄存在寺廟中，張于旦「敬禮如神明，朝必香，食必祭」，念念有詞，日夜祝之。終於精誠所至，美女來會，張于旦和魯公女就夜夜歡好起來。所以，這類描寫向我們展示的不是生活的真實，而是心靈的真實。

〈土偶〉這篇小說牽扯到「滴血認親」的民間信仰。三國時謝承在《會稽先賢傳》中也記載，陳業的哥哥渡海喪命，同時死去的有五六十人，骨肉消爛不可辨別。陳業對著皇天后土發誓說：聽說直系親屬必定有所顯示。於是刺臂流血，滴在死者的骨頭上，其餘的都流去，他哥哥的屍骨上滲入了他的血跡。宋人宋慈在《洗冤錄》中提到「驗滴血親法」，大致是這樣，如某甲稱有父母骸骨，認是親生男女，就刺破男女的身體，流出一兩點血，滴到骸骨上，若是親生男女，血滴就會沁入骸骨，否則就不能沁入。〈土偶〉中寫「刺兒指血傳土偶上，立入無痕；取他偶塗之，一拭便去」，只不過是這種民間信仰的變形說法。

黎氏

龍門❶謝中條者，佻達無行。三十餘喪妻，遺二子一女，晨夕啼號，縈累❷甚苦。謀聘繼室，低昂未就。暫雇傭媼撫子女。

一日，翔步❸山途，忽一婦人出其後。待以窺覘，是好女子，年二十許。心悅之，戲曰：「娘子獨行，不畏怖耶？」婦走不對。又曰：「娘子纖步❹，山徑殊難。」婦仍不顧。謝四望無人，近身側，遽挲❺其腕，曳入幽谷，將以強合❻。婦怒呼曰：「何處強人，橫來相侵！」謝牽挽而行，更不休止。婦步履跌蹶，困窘無計。乃曰：「燕婉❼之求，乃若此耶？緩我，當相就耳。」謝從之。偕入靜壑，野合❽既已，遂相欣愛。

婦問其里居姓氏，謝以實告。既亦問婦。婦言：「妾黎氏。不幸早寡，姑❾又殞歿，塊然❿一身，無所依倚，故常至母家耳。」謝曰：「我亦鰥⑪也，能相從乎？」婦問：「君有子女無也？」謝曰：「實不相欺：若論枕席之事⑫，交好者亦頗不乏。祇是兒啼女哭，令人不耐。」婦躊躕曰：「此大難事！觀君衣服襪履款樣，亦只平平，我自謂能辦。但繼母難作，恐不勝誚讓⑬也。」

謝曰：「請毋疑阻。我自不言，人何干與？」婦亦微納。轉而慮曰：「肌膚已沾，有何不從？但有悍伯⑭，每以我為奇貨⑮，恐不允諧，將復如何？」謝亦憂皇，請與逃竄。婦曰：「我亦思之爛熟⑯，所慮家人一泄，兩非所便。」謝云：「此即細事。家中惟一孤媼，立便遣去。」婦喜，遂與同歸。

先匿外舍；即入遣媼訖，掃榻迎婦，倍極歡好。婦便操作，兼為兒女補綴，辛勤甚至。謝得婦，嬖愛⑰異常，日惟閉門相對，更不通客。月餘，適以公事出，反關⑱乃去。及歸，則中門嚴閉，扣之不應。排闥⑲而入，渺無人跡。方至寢室，一巨狼衝門躍出，幾驚絕！入視子女皆無，鮮血殷地，惟三頭存焉。返身追狼，已不知所之矣。

異史氏曰：「士則無行，報亦慘矣。再娶者，皆引狼入室耳；況將於野合逃竄中求賢婦⑳哉！」

【注　釋】❶龍門　古縣名，即今山西運城河津市。❷縈累　牽累。❸翔步　緩步；散步。❹纖步　纖弱之步履。❺挲　撫摸。❻合　交媾。❼燕婉　夫妻和愛。❽野合　原指不合禮法的婚配，此指男女在野外苟合。❾姑婆　婆婆。❿塊然　孤獨的樣子。⓫鰥　無妻或喪妻的男人。⓬枕席之事　指男女媾歡。枕席，枕頭和席子，泛指床榻。⓭誚讓　責問。⓮伯　丈夫的哥哥。⓯奇貨　少有而賺錢的貨物。⓰爛熟　極其透徹周詳。⓱嬖愛　寵愛。⓲反關　在門外關上門。⓳排闥　推開門扇。⓴賢婦　賢良的妻子。

【語　譯】龍門的謝中條，為人輕薄，品行不端。三十多歲，就死了妻子，留下兩兒一女，一天到晚啼飢號寒，把謝中條糾纏得非常苦惱。想再娶個繼室，但高不成低不就。他只好暫時雇一個老媽子撫養子女。

一天，謝中條緩步走在山路上，忽然一個婦人從後面鑽出來。他等著婦人走近，偷眼一看，是一位漂亮女子，年約二十歲左右。他心裡很喜歡她，就嬉皮笑臉地說：「娘子一個人行走，不害怕嗎？」婦人只管走路，也不回聲。他又說：「娘子小腳纖弱，走山路很艱難啊。」婦人仍舊不搭理他。謝中條看看四周沒人，便走近婦人身邊，突然摩挲她的手腕子，把她拉到幽深的山谷中，強要和她交歡。婦人憤怒地喊叫說：「哪裡來的強盜，蠻橫地來欺負人！」謝中條拉著她直走，絲毫不想停下來。婦人步履艱難，趔趔趄趄，窘迫得無計可施。就說：「你想與我夫妻般做愛，就這樣對我啊？放開我，我就答應你。」謝中條答應了她。兩人一起走到僻靜的溝中，野合完了以後，於是互相喜愛對方。

婦人問他家住哪裡，姓甚名誰，謝中條如實告訴了她。接著他問婦人。婦人說：「我姓黎。不幸年輕輕就守了寡，婆婆又死了，我孤身一人，無依無靠，所以經常到娘家去住。」謝中條說：「我也是個光棍兒，你能跟我嗎？」婦人問：「你有子女沒有？」謝中條說：「實不相瞞：若說枕席之事，和我相好的女子也不少。只是兒啼女哭，叫人受不了。」婦人猶豫著說：「這事不好辦！看你衣服鞋襪的樣式，也很平常一般，我自認為能做好。但後娘難當，恐怕受不了別人的閒言閒語啊。」

謝中條說：「請不要疑慮了。我自己不說什麼，別人怎能干涉？」婦人也有點同意。轉而又疑慮重重地說：「我們已經有了肌膚之親，我怎能不跟你呢？只是我家中有個兇悍的大伯子，時常把我當作賣錢的好東西，怕他不會順利答應我們，那又怎麼辦呢？」謝中條也憂慮不安，就想和她一起逃跑。婦人說：「這個辦法我早就想得爛熟了，只擔心你的家人一旦洩露出去，對我們倆都沒有好處。」謝中條說：「這就是小事一樁了。我家中只有一個孤身老媽子，我這就打發她走。」婦人很喜歡，就同謝中條一起回家了。

謝中條先把婦人藏在外面的屋裡；接著回家打發走了老媽子，打掃床鋪迎進了婦人，男歡女愛，高興極了。婦人就操持家務，還為兒女們縫縫補補，非常勤勞辛苦。謝中條得了這個婦人，異常寵愛她，每天只是關著門在家中與她溫存，不再和任何客人來往了。過了一個多月，謝中條恰巧因公事外出，就從外面鎖上大門走了。等回到家裡，看見屋門緊閉，敲門也沒人答應。他使勁兒推開門進去，屋中沒有任何人影。剛到臥室，一隻大狼突然衝出門來，差點把他嚇死！進門一看，子女都不見了，鮮血流滿了地面，只有三個人頭還在那裡。他返身去追狼，已經不知牠的去向了。

異史氏說：「這位讀書人品行是不好，但報應也太殘酷了。娶繼室的人，都是引狼入室啊；何況還想在任意野合、四處逃竄的人裡邊尋找賢惠的妻子！」

【研析】〈黎氏〉講了一個「再娶者，皆引狼入室」的故事。在這裡，我們把它和〈畫皮〉做一比較。在〈畫皮〉中，太原王生一早外出，遇到一位女郎抱著個包袱獨行。王生追上前去問：為什麼一大早獨自趕路？那女郎回答說：過路的人，不能解憂愁，何必勞你相問。這位女郎我們知道是一位披著人皮的惡魔，但是她也不是主動勾引王生的。王生問她話，如果在她不鹹不淡的一句回答之後就此罷休，各走各的路，恐怕也不會有什麼後果。可是王生順著女郎的杆子爬，人家說「憂愁」，他就問人家有什麼「憂愁」，並打算替人家分擔「憂愁」。最後，王生是自己被畫皮女吃了。〈黎氏〉中，謝中條在山上走路，遇到一位婦人獨行，就上去搭訕：娘子獨行，不害怕嗎？那婦人只管走自己的路，連搭理也不搭理他。謝中條又湊上去問：小娘子纖纖細步，在山路上行走不容易。那婦人仍舊不理他。如果不是「佻達無行」，一般人也就不再自討沒趣了。謝中條若止於此，也不會有什麼嚴重後果。謝中條呢？不但不識趣走開，還拉著人家到深山中野合。由此看來，謝中條的行為是更為下作無恥的。最後，謝中條的二子一女被化做婦人的狼吃了。

為什麼要讓無辜的孩子來承擔這殘酷的責罰呢？對這個問題，《聊齋誌異》的評點者但明倫也不大明白。他說：「佻達無行，取禍必矣。然不及於其身，轉憐子女無辜。」或許，這是蒲松齡想從各個角度來譴責和警惕無行之士吧。

采薇翁

明鼎革❶，干戈蜂起❷。於陵❸劉芝生，聚眾數萬，將南渡。忽一肥男子詣柵門❹，敞衣露腹，請見兵主。劉延入與語，大悅之。問其姓字，自號采薇翁。劉留參帷幄❺，贈以刀。翁言：「我自有利兵，無須矛戟。」問兵所在，翁乃捋衣露腹，臍大可容雞子；忍氣鼓之，忽臍中塞膚，嗤然突出劍跗❻；握而抽之，白刃如霜。劉大驚，問：「止此乎？」笑指腹曰：「此武庫❼也，何所不有。」命取弓矢，又如前狀，出雕弓一；略一閉息，則一矢飛墮，其出不窮。已而劍插臍中，既都不見。

劉神之，與同寢處，敬禮甚備。時營中號令雖嚴，而烏合之群，時出剽掠❽。翁曰：「兵貴紀律；今統數萬之眾，而不能鎮懾❾人心，此敗亡之道也。」劉善之，於是糾察❿卒伍，有掠取婦女財物者，梟⓫以示眾。軍中稍肅，而終不能絕。翁不時乘馬出，遨遊部伍之間，而軍中悍將驕卒，輒首自墮地，不知其何因。因共疑翁。

前進嚴飭之策，兵士已畏惡之；至此益相憾怨。諸部領譖⓬於劉曰：「采薇翁，妖術也。自古名將，止聞以智，不聞以術。浮雲、白雀⓭之徒，終致滅亡。今無辜將士，往往自失其首，人情洶懼⓮；將軍與處，亦危道也，不如圖之。」劉從其言，謀俟其寢而誅之。

使覘翁，翁坦腹方臥，息如雷。眾大喜，以兵繞舍，兩人持刀入，斷其頭；及舉刀，頭已復合，息如故，大驚。又斫其腹；腹裂無血，其中戈矛森聚，盡露其穎⓯。眾益駭，不敢近；遙撥以矟⓰，而鐵弩大發，射中數人。

眾驚散，白劉。劉急詣之，已杳矣。

【注　釋】❶鼎革　改朝換代。❷蜂起　像群蜂飛舞，紛然並起。❸於陵　古地名，在今山東淄博周村城南鳳凰山下。❹柵門　軍營之門。❺參帷幄　參與軍事謀略。帷幄，將帥的幕府、軍帳。❻劍跗　劍柄。跗，器物的足部。❼武庫　古代掌管兵器的官署。❽剽掠　攻搶，劫掠。❾鎮懾　鎮以聲威，懾其順服。❿糾察　舉發督查。⓫梟　古代刑罰，把頭割下來懸掛在木上示眾。⓬譖　誣陷；中傷。⓭浮雲白雀　人名，皆東漢末年黃巾軍首領。⓮洶懼　惶恐不安。⓯穎　尖；刃。⓰矟　同「槊」。長矛。

【語　譯】明朝滅亡，戰亂四起。於陵的劉芝生，聚集數萬之眾，準備渡江到南方投靠福王。

忽然一個胖男子來到軍營柵門前，敞著衣襟露著肚子，懇求拜見主帥。劉芝生請他進去跟他交談，非常喜歡他。問他姓名，他自稱采薇翁。劉芝生留下他參謀軍事，又送給他一把刀。采薇翁說：「我自己有鋒利的兵刃，不需要刀槍劍戟。」劉芝生問他兵刃放在哪裡，采薇翁就捋起衣襟，露出肚子，肚臍眼兒很大，能容下一枚雞蛋；他憋住氣鼓起肚子，忽然肚臍眼兒有東西塞滿了皮膚，嗤啦一聲突出一柄劍把；采薇翁握住劍把抽出劍來，白亮的鋒刃如同霜雪。劉芝生大驚，問：「只有這個嗎？」采薇翁笑指著肚子說：「這是武器庫，什麼沒有啊。」劉芝生就讓他取出弓箭來，采薇翁又像剛才那樣，憋出一把雕弓；稍微一屏氣，就有一支箭飛落，然後就不停地往外飛箭。後來他把那把劍插入肚臍中，接著就全部不見了。

劉芝生覺得他太神奇了，就和他吃住在一起，禮貌周到地對待他。當時，軍營中號令雖嚴，但士兵都是臨時召集的烏合之眾，時常出去搶奪老百姓的財物。采薇翁說：「軍隊中最重要的是紀律；現在你率領數萬大軍，卻不能震懾住他們的心，這是往失敗滅亡的路上走啊。」劉芝生同意他的話，就派人督查維持軍隊的秩序，有到老百姓中搶掠婦女、財物的，殺頭示眾。從此軍中紀律稍稍嚴正了一些，但始終不能禁絕搶掠事件。采薇翁不時騎馬出去，巡邏視察部隊，軍中那些悍將驕兵，腦袋常常自己掉在地上，也不知什麼原因。大家都懷疑是采薇翁幹的。

以前，他向劉芝生建議嚴整軍紀，士兵們已經是又怕又厭惡他；現在就更加怨恨他了。各部的首領都在劉芝生前誣告他說：「采薇翁，用的是妖術啊。自古以來的名將，只聽說靠智慧，沒聽說靠妖術。浮雲、白雀之徒，最終也脫不了滅亡。現在無辜的將士，往往自己掉了腦袋，群情激憤，人人自危；將軍您與他相處，也是很危險的了，不如想辦法除掉他。」劉芝生聽從了他們的話，打算等采薇翁睡下時殺掉他。

劉芝生派人察看采薇翁，采薇翁袒露著肚子正躺著，鼾聲如雷。眾人大喜，讓士兵包圍住他的住處，兩個人拿刀進去，砍下了他的頭；等舉起刀來，他的頭與脖子又已經復合，依然鼾鼾大睡，眾人大驚。又砍他的肚子；他肚子破裂卻沒有血跡，腹內刀槍劍戟森然排列，都露出了鋒利的尖刃。眾人更加驚駭，不敢靠近他；遠遠地用矛一撥他的肚子，鐵弓就射出連珠箭來，射倒了好幾個人。

眾人慌忙四處逃散，跑去告訴劉芝生。劉芝生急忙前來察看，采薇翁已經不見了。

【研　析】明末清初，天下大亂，豪傑蜂起。當時長山（現在周村）鳳凰山下的劉芝生即是其中之一。他「聚眾數萬，將南渡」。某日，劉芝生正在軍中大帳議兵，忽然衛兵來報，有一男子求見。劉芝生一個「請」字還沒說完，那男子已經袒胸露腹，進入轅門來到了中軍帳前。劉芝生見過他的精彩表演之後，不但留他在中軍大帳參與軍務，還和他夜同眠日同處，形影不離。為整頓軍紀，劉芝生的辦法是，對於掠取婦女財物者，「梟以示眾」；采薇翁的辦法則有些魔幻色彩，「軍中悍將驕卒，輒首自墮地」。采薇翁這種神祕莫測的殺人方法，不但起不到震懾的作用，反而還擾亂了軍心。因此，各部將便慫恿劉芝生除掉采薇翁。采薇翁在一番神奇的表演後，安然離去。

關於劉芝生是否實有其人，《聊齋誌異》的注釋者呂湛恩給我們提供了一條線索。他說：「劉孔和，字節之，長山人。明末聚眾萬人，越江南，依劉澤清。福王詔授總兵，未達而節之已以忤澤清見殺。事載王漁洋先生《帶經堂文集》。長山即古於陵，芝生或即節之之別號與？」呂湛恩未敢肯定，我們也不必膠柱鼓瑟。腹中藏有各種能自動出擊的兵器的采薇翁，顯然出自荒誕傳說。其名「采薇」，寓不降新朝之氣節，而其妖術肆殺軍中「悍將驕卒」，引起將士恐慌，動機何在？小說沒有顯示一種意義，讀者也可以隨己意而揣摩之。

郭生

郭生，邑❶之東山人。少嗜讀，但山村無所就正❷，年二十餘，字畫多訛。

先是，家中患狐，服食器用，輒多亡失，深患苦之。一夜讀，卷置案頭，被狐塗鴉❸；甚者，狼籍不辨行墨。因擇其稍潔者輯讀之，僅得六七十首。心甚恚憤，而無如何。又積窗課❹廿餘篇，待質名流。晨起，見翻攤案上，墨汁濃泚❺殆盡。恨甚。

會王生者，以故至山，素與郭善，登門造訪。見汙本，問之。郭具言所苦，且出殘課示王。王諦玩❻之，其所塗留，似有春秋❼；又覆視涴❽卷，類冗雜可刪。訝曰：「狐似有意。不惟勿患，當即以為師。」

過數月，回視舊作，頓覺所塗良確。

於是改作兩題，置案上，以覘其異。比曉，又塗之。積年餘，不復塗；但以濃墨灑作巨點，淋漓滿紙。郭異之，持以白王。王閱之曰：「狐真爾師也，佳幅可售[9]矣。」是歲，果入邑庠。郭以是德狐，恒置雞黍[10]，備狐啖飲。每市房書名稿[11]，不自選擇，但決於狐。由是兩試[12]俱列前名，入闈中副車[13]。

時葉、繆諸公稿，風雅豔麗，家傳而戶誦之。郭有抄本，愛惜臻至，忽被傾濃墨碗許於上，汙蔭幾無餘字；又擬題構作[14]，自覺快意，悉浪塗之，於是漸不信狐。

無何，葉公以正文體被收[15]，又稍稍服其先見。然每作一文，經營慘澹[16]，輒被塗汙。自以屢拔前茅[17]，心氣頗高，以是益疑狐妄。乃錄向之灑點煩多者試之，狐又盡泚之。乃笑曰：「是真妄矣！何前是而今非也？」遂不為狐設饌[18]，取讀本鎖箱簏中。

旦見封錮儼然，啟視，則卷面塗四畫，粗於指；第一章畫五，二章亦畫五，後即無有矣。自是狐竟寂然。後郭一次四等，兩次五等⑲，始知其兆已寓意於畫也。

異史氏曰：「滿招損，謙受益，天道也⑳。名小立，遂自以為是，執葉、繆之餘習，狃㉑而不變，勢不至大敗塗地不止也。滿之為害如是夫！」

【注釋】❶邑　淄川縣。❷就正　請求指正。❸塗鴉　胡寫亂畫。盧仝〈示添丁〉：「忽來案上翻墨汁，塗抹詩書如老鴉。」❹窗課　舊稱私塾中學生習作的詩文。❺泚　用筆蘸墨，此指用濃筆批改。❻諦玩　仔細玩味。❼春秋　《春秋》筆法，指寓褒貶於曲折的文筆之中。❽涴　汙；弄髒。❾佳幅可售　佳作可以考中。售，考試得中。❿雞黍　指待客的飯菜。《論語．微子》：「止子路宿，殺雞為黍而食之。」⓫房書名稿　進士考試的優秀試卷。⓬兩試　明清科舉制度，秀才每三年參加兩次考試，歲試和科試。歲試優異者，可補廩生；科試優異者，可薦送鄉試。⓭入闈中副車　參加鄉試考中副貢生。副車，鄉試錄取名額已滿，額外錄取者貢入太學，稱副榜貢生，簡稱副貢。清初副貢仍需參加歲試，故下文說「一次四等，兩次五等」。⓮構作　構思寫作。⓯收　逮捕；拘押。⓰經營慘澹　苦心經營，指對藝術創作苦心構思。慘澹，思慮深至的樣子。⓱前茅　名次或成績排在前面。⓲設饌　擺設飯食。⓳一次四等二句　歲考成績分為六等，文理荒謬不通者為五等、六等。⓴滿招損三句　驕傲自滿招致損害，謙遜虛心得到益處，這是自然之理。《尚書．大禹謨》：「惟德動天，無遠勿屆。滿招損，謙受益，時乃天道。」㉑狃　因襲；拘泥。

【語　譯】郭生，是淄川東山山腳下的居民。從小就酷愛讀書，但山村裡沒有人可以求教指正，二十多歲了，寫字的筆劃筆順還錯誤很多。

原先，家中受狐狸精的侵害，衣服、食品和其他器物，總是丟失，他深受其害，很是苦惱。一天夜裡，正在讀書，將書卷放在書桌上，被狐狸精給塗抹了；更可惡的是，一塌糊塗連行數格式都看不清了。於是就選擇還稍微乾淨可辨的來讀，只剩下六七十首。郭生心裡很生氣，但又無可奈何。郭生又把平日的習作搜集起二十多篇，準備向名流請教。早晨起來，看見文章都翻開攤在桌子上，幾乎全被濃筆批改塗抹了。郭生忿恨極了。

正好有位姓王的，因事來到山村中，他平常跟郭生關係很好，就登門拜訪郭生。看到了被塗抹的書本，就問郭生怎麼回事。郭生詳細訴說了自己的苦惱，並拿出殘留的稿子給王生看。王生反覆審看，那些塗抹留下的文句，似乎大有深意；又看那些塗抹掉的文句，好像都是冗長繁雜可以刪掉的。王生驚訝地說：「狐狸好像是有意如此。你不但不必以此為患，還應趕快拜牠為師呢。」過了幾個月，郭生回頭看看自己的舊作，頓時覺得塗改得很正確。

於是改寫了兩個題目，放在書桌上，來觀察有何變化。等到天亮，又塗改了。過了一年多，狐狸不再塗改他的文章了；只用濃墨汁灑上大黑點，淋漓滿紙。郭生感到很奇怪，拿著去告訴王生。王生看了後說：「狐狸真是你的老師，文章很好，可以考中了。」這一年，郭生果然考中了秀才。郭生因此很感激狐狸，經常準備燒雞和米飯，供狐狸吃喝。每次買進士考試的優秀文稿，也不自己選擇，只是由狐狸來決定。因此歲試、科試都名列前茅，考中了副榜貢生。

當時葉、繆等先生的文章，風雅豔麗，家家傳抄、戶戶吟誦。郭生有一個手抄本，特別珍惜，忽被一碗濃墨倒在了上面，汙蓋得幾乎一個字也看不清了；郭生又擬了題目，構思創作了幾篇文章，自己覺得快心滿意，又全被狐狸胡亂塗抹了，於是郭生就漸漸不信服狐狸了。

不久，葉公因改變文體罪被抓進監獄，郭生又稍稍佩服狐狸的先見之明。然而每寫一篇文章，都是用心慘淡經營，卻總被狐狸塗抹了。郭生自以為前幾次考試都名列前茅，心氣很高傲，因此更加懷疑狐狸塗抹得沒有道理。於是就謄錄了以前被狐狸灑了許多大墨點的文章試驗牠，狐狸又全塗抹了。郭生便笑著說：「你真是荒唐啊！為什麼以前說好的，現在又說不好了呢？」就再不給狐狸擺設酒飯，把所讀的書本鎖在箱櫃裡面。

早晨起來，看見箱櫃鎖得嚴嚴實實，打開一看，只見封皮上塗抹了四道墨汁，比手指頭還粗；在第一章上畫了五道，第二章上也畫了五道，再往後就沒有了。從此，狐狸竟消聲匿跡了。後來郭生考試，有一次考了四等，有兩次考了五等，這才知道考試的先兆已經寓於狐狸畫的黑道中了。

異史氏說：「自滿會招來損害，謙虛會獲得好處，這是天地間的真理啊。剛有了點小名氣，就自以為了不起，拿著葉、繆寫文章的陋習，習以為常，不知變革，情況不發展到一敗塗地就不知停止。自滿帶來的危害，竟是這樣大啊！」

【研　析】蒲松齡一輩子孜孜矻矻，精耕細作，留下大量文學作品，可是他不是理論家，竟沒有留下相應的文學創作經驗談之類的文章讓我們學習借鑑。他一輩子皓首窮經，在科舉仕途之路上風塵僕僕地奔波，最終也沒能寫出主考官眼裡合格的八股文，實在是一大憾事。

郭生也是一個愛好讀書作文的士子。他生長在淄川縣的東部山區，雖然身處窮鄉僻壤，卻嗜書如命。到了二十多歲的時候，書雖然讀了不少，字卻寫得很一般，「字畫多訛」。郭生家裡狐狸為患，別的倒還能忍受，就是經常用墨汁汙染郭生的文章和書籍，讓他實在既頭疼得要命又沒有任何解決的辦法。郭生的朋友王生來了，他水平比郭生高，研究一番，就看出了狐狸的汙染之中大有褒貶用心。原來狐狸汙染掉的句子，都是多餘的繁文冗句，是可以毫不可惜地刪除的。於是郭生就以狐狸為師，向狐狸請教，終於文章進步很快，一年以後就考中了秀才，後來還獲得了鄉試副貢。因此，郭生志高氣滿，就漸漸不再尊重自己的狐狸師傅了。狐狸看到郭生無可救藥，就在他的書本上塗抹筆劃，預示出郭生的未來，然後悄然離去，不再和這個傻書生囉嗦了。

郭生考中秀才之後，最高學歷只得了個副貢；蒲松齡考中秀才後，最高學歷得了個歲貢。兩人的科舉經歷極其相似。郭生是淄川東部山區人，蒲松齡出生的蒲家莊在淄川縣城東部七里許，雖然不是什麼深山老林，蒲松齡在〈募建龍王廟序〉中描寫這裡的自然風光也曾說：「小山簇簇，作兒孫羅列，圓如米聚，方如印覆，削壁開，丹嶂立，雜以垂楊綠柳，縈青繚白，渾無斷際。」或許這位郭生身上，有著蒲松齡的些許投影。蒲松齡在「異史氏曰」中說：「滿招損，謙受益，天道也。名小立，遂自以為是，執葉、繆之餘習，狃而不變，勢不至大敗塗地不止也。滿之為害如是夫！」這似乎不僅僅是對郭生的批評，不知有無蒲松齡心靈深處的自責？

彭海秋

萊州諸生❶彭好古，讀書別業，離家頗遠。中秋未歸，岑寂無偶。念村中無可共語；惟丘生者，是邑名士，而素有隱惡❷，彭常鄙之。月既上，倍益無聊，不得已，折簡❸邀丘。

飲次，有剝啄❹者。齋僮出應門，則一書生，將謁主人。彭離席，肅客入。相揖環坐，便詢族居。客曰：「小生廣陵❺人，與君同姓，字海秋。值此良夜，旅邸倍苦。聞君高雅，遂乃不介而見。」視其人，布衣潔整，談笑風流。彭大喜曰：「是我宗人❻。今夕何夕，遘此嘉客！」即命酌，款若夙好❼。

察其意，似甚鄙丘；丘仰與攀談，輒傲不為禮。彭代為之慚，因撓亂其詞，請先以俚歌❽侑飲。乃仰天再咳，歌「扶風豪士之曲❾」，相與歡笑。客曰：「僕不能韻，莫報〈陽春〉⑩。倩代者可乎？」彭言：「如教。」客問：「萊城有名妓無也？」彭答云：「無。」客默然良久，謂齋僮曰：「適喚一人，在門外，可導入之。」

僮出，果見一女子逡巡戶外。引之入。年二八已來，宛然若仙。彭驚絕，掖⑪坐。衣柳黃帔⑫，香溢四座。客便慰問：「千里頗煩跋涉也！」女含笑唯唯。彭異之，便致研詰⑬。客曰：「貴鄉苦無佳人，適於西湖舟中喚得來。」謂女曰：「適舟中所唱〈薄倖郎曲〉大佳。請再反⑭之。」女歌云：「薄倖郎，牽馬洗春沼⑮。人聲遠，馬聲杳；江天高，山月小。掉頭去不歸，庭中生白曉。不怨別離多，但愁歡會少。眠何處？勿作隨風絮⑯。便是不封侯，莫向臨邛⑰去！」客於襪中出玉笛，隨聲便串⑱；曲終笛止。

彭驚嘆不已，曰：「西湖至此，何止千里，咄嗟⑲招來，得非仙乎？」客曰：「仙何敢言，但視萬里猶庭戶耳。今夕西湖風月，尤盛曩時，不可不一觀也。能從遊否？」彭留心欲覘其異，諾言：「幸甚[20]！」客問：「舟乎，騎乎？」彭思舟坐為逸，答言：「願舟。」客曰：「此處呼舟較遠，天河[21]中當有渡者。」乃以手向空招曰：「舡[22]來舡來！我等要西湖去，不吝償也！」

無何，彩船一隻，自空飄落，煙雲繞之。眾俱登。見一人持短棹[23]；棹末密排修翎，形類羽扇；一搖則清風習習。舟漸上入雲霄，望南遊行，其駛如箭。逾刻，舟落水中。但聞弦管敖曹[24]，鳴聲喤聒[25]。出舟一望，月印煙波，遊船成市。榜人罷棹，任其自流。細視，真西湖也。

客於艙後，取異肴佳釀，歡然對酌。少間，一樓船漸近，相傍而行。隔窗以窺，中有二三人，圍棋喧笑。客飛一觥[26]向女曰：「引[27]此送君行。」女飲間，彭依戀徘徊，惟恐其去，蹴之以足。女斜波送盼。彭益動，請要[28]後期。女曰：「如相見愛，但問娟娘名字，無不知者。」客即以彭綾巾授女，曰：「我為若[29]代訂三年之約。」即起，托女子於掌中，曰：「仙乎，仙乎！」乃扳鄰窗，捉女入，窗目如盤，女伏身蛇遊而進，殊不覺隘。俄聞鄰舟曰：「娟娘醒矣！」舟即蕩去。

遙見舟已就泊，舟中人紛紛並去，遊興頓消。遂與客言，欲一登岸，略同眺矚。才作商榷，舟已自攏。因而離舟翔步[30]，覺有里餘。客後至，牽一馬來，令彭捉之。即復去，曰：「待再假兩騎來。」久之不至。行人已稀；仰視斜月西轉，天色向曙。丘亦不知何往。捉馬營營[31]，進退無主。振轡至泊舟所，則人船俱失。念腰橐[32]空匱，倍益憂皇。

天大明，見馬上有小錯囊[33]；探之，得白金三四兩。買食凝待，不覺向午。計不如暫訪娟娘，可以徐察丘耗。比訊娟娘名字，並無知者，興轉蕭索。次日遂行。馬調良，幸不蹇劣[34]，半月始歸。方三人之乘舟而上也，齋僮歸白：「主人已仙去！」舉家哀涕，謂其不返。

彭歸，繫馬而入。家人驚喜集問，彭始具白[35]其異。因念獨還鄉井[36]，恐丘家聞而致詰；戒家人勿播。語次，道馬所由來。眾以仙人所遺，便悉詣廄㊲驗視。及至，則馬頓渺，但有丘生，以草韁縶櫪㊳邊。駭極，呼彭出視。見丘垂首棧㊴下，面色灰死，問之不言，兩眸啟閉而已。彭大不忍，解扶榻上，若喪魂魄。灌以湯酏㊵，稍稍能咽。中夜少蘇，急欲登廁；扶掖而往，下馬糞數枚。又少飲啜㊶，始能言。

彭就榻研問之。丘云：「下船後，彼引我閒語。至空處，戲拍項領，遂迷悶顛踣㊷。伏定少刻，自顧已馬。心亦醒悟，但不能言耳。是大辱恥，誠不可以告妻子，乞勿泄也！」彭諾之，命僕馬馳送歸。

彭自是不能忘情於娟娘。又三年，以姊丈判揚州㊸，因往省視。州有梁公子，與彭通家㊹，開筵邀飲。即席有歌姬數輩，俱來祗謁㊺。公子問娟娘，家人白以病。公子怒曰：「婢子聲價自高，可將索子繫之來！」彭聞娟娘名，驚問其誰。公子云：「此倡女，廣陵㊻第一人。緣有微名，遂倨㊼而無禮。」彭疑名字偶同；然突突㊽自急，極欲一見之。

無何，娟娘至，公子盛氣排數。彭諦視，真中秋所見者也。謂公子曰：「是與僕有舊，幸垂原恕。」娟娘向彭審顧，似亦錯愕。公子未遑深問，即命行觴[49]。彭問：「〈薄倖郎曲〉猶記之否？」娟娘更駭，目注移時，始度舊曲。聽其聲，宛似當年中秋時。

酒闌[50]，公子命侍客寢。彭捉手曰：「三年之約，今始踐耶？」娟娘曰：「昔日從人泛西湖，飲不數卮，忽若醉。曚矓間，被一人攜去，置一村中。一僮引妾入；席中三客，君其一焉。後乘舡至西湖，送妾自窗欞歸，把手殷殷[51]。每所凝念，謂是幻夢；而綾巾宛在，今猶什襲藏之[52]。」彭告以故，相共嘆咤。娟娘縱體入懷，哽咽而言曰：「仙人已作良媒，君勿以風塵[53]可棄，遂捨念此苦海[54]人！」彭曰：「舟中之約，一日未嘗去心。卿倘有意，則瀉囊貨馬，所不惜耳！」

詰旦[55]，告公子；又稱貸於別駕[56]，千金削其籍，攜之以歸。偶至別業，猶能認當年飲處云。

異史氏曰：「馬而人，必其為人而馬者也；使為馬，正恨其不為人耳。獅象鶴鵬，悉受鞭策(57)，何可謂非神人之仁愛之乎？即訂三年約，亦度苦海也。」

【注釋】❶萊州諸生 萊州秀才。萊州，府名，即今山東煙臺萊州市。諸生，秀才。❷隱惡 指鮮為人知的惡行。❸折簡 謂裁紙寫信。❹剝啄 敲門聲。❺廣陵 舊郡名，即今江蘇揚州。❻宗人 同宗之人。❼款若夙好 親密如同老朋友。❽俚歌 民間歌謠。❾扶風豪士之曲 李白有〈扶風豪士歌〉，讚美扶風豪士意氣相投，情誼深厚。扶風，舊郡名，即今陝西寶雞扶風縣。❿陽春 古代樂曲名，此借指歌曲高雅。⓫掖 用手扶著別人的胳膊。⓬帔 披肩。⓭研詰 仔細詢問；盤問。⓮反 重複。⓯春沼 春天的池沼。⓰隨風絮 隨風飄蕩的柳絮，比喻遊蕩無歸之人。⓱臨邛 縣名，即今四川成都邛崍市。漢代司馬相如到臨邛富商卓王孫家做客，與卓文君私奔，結成美眷。⓲串 演奏。⓳咄嗟 嘆息之間，喻時間短促。⓴幸甚 表示非常希望或很值得慶幸。㉑天河 銀河。㉒舡 船。㉓棹 船槳。㉔敖曹 聲音嘈雜。㉕喤聒 形容聲音喧騰洪亮。㉖飛觥 傳遞酒杯。㉗引 斟酒，此指乾杯。㉘要 約定。㉙若 你。㉚翔步 漫步。㉛營營 焦急徘徊。㉜腰橐 藏錢的袋子，舊時多繫於腰，故名。㉝錯囊 彩繡之囊。㉞蹇劣 駑鈍，拙劣。㉟白 陳述；說明。㊱鄉井 鄉里；家鄉。㊲廄 馬棚。㊳櫪 馬槽。㊴棧 牲口棚。㊵湯酏 稀飯。㊶飲啜 吃喝。㊷顛踣 跌倒；仆倒。㊸揚州 府名，即今江蘇揚州。㊹通家 世代交好之家，指兩代以上彼此交誼深厚，如同一家。㊺祇謁 拜見。㊻廣陵 古地名，即今江蘇揚州。㊼倨 傲慢。㊽突突 心跳過速的樣子。㊾行觴 依次敬酒。㊿闌 殘；盡。(51)殷殷 情深意重的樣子。(52)什襲藏之 鄭重珍藏。什襲，重重包裹。(53)風塵 舊指娼妓生涯。(54)苦海 佛教比喻苦難煩惱的世間，也比喻困苦的處境。(55)詰旦 平明；清晨。(56)別駕 通判的別稱。(57)鞭策 驅使；控制。

【語　譯】萊州秀才彭好古，在別墅裡讀書，離家很遠。中秋節也沒能回家，冷冷清清，沒有伴侶。想到村裡沒人能說得上話來；只有一個姓丘的書生，是本縣的名士，但他平素又有些見不得人的惡行，彭好古一直非常看不起他。圓月升上天空，彭好古更覺百無聊賴，迫不得已，只得寫了封請柬去請了丘生來。

二人正在喝酒，聽到有人敲門。書童答應著開門一看，看到是一個書生，說要拜見主人。彭好古立即離席，恭敬地請客人進來。大家互相作揖，然後圍著桌子坐下，彭好古便詢問客人的家族和住處。客人說：「我是廣陵人，與您同姓，字叫海秋。在這美好的夜晚，住在旅店裡倍感苦悶。聽說您高雅大方，所以不經介紹就自己跑來了。」彭好古看那書生，雖是穿著布衣，卻是非常整潔，談笑也很風雅。彭好古大喜，說：「是我同宗的人。今晚是什麼日子啊，遇上這樣的佳客！」就請他喝酒，二人感情融洽得就和老朋友一樣。

看彭海秋的意思，似乎十分鄙視丘生；丘生每次仰面想和他攀談，他總是傲慢地不大答理他。彭好古替丘生感到難為情，就打斷他的話頭，說自己要先唱支民謠勸酒。於是他仰天咳嗽兩聲，清清嗓子，就唱起了李白的〈扶風豪士歌〉。主客一同大笑起來。彭海秋說：「我不懂音律，不能回報你的〈陽春白雪〉。找個人替我唱可以嗎？」彭好古說：「隨你啦。」彭海秋問：「萊州城有名妓沒有？」彭好古回答說：「沒有。」彭海秋默默地坐了很久，忽然對書童說：「我剛才叫了一個人來，現在門外，你去領她進來。」

書童出門，果然看到一個女子徘徊門外。就把她領進屋來。那女子有十六七歲，漂亮得像是天仙。彭好古驚駭極了，拉她坐下。她穿著柳黃色的披肩，香氣充滿四座。彭海秋慰問她說：「千里跋涉，辛苦你了！」女子微笑著連聲答應。彭好古心生疑惑，就詢問她從何而來。彭海秋說：「貴鄉苦於沒有美女，我剛從西湖的船上叫她來。」又對女子說：「你剛才在船上唱的〈薄倖郎曲〉很好聽。請你再唱一遍。」女子便唱道：「薄倖郎，牽馬洗春沼。人聲遠，馬聲杳；江天高，山月小。掉頭去不歸，庭中生白曉。不怨別離多，但愁歡會少。眠何處？勿作隨風絮。便是不封侯，莫向臨邛去！」彭海秋從襪筒裡掏出一支玉笛，隨著女子的歌聲即興伴奏；歌曲唱完了，笛聲也恰好停止了。

彭好古驚嘆不已，說：「西湖到這裡，何止一千里路，一聲招呼就到眼前，莫非是神仙嗎？」彭海秋說：「怎敢稱仙，只是在我看來，萬里之遠就彷彿庭院之間一般。今晚西湖的風月，比平時都好，不可不去看看。想跟我去一遊嗎？」彭好古存心要看他的奇異本領，就答應說：「太幸運了！」彭海秋又問：「乘船呢，還是騎馬呢？」彭好古考慮坐船更舒適，就回答說：「願意乘船。」彭海秋說：「在這裡叫船太遠了，天河中該有擺渡的。」就把手伸向空中，招呼說：「船來，船來！我們要到西湖去，不在乎船價高！」

不一會兒，一隻彩船，就從空中飄落下來，船四周煙雲繚繞。幾個人一起登上去。見船上一人手把短槳；槳尾上密密排列著長長的羽毛，形狀就像羽毛扇子；羽槳一搖，只覺清風習習。彩船漸漸上升到雲霄裡，朝著南方行駛，像箭一樣快。過了一刻工夫，彩船就落到水面上。只聽到管弦交響嘈雜，聲音震耳。走出船艙一望，只見明亮的月影，倒映在煙波之上，遊船很多，就像集市一般。船家停止了划槳，任由彩船隨波飄蕩。彭好古仔細一看，還果真是西湖。

彭海秋去船艙後邊，拿出些珍異的菜肴和上等的美酒，大家高興地對喝起來。不一會兒，有隻高高的樓船漸漸駛近，靠在彩船旁邊並行。彭好古隔著窗子往裡一看，裡面有三個人正在下圍棋，邊下棋邊說笑著。彭海秋向那女子遞上一杯酒說：「喝了它為你送行。」女子喝酒的時候，彭好古在她身邊晃來晃去、戀戀不捨，惟恐她走了，還暗中踢了踢她的腳。女子斜著眼睛，秋波一轉。彭好古更動心了，請求約定後會的日期。女子說：「如果你喜歡我，只要打聽娟娘的名字，沒有不知道的。」彭海秋把彭好古的綾巾送給女子，說：「我為你們代訂三年後相會之約。」隨即起身，把女子托在手掌裡，說道：「仙人啊，仙人！」就伸手扳開鄰船的窗戶，把女子放了進去，窗口有盤子大小，女子趴下身子像蛇一樣蜿蜒鑽了進去，一點也不覺著狹窄。緊接著就聽到鄰船上有人說：「娟娘醒過來了！」船漸漸蕩槳划走了。

彭好古遠遠地看見那隻樓船，已經靠岸停泊，船上的人紛紛下船走了，遊興頓時大減。他就和彭海秋說，想上岸遊逛觀望一番。剛商量著，船已自己靠了岸。於是棄船登岸，緩步行來，大約走了一里多路。彭海秋從後面趕上來，牽著一匹馬，把韁繩交給彭好古。他反身走去說：「等我再借兩匹馬來。」過了很久，也沒回來。這時，路上的行人已經很少了；仰頭一看，斜月西轉，天色就要亮了。丘生也不知哪裡去了。彭好古牽著馬徘徊路邊，不知如何才好。騎馬回到原來停船的地方，只見人和船都不見了。想到腰包裡錢花光了，更加憂愁慌亂。

天大亮後，他見馬背上有個彩繡的小口袋；伸手一掏，摸出白銀三四兩。他買了頓飯吃了，耐心地等待著彭海秋和丘生回來，不知不覺已到了中午。彭好古想，不如先去拜訪娟娘，然後慢慢訪查丘生的消息。等他打聽娟娘的名字，並沒有一個人知道，彭好古的興致一落千丈，索然無味了。第二天只得騎馬往回走。馬調教得很馴良，幸虧一路還不駑鈍，半個月才回到家。當初彭好古三人乘船上天時，他的書童跑回家說：「主人已成仙升天了！」全家人都哀傷地哭起來，說他不會回來了。

彭好古返回家，把馬拴好就進了院子。家人又驚又喜，都聚集過來向他詢問，彭好古這才詳細講了這奇異的經過。又想到自己一人返回老家，恐怕丘家聽說後會來追問；就告誡家裡人不要說出去。接著，彭好古說起馬的由來。大家因為是仙人送的，都到馬廄裡察看。到了馬廄，馬已經沒了蹤影，只有丘生，被韁繩拴在馬槽上。眾人大為驚駭，叫彭好古出來看。他看到丘生垂頭站在馬棚裡，面如死灰，問他也不答話，只有兩隻眼還能一張一閉。彭好古很不忍心，就解開他扶到床上，丘生就像掉了魂兒一般。彭好古給他灌些飯湯，他慢慢嚥了下去。到了半夜裡，丘生逐漸清醒過來，急忙地想上廁所；扶著他到了廁所，他拉了好幾個馬糞蛋子。又吃了點東西，才能開口說話。

彭好古在床頭詳細追問他。丘生說：「我們下船後，彭海秋拉著我說閒話。到了一處沒人的地方，他開玩笑般拍著我的脖頸，我就迷迷糊糊跌倒在地。我趴在路上稍定了定神，看看自己卻變成了一匹馬。我心裡也明白，只是不能說話。這真是奇恥大辱，實在不能讓妻子兒女知道，請你不要洩露出去啊！」彭好古答應了，讓僕人用馬把他送回了家。

彭好古自從回家，就一直忘不了娟娘。過了三年，因為他的姐夫做揚州府通判，他就去探望姐夫。揚州有個梁公子，跟彭好古家是世交，就設宴邀請彭好古。酒席上有好幾個歌女，都過來拜見梁公子。梁公子問起娟娘，家人說病了。公子發怒說：「這丫頭還擺什麼臭架子，用繩子去把她捆來！」彭好古聽到娟娘的名字，驚疑地問是誰。公子回答說：「是個妓女，在揚州名列第一。因為自己有點名氣，就傲慢無禮起來。」彭好古懷疑是偶然同名；但又怦怦心跳，急著想見見她。

不一會兒，娟娘來了，梁公子粗聲大氣地訓斥她。彭好古仔細一看，真是中秋節見過的那個娟娘。便對梁公子說：「她跟我有舊交，請你原諒她吧。」娟娘也仔細看了看彭好古，似乎也很吃驚。梁公子來不及細問究竟，就命娟娘斟酒勸客。彭好古問她：「〈薄倖郎曲〉還記得嗎？」娟娘更加驚駭，凝神注視了他好一會兒，才唱起那支舊曲子。聽她的聲音，和當年中秋節時唱的一模一樣。

酒宴結束，梁公子命娟娘陪客人睡覺。彭好古握著娟娘的手說：「三年之約，今天才實現了嗎？」娟娘說：「那天我跟人遊西湖，沒喝幾杯酒，就忽然醉了一般。朦朦朧朧之間，被一個人拉著，到了一個村子裡。一個小童領我走進去；席上三個客人，你是其中的一個。後來乘船到了西湖，把我從窗口送了回去，你拉著我的手戀戀不捨。我每當想起，總以為那是幻夢；但你的綾巾，真真實實在我手裡，我至今還寶貝一般珍藏著。」彭好古也講了事情的經過，兩人相對嘆息著。娟娘縱身鑽到彭好古懷裡，哽咽著說：「仙人已給我們作了良媒，你不要因為我是風塵女子可以捨棄，就不再想念我這苦海中的人！」彭好古說：「船中訂下的約會，我一天也不曾忘記。倘若你願意嫁給我，我就是花光錢、賣掉馬，也在所不惜！」

第二天天剛亮，彭好古就把這事告訴了梁公子；又從姐夫那裡借了些錢，用一千兩銀子削去娟娘的娼籍，帶她回了老家。娟娘偶然到那座別墅裡去，還能指認出當年喝酒的地方。

異史氏說：「那匹馬是人變的，一定是他為人像馬一樣；讓他變成馬，正是因為恨他不做人該做事啊。獅子、大象、仙鶴、鵬鳥這些異獸靈禽，都受到鞭策，這怎能說不是神人對牠們的仁愛呢？就說那三年之約吧，也是仙人藉此來拯救娟娘出苦海啊。」

【研　析】想像之於文學，就如同風之於鳥翼，水之於船槳。《聊齋誌異》已突破一般想像的疆域而飛入幻想的天空，駛進玄想的汪洋。它天上地下、冥府神宮，無所不奇、無所不幻，而又無所不真。它將想像的虛幻性和細節的逼真性巧妙結合起來，使小說思維既能活脫逍遙地表達目的與主旨，又能與讀者的心理和事物的規律合拍共舞，達到了美學上所要求的合目的性與合規律性的統一。

〈彭海秋〉寫了彭好古與丘生遇仙人彭海秋之事。萊州的彭好古中秋無聊，丘生雖有隱惡，慰情聊勝無，也只好叫他來喝酒聊天，以破岑寂了。這時來了廣陵仙人彭海秋。彭海秋用自己的高超意志力喚來在西湖遊玩的廣陵名妓娟娘。娟娘唱了一首〈薄倖郎曲〉。彭海秋還向空中招招手，就從天河裡飛來一隻彩船。彩船雖好，通過什麼樣的動力載著四個人返回天空呢？「一人持短棹；棹末密排修翎，形類羽扇；一搖羽清風習習。舟漸上入雲霄，望南遊行，其駛如箭。逾刻，舟落水中。但聞弦管敖曹，鳴聲喤聒。出舟一望，月印烟波，遊船成市。榜人罷棹，任其自流。細視，真西湖也。」天河裡的艄公搖著羽毛扇子一樣的船槳，竟然能夠搧起半天西風，將彩船吹到西湖去。丘生到了西湖之後，不知怎麼就不見了。彭海秋給彭好古牽來一匹馬，彭好古騎著就回了家。將馬拴在馬廄裡，馬匹變成了丘生。

那麼，那位名妓娟娘是真的嗎？是真的。如何便是真的呢？請看她的夫子自道：「昔日從人泛西湖，飲不數卮，忽若醉。矇矓間，被一人攜去，置一村中。一僮引妾入；席中三客，君其一焉。後乘舡至西湖，送妾自窗櫺歸，把手殷殷。每所凝念，謂是幻夢；而綾巾宛在，今猶什襲藏之。」她當年遊西湖，被彭海秋把靈魂兒抓攝了去，所以當彭海秋把她送回到西湖的樓船上時，裡邊的人說：「娟娘醒矣。」人能夠脫離自己的軀體到千里之外赴宴唱歌，夠虛幻了吧？但是它又絕對是真實的。當年彭海秋把彭好古的綾巾送給娟娘，替他倆定下婚約，今天綾巾仍在。就這樣，虛幻的想像和逼真的細節一結合，就在人們實際的生活和渴望的生活之間架起了自由的橋樑，小說的藝術感染力亦即由此產生。趙執信《談龍錄》說：「神龍者屈伸變化，固無定體，恍惚望見者，第指其一鱗一爪，而龍之首尾完好，故宛然在也。」《聊齋誌異》就像一條神龍，具有詩的品格，在美學神韻上大放異彩。

絳妃

癸亥歲❶，余館於畢刺史公之綽然堂❷。公家花木最盛，暇輒從公杖履❸，得恣遊賞。

一日，眺覽既歸，倦極思寢，解屨❹登床。夢二女郎，被服豔麗，近請曰：「有所奉託，敢屈移玉❺。」余愕然起，問：「誰相見召？」曰：「絳妃耳。」恍惚不解所謂，遽❻從之去。俄睹殿閣，高接雲漢。下有石階，層層而上，約盡百餘級，始至顛頭。見朱門洞敞，又有二三麗者，趨入通客。無何，詣一殿外。金鉤碧箔❼，光明射眼。內一女人降階出，環佩鏘然❽，狀若貴嬪❾。方思展拜，妃便先言：「敬屈先生，理須首謝。」呼左右以毯貼地，若將行禮。余惶悚❿無以為地，因啟曰：「草莽微賤，得辱寵召，已有餘榮。況敢分庭抗禮⓫，益臣之罪，折臣之福！」妃命撤毯設宴，對筵相向。酒數行，余辭曰：「臣飲少輒醉，懼有愆儀⑫。教命⑬云何？幸釋疑慮。」妃不言，但以巨杯促飲。

余屢請命，乃言：「妾，花神也。合家細弱⑭，依棲於此，屢被封家婢子⑮，橫見摧殘。今欲背城借一⑯，煩君屬檄草⑰耳。」余皇然起奏：「臣學陋不文，恐負重託；但承寵命⑱，敢不竭肝鬲之愚⑲。」妃喜，即殿上賜筆札。諸麗者拭案拂座，磨墨濡毫。又一垂髫人⑳，折紙為範，置腕下。略寫一兩句，便二三輩迭背相窺。

余素遲鈍，此時覺文思若湧。少間，稿脫，爭持去，啟呈絳妃。妃展閱一過，頗謂不疵㉑，遂復送余歸。醒而憶之，情事宛然。但檄詞強半遺忘，因足而成之：

「謹按㉒封氏：飛揚成性，忌嫉為心。濟惡以才，妒同醉骨㉓；射人於暗，奸類含沙㉔。昔虞帝㉕受其狐媚，英、皇㉖不足解憂，反借渠以解慍㉗；楚王㉘蒙其蠱惑，賢才㉙未能稱意，惟得彼以稱雄㉚。沛上英雄㉛，雲飛而思猛士；茂陵天子㉜，秋高而念佳人。從此怙寵日恣，因而肆狂無忌。怒號萬竅，響碎玉㉝於王宮；澎湃中宵，弄寒聲於秋樹。倏向山林叢裏，假虎之威㉞；時於灩澦堆㉟中，生江之浪。

「且也，簾鉤頻動，發高閣之清商；簷鐵㊱忽敲，破離人之幽夢。尋帷下榻，反同入幕之賓；排闥登堂，竟作翻書之客。不曾於生平識面，直開門戶而來；若非是掌上留裙，幾掠妃子㊲而去。吐虹絲於碧落，乃敢因月成闌；翻柳浪於青郊，謬說為花寄信。賦歸田者㊳，歸途才就，飄飄吹薜荔之衣；登高臺者㊴，高興方濃，輕輕落茱萸之帽。蓬梗捲兮上下，三秋之羊角摶空；箏聲入乎雲霄，百尺之鳶絲斷繫。不奉太后之詔㊵，欲速花開；未絕座客之纓㊶，竟吹燈滅。

「甚則揚塵播土，吹平李賀之山㊷；叫雨呼雲，捲破杜陵之屋㊸。馮夷㊹起而擊鼓，少女㊺進而吹笙。蕩漾以來，草皆成偃；吼奔而至，瓦欲為飛。未施搏水之威，浮水江豚46時出拜；陸出障天之勢，書天雁字47不成行。助馬當48之輕帆，彼有取爾；牽瑤臺49之翠帳，於意云何？

「至於海鳥有靈50，尚依魯門以避；但使行人無恙，願喚尤郎51以歸。古有賢豪52，乘而破者萬里；世無高士53，御以行者幾人？駕礮車之狂雲54，遂以夜郎自大55；恃貪狼之逆氣56，漫以河伯57為尊。姊妹俱受其摧殘，彙族悉為其蹂躪。紛紅駭綠，掩苒58何窮？擘柳鳴條，蕭騷59無際。雨零金谷60，綴為藉客之裀61；露冷華林62，去作沾泥之絮63。埋香瘞玉，殘妝卸而翻飛；朱樹雕欄，雜佩紛其零落。減春光於旦夕，萬點正飄愁64；覓殘紅65於西東，五更非錯恨。翩翻江漢女66，弓鞋67漫踏春園；寂寞玉樓人，珠勒68徒嘶芳草。

「斯時也：傷春者有難乎為情之怨，尋勝者作無可奈何之歌。爾乃趾高氣揚，發無端之踔厲69；催蒙振落，動不已之瓓珊70。傷哉綠樹猶存，簌簌者繞牆自落；久矣朱旛不豎，娟娟者霣涕誰憐？墮溷沾籬71，畢芳魂於一日；朝榮夕悴，免荼毒以何年？怨羅裳之易開，罵空聞於子夜[72]；訟狂伯[73]之肆虐，章未報於天庭。

「誕告[74]芳鄰，學作蛾眉[75]之陣；凡屬同氣[76]，群興草木之兵。莫言蒲柳無能，但須藩籬有志。且看鶯儔燕侶，公覆奪愛之仇；請與蝶友蜂交，共發同心之誓。蘭橈桂楫，可教戰於昆明[77]；桑蓋柳旌，用觀兵於上苑[78]。東籬處士[79]，亦出茅廬；大樹將軍[80]，應懷義憤。殺其氣焰，洗千年粉黛之冤；殲爾豪強，銷萬古風流之恨！」

【注釋】❶癸亥歲　清康熙二十二年，即西元一六八三年。❷畢刺史公之綽然堂　畢刺史公，畢際有，字載績，號存吾，淄川（今淄博市周村）人，官至通州（今江蘇南通）知州，是蒲松齡的館東。刺史是知州的別稱。綽然堂，在淄川西鋪（即今山東淄博周村區王村鎮西鋪村），為畢際有父親、明末戶部尚書畢自嚴所構建之廳堂，也是蒲松齡在畢家坐館時的學堂。❸杖履　老者所用的手杖和鞋子，也是對老者、尊者的敬稱。❹屨　古代用麻葛製成的一種鞋，後泛指鞋。❺移玉　請人前來或前往的敬語。玉，玉趾；玉步。對人腳步的敬稱。❻遽　急忙；倉促。❼金鉤碧箔　金子製成的簾鉤，碧綠色的門簾。箔，簾子。❽環佩鏘然　身上的佩玉叮咚作響。❾貴嬪　女官名，皇帝妃嬪封號之一。❿惶悚　惶恐。⓫分庭抗禮　指古代賓主相見，分站在庭的兩邊相對行禮以示平等。比喻平起平坐，彼此對等可以抗衡。⓬愆儀　失禮。⓭教命　猶教令，上對下的告諭或指示。⓮細

弱 妻子兒女，泛指家屬。⑮封家婢子 對封姨的蔑稱。封姨為古時神話傳說中的風神。⑯背城借一 在自己城下和敵人決一死戰，多指決定存亡的最後一戰。⑰屬檄草 草擬檄文。屬，撰寫。檄，檄文；聲討敵人的文書。⑱寵命 加恩特賜的任命，對上司任命的敬辭。⑲肝鬲之愚 內心的忠誠。肝鬲，亦作「肝膈」，猶肺腑，比喻內心。愚，愚誠，謙指己之誠意、衷情。《漢書・劉向傳》：「欲竭愚誠，又恐越職。」⑳垂髫人 年少女子。㉑疵 毛病。㉒謹按 引用論據、史實開端的常用語。㉓醉骨 指唐武則天妒殺高宗后妃事。《舊唐書・后妃傳上・高宗廢后王氏》：「武后知之，令人杖庶人及蕭氏各一百，截去手足，投於酒甕中，曰：『令此二嫗骨醉。』」㉔含沙 含沙射影。晉干寶《搜神記》卷十二：「漢光武中平中，有物處於江水，其名曰『蜮』，一曰『短狐』，能含沙射人。所中者則身體筋急，頭痛發熱，劇者至死。」㉕虞帝 即虞舜。㉖英皇 女英、娥皇，舜的妃子。㉗借渠以解慍 借風來解除煩惱。《孔子家語・辨樂解》：「昔者舜彈五弦之琴，造〈南風〉之詩。其詩曰：『南風之薰兮，可以解吾民之慍兮；南風之時兮，可以阜吾民之財兮。』」㉘楚王 指楚襄王。㉙賢才 指宋玉。㉚稱雄 宋玉在〈風賦〉中指出「大王之風」為「雄風」。㉛沛上英雄 指漢高祖劉邦，為沛縣人。其〈大風歌〉云：「大風起兮雲飛揚，威加海內兮歸故鄉，安得猛士兮守四方。」㉜茂陵天子 指漢武帝劉徹，其死後葬茂陵。其〈秋風辭〉云：「秋風起兮白雲飛，草木黃落兮雁南歸。蘭有秀兮菊有芳，懷佳人兮不能忘。」㉝碎玉 細小的玉片。王仁裕《開元天寶遺事・占風鐸》：「岐王宮中於竹林內懸碎玉片子，每夜聞玉片子相觸之聲，即知有風，號為『占風鐸』。」㉞假虎之威 借虎的威風。《周易・乾卦》：「雲從龍，風從虎。」㉟灩澦堆 長江中之險灘，在瞿塘峽口，今已炸毀。㊱簷鐵 掛在屋簷下的風鈴。㊲妃子 指漢成帝妃子趙飛燕，曾歌〈歸風送遠〉之曲，幾乎被風吹去，多虧有人拉住了她的袖子。㊳賦歸田者 指陶淵明。其〈歸去來兮辭〉云：「舟搖搖以輕揚，風飄飄而吹衣。」㊴登高臺者 指孟嘉，在重陽節登高時，曾被風吹落帽子。㊵太后之詔 武則天的詔令。武曾下詔讓百花在冬天盛開。㊶座客之纓 楚王賜宴群臣，風吹燭滅，有人暗中牽王后之衣；王后扯斷牽衣人的帽纓，並告訴楚王。楚王讓群臣全部扯斷帽纓，於是不知牽王后之衣者為誰，君臣大樂。

(42)李賀之山　李賀〈浩歌〉云：「南風吹山作平地，帝遣天吳移海水。」(43)杜陵之屋　杜甫〈茅屋為秋風所破歌〉云：「八月秋高風怒號，捲我屋上三重茅。」(44)馮夷　古代神話中的黃河水神，也作「冰夷」。曹植〈洛神賦〉：「馮夷鳴鼓，女媧清歌。」(45)少女　指少女風，即西風。《三國志・魏書・管輅傳》引裴松之注：「樹上已有少女微風，樹間又有陰鳥和鳴。」(46)江豚　一種小型鯨類。(47)雁字　群雁飛行時常排成「一」或「人」字。(48)馬當　山名，在江西彭澤東北，北臨長江，山形似馬。相傳唐王勃乘舟遇神風，自此一夜達南昌。(49)瑤臺　神話傳說中西王母的宮殿。沈約〈擬風賦〉：「時捲瑤臺翠帳，乍動佚女輕衣，此蓋羽客之仙風也。」(50)海鳥有靈　海鳥通靈性。《國語・魯語上》：「海鳥曰爰居，止于魯東門之外三日。……是歲也，海多大風，冬暖。」(51)尤郎　伊世珍《琅嬛記》引《江湖紀聞》：商人尤某娶石氏女，情好甚篤。尤遠行不歸，石思念成疾，臨死嘆曰：「吾恨不能阻其行，以至於此。今凡有商旅遠行，吾當作大風為天下婦人阻之。」後因稱逆風、頂頭風為「石尤風」。(52)賢豪　指宗慤。《宋書・宗慤傳》：「慤年少時，炳問其志，慤曰：『願乘長風破萬里浪。』」(53)高士　指列子。《莊子・逍遙遊》：「列子御風而行，泠然善也。」(54)礮車之狂雲　礮車雲，一種預示暴風即將到來的雲，即砧狀積雨雲。(55)夜郎自大　比喻妄自尊大。《史記・西南夷列傳》：「滇王與漢使者言曰：『漢孰與我大？』及夜郎侯亦然。以道不通，故各以為一州主，不知漢廣大。」(56)貪狼之逆氣　指貪狼風，暴風。《新五代史・前蜀世家・王衍》：「行至梓潼，大風發屋拔木。太史曰：『此貪狼風也，當有敗軍殺將者。』」(57)河伯　即上文之「馮夷」。(58)掩苒　披拂。(59)蕭騷　風吹樹木的聲音。(60)金谷　金谷園，是西晉石崇的別墅，遺址在今河南洛陽。(61)藉客之裀　作為客人的坐墊。王仁裕《開元天寶遺事・花裀》：「學士許慎選……與親友結宴於花圃中，未嘗具帷幄，設坐具，使僕僮輩聚落花鋪於坐下。慎選曰：『吾自有花裀，何消坐具。』」(62)華林　華林園，三國吳建，在今江蘇南京。(63)沾泥之絮　沾上泥土的花絮。參寥〈答杭妓〉：「禪心已作沾泥絮，不逐春風上下狂。」(64)萬點正飄愁　杜甫〈曲江二首〉其一：「一片花飛減卻春，風飄萬點正愁人。」(65)覓殘紅　王建〈宮詞〉：「樹頭樹底覓殘紅，一片西飛一片東。自是桃花貪結子，錯教人恨五更風。」(66)江漢女漢江遊女。《詩經・周南・漢廣》：「漢有游女，不可求思。」67弓鞋　古代婦女因纏足腳呈弓形，故其鞋有此名。68珠勒　珠飾的馬絡頭。古人有詩云：「金勒馬嘶芳草地，玉樓人醉杏花天。」69踔厲　奮發。70瓓珊　闌風；夏秋之際的風。杜甫〈秋雨嘆〉：「闌風伏雨秋紛紛，四海八荒同一雲。」71墮溷沾籬　《梁書・范縝傳》：「人之生譬如一樹花，同發一枝，俱開一蒂，隨風而墮：自有拂簾幌墜於茵席之上，自有關籬牆落於糞溷之側。」72子夜　樂府〈子夜歌〉：「羅裳易飄揚，小開罵春風。」73狂伯　瘋狂的風伯。韓愈有〈訟風伯文〉。74誕告　廣泛告知。75蛾眉　美女的代稱。76同氣　同類。《易・乾卦》：「同聲相應，同氣相求。」77昆明　昆明池，漢武帝於長安西南郊所鑿，以習水戰。78上苑　上林苑，漢武帝所建宮苑，此處有皇帝的親兵羽林軍，並由後來的大將軍衛青統領。79東籬處士　指陶淵明，其〈飲酒詩〉云：「採菊東籬下，悠然見南山。」80大樹將軍　指東漢馮異。《後漢書・馮異傳》：「諸將並坐論功，異常獨屏樹下，軍中號曰『大樹將軍』。」

【語　譯】康熙癸亥年，我在刺史公畢際有家的綽然堂設館教書。畢家花草樹木十分茂盛，我閒暇時經常追隨在畢刺史身後，能夠盡情地遊覽觀賞。

一天，我遊觀完花園回到房內，十分疲倦想要睡一覺，就脫下鞋子上床躺下。睡夢之中，我看到兩個女郎，穿著豔麗的服裝，走上前來邀請說：「有件事要拜託您，敢勞您大駕前往。」我驚訝地爬起身，問：「是誰招呼我啊？」她們說：「是絳妃啊。」我恍恍惚惚不知她們說的是誰，只是急急忙忙跟她們去了。不多時，就見一片宮殿樓閣，高高地聳入雲天。殿閣下面是石砌的臺階，一級一級登上去，估計走了一百多級，才到了頂端。只見紅漆大門敞開著，又有兩三個美麗的女郎，急匆匆進去通報。不一會兒，就來到了一座大殿外面。大殿上懸掛著金質的簾鉤、碧綠的門簾，光閃閃地奪人眼目。

殿內一個女子從臺階上走下來，身上環佩叮咚，清脆悅耳，看樣子像是皇宮的嬪妃。我正想彎腰施禮，絳妃卻搶先說道：「敬請先生屈駕而來，理應先向您致謝。」便招呼身邊的侍女，把毯子鋪在地上，像是要給我行禮。我惶恐得手足無措，就啟奏說：「我是山村草野的微賤小人，有幸得到您榮幸的召喚，已感到有無限的榮耀。何況又以平等的禮節迎接我，就更加重了我的罪過，這會折損我的福分啊！」絳妃便下令撤去地毯，擺設酒宴，隔著桌子坐在我的對面。酒過數巡，我就告辭說：「我喝不了多少就會醉，怕醉後失態，有違禮儀。貴妃您要命令在下幹什麼？敬請說出，以消除我的疑慮。」絳妃不說話，只是用大杯子勸我喝酒。

我屢次請她說明情況，她才說：「我是花神，合家的眷屬，都寄居在這裡，屢次被封家的丫頭蠻橫地摧殘。今天我要在自己城下與她決一死戰，我想拜託您起草一篇討敵的檄文啊。」我惶恐地站起來啟奏：「我學問淺薄，不善文辭，恐怕辜負了您的重託；只是榮幸地接受了您的命令，怎敢不披肝瀝膽獻上我愚拙的心意。」絳妃很高興，就在殿上賜給我筆和紙。眾美女擦桌子抹座位，又是研墨，又是潤筆。又有一個垂髮少女，把紙疊成格子，放在我手腕下面。我略微寫了一兩句，便有兩三個女郎湊過來扳著膀子觀看。

我平時文思很慢，這時卻覺得文思泉湧。不多時，就脫稿寫完了，她們爭著拿去，呈獻給絳妃。絳妃展開稿子看了一遍，說寫得很不錯，於是又把我送回綽然堂。我醒後回憶夢境，事情經過都歷歷在目。只是那篇檄文中的文詞，多半已經忘記了，於是就經過補充，湊成了全篇：

「謹按封氏：她放縱恣肆，妒忌成性。用自己的才能做壞事，嫉妒之心如同武后則天；躲藏在暗地裡射別人，奸猾之情好似射沙之蜮。從前虞帝受了她的魅惑，女英娥皇不足以解除憂愁，反而借她解除煩惱；楚王受了她的蠱惑，賢能之才不能夠稱心如意，希望得她以此稱雄。沛上的英雄，看到雲飛而想起猛士；茂陵的天子，面對高秋而思念佳人。從此她憑藉帝王的寵愛，一天天驕縱起來，因而放肆狂妄，無所顧忌。在千萬孔竅中發出怒號，吹響了王宮中的碎玉片；在深更半夜裡洶湧澎湃，吹冷了原野上的秋樹梢。疾風拂過山林，是借虎的威風；偶遇三峽礁石，掀起江中浪花。

「還有，簾鉤頻頻響動，高高的閣樓上發出清商之聲；簷鐵忽然敲響，離人之幽夢被弄得支離破碎。掀開簾子進入臥房，反而如同關係密切的賓朋；推開大門登上廳堂，竟然成為擅自翻書的常客。平常從不認識，推開門戶就進來；若非手抓裙袖，妃子也會被吹走。吐虹絲在晴朗的天空，竟敢借月亮而成光闌；翻柳浪在青翠的郊野，胡說為鮮花傳遞信息。歸隱田園的，剛踏上歸程，風就吹動他的衣服；攀登高臺的，正興高采烈，風就吹落他的帽子。蓬梗上下翻捲，是被那三秋的羊角風吹入高空；箏聲響徹雲霄，是把那百尺的長絲線使勁吹斷。不奉太后的詔令，就要催動花開；沒扯座客的冠纓，竟然吹拂燈滅。

「更有甚者，揚塵播土，吹平了李賀之山；呼風喚雨，捲破了杜甫之屋。能使水神興風鼓浪，能使西風奏樂吹笙。微風吹來，百草低伏；狂風突至，屋瓦欲飛。還沒實行擊水騰空的威風，江豚已經嚇得不時鑽出水面拜舞；突然發出遮天蔽日的威力，雁群早驚嚇得天空寫字不能成行。馬當山助王勃一帆風順，還有可取之處；瑤臺上牽美人翠綠之帳，又是什麼主意？

「至於海鳥有靈，尚且依附魯門躲避；只要行人平安，就情願將尤郎叫回。古代有賢人豪傑，乘長風破萬里浪；現世無高人異士，御風而行見幾人？駕起炮車雲，就夜郎自大；憑著貪狼氣，也自以為尊。姐妹們都受到她的摧殘，全家族都受到她的蹂躪。紅花紛紛落地，綠葉顫顫亂抖，什麼時候停止吹拂？楊柳樹枝分開，枝條悲傷鳴叫，風吹林木永無休止。風雨過後，金谷園中落花成裀；冷露灑落，華林園裡飛絮成泥。百花凋零，隨風翻飛，如香似玉也難免埋葬；朱紅閣樓，雕鏤欄杆，環佩叮咚也難免零落。頃刻間春光減少，風飄萬點正愁人；東西裡尋覓殘紅，錯教人怨五更風。翩躚的江漢遊女，腳穿弓鞋空行春園；寂寞的玉樓佳人，駿馬嘶鳴不見芳草。

「這時候：傷春的人產生難以為情的哀怨，尋勝的人發出無可奈何的歌唱。你卻趾高氣揚，繼續施展威風；催花落枝，永無停止肆虐。可悲啊！綠樹猶存，但花朵卻簌簌地繞牆自落；太久了！紅旗不豎，但花朵卻娟娟地落淚誰憐？落到糞坑籬笆上，一日之間就魂歸離根之天；早晨開了晚上枯，想免除災難要到何年？怨綾羅衣服容易吹開，半夜時分還聽嘲罵；訟瘋狂風伯大肆暴虐，奏章還未上報天庭。

「廣告百花，學著組成女子戰陣；凡屬同類，都應成為草木戰士。不要說蒲柳柔弱無能，結成籬笆顯示鬥爭的勇氣。且看黃鶯紫燕都來保護百花，一起報仇；請與蝴蝶蜜蜂交友，同仇敵愾，共發誓言。用蘭桂做成戰船槳楫，在昆明池中教練水戰；用桑柳做成戰車旌旗，在御花園裡操練陸戰。東籬邊的處士，也走出茅廬助威；大樹下的將軍，也心懷義憤參戰。殺掉她的氣焰，洗雪眾女子千年的委屈；殲滅你這豪強，消除各花草萬古的怨恨！」

【研　析】在《聊齋誌異》近五百篇小說中，只有兩篇蒲松齡把自己寫了進去。在〈狐夢〉篇中，蒲松齡通過友人畢怡庵之口和畢怡庵夢境中的美狐之口，對自己的小說〈青鳳〉和自己的小說藝術進行了表揚。在這篇〈絳妃〉中，蒲松齡又通過自己的夢境，借花神之口稱讚了一番自己的奇才美文。如果說〈狐夢〉創作靈感來自於「今典」即自己的小說〈青鳳〉，那麼，〈絳妃〉的創作靈感就來自於「古典」即唐人段成式的傳奇小說〈崔玄微〉。內容如下：

唐天寶中，處士崔玄微洛東有宅。耽道，餌朮及茯苓三十載。因藥盡，領僮僕輩入嵩山採芝，一年方回。宅中無人，蒿萊滿院。時春季夜間，風清月朗。不睡，獨處一院，家人無故輒不到。三更後，有一青衣云：「君在院中也。今欲與一兩女伴過，至上東門表姨處，暫借此歇，可乎？」玄微許之。須臾，乃有十餘人，青衣引入。有綠裳者前曰：「某姓楊。」指一人，曰：「李氏。」又一人，曰：「陶氏。」又指一緋小女，曰：「姓石，名阿措。」各有侍女輩。玄微相見畢，乃坐於月下，問行出之由。對曰：「欲到封十八姨數日，云欲來相看，不得。今夕眾往看之。」坐未定，門外報：「封家姨來也。」坐皆驚喜出迎。楊氏云：「主人甚賢，只此從容不惡，諸亦未勝於此也。」玄微又出見封氏，言詞泠泠，有林下風氣。遂揖入坐，色皆殊絕。滿座芳香，馥馥襲人。諸人命酒，各歌以送之，玄微誌繹其二焉。有紅裳人與白衣送酒，歌曰：「皎潔玉顏勝白雪，況乃當年對芳月。沉吟不敢怨春風，自嘆容華暗消歇。」又白衣人送酒，歌曰：「絳衣披拂露盈盈，淡染胭脂一朵輕。自恨紅顏留不住，莫怨春風道薄情。」至十八姨持盞，性頗輕佻，翻酒汙阿措衣。阿措作色曰：「諸人即奉求，余即不知奉求耳。」拂衣而起。十八姨曰：「小女弄酒！」皆起，至門外別；十八姨南去，諸人西入苑中而別。玄微亦不知異。明夜又來，云：「欲往十八姨處。」阿措怒曰：「何用更去封嫗舍，有事只求處士，不知可乎？」阿措又言曰：「諸侶皆住苑中，每歲多被惡風所撓，居止不安，常求十八姨相庇；昨阿措不能依回，應難取力。處士倘不阻見庇，亦有微報耳。」玄微曰：「某有何力，得及諸女？」阿措曰：「但處士每歲歲日，與作一朱幡，上圖日用五星之文，於苑東立之，則免難矣。今歲已過；但請至此月二十一日平旦，微有東風，即立之，庶夫免患也。」玄微許之。乃齊聲謝曰：「不敢忘德。」拜而去。玄微於月中隨而送之，逾苑牆，乃入苑中，各失所在。依其言，至此日立幡。是日東風振地，自洛南折樹飛沙，而苑中繁花不動。玄微乃悟：諸女曰姓楊、李、陶，及衣服顏色之異，皆眾花之精也；緋衣名阿措，即安石榴也；封十八姨，乃風神也。後數夜，楊氏輩復至愧謝。各裹桃李花數斗，勸崔生：「服之可延年卻老。願長如此住，衛護某等，亦可致長生。」至元和初，玄微猶在，可稱年三十許人。又，尊賢坊田弘正宅中門外，有紫牡丹成樹，發花千餘朵；花盛時，每月夜，有小人五、六，長尺餘，遊於花上。如此七、八年。人將掩之，輒失所在。

明人馮夢龍《醒世恒言》卷四〈灌園叟晚逢仙女〉的「得勝頭回」就敷衍了這個故事。當然，蒲松齡寫作〈絳妃〉的主要目的不是前邊正文部分的敘述，而是後邊洋洋灑灑的那篇討伐封氏的檄文。這篇檄文詞彙豐富、語言華贍、音韻鏗鏘，在當時，相信不但贏得諸位花神的稱讚，一定也會贏得首先是其館東畢際有等文雅之士的讚美。

邵士梅

邵進士，名士梅❶，濟寧❷人。初授登州教授❸，有二老秀才投刺。睹其名，似甚熟識；凝思良久，忽悟前身。便問齋夫❹：「某生居某村否？」又言其丰範❺，一一吻合。俄兩生入，執手傾語，歡若平生。談次，問高東海況。二生曰：「獄死二十餘年矣，今一子尚存。此鄉中細民❻，何以見知？」邵笑云：「我舊戚也。」

先是，高東海素無賴；然性豪爽，輕財好義。有負租而鬻女❼者，傾囊代贖之。私❽一媼，媼坐隱盜❾，官捕甚急，逃匿高家。官知之，收高，備極搒掠，終不服，尋死獄中。其死之日，即邵生辰。後邵至某村，恤❿其妻子，遠近皆知其異。

此高少宰⑪言之，即高公子冀良同年⑫也。

【注釋】❶邵士梅　山東濟寧人，順治十五年進士。❷濟寧　州名，即今山東濟寧。❸登州教授　登州，府名，即今山東煙臺蓬萊市。教授，明清府學的學官。❹齋夫　舊時學舍中的僕役。❺丰範　對人風度儀容的美稱。❻細民　小民；老百姓。❼鬻女　賣女兒。❽私　私通。❾坐隱盜　犯隱藏盜賊罪。坐，定罪。❿恤　救濟。⓫高少宰　高珩，字念東，山東淄川人，進士，曾任吏部侍郎。少宰，吏部侍郎的別稱。⓬高公子冀良同年　高公子冀良，高之騊，字冀良，高珩長子。同年，科舉時代同榜錄取的人互稱同年。

【語譯】邵進士，名叫士梅，是濟寧人。初任登州府教授時，有兩位老秀才遞上名片求見。邵士梅看他們名字，似乎很熟悉；沉思了好一會兒，忽然記起了前生的事情。

他就問學舍的雜役說：「某生還住在某村嗎？」又細說了他們的容顏風度，都一一吻合。一會兒，兩位秀才進來，邵士梅拉著他們的手傾心交談，十分歡洽，就像老朋友一般。談話間，邵士梅問起高東海的情況。二位秀才說：「他在監獄裡已死了二十多年了，現在還有一個兒子。這樣的鄉間百姓，您怎麼也知道？」邵士梅笑著說：「他是我的老親戚。」

原來是這樣，高東海平素是一個無賴之徒；但是性情豪爽，輕視錢財而好講義氣。有人因欠財主租金而被迫出賣女兒，高東海傾盡錢財替他贖回。他和一婆子私通，這婆子因為犯了隱藏盜賊罪，官府追捕她很緊，她就逃到高東海家藏起來。官府知道了，就將高東海抓去，用盡各種酷刑拷打，他始終不服，很快就在監獄裡死去。高東海死那天，正是邵士梅降生的日子。後來邵士梅親自到高東海住的村子裡，救助他的老婆孩子，遠遠近近都知道了這件怪事。

這個故事是聽高少宰說的，邵士梅是高少宰長子高冀良的同科進士。

【研　析】《聊齋誌異》中提到的人物和地點，其目的是為了增加小說的可信度，提高小說的說服力。由於資料不足徵，我們往往說這是蒲松齡的虛構。這篇〈邵士梅〉的篇末就有「此高少宰言之，即高公子冀良同年也」，我們也許會認為邵士梅不過是子虛烏有之人，蒲松齡是借高少宰的嘴巴來證明自己的筆端。好在除了蒲松齡的〈邵士梅〉外，還有別人的記載，才讓我們感到這則故事不是蒲松齡的向壁虛構，而是當時極為流行的一則異人異事。

蒲松齡對邵士梅異事的記載還不夠神奇。下面引述兩篇記載，大家看看邵士梅與其妻三世為夫妻的故事神奇也否。王士禛《池北偶談》卷二十四〈邵進士三世姻〉條云：「同年濟寧邵士梅，字嶧暉，順治辛卯舉人，登己亥進士。自記前生為棲霞人，姓高，名東海。又其妻某氏，死時自言，當三世為夫婦，再世當生館陶董家，所居濱河河曲第三家，君異時官罷後，獨寓蕭寺繙佛經時，訪我於此。後謁選得登州府教授，一日檄署棲霞教諭，暇日訪東海故居，已不存。求得其孫某，為置田宅。已而遷吳江知縣，謝病歸，殊無聊賴。有同年知館陶縣，因訪之，館於蕭寺。寺有藏經一部，寂寥中取閱之，忽憶妻語，隨沿河覓之，果得董姓者於河曲第三家。家有女未字，邵告以故，且求縣宰縱臾，遂娶焉。後十餘年，董病且死，與邵訣曰：此去當生襄陽王氏，所居濱江門前有二柳樹，君幾年後訪我於此，與君當再合，生二子。邵記其言，康熙己未在京師時，屢為予及同年傅侍御彤臣扆、潘吏部陳伏颺言言之。」

同時人陸鳴珂也作了〈邵士梅傳〉：「邵士梅，號嶧暉，山東濟寧州人也。其前身為高小槐，本高家莊人，向充里正，急公守法，不苛索民間一錢。病革時，見二青衣人，如公差狀，令謹閉其目，挾與俱行。行甚捷，唯聞耳邊風濤聲。少頃，至一室，青衣已去，目頓開，第見二嫗侍房帷間，則已託生在邵門矣。口不能言，心輒自念，覺目中所見，棟宇器物，驟然改觀。即手足髮膚，何似非故我也？至二三歲能言時，輒云『欲上高家莊，高家莊』云。父母怪而叱之曰：『兒妄矣！高家莊安在？』及出就外傅，間以語傅。傅曰：『此子前身事，宜秘之。』遂不復言。己亥成進士，改授登州郡博。適奉臺檄，署篆棲霞，道經高家莊，市井室廬，宛然如昨。因集土人而問之曰：『此地曾有高小槐乎？』曰：『有之，去世已歷年所矣。』及詢其歿時月日，與士梅生辰無異。遂告之故。覓其子，一物故，一他出，唯一女適人，相距里許。呼與語，語及少時膝下事，甚了了。並訪里中諸故老，其一尚存，皤皤黃髮，年九十餘矣。相見道故舊，歡若平生。士梅因恍然有得，半生疑案，從此冰消。乃賦詩云：『兩世頓開生死路，一身會作古今人。』遂捐資置產，厚恤其家……。」

狂生

劉學師❶言：「濟寧❷有狂生某，善飲；家無儋石❸，而得錢輒沽，殊不以窮厄為意。值新刺史❹蒞任，善飲無對。聞生名，招與飲而悅之，時共談宴。生恃其狎❺，凡有小訟求直者，輒受薄賄，為之緩頰❻；刺史每可其請。生習為常，刺史心厭之。

「一日早衙，持刺❼登堂。刺史覽之微笑。生厲聲曰：『公如所請，可之；不如所請，否之。何笑也！聞之：士可殺而不可辱。他固不能相報，豈一笑不能報耶？』言已，大笑，聲震堂壁。刺史怒曰：『何敢無禮！寧不聞滅門令尹❽耶！』生掉臂❾竟下，大聲曰：『生員❿無門之可滅！』刺史益怒，執之。訪其家居，則並無田宅，惟攜妻在城堞⓫上住。刺史聞而釋之，但逐不令居城垣⓬。

「朋友憐其狂，為買數尺地，購斗室⑬焉。入而居之，歎曰：『今而後畏令尹矣！』」

異史氏曰：「士君子奉法守禮，不敢劫人於市，南面者⑭奈我何哉！然仇之猶得而加者，徒以有門在耳；夫至無門可滅，則怒者更無以加之矣。噫嘻！此所謂『貧賤驕人⑮』者耶！獨是君子雖貧，不輕干⑯人，乃以口腹之累⑰，喋喋公堂，品斯下矣。雖然，其狂不可及。」

【注釋】❶劉學師　劉支裔，濟寧人，康熙二十二年任淄川縣儒學教諭。❷濟寧　州名，即今山東濟寧。❸儋石　儋，容器，可容一石，故稱儋石。借指少量米粟。❹刺史　知州的別稱。❺狎　熟悉；親昵。❻緩頰　婉言勸解或代人講情。❼刺　名帖。❽令尹　春秋戰國時楚國執政官名，相當於宰相，後泛稱縣、府等地方行政長官。❾掉臂　甩著手臂走開。❿生員　秀才。⓫城堞　城上的矮牆。堞，女牆。⓬城垣　城牆。⓭斗室　極小的屋子。⓮南面者　古代以坐北朝南為尊位，故帝王諸侯見群臣，或卿大夫見僚屬，皆面向南而坐，因用以指居帝王或諸侯、卿大夫之位者。泛指居尊位或官位者。⓯貧賤驕人　身處貧賤，但很自豪，指貧賤的人蔑視權貴。⓰干　干謁，為謀求祿位而謁見當權者。⓱口腹之累　因為飲食而受到牽累。

【語譯】劉學師說：「濟寧有一個行為狂放的書生，喜歡喝酒；就是家裡窮得沒有餘糧，還是一有錢就買酒喝，根本不把窮困放在心上。正碰上一位新刺史到濟寧上任，這位刺史喜歡喝酒，但找不到對手。聽說了狂生的酒名，招他來一起喝酒並很喜歡他，此後就時常找狂生談笑對飲。狂生仗著和刺史狎昵親近，凡是打小官司想獲得勝訴的，他就接受點小賄賂，替他們說說情；刺史也常常答應他的請求。狂生習以為常，刺史心裡就開始討厭他了。

「一天早上衙門升堂，狂生拿著個求情的名帖來到堂上。刺史看了看名帖微微一笑。狂生厲聲喝道：『大人若同意我的請求，就答應；不同意我的請求，就否定。何必笑呢！我聽說：士可殺而不可辱。其他的事我固然無法回報，難道連笑笑還不能回報嗎！』說完，就大笑起來，笑聲震盪著大堂四壁。刺史大怒說：『你怎敢這樣無禮！難道沒聽過「滅門令尹」這一說嗎？』狂生手一甩就走下堂來，大聲說：『生員我無門可滅！』刺史更加憤怒，就把他抓了起來。打聽他的家庭情況，原來他並沒有土地和宅院，只是帶著妻子住在城牆上。刺史聽到這種情況，也就把他放了，只是下令趕走他，不讓他住在城牆上。

「朋友們很同情他的狂放，就給他買了一小塊地，加上一間小屋。狂生進去住下，嘆息說：『從今以後，我可就害怕令尹了！』」

異史氏說：「讀書的正人君子，奉法守禮，不敢在街市上搶劫人，就是官再大又能對我怎麼樣！但仇視他的人仍然能給他加個罪名，只因為還有個門啊；到了無門可滅的程度，就是惱怒的人也無法給他加罪了。啊哈！這就是所說的『貧賤驕人』吧！只是君子之人，即使貧窮，也不要輕易求人，竟然被口腹牽累，在公堂上吵鬧，品格就降低了。就算這樣，這狂生的狂勁兒，也是別人比不上的。」

【研　析】〈狂生〉篇，寫濟寧某狂生，家無餘糧而得錢輒沽，並不以窮厄為意。正值新任刺史到任，善飲無對，聞生名，招與飲而悅之，時共談宴。這本來是再美不過之事，可是狂生漸漸收受賄賂、包攬詞訟，因此為刺史所嘲笑。狂生厲聲曰：「公如所請，可之；不如所請，否之。何笑也！聞之：士可殺而不可辱。他固不能相報，豈一笑不能報耶？」說完，大笑，聲震堂壁。刺史怒曰：「何敢無禮！寧不聞滅門令尹耶？」狂生甩臂而出，大聲曰：「生員無門之可滅！」刺史益怒，逮捕了他。訪其家居，則並無田宅，只帶著老婆居住在城牆望樓上。刺史就放了他，但不允許再在城牆上居住。朋友可憐他的狂放，就替他買了塊小地和小房子。他住進去後慨嘆說：「從今往後，我有了地、有了房子，不能不害怕令尹了！」

狂，多是一種不可多得的可貴精神氣質，是美好人格的一種瀟灑釋放。從莊子到李白再到章太炎，如果細細考索，可寫一部中國狂放文化史。眾多的中國文化狂人，既為後人留下了豐厚的文化產品，滋補著歷朝歷代的桀驁不馴之士，又以其特立獨行的文化人格，感召著綿綿不斷的憂國憂民之人。莊子獨與天地精神往來的逍遙之遊，李白蔑視權貴我行我素的飛揚跋扈，章太炎以大勳章作扇墜的出類拔萃，他們的作品、他們的人品，都是中華民族不可多得因而彌足珍貴的精神財富。當然，狂的底子是自信。莊子憑著自信才能在荒野沼澤中踽踽而無掛無礙成就了中國最美麗誘人的詩化哲學家；李白憑著自信才能在政治雲雨中仰天大笑而寧折不彎打造了中國氣韻悠長的浪漫主義詩篇；章太炎憑著自信才能在兼濟與獨善之間遊刃有餘而樹立起革命家與學問家相得益彰的光輝典範。耿去病因為自信才能狂呼大叫，才能不懼鬼魅，才能扶危濟困；某狂生因為自信才能不畏窮厄，才能大笑公堂，才能不懼滅門……。

王司馬

新城王大司馬霽宇❶鎮北邊時，常使匠人鑄一大杆刀，闊盈尺，重百鈞❷。

每按邊❸，輒使四人扛之。鹵簿❹所止，則置地上，故令北人捉之，力撼不可少動。司馬陰❺以桐木依樣為刀，寬狹大小無異，貼以銀箔❻，時於馬上舞動。諸部落望見，無不震悚。

又於邊外埋葦薄❼為界，橫斜十餘里，狀若藩籬，揚言曰：「此吾長城也。」北兵至，悉拔而火之。司馬又置之。既而三火，乃以礮石❽伏機其下，北兵焚薄，藥石盡發，死傷甚眾。既遁去，司馬設薄如前。北兵遙望皆卻走，以故帖服若神。

後司馬乞骸❾歸，塞上復警。召再起；司馬時年八十有三，力疾❿

陛辭。上慰之曰：「但煩卿臥治⑪耳。」於是司馬復至邊。每止處，輒臥幛中。北人聞司馬至，皆不信，因假議和，將驗真偽。啟簾，見司馬坦臥⑫，皆望榻伏拜，撟舌⑬而退。

【注　釋】①新城王大司馬霽宇　新城，縣名，即今山東淄博桓臺縣。王大司馬霽宇，王象乾，字子廓，號霽宇，新城人，明隆慶五年進士，曾任薊遼總督、兵部尚書。大司馬是兵部尚書的別稱。②鈞　三十斤。③按邊　巡視邊防。按，巡視。④鹵簿　儀仗隊。⑤陰　暗地裡。⑥銀箔　用銀子錘成的紙狀薄片。⑦葦薄　用葦子編成的簾狀物。⑧礮石　古代用炮以機括拋射的石頭。⑨乞骸　即「乞骸骨」，古代官吏因年老請求退職。⑩力疾　勉強支撐病體。⑪臥治　躺臥治事，謂政事清簡，無為而治。⑫坦臥　安然而臥。⑬撟舌　張口結舌，不能出聲。形容畏怯難言或驚訝的樣子。

【語　譯】新城的大司馬王霽宇鎮守北部邊境時，曾經叫鐵匠鑄造了一把長杆大刀，刀面有一尺多寬，有一百鈞重。

每次巡察邊防，都讓四名兵士扛著這把大刀。儀仗隊停止下來，就把刀放在地上，故意讓北方的人去拿，他們用力搖撼，大刀卻紋絲不動。王司馬暗中用桐木照著大刀的樣子，再做一把大刀，寬窄長短一模一樣，把銀箔貼在刀上，時常騎在馬上舞動。北邊各部落的人遠遠地見了，沒有不驚呆了的。

王司馬又在防線外邊埋上葦箔作為界牆，橫斜著有十餘里長，形狀好像籬笆牆，揚言說：「這就是我的長城。」北邊的敵兵到來，把葦箔全部拔掉燒了。王司馬又命人重新設置。接連燒了三次以後，他就埋上炮石把機關藏在下面，北兵又來燒葦箔，火藥石塊一起爆發，北兵死傷了很多。北兵逃走之後，王大司馬又像以前那樣設置上葦箔。北兵遠遠地望見都退走了，因此北兵對王司馬服服帖帖，敬若神明。

後來王司馬退休回家，北方邊塞上又有警報。朝廷召他重新守邊；王司馬這時已經八十三歲了，他支撐著病體進宮向皇帝推辭。皇帝勸慰他說：「只是麻煩您去躺著處理處理罷了。」於是王司馬又到了邊塞上。

每到一處，都躺在軍帳之中。北方人聽說王司馬來了，都不相信，因而假借著議和，要來驗證一下真假。他們掀開簾子，看到王司馬神氣安閒地躺在床上，就都向著床俯身拜見，捲著舌頭灰溜溜走了。

【研析】這篇〈王司馬〉寫的是真人真事。明清時的新城縣，就是現在的山東淄博桓臺縣。在明清之際，新城王家是赫赫有名的大家族，素有「王半朝」之稱。遠的我們不說，王重光是明嘉靖二十年進士，授工部主事，升戶部員外郎。王重光的八個兒子中，有六個是朝廷命官，其中四人做京官。他的十八個孫子中，有十五個是朝廷命官，其中九人做京官。王重光的次子叫王之垣，是嘉靖四十一年進士，官至戶部左侍郎，後追贈戶部尚書。王之垣的長子王象乾，官至少師、太子太師、兵部尚書，就是這篇〈王司馬〉中的王大司馬。王象乾，字子廓，號霽宇，生於明嘉靖二十五年，明隆慶四年以亞元考中舉人，次年成進士。據史載，他數十年戍守邊關，為安定邊疆做出了巨大貢獻。

〈王司馬〉就是對王象乾赫赫戰功和蓋世智勇的形象描寫。中國古代邊境上的少數民族勇悍異常。但王象乾暗地製作了兩把大刀，自己上陣舞動的一把是用桐木做成的，最多不過幾斤重，而他手下所扛的那把真刀，卻有一百鈞。以此嚇退了「北人」。關於用葦箔修長城的事，我們看起來似乎有些遊戲成分。但事實上並非如此，王象乾的後代刑部尚書王士禛在評點〈王司馬〉時說：「今撫順東北哈達城東，插柳以界蒙古，南至朝鮮，西至山海，長亙千里，名『柳邊條』。私越者置重典，著為令。」看來這還真是他的老輩先人留下的歷史遺跡。

◎新譯徐霞客遊記

黃珅／注譯　黃志民／校閱

人間第一奇境，必待第一奇才來領略，徐霞客正是「天留名壤待名人」的最佳寫照。他將一生遊覽觀察的經歷，化為文字走筆成書，規模宏大、博辨詳考，可說是劃時代的地理巨著。本書是現代學者首次將徐霞客的遊記作較全面的呈現，注釋及語譯皆力求詳贍精實，評析部分則以徐霞客及其自然觀、藝術觀為中心，深入剖析遊記中所顯示的人與自然的關係。